Knaur

Von Richard Dalby sind außerdem erschienen:

Geister zum Fest (Band 70004 und Band 71140)
Stille Zeit und schrille Morde (Band 60444 und Band 71135)
Eiskalte Weihnachten (Band 67025 und Band 71172)

Richard Dalby (Hrsg.)

O du grausame Weihnachtszeit

Schaurige Geschichten zum Fest

Aus dem Englischen
von Stefan Troßbach

Knaur

Die englische Originalausgabe erschien unter dem Titel
»Shivers for Christmas« bei Michael O'Mara Books Ltd., London

Vollständige Taschenbuchausgabe November 1998
Droemersche Verlagsanstalt Th. Knaur Nachf., München
Dieser Titel erschien bereits unter der Bandnummer 60467.

Umschlaggestaltung: Agentur Zero, München
Umschlagabbildung: IFA-Bilderteam, München
Satz: MPM, Wasserburg
Druck und Bindung: Elsnerdruck, Berlin
Printed in Germany
ISBN 3-426-71173-7

2 4 5 3 1

Inhalt

Die Entdeckung der Schatzinseln

Nach einem Manuskript aus einem Bücherstand

Amelia B. Edwards

Amelia B. Edwards (1831–1892) war eine gefeierte viktorianische Frauenrechtlerin und Romanautorin, die auf ihren vielen Reisen unter anderem den Klassiker *A Thousand Miles Up the Nile* schrieb.

Die nachfolgende Erzählung (die in *Routledge's Christmas Annual* vom Dezember 1864 erstmals erschien) dürfte die wohl früheste Geschichte um das Geheimnis des Bermudadreiecks sein. Sie schildert einen besonders bizarren und schreckensvollen Weihnachtstag auf einer Insel, irgendwo parallel zu Puerto Rico und Bermuda.

Am Vormittag des 26. Oktober 1760, siebenundzwanzig Minuten nach zehn, gab ich den ehrenwerten Herren Fisher, Clarke und Fisher, Kaufleuten und Reedereibesitzern zu Bristol, ein letztes Mal die Hand. Dann ging ich ohne Säumnis an Bord der MARY-JANE, die im Herzen der Altstadt, neben der Zugbrücke an der St.-Augustine-Promenade, lag. Es war mein erstes Kapitänskommando. Daher schwellte mir ein gewisser Stolz die Brust, als ich an Deck trat und der Mannschaft Befehl zum Ankerlichten gab. Doch dieses Hochgefühl ist vielleicht verzeihlich, wenn man bedenkt, daß ich damals gerade erst sechsundzwanzig Jahre alt war und es natürlich genoß, Kapitän eines so tüchtigen schmucken Handelsschiffchens wie der

Mary-Jane zu sein – absoluter Herr über einen Maat, zwei Matrosen sowie einen Schiffsjungen und mit einer wertvollen Fracht betraut.

An allen Topps und Türmen flatterten Fahnen, und schallendes Geläut erklang, als wir an diesem Morgen in See stachen, denn just an jenem Tage bestieg der neue König* den Thron und ganz Bristol schäumte über von Treue und Ergebenheit. Ich erinnere mich noch, als wäre es erst gestern gewesen, wie uns die Seeleute von den Schiffen zujubelten, während wir den Avon hinunterglitten, und wie viele anschließend ihre Mützen in die Luft warfen, um »Lang lebe König Georg!« zu rufen. Aber schon bald hatten wir den Avon hinter uns, und unter günstigem Wind, vollem Segel und mit einem strahlendblauen Himmel über unseren Häuptern fuhren wir in den Kanal von Bristol ein. Vielleicht sollte ich hinzufügen, daß unser Ziel Jamaika war und daß wir hauptsächlich bedruckte Stoffe, Eisenwaren und Haushaltsgeschirr geladen hatten, für deren sichere Ablieferung in Kingston ich persönlich verantwortlich war. Auf der Rückfahrt würde ich laut Auftrag eine Ladung Baumwolle, Indigo, Rum sowie andere Erzeugnisse Westindiens nach England befördern; und vielleicht sollte ich gleich an dieser Stelle noch hinzufügen, daß die Mary-Jane rund einhundert Tonnen Fracht zu fassen vermochte, daß mein eigener Name William Barlow und der meines Maats Aaron Taylor ist.

Wie ich bald feststellen mußte, war die Mary-Jane kein schnelles Fahrzeug, aber dennoch ein braves, tüchtiges und zuverlässiges Schiffchen, so daß ich mich mit dem Gedanken tröstete, Sicherheit sei letztendlich mehr wert als Geschwindigkeit. Erst bei Einbruch der Dunkelheit gelangten wir nämlich nach Lundy Island, und es tagte bereits, als wir Land's End passierten. Nur

* Der Schreiber spielt offensichtlich auf Georg III. an, der am 26. Oktober 1760 zum König von Großbritannien gekrönt wurde, nachdem Georg II. am 25. in Kensington plötzlich verstorben war.

mühsam kamen wir vorwärts; doch da der Wind im Laufe der Nacht um ein, zwei Strich gedreht hatte, blieb ich unverdrossen und sagte mir, daß es mit der Zeit schon besser werden würde. Nach einer etwas rauhen, stürmischen Fahrt vor dem Golf von Biskaya umrundeten wir am 4. November glücklich Kap Finisterre und liefen am 18. in Terceira ein, um frisches Wasser an Bord zu nehmen. Dort machten wir eine gut zweitägige Unterbrechung, bis zum Abend des 20. Dann stachen wir neuerlich in See. Der Wind wandte sich nun immer mehr gegen uns, bis er zuletzt stetig von Süden blies, so daß wir, obgleich strahlendes Wetter war, fast so wenig vorankamen, als hätten wir einem Sturm zu trotzen. Nachdem wir uns eine Woche vergeblich zwischen den Wogen abgequält hatten und ich gerade beidrehen wollte, um nach Terceira zurückzukehren, änderte sich die Brise. Sie schlug urplötzlich auf Norden um, und wäre uns ein Nordwest auch mehr zustatten gekommen, waren wir doch immerhin froh, uns im Zickzack durchlavieren zu können.
Langsam, und begleitet von ewiger Sonne an einem wolkenlosen Himmel, machten wir also Fahrt Richtung Tropen, wobei uns das Wetter mit jedem Tag mehr verwöhnte. Das Klima wurde freundlich und milde. Besondere Vorkommnisse hatte es auf unserer Reise bis dahin nur wenige gegeben: ein dänischer Kauffahrer, der eines Morgens auf hoher See gesichtet wurde; eine Schildkröte, die einem aus unserer Mannschaft ins Netz ging; Schwalben auf dem Weg Richtung Süden; ein Verfolger in Gestalt eines Hais, der dem Schiff hinterherschwamm. Solche Belanglosigkeiten waren über Wochen hin alles, was uns an Ungewöhnlichem widerfuhr; Ereignisse, die für Außenstehende gar nicht nennenswert sind, für eine Bordgemeinschaft jedoch lebhaftes Interesse besitzen. Zu guter Letzt – es war der 15. Dezember – erreichten wir den Wendekreis des Krebses und gerieten am 19. in einen dünnen Nebelschleier, der uns zu dieser Jahreszeit und in diesen Breiten zwar erstaunte, uns dessenunge-

achtet aber willkommen war, denn auf Dauer wurde die Sonnenglut zur Qual. Man hatte ja den Eindruck, sie würde uns das Deck unter den Füßen verbrennen. An jenem Tage hing unablässig der Nebel über den Wellen, der Wind flaute ab, und die See war beinahe unbewegt. Mein Maat prophezeite einen Orkan, aber es kam keiner. Im Gegenteil: Wind und Wasser wurden immer stiller. Bei Sonnenuntergang erstarb auch der letzte Lufthauch, und dann brach die Tropennacht herein, eine plötzliche, undurchdringliche Finsternis, in der die Hitze noch drükkender wurde als zuvor.

Ich ging in meine Kajüte, um zu schreiben; das tat ich jeden Abend. Trotz meines dünnen Leinenanzugs und der ringsherum geöffneten Luken fühlte ich mich aber dort eingesperrt. Es war wie in einem Sarg, der einem den Atem raubte. Ich hielt aus, solange ich konnte. Dann schleuderte ich den Federkiel von mir und stieg wieder an Deck, wo ich auf Aaron Taylor und unseren Jüngsten, Joshua Dunn, traf – dieser am Ruder, der Maat bei seinem Wachdienst.

»Eine drückende Nacht, Maat«, sagte ich.

»Das Merkwürdigste, was ich in diesen Breiten je an Nacht gesehen hab«, erwiderte Aaron.

»Wieviel Fahrt machen wir?«

»Gar keine, Sir, oder doch höchstens einen Knoten pro Stunde.«

»Sind die Männer alle in ihren Kojen?«

»Alle, Sir, bis auf Josh und mich.«

»Dann dürft ihr auch schlafengehen, Maat«, sagte ich. »Ich übernehme diese sowie die nächste Wache selbst.«

Der Maat salutierte und verschwand mit einem freudigen »Aye, aye, Sir« in den Niedergang. Wir waren eine so kleine Mannschaft, daß auch ich immer mit Wachdienst tat, und da ich es heute nacht unter Deck nicht aushielt, übernahm ich nur allzugern diese doppelten Stunden.

Das war gegen zehn Uhr abends.

Etwas beinah Furchterregendes lag in der bleiernen Schwere dieser Nacht und in dem fahlen, weißen Nebelschleier, der uns rings umhüllte wie ein Leichentuch, und während ich das einsame Deck abschritt, von keinem anderen Geräusch begleitet als dem Murmeln des Wassers entlang der Schiffswände und dem Knarren des Steuerrads in den Händen unseres Jüngsten, versank ich in tiefe Grübelei. Ich dachte an meine fernen Freunde und Bekannten, an meine alte Heimat in den Hügeln von Mendip, an Bessie Robinson, die mir die Ehe versprochen hatte, wenn ich von dieser Reise zurückkam, und an tausenderlei Hoffnungen, tausenderlei Pläne, alle weit entfernt von dem Schoner MARY-JANE oder irgendeiner Menschenseele an Bord. Aus diesen Betrachtungen wurde ich von der Stimme Joshua Dunns gerissen, der plötzlich, in aufgeregtem Ton, »Schiff ahoi!« rief.

Sein Schrei machte mich im Nu lebendig, denn wir lagen damals sowohl mit Frankreich als auch mit Spanien im Krieg, und es wäre höchst unangenehm gewesen, den Weg eines Feindes zu kreuzen, zumal es in just diesen Gewässern seit Kriegsbeginn schon mehr als einmal zu erbitterten Kämpfen gekommen war. Also hielt ich scharf Ausschau nach allen Seiten, aber ich konnte nichts entdecken als Nebel.

»Wo denn ungefähr, Josh?« rief ich.

»Direkt vor uns, Sir, auf der Luvseite«, antwortete der Steuermann.

Ich trat nach achtern, und als ich angestrengt in die genannte Richtung blickte, sah ich es – den schwachen Schimmer zweier Laternen, die durch den Nebel auf uns zukamen, wahrhaftig! In meine Kajüte stürzen, einen Pistolengürtel und mein Sprachrohr holen, danach wieder an Deck springen, gerade als die gespenstischen Umrisse einer großen Brigg kaum einen Steinwurf weit von der Längsseite unseres Schiffs schimmerten, war die Sache eines Augenblicks. Anschließend verharrte ich ganz still und wartete, bereit, auf einen Zuruf zu antworten, und mehr als bereit, in

der herrschenden Waschküche unbemerkt davonzuhuschen, falls unser furchteinflößender Nachbar an uns vorüberfuhr. Doch hatte ich kaum einen Moment gewartet, da gellte eine laute, vermittels eines Sprachrohrs noch verstärkte Stimme durch den Nebel: »Schiff ahoi! Name? Herkunft? Was ist euer Ziel?«
Worauf ich antwortete: »Handelsschoner MARY-JANE. Auf dem Weg von Bristol nach Jamaika. Und ihr? Name? Herkunft? Welches Ziel?«
Es trat eine sekundenlange Stille ein. Dann sagte die Stimme: »Die ABENTEUER. Auf Heimfahrt.«
Diese Antwort war unpräzis.
»Woher?« wiederholte ich. »Welche Fracht?«
Wieder schien die andere Seite zu zögern; und wieder erfolgte die Antwort nach sekundenlanger Stille: »Von den Schatzinseln, mit Gold und Edelgestein.«
Von den Schatzinseln, mit Gold und Edelgestein! Ich traute meinen Ohren nicht. Ich hatte meiner Lebtag noch nichts von den Schatzinseln gehört, hatte sie nie auf einer Karte gesehen. Ich glaubte nicht, daß solche Inseln existierten.
Die Frage drängte sich mir auf die Lippen, als mir dieser Zweifel durch den Sinn schoß: »Was für Inseln?« rief ich.
»Die Schatzinseln.«
»Position?«
»Zweiundzwanzig Grad dreißig südlicher Breite. Dreiundsechzig Grad fünfzehn westlicher Länge.«
»Habt ihr irgendeine Karte?«
»Ja.«
»Dürfen wir sie sehen?«
»Aye, aye. Kommt nur an Bord.«
Ich befahl dem Steuermann, beizudrehen, und der Fremde tat ein gleiches. Im Nu ragte sein mächtiger Rumpf neben uns auf wie ein großer Felsen. Ein Tau wurde herabgeschleudert, eine Strickleiter ausgeworfen, und ich kletterte an Deck. Ich sah mich

nach dem Kapitän um. Vor mir stand ein großer, hagerer Mann mit pistolengespicktem Gürtel und einem Sprachrohr unter dem Arm, daneben ein Matrose, der eine Fackel hielt, und ihr roter, flackernder Schein ließ mich eine Schar von zwanzig oder mehr Männern rund um das Kompaßhäuschen erkennen. Alle waren lautlos wie Gespenster und schienen, durch den dicken Nebel betrachtet, auch ebenso wesenlos.

Der Kapitän legte eine Hand an seine Mütze, um mich zu begrüßen, und musterte mich mit Augen, die wie Kohlen funkelten, während er sprach.

»Ihr wollt die Karte dieser Inseln sehen?«

»Jawohl, Sir.«

»Dann folgt mir.«

Der Matrose leuchtete uns nach unten, indes ich hinterherging. Auf dem Weg in die Kajüte lockerte ich die Pistolen in meinem Gürtel, damit sie notfalls griffbereit wären, denn etwas Sonderbares umgab diesen Kapitän und seine Männer, ja etwas Sonderbares sogar schon den Bau und den Anblick des Schiffs selbst, und dieses Etwas verstörte mich, ließ mich wachsam sein.

Die Kapitänskajüte war groß, niedrig und duster. Nur eine Petroleumlampe, die unter der Decke baumelte wie ein angeketteter Mörder, erhellte den Raum. Seine Einrichtung bestand aus alten, mit Schnitzereien verzierten Möbelstücken – vielleicht Eiche, aber so schwarz wie Ebenholz – und die Wände schmückte eine Fülle seltsamer Waffen von altertümlicher Gestalt und Machart. Eine Pergamentkarte, akribisch mit roter Tinte gezeichnet, doch ebenfalls alt und vergilbt, lag auf dem Tisch. Der Kapitän setzte einen Finger genau in die Mitte dieses Pergaments, hielt seine funkelnden Augen jedoch weiterhin auf mich gerichtet, und sprach kein Wort. Ebenso wortlos sah ich mir die Karte an. Ich beugte mich darüber und erblickte zwei Inseln, eine größere und eine, die etwas kleiner war, beide exakt auf dem von ihm bezeichneten Breitengrad und nur durch eine Meerenge

voneinander getrennt. Die größere der Inseln war etwa halbmondförmig, die kleinere eher von dreieckiger Gestalt, und sie lag im Nordwesten der anderen.
Beide schienen stark zerklüftet. Während das kleinere Eiland, wie es ausschaute, ganz aus Hügeln bestand, war die Nordostseite des größeren tief eingebuchtet, und eine große Masse türmte sich auf halbem Wege zur Westküste, offenbar ein Berggipfel, nicht weit von dessen Südseite man ein kleines, nach Norden fließendes Gewässer entspringen und in die Bucht münden sah.
»Das hier«, sagte ich mit einem tiefen Atemzug, »sollen also die Schatzinseln sein?«
Der Kapitän nickte grimmig.
»Sind sie französisches oder spanisches Hoheitsgebiet?«
»Sie sind niemandes Hoheitsgebiet«, antwortete der Kapitän.
»Herrenloses Land?«
»Ganz und gar herrenlos.«
»Und die Eingeborenen, sind sie gutmütig?«
»Es gibt keine Eingeborenen.«
»Nein? Demnach sind diese Inseln unbewohnt.«
Der Kapitän nickte abermals, während mein Erstaunen mit jeder Sekunde größer wurde.
»Warum nennt Ihr sie denn ›die Schatzinseln‹?« fragte ich und konnte meinen Blick nicht von der Karte losreißen.
Der Kapitän der Abenteuer trat ein, zwei Schritte zurück, um ein grobes Segeltuch beiseite zu ziehen, welches das andere Ende der Kajüte abschirmte. Er deutete auf einen Stapel symmetrisch angeordneter Goldbarren, eine Reihe längs, eine Reihe quer, über zwei Meter hoch und über einen Meter breit – ein Bauwerk wie aus Mauersteinen, nur daß es sich um Barren von gediegenem Gold handelte.
Ich rieb mir die Augen, sah von dem Goldhaufen zum Kapitän, vom Kapitän auf die Landkarte, von der Landkarte erneut zum Gold.

Mit einem hohlen Lachen zog der Mann das Segeltuch wieder vor und sagte: »Wir haben im Laderaum zweihundertfünfundsiebzig Tonnen Silber und sechs Truhen voll Edelgestein.«
Ich legte mir eine Hand auf die Stirn und lehnte mich an den Tisch. Mir schwindelte.
»Ich muß auf mein Schiff zurück«, sagte ich, immer noch begierig nach der Karte schauend.
Der Kapitän entnahm einem Verschlußschränkchen in der Nähe zwei große absonderliche Trinkgläser mit gewundenen Stielen sowie eine seltsame langhalsige Flasche, schenkte einen dickflüssigen, bernsteingelben Likör daraus ein und reichte mir das Glas mit einem auffordernden Nicken. Als ich mir die Flüssigkeit genau ansah, stellte ich fest, daß sie von kleinen Goldsplitterchen flimmerte.
»Das ist echtes Goldwasser«, erklärte der Kapitän.
Seine Finger waren so kalt wie Eis – das Getränk heiß wie Feuer. Es verbrannte mir Lippen und Mund, floß mir gleich einem Lavastrom die Kehle hinunter, und das Glas entfiel meiner Hand und zersprang auf dem Boden in tausend Stücke.
»Zum Teufel mit Eurem Schnaps!« keuchte ich. »Der brennt ja wie Feuer!«
Der Kapitän ließ erneut sein hohles Gelächter erschallen, daß die Kajüte widerhallte wie eine Totengruft.
»Auf Euer Wohl!« sagte er und leerte sein eigenes Glas, als wäre es Wasser.
Mit immer noch brennender Kehle lief ich den Niedergang hinauf. Der Kapitän folgte mir in zwei, drei Schritten Entfernung.
»Gute Nacht«, wünschte ich, einen Fuß bereits auf der Strickleiter. »Zweiundzwanzig, dreißig Grad Breite, habt Ihr gesagt?«
»Ja.«
»Und dreiundsechzig, fünfzehn Grad Länge?«
»Ja.«

»Danke, Sir, und gute Nacht.«

»Gute Nacht«, erwiderte der Kapitän, während seine Augen glühten wie feurige Karfunkel. »Gute Nacht, und eine angenehme Reise.«

Sprach's und brach sodann in ein Gelächter aus, das noch lauter, noch hohler war als das letzte – ein Gelächter, das sofort von sämtlichen Seeleuten an Bord aufgegriffen und vervielfältigt wurde wie ein schallendes Echo.

Von Leidenschaft entflammt, sprang ich auf mein Deck hinab und beschimpfte sie rundheraus als eine Bande ungehobelter Flegel, doch dies schien ihre höllische Freude nur zu verdoppeln. Dann drehte die mächtige ABENTEUER ab. Sie verblaßte wieder zu einem Geist aus dem Nebel und verschwand endgültig, als auch die letzte höhnische Lachsalve in der Ferne erstarb.

Die MARY-JANE nahm ihre Fahrt erneut auf und ich meine Wache. Die bleierne Stille und Reglosigkeit lasteten auf uns wie zuvor. Sie währten die ganze Nacht hindurch. Der Nebel schloß sich wieder um unsere Bahn, und nur ich war verändert, ich allein. Mein ganzes Wesen schien auf eine jähe, merkwürdige Art wie umgewandelt. All meine Gedankengänge, ja, selbst die Hoffnungen, Pläne und Zielsetzungen meines Lebens waren in neue Bahnen gelenkt. Ich hatte einzig die Schatzinseln und ihren unermeßlichen Reichtum an Gold und Edelsteinen im Sinn. Warum sollte nicht auch ich mir meinen Teil an der Beute sichern? Hatte ich nicht ebensogut das Recht, mich zu bereichern, wie jeder andere, der durch die Meere fuhr? Ich mußte lediglich den Kurs des Schiffs ändern, dann besäße ich im Nu die Schätze von Königen. Und wer sollte mich daran hindern? Wer sollte mir widersprechen? Der Schoner gehörte mir zwar nicht, aber wären die Schiffseigner nicht mehr als zufrieden, wenn ich ihnen den doppelten Wert unserer Ladung in purem Gold zurückbrächte? Ich könnte es tun, und noch immer bliebe ein märchenhafter Reichtum für mich selbst übrig. Es erschien wahnsinnig, auch

nur eine Stunde zu zögern – und doch zögerte ich. Ich hatte kein Recht, von dem vorgeschriebenen Kurs abzuweichen. Laut meines Auftrags mußte ich die Ladung innerhalb einer bestimmten Frist in Jamaika abliefern, sofern Wind und Wetter es zuließen, und wir hatten bereits Wochen verloren. Hin und her gerissen zwischen Bedenken und Begierde, legte ich mich am Ende der zweiten Wache in meine Koje. Ich hätte genausogut versuchen können, im Munitionsdepot eines brennenden Schiffs zu schlafen. Jedesmal, wenn ich die Augen zumachte, sah ich so deutlich, wie ich sie auf dem Tisch des Kapitäns erblickt hatte, die Pergamentkarte. Und schlug ich die Augen wieder auf, dann erschienen in der Finsternis die beiden Inseln, als wären sie mit glühendem Kiel dort eingezeichnet. Zuletzt vermochte ich nicht länger, untätig dazuliegen. Ich stand auf, zog mich an, entzündete meine Lampe, holte meinen Schiffsatlas hervor und ging daran, die Schatzinseln einzutragen. Als ich sie mit einem Stift akkurat vorgezeichnet und die Linien mit Tinte nachgezogen hatte, beruhigte ich mich ein wenig und legte mich wieder schlafen. Diesmal wurde ich von purer Erschöpfung übermannt, und ich erwachte gerade bei Tagesanbruch aus Träumen von Reichtum.
Als erstes stieg ich an Deck, um unsere Position festzustellen. Das Resultat meiner Ermittlungen bewies mir ohne jeden Zweifel, daß wir uns zur Zeit rund zweiundsiebzig Fahrtstunden von der größeren Insel befanden, woraufhin ich einer Versuchung erlag, die stärker war als mein Wille oder meine Vernunft, und ich änderte den Kurs des Schiffs.
Nach diesem entscheidungsschweren Schritt verfiel ich in einen Zustand fieberhafter Ungeduld, der mich weder geistig noch körperlich zur Ruhe kommen ließ. Ich konnte nicht schlafen, konnte nicht essen, konnte nicht stillsitzen oder auch nur drei Minuten an derselben Stelle verweilen. Zwanzigmal am Tag kletterte ich auf den Ausguck, um nach Land zu spähen, und verfluchte den Nebel, der absichtlich vom Himmel geschickt

schien, um mich zu peinigen. Meine Mannschaft hielt mich für verrückt, und das war ich ja auch. Verrückt vor Habsucht, wie schon so mancher vernünftige Mann vor mir und nach mir.
Zu guter Letzt, am Morgen des dritten Tages, kam Aaron Taylor in meine Kajüte und wagte mit allem gebotenen Respekt, Einwände zu erheben. Wir seien schon zwei Grad von unserem Kurs abgewichen und würden geradewegs auf die Bahama-Inseln zufahren statt nach Jamaika. Bei Einhaltung unserer Route hätten wir binnen kurzem in Puerto Rico festmachen können, um Wasser und Proviant aufzunehmen. Nun aber gehe beides zur Neige und könne unmöglich so lange vorhalten, bis wir in der derzeitigen Richtung auf Festland treffen würden. Zur Antwort auf seine Darlegungen zeigte ich ihm die Karte, worauf die beiden Inseln in ihrer angeblichen Position eingetragen waren.
Er betrachtete die Zeichnung, schüttelte dann den Kopf und sagte sehr ernst: »Ich fahre während der letzten fünfzehn Jahre in diesen Breiten, Sir, und ich schwöre auf die Heilige Schrift: Es gibt keine solchen Inseln.«
Daraufhin geriet ich in eine solche Wut, als hätte der Maat sich erdreistet, mein Wort in Zweifel zu ziehen, und verbot ihm, dieses Thema je wieder zur Sprache zu bringen. Kurzum, mein Gemüt war ebensosehr beeinträchtigt wie mein gesunder Menschenverstand, ja, sogar mein Pflichtgefühl, und schuld an alldem war nichts als Gold, dieses verwünschte Gold.
So verstrich denn auch der dritte Tag. Immer noch blieb der Nebel ringsum hängen, schien uns gar zu verfolgen. Die Seemänner erledigten ihre Arbeit nur unwirsch und murrten, wenn ich ihnen den Rücken kehrte. Der Maat sah blaß, ernst und besorgt aus, wie jemand, der voll dunkler Befürchtungen ist. Aber ich für mein Teil war fester entschlossen denn je und schwor mir insgeheim, den ersten Matrosen, der Ansätze zur Meuterei zeigte, zu erschießen. Deshalb reinigte und lud ich meine Pistolen und versteckte einen spanischen Dolch in mei-

nem Hosenbund. Auf diese Weise schleppten sich die Stunden dahin, die Sonne ging zur Rüste, und immer noch war weit und breit kein Festland in Sicht, nicht einmal eine Spur davon.
Fünfundsechzig der zweiundsiebzig Stunden waren nun vorüber, und es schien, als wollten die restlichen sieben nie zu Ende gehen. An Schlaf war nicht zu denken; also schritt ich die ganze Nacht an Deck auf und ab, so begierig auf den ersten Tagesschimmer wartend, als ginge es um Leben und Tod, und je näher der Morgen kam, desto unerträglicher wurde meine Spannung. Ich hielt es kaum noch aus, ja, mitunter schien es sogar, als wollte ich den so glühend ersehnten Augenblick jetzt gern hinauszögern.
Endlich hellte das Grau im Osten deutlich auf, gefolgt von einem Purpurrot quer über den ganzen Himmel. Zitternd wie Espenlaub stieg ich in den Ausguck, und als ich das Bramtopp erreichte, ging gerade die Sonne auf. Ich machte die Augen zu und wagte es einen Moment lang nicht, mich umzusehen.
Als ich sie wieder aufschlug, erblickte ich den ruhigen Meeresspiegel. Er war überall ringsum von Nebel bedeckt, und die zarten Dunstschleier wirkten wie halb durchsichtiger Schnee. Doch unmittelbar voraus, in rund zehn Meilen Entfernung, ragte ein blaßblauer Gipfel aus dem tiefhängenden Nebel. Mein Herz tat einen Satz, als ich diesen Gipfel erspähte, und mir drehte sich der Kopf, denn ich erkannte sofort den Berg auf der Landkarte, der zwischen Bucht und Westküste der größeren Insel verzeichnet war.
Sobald ich meiner aufgewühlten Gefühle einigermaßen Herr wurde, zückte ich ein Taschenfernrohr, um diesen Gipfel genau zu untersuchen. Das Fernrohr bestätigte nur den Augenschein. Dann begab ich mich freudetrunken wieder aufs Deck und befahl Taylor, in den Ausguck zu steigen. Er solle alles melden, was er sichtete, und der Maat gehorchte. Er verkündete jedoch, es sei nichts zu sehen außer Himmel und Nebel.
Ich schäumte vor Wut, wollte ihm einfach nicht glauben. Also

jagte ich den Schiffsjungen auf den Mast, dann einen der Matrosen, aber beide kehrten mit der gleichen Nachricht zurück. Zuletzt kletterte ich selbst noch einmal hinauf und mußte feststellen, daß sie recht gehabt hatten. Mit dem Aufgang der Sonne war auch der Nebel wieder emporgestiegen, so daß die Bergspitze spurlos verschwand. Doch auf das alles kam es im Grunde gar nicht an. Das Land *war da,* ich hatte es selbst gesehen, und wir hielten darauf zu, genau vor dem Wind. Unterdessen ließ ich schon einmal das kleine Beiboot klarmachen. Ich gab Befehl, eine Tüte Zwieback, ein Fäßchen Schnaps, ein paar Entermesser und Musketen sowie einen guten Munitionsvorrat hineinzuwerfen, und versah mich selbst mit Taschenkompaß, Zunderbüchse, Beil sowie einem kleinen Fernrohr. Dies getan, nahm ich ein Stück Pergament, um Namen und Bestimmungsort der MARY-JANE nebst Datum und Jahreszahl darauf zu schreiben, unterzeichnete das Ganze in meiner Eigenschaft als Schiffskommandant und versiegelte es danach mit meinem persönlichen Petschaft in einer dicken Glasflasche, die ich zusammen mit der übrigen Ausrüstung in dem Beiboot verstaute. Ich hatte die Absicht, diese Flasche sowie eine kleine Nationalflagge, die ich mir wie eine Schärpe um die Taille band, auf den Gipfel zu pflanzen.

Meine Vorbereitungen für die Landung waren kaum beendigt, da rief der Maat vom Ausguck: »Brandung voraus!«, und ich stürzte kopfüber an Deck. Der Nebel hatte sich mehr verdichtet denn je, und kein Land war in Sicht, obwohl ich wußte, daß wir uns nicht einmal eine Meile vor der Küste befanden. Sogar die Brandung war nicht zu sehen, aber wir hörten ganz deutlich ihr Getöse. Ich gab auf der Stelle Befehl zum Beidrehen und teilte Taylor, den ich beiseite nahm, meine Absicht mit, augenblicklich mit einem der Beiboote an Land zu fahren. Er reckte die Arme und bat mich inständig, von diesem tollkühnen Unterfangen abzulassen.

»Ich schwöre Euch, Sir«, versicherte er, »es gibt hier keinen Fußbreit Land, in einem Umkreis von vierhundert Meilen nicht! Das sind Korallenriffe, und sich bei diesem Nebel in einem so kleinen Boot zwischen sie zu wagen, heißt, sich ins Verderben zu stürzen. Bleibt wenigstens an Bord, Sir, bis sich der Nebel lichtet.«

Ich aber lachte nur und stellte mich taub.

»Es *gibt* Festland, Maat«, erwiderte ich, »und zwar keine Meile von hier. Vor nicht einmal zwei Stunden habe ich es mit eigenen Augen gesehen. Laßt Euch gesagt sein, dies dort ist ein Land, durch das jeder Mann an Bord sein Glück machen wird. Und was die Brandung betrifft, so nehme ich das Risiko in Kauf. Sollte das Boot vollschlagen, so wird es ein leichtes sein, an Land zu schwimmen.«

»Es wird Euer Tod sein, Sir«, stöhnte der Maat.

Aber das überhörte ich und erteilte statt dessen weiter meine Befehle. Das Kommando der MARY-JANE überließ ich für die Zeit meiner Abwesenheit den Händen meines Maats und bat mir aus, daß er, im Falle der Nebel sich lichten sollte, in der großen Bucht vor Anker ging, die meines Wissens unmittelbar voraus liege. Dem fügte ich noch hinzu, daß ich vor Anbruch der Nacht zurückkehren werde, sofern nichts Unerwartetes geschähe, befahl jedoch, einen Suchtrupp an Land zu senden, sollte ich nach Ablauf von achtundvierzig Stunden nicht wieder an Bord sein. In allem erklärte der rechtschaffene Kerl mir ziemlich unwillig seinen Gehorsam und wünschte mir Lebewohl, aber mit so bekümmerter Miene, als würde er mich unters Richtbeil begleiten.

Dann ließen wir das Boot zu Wasser, ich nahm Josh Dunn als Ruderer mit, während ich selbst das Steuer betätigte, und gab Befehl zum Ablegen. Die Männer an Bord riefen einen freudlosen Abschiedsgruß, und im Handumdrehen war die MARY-JANE vom Nebel verschluckt.

»Josh«, sagte ich, als die Brandung immer lauter wurde, »falls das Boot vollschlägt, werden wir um unser Leben schwimmen müssen.«

»Aye, aye, Sir«, erwiderte forsch mein Ruderer.

»Direkt voraus liegt Festland«, fuhr ich fort, »und hinter uns die MARY-JANE. Aber ein kleiner Schoner ist bei Nebel leichter zu verfehlen als eine große Insel wie Malta oder Madeira.«

»Aye, aye, Sir«, sagte Josh wie zuvor.

»Wenn du also klug bist, schwimmst du, was du kannst, auf das Ufer zu, so wie auch ich es tun werde. Stopfen wir uns die Taschen lieber schon einmal mit Zwieback voll, nur für den Notfall.«

Und damit teilte ich den Inhalt der Zwiebacktüte auf, um unsere Taschen zu füllen. Das Tosen der Brandung war inzwischen so laut geworden, daß wir einander kaum verstehen konnten, und schon sah man durch den Nebelschleier die weiße Gischt.

»Halbe Kraft, Josh!« schrie ich. »Rauhe See voraus.«

Die Worte waren kaum über meine Lippen gekommen, da geriet unsere Nußschale zwischen die wütenden Brecher. Wir wurden hin und her geworfen, von Schaum durchnäßt und nahezu betäubt vom Donnern der Fluten. Ich sah sofort, daß kein Boot einen solchen Hexenkessel überstehen konnte – unseres hielt sich nicht mal fünf Minuten. Von Woge zu Woge geschleudert, kämpfte es sich vielleicht hundert Meter vorwärts. Dann schlug es voll, kenterte und verschwand plötzlich unter unseren Füßen.

Auf diese Katastrophe gefaßt, spielte ich »toter Mann«, das heißt, ich ließ mich dahintreiben, die Arme fest an die Seite gelegt, Mund und Augen geschlossen, regungslos wie ein Kork auf den Wellen. Als ich jedoch bemerkte, daß sie mich nicht zum Ufer brachten, sondern nur in der Brandung umherschleuderten, gab ich gleich meine Hoffnung auf und schwamm als eine echte Wasserratte aus Leibeskräften Richtung Küste. Blind vom Toben der Fluten, hin und her geworfen, atemlos, im einen Moment auf die Krone eines mächtigen Brechers gehoben, im andern begraben unter einem grünen Wellengebirge, kämpfte ich mich, Wind und Wogen trotzend, mit einer so übermenschlichen Kraft und Ausdauer voran, wie nur die Liebe zum Leben und zum Reichtum sie einflößen konnten. Plötzlich spürte ich Grund unter den Füßen – jetzt nicht mehr – dann wieder. Ich legte alle meine Kräfte in eine letzte, verzweifelte Anstrengung und stürzte mich durch die tobende Gischt, die wie ein mächtiges Bollwerk entlang des ganzen Küstenstrichs schäumte, bis ich, mit dem Gesicht nach unten, auf dem dahinterliegenden Kies landete.

So blieb ich fünf Minuten liegen, gerade noch in Reichweite der Gischt, aber hinter der Brandungslinie, restlos ausgelaugt und benommen. Nicht einmal meines glücklichen Entrinnens war ich mir recht bewußt. Doch nach und nach kam ich zu mir, rappelte mich auf und stellte fest, daß ich mich auf einem breiten, abschüssigen Kiesgürtel befand, der sich nach beiden Seiten hin im Nebel verlor. Hinter diesem Strand verlief eine Reihe niedriger Klippen, und auf ihrem Kamm ragten die buschigen Wipfel eines weitläufigen Waldes von Kokospalmen empor, fern und verschwommen in der von Nebel feuchten Luft. Das also war sie, die gesuchte Insel – greifbar, unbestreitbar, tatsächlich vorhanden! Ich nahm eine Handvoll loser Kiesel, stampfte mit meinen Füßen auf den steinigen Grund, lief den Strand entlang. Das Ganze hier war kein Blendwerk, kein Wahn. Ich war wach, nüchtern, im Vollbesitz meiner geistigen Kräfte. Alles war das, wonach es auch aussah, alles überprüft, für wahr befunden und somit Wirklichkeit.

Indem ich von einem Zustand halb ungläubigen Staunens in wilde, ungezügelte Freude verfiel, lief ich einige Minuten wie irrsinnig, jauchzte, sprang, klatschte in die Hände, ließ mich zu den närrischsten Triumphgebärden hinreißen. Doch mitten in dieser Tollheit durchzuckte mich der Gedanke an Josh Dunn, und ich war schlagartig ernüchtert. Was war aus dem armen Kerl geworden? Seit dem Moment, da das Boot kenterte, hatte ich ihn nicht *einmal* mehr gesehen. War er auf das Schiff zugeschwommen oder auf die Küste? War er gerettet oder verloren? Ich ging am Ufer auf und ab, bei jeder Welle befürchtend, seinen Leichnam herantreiben zu sehen, fand aber weit und breit keine Spur von ihm. Zu guter Letzt gab ich in der Überzeugung, daß es keinen Zweck hatte, meine Suche auf und wandte mich den Klippen zu.

Über den Daumen gepeilt, schätzte ich es jetzt auf zehn Uhr vormittags. Die Hitze wurde von Nebel und Meeresbrise gedämpft, und ich beschloß, den Bergesgipfel bis spätestens Sonnenuntergang zu erreichen. So marschierte ich über den Strand schnurstracks zu einer Stelle, an der die Klippen etwas niedriger und zerklüfteter wirkten und ich ziemlich mühelos die Felswand erklimmen und den Saum des darüberliegenden Palmenwalds erreichen konnte. Dort warf ich mich in den Schatten und inspizierte den Inhalt meiner Taschen. Der Rum, die Munition und andere Teile der Ladung waren mit dem Boot verlorengegangen, aber ich stellte fest, daß ich immer noch all das bei mir hatte, was an meinem eigenen Leibe verstaut war, und nacheinander zog ich meine Zunderbüchse, mein Teleskop, meinen Taschenkompaß, mein Klappmesser sowie andere Kleinigkeiten hervor, die jedoch allesamt (bis auf den Kompaß in seinem dichten Blechgehäuse) mehr oder minder vom Salzwasser beschädigt waren. Was den Zwieback betraf, so war er nur mehr ein ekelerregender Brei, den ich angewidert wegschleuderte. Da verließ ich mich schon lieber auf die Kokosnüsse als Nahrung, die ich dichtgedrängt und zu Hunderten über meinem Kopf hängen sah; und weil ich um diese Zeit einen herzhaften Frühstücksappetit besaß, erkletterte ich den Baum, an dem ich gerastet hatte, holte mir drei, vier der Nüsse herunter und hielt ein köstliches Mahl. Dann schraubte ich mein Fernrohr auseinander, um die Gläser zu putzen, sah orientierungshalber auf meinen Kompaß und brach zum Weitermarsch auf. Da ich feststellte, daß rechter Hand, entlang der Küstenlinie, Norden war, folgerte ich, daß ich an irgendeiner Stelle vom Ostufer der Bucht an Land geschwommen sein mußte – jener Bucht, in der ich gehofft hatte zu ankern. In diesem Falle brauchte ich nur genau westwärts zu laufen, um den Fuß jenes Berges zu erreichen, den ich mir als Gegenstand meines ersten Erkundungstages vorgenommen hatte. Und genau westwärts wandte ich mich demnach, ging, den Kompaß in meiner Hand, durch den grünen Waldesschatten meines Wegs. Hier waren Kühle, Stille und Einsamkeit vollkommen. Der Moosteppich, der den Boden bedeckte, ließ mich nicht einmal meine eigenen Schritte hören, und obwohl ich mehrere Vögel mit farbenprächtigem Gefieder sah, gaben sie doch nicht den geringsten Laut von sich, sondern saßen wie gemalte Figuren in dem Gezweig, von wo sie mich ohne jegliche Furcht betrachteten. Ein-, zweimal erblickte ich auch einen Affen, der mit seinem langen Schwanz wie ein Eichhörnchen durch die höchsten Baumwipfel flog; doch im Nu war er wieder verschwunden, so daß der Ort nur noch wilder und einsamer erschien. Überall ragten wie anmutige Säulen, die das Dach eines gewaltigen Tempels trugen, Hunderte von schlanken Palmenstämmen empor, auf natürliche Art mit ihren Jahresringen markiert; und wo das Astwerk sich öffnete, traten hier und da Fleckchen blauen Himmels sowie goldene Sonnenstrahlen zutage.

Nach rund anderthalb Meilen, auf denen die Atmosphäre mit jedem Schritt heller und freundlicher wurde, gelangte ich plötzlich auf eine weite, ebene Wiese, von vereinzelten Bäumen bestanden wie ein englischer Park und von einem Gewässer durchschlängelt, das in der prallen Sonne wie flüssiges Silber glitzerte. Jenseits dieser Wiese, etwa in einer Entfernung von weiteren anderthalb Meilen, lag ein zweiter, anscheinend noch

weitläufigerer Wald, hinter dem seinerseits – von dem tiefblauen Himmel so scharf umrissen, daß sie fast zum Greifen nahe erschien – eine schroffe Bergzinne aufragte, halb von Bäumen verkleidet und gekrönt von irgendeinem Gebäude mit einem Leuchtfeuer auf dem Dach. Die Höhe dieses Gipfels schätzte ich auf gut sechzig Meter, und ich erkannte auf Anhieb denselben Berg, den ich heute früh vom Ausguck der MARY-JANE aus gesichtet hatte. Aber ich erkannte auch die Wiese und den Fluß, beides in exakt der geographischen Lage wie auf der Landkarte.
Da ich beim Weitergehen jede meiner Hoffnungen bestätigt fand, zog ich den Erfolg meines Unterfangens nun nicht mehr in Zweifel. Frohgemut schlug ich mich vorwärts und stellte dabei zu meiner Unterhaltung Mutmaßungen über den Schatz an. Wo würde er mich wohl erwarten? Und in welcher Gestalt? Vielleicht müßten wir ihn ja aus dem Boden abbauen. Für diesen Fall beschloß ich, wenn nötig, an der ganzen Insel entlang einen sicheren Hafen zu suchen, wo man die MARY-JANE verankern könnte. Dann würde ich meine gesamte Mannschaft an Land kommen lassen, ein paar behelfsmäßige Hütten aufstellen und die Männer hart an die Arbeit schicken. Sie müßten graben und schmelzen, bis kein Barren mehr in unserem Schiffchen Platz hätte. War dies getan, würde ich schnurstracks nach Jamaika segeln, meinen Schatz bei irgendeiner Kolonialbank deponieren, mir ein geräumiges Schiff zulegen, eine große Mannschaft anheuern und sogleich zurückfahren, um eine neue Ladung Reichtümer zu holen. Was sollte mich daran hindern, *immer und immer wieder* zu kommen – einen Reichtum von hier mitzunehmen, wie kein König oder Kaiser auf der ganzen Welt ihn vorweisen konnte?
In Träume von unermeßlicher Macht und Herrlichkeit versunken, nahm ich weder Hitze und Müdigkeit noch die Meilen wahr, die ich zurücklegte. Der Nebel war inzwischen spurlos verschwunden, und die Atmosphäre schien wie von Zauber-

hand klar und freundlich geworden. Ein sanfter Wind wehte von Westen. Das üppige Gras der Savanne war mit Blumen überwuchert. Und selbst die mit Moos gepolsterten Lichtungen des zweiten Waldes leuchteten lila und purpurrot von Beeren, die ich nicht zu probieren wagte, obwohl sie einen köstlichen Duft verströmten. Dieser Wald erwies sich als größer denn der erste. Er war auch dichter, und ich fragte mich schon, wie tief er mich noch führen würde, da stand ich plötzlich am inneren Saum der Baumwildnis, vor mir ein seltsames, aufrüttelndes Panorama.

Der Wald endete nämlich unvermittelt rund eine halbe Meile vor dem Fuß des Berges, den er mit einem einzigen ungeheuren Gürtel von lebendem Grün umgab. Zwischen diesem Wald und dem Berg aber lagen die Kuppeln, Zinnen und mit Efeu überwucherten Mauern einer versunkenen Stadt, einst reich und prunkvoll, heute ganz und gar ausgestorben und in Trümmern. Der große einsame Berg, auf den ich so lange zugewandert war, ragte aus ihrer Mitte, und noch mehr Ruinen drängten sich den Fuß und die Felsverstrebungen dieses Berges hinauf. Darüber folgten Bäume und Dickicht, gekrönt – und gegen den Himmel noch schroffer wirkend – von einem nackten zerklüfteten Gipfel. Als ich ihn mit Hilfe meines Fernrohrs in Augenschein nahm, entdeckte ich ganz oben auf der Spitze ein kleines weißes Gebäude, das, soweit ich sehen konnte, von einer pyramidenähnlichen Verzierung überragt wurde; und darauf wiederum ein strahlendes Leuchtfeuer – dasselbe, das ich schon im Vormittagslicht hatte blitzen sehen. Beim Verlassen des ersten Waldes hatte ich es ausgiebig untersucht. War es aus Glas oder aus irgendeinem lichtabweisenden Metall? Drehte es sich oder waren diese grellen Blitze, die aus seinem Innersten herauszukommen schienen, bloß eine Reflexion der Sonnenstrahlen? Derartige Fragen fand ich ohne nähere Untersuchung unmöglich zu beantworten. Ich konnte lediglich, schwindelnd und halb geblendet, meinen Blick abwenden, um dann noch ungeduldiger und begieriger als bis dahin schon vorwärts zu streben.

Nach ein paar Metern gelangte ich zu einem mächtigen Wall aus zerfallenem Mauerwerk, der, soweit ich erkennen konnte, die gesamten Ruinen umgab, hier höher, da niedriger, und der allüberall von Bäumen und Klettergewächsen überwuchert war. Nach Bewältigung dieser ersten Hürde stand ich unversehens vor den Trümmern eines hohen kreisrunden Bauwerks. In sein Portal waren seltsame Hieroglyphen geschnitzt, und sein Kuppeldach wies noch Überreste von verblaßtem Gold und Farben auf. Da ich den Eingang verschüttet fand, ging ich weiter, so schnell das unwegsame Gelände es erlaubte, und gelangte als nächstes zu einem kleinen quadratischen Bau, der, so schien es, aus reinstem weißem Marmor bestand und über und über mit eingemeißelten Arabesken und sagenhaften Raubtiergestalten verziert war. Da ich keinerlei Eingang entdeckte, zog ich den Schluß, daß es sich um eine Art Grabmal handelte. Dann folgte ein zweiter Tempel, dessen Kuppel anscheinend mit feinstem Blattgold überzogen war, und nach diesem wiederum eine ungeheure Anzahl von Grabkammern, manche aus weißem, manche aus rotem und andere aus grünem Marmor; daraufhin eine hügelige Fläche von ununterscheidbarem Geröll, dann ein mit Jaspis und Onyx besetzter Obelisk, und zum Schluß, halb an den steinigen Fuß des Gipfels gelehnt, unter dem ich jetzt gleich stand, halb in ihn hineingehauen, ein Bauwerk von größeren Ausmaßen, als ich sie bislang hier erblickt hatte. Die Fassade dieses Gebäudes ragte, so zerfallen und verunstaltet sie heute war, gut neunzig Meter hoch empor, und das gewaltige Portal wurde von zwei steinernen Kolossen, halb Mensch, halb Adler, getragen, die sich, bis auf halbe Kniehöhe in Trümmern begraben, dennoch mehr als fünfzehn Meter vor dem Blick hinaufreckten, während sich aus der Mitte des Dachs so etwas wie eine niedrige, breite Pyramide erhob, die mit Gold und Farben phantasievoll verziert war.

In diesem Tempel, das spürte ich, würde ich mit Sicherheit Schätze finden. Die einzige Schwierigkeit bestünde darin, mir Zutritt zu verschaffen, denn das stolze Portal verschüttete ein wahrer Berg zerbrochener Bildhauerarbeiten, die anscheinend direkt über dem Eingang von der Wand gestürzt waren. Über und zwischen den Trümmern wucherte eine verschlungene Masse von Gestrüpp, Kletterpflanzen und mächtigen stachligen Kakteengewächsen, und Menschenhand hätte den Zugang zu diesem Heiligtum der Götter kaum wirkungsvoller verbarrikadieren können, als es Zeit und Verfall getan hatten.

Nur mit einem Taschenmesser als Werkzeug wäre es ein aussichtsloses Unterfangen, mich durch so einen Dschungel zu schlagen, das wußte ich. Darum wandte ich mich von der Stirnseite des Tempels ab und inspizierte die Flanken, wo das Gebäude aus dem Felsen hervortrat. Aber selbst das war keine leichte Sache, so wie große, von Buschwerk bestandene Geröllhaufen das ganze Gelände übersäten, das ich nach besten Kräften und ohne auf etwaige Hand- und Gesichtsverletzungen zu achten, bewältigen mußte. Dabei entdeckte ich die ganze Zeit keine Spur von Öffnungen oder Fenstern, durch die Licht in das Gebäude hätte dringen können, und auch keine andere Tür als das große Portal in der Fassade.

Schließlich fiel mir ein, daß ich ja vielleicht einen Weg in das Innere finden würde, wenn ich den Teil des Berges erklomm, an den das gigantische Bauwerk sich anlehnte; von dort müßte ich irgendwie auf das Dach springen. Also ging ich ein Stückchen weiter, zu einer Stelle, wo der Anstieg etwas leichter wirkte als anderswo, und tatsächlich schaffte ich es bis empor zu einer Felskante, die das Tempeldach überragte. Vor mir lag eine riesige Terrasse, inmitten die Pyramide. Vergleichsweise frei von Trümmern, wie sie unten jeden Fußbreit Boden übersäten, war dieses Dach nur mit Gras und Moos bewachsen, hier und da auch mit ein paar jungen Bäumchen und Büschen, soweit der Staub der Jahrhunderte genügend Nährstoffe für ihre Wurzeln bot. Ich sprang auf diese Dachterrasse hinab und ging daran, deren Oberfläche vom einen Ende zum anderen zu erforschen, wobei ich jedoch stets darauf achtete, nicht irgendeine Schwachstelle zu betreten und in die darunterliegende Tiefe zu stürzen. Und das war gut so. Als ich mich nämlich auf halbem Wege von der Rück- zur Vorderseite befand und die Pyramide schon ein paar Schritt hinter mir lag, stand ich plötzlich am Rand einer gewaltigen Grube, gesäumt von überhängendem Buschwerk. Die Büsche klammerten sich an die Kanten und hatten ihre Zweige ineinander verschlungen, als fürchteten sie zu fallen. Nur einen Schritt weiter, und ich selbst wäre in diesen Abgrund gestürzt. Erschrocken prallte ich zurück. Ich spähte in die Finsternis – ihre Tiefen waren unergründlich. Dann verfolgte ich die Umrisse der Grube und stellte fest, daß es sich um ein längliches Parallelogramm handelte, offenbar angelegt, um Licht in das Innere zu lassen. Hier also war ein nicht versperrter Zugang zu dem Gebäude, aber keiner, den ich mir ohne Hilfe einer Leiter zunutze machen konnte. Ich riß einen Busch weg, der am Rande der Grube wuchs, legte mich bäuchlings auf den Boden, hielt mir eine Hand über die Augen, damit mich die Sonne nicht blendete, und blickte in diesen Schlund hinab. Einige Minuten lang sah ich gar nichts, alles schien stockfinster wie im Trichter eines erloschenen Vulkans. Nach und nach jedoch wurde jeder Umriß undeutlich erkennbar. Ich erblickte Schutt- und Trümmerhaufen, die wahrscheinlich von der Innendecke gestürzt waren, sowie die unteren Gliedmaßen einer weiteren Kolossalstatue, deren obere Partie ich nur würde sehen können, wenn ich mich in das Gebäude abseilte. Es wäre Unsinn, mich so weit hinunterzubeugen, bis ein Stückchen zuviel mich vornüberkippen ließ. Es wäre Unsinn, die Stärke jedes Busches und jeder Ranke rings um die Öffnung auszuprobieren. Mehr als das hier wurde mir für die Mühen des Aufstiegs nicht zuteil, und mehr durfte ich nicht erhoffen.

Zu guter Letzt stand ich, langsam und zögernd, wieder auf, um erst einmal nachzudenken. Wie machte ich nun am besten weiter? Die Stadt lag zu meinen Füßen, der Berg ragte über meinem Kopf empor. Auf der Höhe, wo ich mich jetzt befand, und noch ein Stück weiter bergauf standen mehrere dieser kleinen Gebäude verstreut, hinter denen ich Grabmäler vermutete. Ob ich dort einmal nachsehen sollte, um irgendwelchen Zugang zu den Schätzen zu entdecken, die wahrscheinlich mit den Gebeinen der Toten darin beigesetzt waren? Oder sollte ich meinen ersten Plan weiter verfolgen, nämlich die Felszinne zu ersteigen, die englische Flagge dort aufzupflanzen und mit einer gründlichen Untersuchung der ganzen Stadt nebst deren Umland zu beginnen? Ich zauderte nicht lange. Trotz meiner körperlichen Anstrengungen und meiner langen Nachtwache fühlte ich mich fast noch frisch und entschloß mich zum Aufstieg.

Es war ein mühseliges Unterfangen, welches meine Kräfte und Ausdauer bis zum letzten forderte.

Die ersten rund zweihundert Meter, wo der Hang weniger schroff war und wo Gebäude die Bergterrassen bedeckten, gingen vergleichsweise einfach, und ich konnte der Versuchung nicht widerstehen, meine Aufmerksamkeit für ein paar Minuten einem Grabmal zu schenken, das baufälliger schien als jedes bisher gesehene. Bei näherem Herankommen stellte ich fest, daß es sämtliche Anzeichen für ein gewaltsames Eindringen vor gar nicht so langer Zeit aufwies. Das Gebäude war klein, quadratisch, aus weißem Marmor errichtet und mit Kuppeldach, wobei letzteres offensichtlich mehrere Schläge mit einem sehr scharfen Werkzeug erhalten hatte, denn an vielen Stellen war es schartig und geborsten. Auch ein großes Stück Mauerwerk war auf der einen Seite durchbrochen und dann wieder aufgeschichtet worden.

Eine unbezwingbare Neugier trieb mich, die Steine erneut herauszuziehen und in das Innere der Kammer zu gucken. Die

Quader waren schwer, und ich konnte sie nur mit Mühe entfernen. Dabei rollte einer den Hang hinab und schmetterte durch das Buschwerk fünfundvierzig Meter unter mir, woraufhin sich eine Anzahl prachtvoller Vögel kreischend in die Luft erhob, um mit schwerem Flügelschlag davonzufliegen.

»Was für ein Dummkopf ich bin!« sagte ich laut, während ich mir den Schweiß von der Stirn wischte und eine Ruhepause einlegte. »Was für ein Dummkopf ich bin, meine Kräfte so zu erschöpfen, obgleich andere mir doch schon zuvorgekommen sind und alles, was hier von Wert gewesen sein mag, zweifellos längst geplündert haben. Aber sei's drum. Jedenfalls haben sie miserable Arbeit geleistet, und wenn ich schon dabei bin, kann ich auch gleich nachsehen, ob es wirklich eine Grabkammer ist und ob die anderen Grabkammern unsere Mühe lohnen.«

Also ging ich wieder tatkräftig ans Werk und entdeckte zu meiner Genugtuung, daß nur noch etwas Schutt und Geröll übrigblieb, wenn drei oder vier der Marmorquader einigermaßen entfernt waren. Und in rund einer Viertelstunde gelang es mir auch, eine hinreichend große Öffnung freizulegen, um in das Innere des Gebäudes zu kriechen, wo ich feststellte, daß ich aufrecht darin stehen konnte. Ich wartete, bis meine Augen sich an die Dunkelheit gewöhnt hatten, und ganz allmählich, wie schon vorher, wurde ein Gegenstand nach dem anderen sichtbar. Zweifellos, das hier war eine Grabstätte.

Die Kammer maß etwa drei mal zwei Meter und wurde von einer Decke, knapp zehn Zentimeter über meinem Kopf, verschlossen. Reinste Alabasterplatten, über und über voll merkwürdiger eingehauener Schriftzeichen, säumten die Wände, während die Decke mit primitiven Abbildungen von Vögeln, Fischen, Gewächsen und halb menschlichen, halb tierischen Lebewesen bemalt war. Ein paar zerbrochene dunkelblaue Urnen lagen über den Fußboden verstreut, und am anderen Ende der Kammer, auf einem Sims aus schlichtem weißem Marmor, stand eine Alabasterschatulle, deren vollkommen zertrümmerter Deckel in der Nähe lag. Es war zu finster, als daß ich auf den Grund dieser Schatulle hätte sehen können, aber ich langte hinein und stellte fest, daß sie, wie erwartet, leer war. Doch gerade als ich meine Hand zurückziehen wollte, stießen meine Finger auf etwas Kleines. Es fühlte sich wie eine Erbse an. Ich ergriff diesen Gegenstand und holte ihn ans Licht. Es war eine schöne, reine Perle, zwar leicht verfärbt durch die Feuchtigkeit, aber so groß wie eine gewöhnliche Stechpalmenbeere.

Diese Entdeckung ließ mein Herz einen Freudensprung tun und entschädigte mich für alle Mühe, die mir das Einbrechen in diese Gruft bereitet hatte. Die Perle an sich besaß wahrscheinlich keinen sehr großen Wert, aber sie war ein Vorgeschmack auf den Reichtum, den ich in jenen, von früheren Abenteurern noch unberührten Gräbern erhoffen durfte. Sicherheitshalber steckte ich sie in meine Zunderbüchse und nahm mir vor, die Männer auf der MARY-JANE damit zu überraschen. Es wäre nicht nur ein Beweis für die Beute, die uns erwartete, sondern auch ein persönliches Vergnügen.

Wenn schon die Grabkammern Schätze enthalten, jubelte ich im Geiste, welchen Fund dürfen wir uns dann erst in Tempeln und Palästen erhoffen?

Mir drehte sich der Kopf von märchenhaften Aussichten auf Reichtum. Ich malte mir die Tempel aus, mit kostbaren Altären und Opferschalen von Gold und Silber, die Paläste mit unerforschten Gemächern, in denen sich Thronsessel, fürstliche Ausstattungsstücke und mit Edelsteinen besetzte Waffen befanden, die Grabmäler, gefüllt mit dem prunkvollen Zierat verstorbener Könige. Aladins Juwelengarten war nicht reicher an Schönheit und Wundern, als es die Ruinen dieser verschollenen Stadt nun wurden. Und dann kam der kaum faßbare Gedanke, daß sämtliche Schätze dieses ausgestorbenen Volkes jetzt *mir* gehörten. Die Insel war ja herrenlos, unbesetzt, unbewohnt. Sie war *mein,* der sie nach Belieben erkunden, durchsuchen und plündern durfte.

Ich kroch aus der Grabkammer wieder ins Freie und atmete jubilierend die frische Luft ein. Dann sah ich zu der mächtigen Felsspitze empor; man konnte schwerlich behaupten, daß ich mit ihrer Ersteigung auch nur begonnen hatte. Die Sonne schien sich bislang kaum fortzubewegen, und der herrliche Tag stand noch immer in seinem Zenit. Ich setzte mich ein paar Sekunden, erquickte meine ausgedörrte Kehle mit ein paar köstlichen purpurroten Beeren, die an den Büschen dicht neben mir wuchsen, und holte dann meine Perle hervor, um sie im hellen Tageslicht zu begutachten. Der Anblick verlieh mir neue Tatkraft. Ich stand auf, legte die Perle wieder in ihre Büchse und setzte mein Unternehmen fort.

Innerhalb weniger Minuten hatte ich die letzte Terrasse und das letzte Grabmal unter mir zurückgelassen und beschritt jenen Teil des Berghangs, wo der Fels steiler wurde und von Dornicht überwuchert war, durch welches ich mir nach Kräften einen Weg bahnen mußte. Aber ich bahnte ihn mir, auch wenn meine Hände und mein Gesicht zu bluten begannen und mir die Kleider nahezu vom Rücken gerissen wurden. Keuchend und erschöpft kämpfte ich mich durch den Gestrüppgürtel und kam letztendlich auf dem darüberliegenden Felsen heraus.

Von hier erhob sich der kahle Gipfel, gut dreihundertfünfzig Meter über meinem Kopf. Beim Anblick dieser furchtbaren Klippe sank mir das Herz, denn auf diesem Gestein konnte nicht einmal eine Ziege Fuß fassen und kein Kletterer sich an einen Zweig oder Grashalm klammern, so dünn waren sie gesät. Da es anderswo vielleicht weniger steil wäre, schlug ich mich weiter nach Westen durch, um die Klippe herum, und tatsächlich – dort entdeckte ich den Fuß von etwas, das wie eine grobschlächtige, aus dem nackten Felsen gehauene Treppe erschien. Sie war gigantisch. Jede Stufe maß bis zu über einen Meter Höhe, und manche davon waren so tief, daß drei, vier Personen der Länge nach darauf Platz gehabt hätten, während man auf andere kaum seinen Fuß setzen konnte; und viele waren völlig zerfallen, wodurch sich die Schwierigkeit des Anstiegs verzehnfachte. Mit Ausdauer, angeborener Behendigkeit, einem kühlen Kopf und festem Willen jedoch sprang, kletterte und turnte ich irgendwie diese halsbrecherische Treppe hinauf, nur dann und wann einmal rastend, um auf die breiter werdende Landschaft hinunterzublicken. Schließlich stand ich auf der letzten Stufe, und der Gipfel, der bisher von den tödlichen Steilwänden verdeckt gewesen war, ragte urplötzlich über meinem Kopf auf.

Er wurde durch eine Art schrägwandiger Plattform noch künstlich erhöht, die wie eine Pyramide mit abgesägter Spitze aussah und auf der sich ein massives kastenförmiges Gebäude aus weißem Marmor befand. Der große offene Eingang dieses Gebäudes wies nach Osten. Und es diente seinerseits als Sockel eines riesigen Götzenbilds, das mit übereinandergeschlagenen Beinen und gräßlichem Gesicht gen Sonnenuntergang blickte. Trotz ihrer sitzenden Haltung maß die Statue mindestens sechs Meter und trug einen großen Kopfschmuck von merkwürdiger, funkelnder Beschaffenheit, dessen Glanz mir zuerst in den Augen weh tat. Als sie aber wieder einigermaßen sehen konnten, trat ich näher, um dieses Götzenbild zu untersuchen. Zu meinem Erstaunen stellte ich fest, daß es von Kopf bis Fuß ein einziges unschätzbares Konglomerat von kostbaren Steinen war – der Leib aus Jaspis gemeißelt, Arme und Beine aus rotem Onyx, Hände, Füße und Gesicht aus reinstem Alabaster, und um seinen Hals lag, eingebettet in den Jaspis-Untergrund, eine kostbare Kette aus Türkisen und Granaten, um seine Hüften ein Gürtel, besetzt mit großen Smaragden, um seine Hand- und Fußgelenke, um Arme und Knie kunstvolle Reife aus Amethyst und Opal, während jedes Auge durch einen Rubin, so groß wie ein Kronenstück, dargestellt wurde. In den Ohren der Statue befanden sich mächtige Gehänge aus reinstem, verschwenderisch in Gold gefaßtem Saphir, von denen jeder den Umfang eines gewöhnlichen Hühnereis besaß, über ihren Knien lag ein goldenes Krummschwert, dessen Knauf aus einem einzigen Beryll geschliffen war, und auf ihrem Haupt ... Ich rieb mir die Augen, um mich zu vergewissern, daß ich nicht träumte, erklomm die Mauern des Gebäudes, kletterte auf die Schultern des Götzenbilds, untersuchte es von allen Seiten und kam letztendlich zu dem Schluß, daß dieses Kleinod, welches ich vom Meer aus für ein Leuchtfeuer gehalten, nichts anderes war als ein einziger reiner, unschätzbarer Diamant, wie ihn die Welt noch nicht gesehen hatte.

Er besaß fast kugelförmige Gestalt, obwohl wie der Erdball an beiden Polen leicht abgeflacht, war ringsherum zu kleinen Facetten geschliffen, von denen jede in allen Farben des Regenbogens schillerte, und maß gut einen halben Meter Umfang.

Als ich mich einigermaßen von der Aufregung und von dem Staunen erholt hatte, in die ich bei dieser großen Entdeckung verfallen war, und mit hinreichend kühlem Kopf auf die Gefilde unter mir hinabsah, erblickte ich die ganze Insel zu meinen Füßen wie auf einer Landkarte.

Die kleinere lag nicht weit entfernt, im Nordwesten, und war von dieser hier durch eine etwa zwei Meilen breite Meerenge getrennt, während sich vom Uferstrich unten bis zum allerfernsten Horizont eine einzige funkelnde und von keinem Dunsthauch getrübte, von keinem Segel unterbrochene Bläue dehnte – das Meer. Ich suchte die MARY-JANE, aber sie wurde durch die Klippen verdeckt, welche die Ostküste in der Richtung säumten, wo ich gelandet war. Dann zog ich mein Fernrohr hervor und nahm beide Inseln genau in Augenschein. An den Hängen der kleineren verstreut, erblickte ich die Überreste von allerlei Kuppelbauten und pyramidenähnlichen Gebilden, deren Dächer und Seitenwände größtenteils mit Blattgold belegt schienen und

in der Sonne gleißten, während sich zu meinen Füßen und sehr viel weitläufiger, als ich zuerst vermutet hatte, die Ruinen einer unüberschaubaren Anzahl von Palästen, Tempeln, Grabmälern und Triumphbögen befanden. Viele davon, besonders die im Westen der Insel, den ich jetzt zum erstenmal sah, waren in sehr gut erhaltenem Zustand und reich mit Blattgold, Malereien, Bildhauerwerken und kostbaren Metallen verziert. Ohne Zweifel enthielten sie alle Götzenstatuen nach dem Muster derjenigen, auf der ich nun so ungeniert Ausguck hielt, und dazu Schätze jeder erdenklichen Art.
Im Moment aber beschäftigte mich nichts als das Hier und Jetzt. Also überließ ich die Erkundung der Ruinen einem Zeitpunkt, da ich auf die Hilfe meiner Männer zurückgreifen könnte, und begann mit meinem Federmesser soviel wie möglich von der Beute innerhalb meiner unmittelbaren Reichweite sicherzustellen. Als erstes machte ich mich natürlich über den Diamanten her, den ich mit unendlicher Mühe aus seiner »Fassung« löste, das heißt, einer Art sehr harten Zements, mit dem er auf dem Kopf des Götzenbildes befestigt war und den ich zerstoßen mußte. Als ich den Stein endlich freibekam, verknotete ich ihn in der Flagge, die ich die ganze Zeit um meine Taille trug, und ließ mich an der Ostseite des Gebäudes hinab, wo ich einen Kellereinstieg gesehen hatte. Bei einem Blick in diese Öffnung entdeckte ich, daß der gesamte Raum voll von Menschenschädeln war, worüber ich ein wenig erschrak. Doch dann schuf ich dazwischen Platz für meinen Diamanten und kletterte anschließend erneut auf das Götzenbild, um mir noch ein paar Steine herauszulösen. Diesmal machte ich mich über die Augen und Ohrgehänge her, die ich alsbald in meine eigenen Taschen verfrachtete, und nachdem ich einige der prächtigen Smaragde aus dem Gürtel der Statue sowie ein, zwei der größten Opale aus deren Arm- und Fußreifen herausgehauen und mich des goldenen Krummschwerts bemächtigt hatte, um es selbst zu gebrau-

chen, beschloß ich, es für heute gut sein zu lassen, mich auszuruhen und den Weg zurückzugehen, den ich gekommen war. Also verschnürte ich die losen Steine zusammen mit dem Diamanten in meinem Bündel, hängte dieses fest an meinen Gürtel, schnallte mir das Schwert an die Seite und begann mit dem Abstieg. Beladen, wie ich jetzt war, erwies sich dies jedoch keineswegs als leicht. Zu guter Letzt jedoch und nach manch gefährlichem Sturz, manch waghalsiger Kletterpartie gelangte ich nach unten, schlug den alten Weg durch die Ruinen ein, überstieg wieder den äußeren Trümmerwall, und hinein ging es in den Wald.

Die Sonne stand jetzt tief, und ich war von den körperlich-seelischen Strapazen dieses Tages vollkommen erschöpft. Ich bezweifelte, daß ich es schaffen würde, vor Sonnenuntergang die Küste zu erreichen, und benötigte dringend Nahrung und Schlaf. Der Schatten und die Stille der Wälder, das federnde Moospolster, das meinen Füßen einen natürlichen Teppich bot, die Kokosnüsse und duftenden Beeren allerseits waren eine unwiderstehliche Versuchung, und so beschloß ich, im Dschungel zu übernachten, und machte mich auf die Suche nach einem Unterschlupf. Eine gemütliche kleine Böschung zu Füßen einiger Bananenstauden und Kokosbäume war bald gefunden. Dort legte ich mich nieder, einen Haufen Kokosnüsse an meiner Seite, mein kostbares Bündel und das Krummschwert griffbereit neben mir, hielt eine deftige Mahlzeit und machte es mir für die Nacht bequem.

Die Sonne sank über der Waldesstille. Nicht ein Vogel sang, nicht ein Affe schnatterte, nicht ein Insekt summte in meiner Nähe. Dann kamen Dunkelheit und die Sterne des Südens, und ich fiel in einen tiefen Schlaf.

Ich erwachte im nächsten Morgengrauen, aß zum Frühstück eine Kokosnuß, trank die Milch von ein, zwei anderen und brach, den Kompaß in meinen Händen, zur Küste auf. Unterwegs fiel mir ganz plötzlich ein, daß heute ja Weihnachten war, eine durchaus winterliche Zeit im fernen England, bei all meinen Lieben, obwohl in diesen tropischen Breiten Sommer herrschte. Wie hatte ich das nur vergessen können. Der Weihnachtstag, an dem Stechpalmenzweige die stille Dorfkirche meiner Heimat schmückten, das kleine Gotteshaus mit seinen grauen Türmchen, der Weihnachtstag, an dem manch ein treues Herz mich schmerzlich vermissen würde, an dem bei der Litanei manch ein Gebet für meine Gesundheit und mein Wohlergehen geflüstert würde und man beim Weihnachtsschmaus lautstark auf mich anstieß. Und ich, was hatte ich die ganze Zeit über getan? Hatte ich, in hochfliegende Träume versunken, auch nur einen einzigen Gedanken auf jene verwendet, die mir so viele schenkten? Hatte ich nach Schätzen getrachtet und Tod und Gefahren getrotzt, um meinen Reichtum mit ihnen zu teilen und sie glücklich zu machen? Mein Herz zerschmetterte mich mit diesen Fragen, und ich wischte mir drei, vier Reuetränen aus den Augen. Ich sah ein, wie selbstsüchtig ich in meinem Streben gewesen war, und beruhigte mein Gewissen mit einer Reihe von guten Vorsätzen für die Zeit, da ich mit einer Schiffsladung von Gold und Edelsteinen nach England zurückkehren würde.

In diese heilsamen Gedanken vertieft, durchschritt ich die Irrpfade des Waldes und überquerte die blumenreiche Savanne und die majestätischen Lichtungen der Palmengehölze, die über der Küste lagen. Als ich nach und nach in Sichtweite des Strandes und der See gelangte, sah ich die Mary-Jane zu meiner Freude und Überraschung dicht an den Klippen, in einer kleinen Felsenbucht, keine halbe Meile von hier. Im Nu war ich die Steilwand hinuntergeklettert, als handelte es sich um einen Wiesenhang, lief, so schnell ich konnte, auf das Schiff zu und hielt dabei nur dann und wann einmal inne, um zu schreien und zu winken. Es könnte ja sein, daß irgendein Mann von der Besatzung nach mir Ausschau hielt. Aber kein Antwortschrei begrüßte

mich, kein Kopf erschien über der Reling, nicht einmal eine Fahne flatterte an der Mastspitze. War die Mannschaft von Bord gegangen, um selbst im Inneren der Insel nach Schätzen zu suchen?
Bei diesem Gedanken lief ich wieder los, außer Atem, aber voller Wut. Als ich jedoch näher kam, wich dieses Gefühl einer ängstlichen Bestürzung. Ich hielt inne, lief wieder vorwärts, stockte, zitterte, wollte meinen Augen nicht trauen, denn mit jedem Schritt war die MARY-JANE seltsamer und erschreckender anzusehen.
Sie lag auf dem Strand – ihre Wanten hingen in Fetzen herunter, ihr Rumpf war dick mit Entenmuscheln verkrustet, ihre Takelage weiß vor Schimmel, und ihr Anker ruhte, zerbrochen, völlig verrostet und halb im Sand begraben, ein paar Meter weit weg von ihr. Konnte es sich bei diesem Wrack um denselben kleinen Schoner handeln, den ich erst gestern als einen seetüchtigen Kahn wie an dem Tage seines Stapellaufs verlassen hatte? War das wirklich *sein* Name, der da in fast unleserlichen Lettern stand? War ich wahnsinnig? Oder am Träumen?
Ich befand mich jetzt dicht unter seiner Verschanzung. Langsam umrundete ich das Fahrzeug drei-, viermal. Nein, ich verstand die Welt nicht mehr. Das *konnte* einfach nicht mein Schiff sein! Bau, Größe und Name schienen zwar vollkommen identisch; aber der gesunde Menschenverstand und meine eigenen fünf Sinne ließen nicht zu, daß vierundzwanzig Stunden das Werk von vierundzwanzig Jahren hätten verrichten können. Dieses Schiff hier war vielleicht vor einem Vierteljahrhundert am Orte seines Scheiterns liegengelassen worden, um zu verrotten. Es handelte sich um einen Zufall, einen bizarren, beispiellosen, unglaublichen Zufall, aber auch nicht mehr.
Ich suchte nach einem Weg, an Bord dieses Wracks zu gelangen, und fand auch eine herabhängende, zerbrochene Kette. Sie war ziemlich kurz, aber ich sprang danach, schnappte sie mir und

hangelte mich nach oben. Ehe ich mich's versah, stand ich an Deck. Die Planken waren morsch und von feistem Schwamm überwuchert. Außerdem wiesen sie klaffende Löcher auf. Im Kompaßhäuschen hatte sich ein Seevogel eingenistet, und kleinere Nester klebten, verwaist und verfallen wie der Kahn selbst, in der verrotteten Takelage. Eines der Beiboote hing zwar immer noch an seinem Platz, aber die Haltetaue sahen aus, als würden sie sich bei der zartesten Berührung in Staub auflösen, während das kleinere Boot – und zwar haargenau das, welches gefehlt hätte, wären dies hier tatsächlich die kläglichen Überreste der MARY-JANE gewesen – aus seiner Aufhängung verschwunden war.

Neugier und noch etwas Tiefersitzendes als reine Neugier trieben mich die morsche Treppe hinunter in die Kapitänskajüte. Sie stand einen Fuß unter Wasser, und sämtliche Möbelstücke waren am Verrotten. Der Tisch hielt noch, obwohl über und über mit weißen Schimmelflecken bedeckt, die Stühle waren zerbrochen und lagen im Wasser, während die Tapete in schwarzen Fetzen von den Wänden hing und die Regalschränke so aussahen, als würden sie jedem auf den Kopf fallen, der sich zu nahe an sie heranwagte.

Entgeistert ließ ich meinen Blick über diese wüste Verlassenheit schweifen. Merkwürdig! So häßlich und verfallen der ganze Raum war, besaß er dennoch eine gespenstische, unerklärliche Ähnlichkeit mit meiner eigenen Kajüte an Bord der MARY-JANE. Mein Kleiderschrank stand in genau der gleichen Ecke wie dieser hier, meine Koje befand sich in der Nische neben dem Ofen, genau wie diese, und mein Tisch stand an genau der gleichen Stelle unter dem Fenster wie dieser. Ich begriff das einfach nicht. Ich wandte mich dem Tisch zu und versuchte die Schubladen zu öffnen, aber die Schlösser waren verrostet und das Holz von der Feuchtigkeit so verquollen, daß ich nur mit der allergrößten Mühe die umgebenden Teile wegbrechen und die Kästen herausziehen konnte. Sie enthielten lauter stockfleckige Pergamente, zu Bündeln geschnürte Briefe, Schreibfedern, Kladden und solchen Krimskrams mehr. In der einen Ecke lag ein Etui mit einem angeschimmelten Fernglas, das ich sofort wiedererkannte – eindeutig und unwiderlegbar als dasselbe erkannte, welches meine Mutter mir geschenkt hatte, als ich noch ein kleiner Junge war, und das ich überallhin mitnahm. Ich ergriff es mit einer Hand, die zitterte, als ob ich Schüttelfrost hätte, und auf seiner zerschrammten, spiegelnden Oberfläche erblickte ich mein eigenes Gesicht.

Ich war entsetzt. Meine Haare und mein Bart waren nicht mehr kastanienbraun, sondern beinahe weiß.

Ich ließ das Glas fallen, und es zerschellte auf den nassen Planken. Gütiger Gott! Ging es hier noch mit rechten Dingen zu? Was war mit mir geschehen? Welch sonderbares Unheil war meinem Schiff zugestoßen? Wo steckte die Mannschaft? Grau – alt und grau war ich geworden im Laufe einer einzigen Nacht! Mein Schiff ein Wrack, meine Jugend ein Traum, ich selbst der Spielball irgendeines rätselhaften Geschicks, wie es noch kein Sterblicher erlebt hatte!

Ich raffte die Schriftstücke aus den Schubladen des Tischs zusammen und torkelte damit an Deck wie ein Betrunkener. Dort setzte ich mich hin – ratlos, benommen und mit meinem Latein am Ende. Wie sollte es nun weitergehen? Was hatte ich von alledem zu halten? Was sollte ich tun? Ein furchtbarer Abgrund klaffte zwischen mir und der Vergangenheit. Gestern noch war ich jung gewesen, gestern hatte ich braun gelockt und mit hoffnungsvollem Herzen mein Schiff verlassen. Heute war ich ein reifer Mann, hatte mein Schiff halb verrottet an einem menschenleeren Strand gefunden, heute war mein Haar über der Stirne grau und die Zukunft eine einzige Ungewißheit. Ganz mechanisch schnürte ich eines der Briefbündel auf. Die äußeren Blätter waren so verfärbt, daß man keine Schrift mehr entziffern konnte, nichts als zerknitterter brauner Zunder, der beim Öffnen zwischen meinen Fingern zerfiel. Nur zwei Schreiben, die geschützt in der Mitte des Päckchens lagen, waren noch lesbar, und ich machte sie auf. Das eine stammte von meiner Mutter, das andere von Bessie Robinson. Wie gut ich mich noch daran erinnerte, als ich sie das letztemal gelesen hatte. Es war am Abend vor jener nebligen Nacht gewesen, da mir die ABENTEUER mit ihrer Ladung von Gold und Edelsteinen über den Weg fuhr. Verhängnisvolle Nacht! Verwünschtes Schiff! Verfluchter, dreimal verfluchter Reichtum, der mich von meiner Pflicht fortgelockt und mich ins Verderben gestürzt hatte.

Ich las die Briefe – zumindest das, was von ihnen lesbar war –, und mir flossen die Tränen. Als ich sie zum zweitenmal las, fiel ich auf die Knie und betete, daß Gott mich erlösen möge. Danach fühlte ich mich etwas gefaßter. Ich legte die Schreiben behutsam zur Seite und begann nachzusinnen, wie ich meiner Gefangenschaft entfliehen könnte.

Mein erster Gedanke galt der Mannschaft. Anscheinend hatte sie die MARY-JANE vollzählig verlassen. Alles an Bord war zwar, soweit ich sehen konnte, halb verrottet, aber unangetastet. Nichts deutete auf eine Plünderung; und auch das große Beiboot hatte man nicht genommen, um etwa auf eigene Faust loszurudern. Ich schaute in den Laderaum hinunter und stellte fest, daß auch die großen Kisten seit der Stunde, da ich das Schiff verlassen hatte, anscheinend unberührt geblieben waren, wenngleich sie nun halb unter Wasser lagen. Also mußten die Männer doch an Land gegangen sein. Aber wo steckten sie dann? Und wie lange waren sie schon weg? Wann hatten sie sich auf den Weg gemacht? Konnte es denn sein, daß sie alle sich verirrt hatten? Oder waren sie gar tot? Lebte ich allein, mutterseelenallein auf diesem fremden Eiland, und war ich dazu verurteilt, hier dahinzuvegetieren wie ein Hund, bis der Tod mich erlöste?

Ach, was nutzten mir alles Gold und alle Diamanten, wenn ich einen solchen Preis dafür zahlen mußte?
Von derart bitteren Gedanken bestürmt, raffte ich mich mit großer Mühe von meinem Platz auf und beschloß, als erstes das ganze Ufer gründlich nach meinen Männern abzusuchen. Zu diesem Behufe mußte ich entweder auf dem Wrack oder an der Küste irgendein Notquartier für mich finden, eine vorübergehende Bleibe, in die ich mich nachts zurückziehen konnte. Außerdem war es vonnöten, ein paar Vorräte und Bestände für meinem Alltagsgebrauch anzulegen, sowie hie und da entlang der Klippen für Signalfeuer zu sorgen, damit die Männer, sofern sie immer noch auf dem Eiland herumirrten, zu mir finden könnten. Auch mein Juwelenbündel mußte an einem sicheren Ort verstaut werden, falls irgendein fremdes Schiff in diese Bucht fände und andere Schatzsucher sich daran vergreifen wollten. Ich sah mich zwischen den morschen Planken und der lecken Kajüte um, und mir schauderte bei der Vorstellung, an Bord dieses Geisterschiffs zu übernachten. Es sah aus, als *müßte* es einfach darauf spuken. Und überhaupt war dieses Wrack ein zu auffälliges Versteck für meine Schätze, falls sich Fremde hierher verirrten. Dort würden sie als erstes suchen. Insgesamt hielt ich es für sicherer, mich und meine Juwelen in irgendeiner Höhle an der Felsküste zu verbergen. Solche hatte ich unterwegs in Hülle und Fülle gesehen, und ich beschloß, mich sofort auf die Suche zu machen. Also stieg ich wieder in die Kajüte hinunter, und nachdem ich hinter der Tür, wo ich sie hatte hängenlassen, einen Marlspieker sowie ein Entermesser fand, steckte ich mir die beiden verrosteten Waffen in den Gürtel, hängte mir mein Bündel über die Schulter, ließ mich an der Außenbordwand hinab und brach zu meiner Klippenwanderung auf. Ich war noch nicht weit gekommen, da fand ich genau das Gewünschte. Es handelte sich um eine tiefe Höhle, rund eindreiviertel Meter über dem Strand, und ihr Eingang wurde von

einem Winkel in den Felsen fast gänzlich verdeckt. Das Innere der Höhle war glatt und mit weichem weißem Sand gepolstert, die Wände trocken, hier und da mit einem samtigen Flechtenteppich verhangen. Kurz, sie entsprach haargenau dem Schlupfwinkel, der meinen derzeitigen Zwecken am meisten entgegenkam. Ich nahm ihn auf Anhieb in Beschlag und deponierte mein Bündel Edelsteine auf einer Art natürlichem Sims im hintersten Bereich der Höhle. Dann zeichnete ich vor dem Eingang ein großes Kreuz in den Sand, um meinen Unterschlupf mühelos wiederzufinden, und machte mich auf die Suche nach etwas Eßbarem sowie nach Feuerholz.
Der erstbeste bequeme Pfad an der Klippenwand führte mich zum Saum der Palmenwälder. Ich stieg auf einem Baum und warf etwa zwanzig Nüsse hinab – beileibe keine so schönen wie die aus den größeren Tiefen des Waldes, aber vor dem Inneren der Insel empfand ich nun eine Art abergläubischen Grauens und hegte wenig Lust, mich auch nur einen Schritt weiter als nötig dorthin zu begeben. Diese Nüsse brachte ich zum Klippenrand und stieß sie darüber, wodurch ich mir die Mühe des Hinuntertragens ersparte. Am Strand brauchte ich sie nur aufzulesen und in der Höhle zu lagern, dicht unter dem Felsvorsprung, wo ich meine Schätze versteckt hatte. Ich verspürte jetzt trotz meiner Sorgen und Nöte großen Hunger, aber die Sonne neigte sich schon gen Westen, und vor Einbruch der Nacht wollte ich unbedingt noch einmal zum Schiff. Deshalb beschloß ich, Mittag- und Abendessen nebenbei zu erledigen, sozusagen in einem Gang, und marschierte erneut in Richtung MARY-JANE.
Diesmal suchte ich ein paar Decken, ein Beil zum Aufbrechen meiner Kokosnüsse, irgendwelchen Alkohol sowie ein Stück Segeltuch, um es nächtens vor den Eingang meiner Höhle zu hängen. Ich gelangte wieder mit Hilfe der Ankerkette an Bord und stieg in die Kajüte. Meine Koje war, wie ich feststellen mußte, nur

noch ein Kasten voll vermoderter Lumpen. Wenn ich überhaupt Decken finden wollte, dann mußten sie im Schiffsmagazin sein, einem Ort, der besser vor der Feuchtigkeit geschützt war. Ich öffnete gewaltsam das Schränkchen, in dem ich meine Spirituosen aufbewahrte, und hatte immerhin soviel Glück, zwei noch verschlossene Kisten mit erstklassigem Weinbrand zu entdecken. Er schien völlig unverdorben. Diese brachte ich unverzüglich an Deck, um mich sodann in den Laderaum hinunterzulassen, wo ich etliche leidlich gut erhaltene Stücke Leinwand fand, obendrein mehrere Kisten, die vergleichsweise trocken wirkten. Eine davon – nach der gerade noch lesbaren Deckelaufschrift enthielt sie viele wertvolle Gebrauchsgegenstände – brach ich mit meinem Marlspieker auf und stellte fest, daß in ihr Decken, Läufer sowie andere Wollartikel waren. Die Sachen selbst waren zwar klamm und stockfleckig, aber noch nicht vermodert, und die besten Stücke schnürte ich zu zwei großen Bündeln zusammen, um sie neben die Weinbrandkisten an Deck zu legen. Bei weiterer Suche stieß ich auf einen Kasten mit Schreinerwerkzeug, eine alte Hornlaterne, in der noch ein Kerzenstummel steckte, ein Hackmesser und ein Säckchen voll rostiger Nägel. Auch Fässer mit Schiffszwieback, Pökelfleisch, Schießpulver und Mehl schienen reichlich vorhanden. Da sie jedoch allesamt mehr oder weniger unter Wasser standen, wußte ich, daß es pure Zeitverschwendung wäre, ihren Inhalt zu begutachten. Außerdem war die Sonne nun rasch am Untergehen, und ich hatte es eilig, was ich nur tragen konnte, in meine Höhle zu schaffen, ehe die Nacht so plötzlich hereinbrach, wie sie es in diesen Breiten tat.

Ich teilte meine Decken, Segeltücher, Weinbrandkisten, Werkzeuge und so weiter in drei Ladungen auf, die ich einzeln an der Bordwand hinabließ und sie nacheinander noch vor Sonnenuntergang zu meiner Höhle brachte. Mir blieb sogar noch Zeit, auch einige große Holzstücke, die am Strand verstreut lagen (wahrscheinlich Überreste von anderen Schiffen), in meinen

Schlupfwinkel zu verfrachten. Damit machte ich mir ein schönes großes Feuer, welches sein Inneres erhellte und es mir ermöglichte, mich recht gut für die Nacht einzurichten. Es war die Beschäftigung eines ganzen Abends, mir ein breites, warmes Bett aus Läufern und Decken zu bauen, eine große Plane vor den Eingang zu nageln und ein vorzügliches Mahl zu halten, bestehend aus Kokosnüssen, Kokosmilch und ein wenig Weinbrand. Als mein Feuer allmählich verglomm, hüllte ich mich in meine Decken, murmelte ein kurzes Nachtgebet und fiel in einen gesunden Schlaf.

Ich erwachte bei Sonnenaufgang. Nach meinem Frühstück machte ich mich sogleich auf die erste Suchexpedition, um die Mannschaft der MARY-JANE zu finden. Den ganzen Tag streifte ich in nordwestlicher und westlicher Richtung am Rande der Bucht entlang, wobei ich hier und da innehielt, um eine kleine Steinpyramide zu errichten. Sie sollte als Signal dienen. Gegen Abend dann und nach insgesamt mindestens zwanzig Meilen kehrte ich in meine Höhle zurück, ohne weit und breit eine menschliche Fußspur oder irgendein Anzeichen von Menschenleben gefunden zu haben. Diesmal brachte ich noch mehr Feuerholz mit sowie rund einen halben Scheffel Miesmuscheln, die ich an den niedrigen Felsen beim Meer hatte kleben sehen. Ich verspeiste sie roh zum Abendessen, und da ich einen Bärenhunger hatte, erschienen sie mir als der köstlichste Schmaus meines Lebens.

Am nächsten Tag, am übernächsten und noch viele, viele Tage danach setzte ich meine Suche fort. Erst wandte ich mich nach Norden, dann nach Osten und Süden, aber ich fand keine Spur von meinen Männern. Überall, wo ich hinkam, errichtete ich kleine Steinpyramiden am Strand und entlang des Klippenrands; ein-, zweimal machte ich mir sogar die Mühe, ein abgebrochenes Stück Mast und einen Fetzen Segeltuch auf eine kleine Landzunge zu schleppen, wo ich eine sehr bescheidene Art von Fahnenstange aufpflanzte. An dieser Stelle fand ich sie sowohl von der

Insel als auch vom Meer aus am deutlichsten sichtbar. Bei diesen selbstgesteckten Aufgaben hielt ich oft inne, um mich zu setzen und eine Flut von bitteren Tränen zu vergießen. Abends dann schnitzte ich zum Zeitvertreib Trinkgefäße und Schüsseln aus meinen Kokosnußschalen und versah meine Höhle mit Regalen sowie anderen kleinen Annehmlichkeiten. Außerdem gelang es mir, durch Herzmuscheln, Miesmuscheln und gelegentlich eine Schildkröte etwas Abwechslung in meinen Speisezettel zu bringen. Doch eine Schildkröte am Strand zu finden, war ein besonderer Glücksfall. Ich aß sie entweder gekocht oder gebraten, je nachdem, und da mir die viele Kokosmilch bald zu den Ohren herauskam, besorgte ich mir auf dem Wrack eine Lederpütze, mit der ich an einer Quelle, rund eine halbe Meile von meinem Zuhause entfernt, frisches Wasser schöpfte. Desgleichen holte ich mir einen Kessel, ein paar Beile, eine Seemannsjacke, die von der Feuchtigkeit fast unbeschadet war, zwei oder drei Paar Schuhe, eine Kiste mit unversehrten Zucker- und Gewürzvorräten, noch mehr Wein- und Spirituosenkisten sowie allerlei Gegenstände, die wesentlich zu meinem Wohlergehen beisteuerten. Auch zwei Bibeln fand ich; aber die hatten so sehr gelitten, daß in jeder höchstens zwanzig oder dreißig Doppelseiten lesbar waren. Da es sich jedoch um jeweils unterschiedliche Seiten handelte, blieben mir alles in allem siebzig bis achtzig gut leserliche Blätter – also etwa einhundertfünfzig zweispaltige Seiten, deren Studium sich in meiner einsamen Lage als großer Segen erwies und mir viele, viele Male die Kraft verlieh, meine Prüfung standhaft zu ertragen, statt in schwärzeste Verzweiflung zu versinken, wie ich es sonst getan hätte.

So verging lange Zeit. Ich zählte die Wochen nicht, aber es mögen vierzehn oder gar fünfzehn gewesen sein. Anfangs verwandte ich jeden Tag, dann etwa vier Tage die Woche und zuletzt höchstens ein oder zwei auf die Fortsetzung meiner anscheinend aussichtslosen Suche, bis ich letztendlich feststellte, daß ich den unmittelbaren Umkreis meiner Höhle, also mindestens zwölf Meilen in jeder Richtung, vollständig durchkämmt hatte. Darüber hinaus konnte ich nichts tun, es sei denn, ich verlagerte die Ausgangsstelle meiner Erkundungen oder schritt das Ufergebiet planmäßig ab. Eine Zeitlang war ich unentschlossen. Dann entschied ich mich für letzteren Weg, versah mich eines Morgens mit einem Fläschchen Branntwein, einer Decke, die wie ein Tornister zusammengeschnürt war, einem Beil, einem Entermesser, Kompaß, Fernrohr, Zunderbüchse und Stab und marschierte los.

Wir hatten jetzt, soweit ich abschätzen konnte, ungefähr die erste Aprilwoche, und das Wetter war wunderschön. Mein Weg an jenem ersten Tag führte mich denselben Pfad entlang, den ich schon ein-, zweimal beschritten hatte, an der Nordseite der großen Bucht hinauf. Wenn ich Hunger hatte, sammelte ich in den benachbarten Wäldern ein paar Kokosnüsse, und die Nacht verbrachte ich in einer Höhle, ganz ähnlich derjenigen, die ich nun mein »Zuhause« nannte. Am nächsten Tag marschierte ich weiter in derselben Richtung und beschaffte mir auf die gleiche Weise Nahrung und Unterschlupf. Am dritten Tag gelangte ich zu einer Stelle, wo die Klippen etwas nach hinten versetzt waren und sich weites Grasland bis fast zum Strand hinabsenkte. Nun mußte ich notgedrungen auf Schaltiere und auf sämtliche Beeren, die mir in die Finger kamen, zu meiner täglichen Ernährung zurückgreifen, was mir doch ein wenig Sorgen machte, denn sollten mich die Palmenwälder für viele Tage im Stich lassen, dann würde ich mein Vorhaben wohl oder übel aufgeben und mit immer noch ungelösten Zweifeln umkehren müssen. Doch ich beschloß, so lange wie möglich durchzuhalten, und nachdem ich fast bis Einbruch der Nacht gegangen war, aß ich zum Abendbrot alles, was ich am Strand und im Gebüsch an halbwegs Geeignetem auflesen konnte. Dann schlief ich im Freien, nur mit dem tiefen Gras als Bettstatt und den Sternen als meinem Baldachin.

Am vierten Tag zog ich weiter. Immer noch säumte die Savanne den Meeresrand. Am fünften sah ich mit Genugtuung wieder Palmen und andere Bäume am Ufer, manchmal in Gruppen oder als Wäldchen, manchmal auf einzelnen Grashügeln verstreut wie in einem gepflegten englischen Park. Zu meiner großen Freude und Erquickung fand ich unter ihnen auch mehrere schöne Brotfruchtbäume sowie wildes Zuckerrohr, und gegen Nachmittag stieß ich gar auf eine köstliche Süßwasserquelle, die inmitten eines natürlichen Staubeckens entsprang und als ein kleiner, von Gras, Blumen und Sträuchern fast zugewachsener Bach dahinfloß. An diesem lieblichen Fleckchen Erde beschloß ich den Rest des Tages zu verbringen, denn ich war müde und mußte mich erholen. Ich legte mich neben der Quelle nieder, schlemmte von Brotfrüchten und Zuckerrohrsaft und genoß dabei einige Stunden himmlischer Ruhe. Bei Anbruch der Nacht kroch ich unter das Laubdach einer Baumgruppe, um dort tief und fest zu schlafen.

Ich erwachte wie immer bei Sonnenaufgang. Nachdem ich mir abends noch überlegt hatte, auf diesem Fleckchen der Insel, das bislang schönste, das ich gesehen hatte, für den Sommer meine Zelte aufzuschlagen, beschloß ich nunmehr, es vor meinem Weitermarsch noch auszukundschaften. Ich wollte mir, falls sich nicht unerwartet etwas Besseres ergab, irgendeine Stelle aussuchen, wo ich einen weiten Blick über das Meer und gleichzeitig die Annehmlichkeiten von Bäumen und Gras haben würde. Ein grüner, mit Palmen und anderen Gehölzen gekrönter Hügel, etwa eine halbe Meile vom Küstenstrich entfernt, sah aus, als böte er genau die gewünschten Vorteile, und ich stieg in der klaren, kühlen Morgenluft dort hinauf, mitten durch das Gras, von dem ich im Vorübergehen den Tau fegte. Nach meiner ungestörten Nachtruhe fühlte ich mich wie neugeboren. Je weiter ich die kleine Anhöhe erklomm, desto mehr öffnete sich vor mir eine unerwartete Aussicht. Die Savanne war nämlich auf drei

Seiten vom Meer umschlossen, und bei geradliniger Durchquerung könnte ich mir ein paar Meilen entlang der Küste ersparen. Ich dachte an die Landkarte. Wenn sie stimmte, dann hatte ich jetzt den nördlichsten Teil dieser Insel erreicht und käme wahrscheinlich in Sichtweite der kleineren Insel, wenn ich den Hügel bestieg.

Vertieft in diese Überlegungen, gelangte ich auf mein Ziel, noch ehe ich es recht bemerkte, und wollte gerade zwischen den Bäumen hindurch, da erregte etwas meine Aufmerksamkeit, etwas zwischen drei hohen Palmenstämmen. Die Bäume bildeten einen engen Winkel, und als ich näher trat, traute ich meinen Augen nicht. Ich stutzte, zögerte und stürzte dann vorwärts. Ich hatte mich nicht getäuscht – es war eine Hütte!

Ich mußte mich an einen der Stämme anlehnen, ehe ich meiner inneren Erregung Herr werden und das Gebilde eingehender inspizieren konnte. Dann sah ich, daß es hoffnungslos verfallen war und alle Anzeichen langjähriger Verlassenheit aufwies. Die Wände bestanden aus zusammengeflochtenen Zweigen und Lehm, das teilweise eingestürzte Dach aus Röhricht, Palmwedeln und Ästen. Davor schwärzten die Überreste eines verglommenen Feuers den Rasen, so als hätte hier jemand eine ringförmige Brandstelle angelegt, vielleicht eine Art Herd, denn in der Mitte des Kreises lagen mehrere glatte Steinbrocken. Etwa auf halbem Weg zwischen der Hütte und meinem Standort, am Fuße eines großen Brotfruchtbaums, befanden sich zwei flache grasbewachsene Hügel, jeweils knapp zwei Meter lang und gut einen halben Meter breit – genau wie die Armengräber, die man auf jedem englischen Landfriedhof sehen kann. Bei ihrem Anblick sank mir das Herz, denn ich fühlte, daß es tatsächlich Gräber waren. Ich trat zu dem niedrigen Bogen, der als Hüttentür diente und von innen mit ein paar morschen Planken abgeschottet war. Zitternd schob ich diese Planken beiseite und ging weiter, um das Innere zu besichtigen. Es war alles klamm und dunkel, bis auf eine Stelle, wo ein heruntergefallenes Stück Dach den Boden bedeckte. Mit fieberhaftem Eifer fing ich an, die geflochtenen Wände einzureißen. Ich spürte, daß ich dem Geheimnis dieses Orts auf den Grund gehen mußte, wußte so sicher, als hätte Gottes Hand es höchstselbst an den Himmel und auf die Erde geschrieben, daß meine armen Seeleute hier ihre letzte Ruhe gefunden hatten.

Allmächtiger! Wie soll ich den Anblick schildern, der mich erwartete, nachdem ich die wackligen Wände herausgerissen und das Stück Dach hochgehoben hatte, das heruntergestürzt war, als wollte es jenes jammervolle Bild absichtlich vor den himmlischen Gestirnen verbergen. Auf einem Bett von welkem Laub und Flechten sah ich ein Totengerippe, noch immer mit ein paar modrigen schwarzen Lumpen bekleidet. Daneben lagen drei verrostete Musketen, einige Zinnbecher, Messer und ähnliche Habseligkeiten, wie sie zum täglichen Bedarf gehören, aber alles dick mit rotem Staub bedeckt, ein paar Kokosnußschalen, zwei, drei Beile, eine Flasche, deren Hals verkorkt und zusätzlich mit Schnur umwickelt war wie eine Flaschenpost auf Seemannsart – dies die kläglichen Überreste, deren Anblick mich zerschmetterte, Zeugen unzweifelhaften, schrecklichen Mißgeschicks.

Ich ergriff die Flasche und wankte ein paar Meter von jenem Unglücksort hinweg, um sie an der Rinde des nächstbesten Baums zu zertrümmern. Im Inneren der Flasche fand ich, wie erwartet, ein Schriftstück – es zu lesen, fehlte mir jedoch zunächst der Mut. Erst nach einigen Minuten, als mein Blick weniger getrübt und meine Hand wieder fester war, wagte ich mich daran.

30. August 1761

Ich, Aaron Taylor, Maat des Schoners MARY-JANE, gebe folgendes zu Papier: Am 24. Dezember letzten Jahres, A. D. 1760, ging unser Kapitän William Barlow mit einem der

Beiboote und in Begleitung des Schiffsjungen Joshua Dunn von Bord. Dies geschah zwei Stunden nach Tagesanbruch. Es herrschte Nebelwetter, und das Fahrzeug lag in Hörweite einer Brandung. Der Kapitän übergab mir bis zu seiner Rückkehr das Kommando des Schiffs und erteilte Befehl, in der Bucht zu ankern, die vor uns liegen würde, sowie eine Suchmannschaft auszusenden, falls er nach Ablauf des vierten Tages nicht wieder an Bord sei. Am 25. (dem Weihnachtstag) lichtete sich der Nebel allmählich, und wir entdeckten die Bucht, von der unser Kapitän gesprochen hatte. Tatsächlich lag sie unmittelbar voraus. Gemäß seiner Weisung gingen wir dort vor Anker und warteten. Doch auch der vierte Tag verstrich, ohne daß Kapitän Barlow oder Joshua Dunn zurückkehrten. Desgleichen fehlte an dem Küstenteil, wo wir vor Anker lagen, jede Spur von dem Boot. Ich entsandte daraufhin die zwei noch an Bord verbliebenen Seeleute mit dem Mannschaftsboot, damit sie die Ostküste der Insel absuchten, doch nach Ablauf von drei Tagen kehrten die beiden zurück, ohne irgendeine Spur vom Kapitän, von dem Schiffsjungen oder von dem ersten Beiboot gefunden zu haben. So fuhren einer dieser Männer, Matrose James Grey, und ich selbst nach ein paar Tagen erneut aus, nachdem ich das Schiffskommando an John Cartwright übergeben und ihm aufgetragen hatte, an der Küste scharf nach Kapitän Barlow oder Joshua Dunn auszuspähen. James Grey und ich ruderten an Land, wo wir unser Boot auf den Strand zogen und ins Inselinnere aufbrachen, das ganz und gar aus dichtem Wald zu bestehen schien. Fünf Tage streiften wir erfolglos umher. Bei unserer Rückkehr aus dem Nordteil des Waldlands (wir zogen in südöstlicher Richtung) erkrankte James Grey an Fieber, so daß er außerstande war, auch nur bis zum Boot zu gelangen. Darum machte ich ihm auf einer von Bäumen geschützten Anhöhe eine Liegestatt aus Laub und Flechten, ließ ihn dort allein und wollte vom Schiff Hilfe holen. Doch als ich dort ankam, war John Cartwright ebenfalls an Fieber erkrankt, wenn auch weniger schwer als Grey. Er konnte mir helfen, Decken und andere Bedarfsgegenstände auf die Insel zu schaffen, und zusammen errichteten wir diese Hütte, in der wir unseren sterbenden Kameraden unterbrachten. Zwei Tage später verschlimmerte sich auch der Zustand von Cartwright infolge seiner Überanstrengung so sehr, daß er wie Grey nicht mehr zum Schiff zurückzukehren vermochte und überhaupt nur eines tun konnte: sich neben diesen in die Hütte zu legen. Ich pflegte und versorgte die beiden nach besten Kräften, ohne daß ich indessen meine Pflichten gegenüber dem Schiff vernachlässigte. Allabendlich stieg ich zur Küste hinab, um nach unserem Schoner zu sehen, und allmorgendlich ging ich an Bord; zugleich unterhielt ich unmittelbar vor der Hütte ein Feuer und versorgte die beiden Männer mit warmer Speise, warmen Getränken und gut gelüfteten Decken. Doch sollte es mir nicht beschieden sein, sie zu retten. Alle beide starben noch vor Ablauf von vierzehn Tagen – erst James Grey und ein paar Stunden später Cartwright. Ich begrub sie in der Nähe der Hütte und kehrte auf das Schiff zurück, da ich mir keinen besseren Rat wußte, aber nur mehr mit geringer Hoffnung, Kapitän Barlow und Joshua Dunn in dieser Welt noch einmal wiederzusehen. Ich war jetzt ganz allein, der letzte Überlebende der Bordbesatzung – dies spürte ich gewiß. Aber ich hielt es für meine Pflicht, das Schiff zu bewachen und unverändert vor Anker zu bleiben, bis jegliche Aussicht auf eine Wiederkehr des Kapitäns erloschen sei. Kurz, ich beschloß, bis zum 25. März zu warten, also bis zum vierten Monat, nachdem Kapitän Barlow von Bord gegangen war, und dann den nächsten Hafen anzulaufen. Doch schon lange vor dieser Zeit begann auch ich zu kranken. Ich behandelte mich aus dem Arzneischränkchen des Kapitäns, aber dadurch schien sich alles nur zu verschlimmern. Ich litt indes nicht so wie Grey und Cartwright. Die hatten Fieber bekommen und waren plötzlich zusammengebrochen, ich dagegen siechte vor mich hin. Einmal ging es mir besser, einmal schlechter, und das über Wochen und Wochen, bis nicht nur die drei Monate herum waren, sondern noch drei weitere, aber dennoch ermangelte es mir an der Körper- oder der Willenskraft, mich von der Stelle zu rühren. Ich war ja so geschwächt, daß ich zu meiner Rettung nicht einmal den Anker hätte lichten können, und so abgemagert, daß ich meine einzelnen Knochen zu zählen vermochte. Zuletzt, in der Nacht des 18. Juno, erhob sich ein furchtbarer Wirbelwind, der den Schoner von dessen Ankerplatz losriß und an Land warf – etwa einhundert Meter über der gewöhnlichen Hochwassermarke. Ich glaubte, das Schiff müsse in tausend Stücke zerschellen, ja, fast freute ich mich darauf, endlich von diesem Elend erlöst zu werden und auf See zu sterben. Doch Gott wollte es anders. Das Schiff strandete, und ich mit ihm. Da erkannte ich das mir bestimmte Geschick. Ich war verdammt, auf der Insel zu leben oder zu sterben, denn würde ich wieder gesund, so könnte ich die MARY-JANE doch nimmermehr seetüchtig bekommen und müßte alle meine Tage auf dieser fluchbeladenen Insel beschließen. Dies war mein bitterster Gram, der mir vermutlich auch das Herz gebrochen hat. Seit ich gestrandet bin, werde ich nämlich immer kränker, und bringe nun, da ich mein Ende nahe fühle, alles zu Papier, was geschehen ist, nachdem Kapitän Barlow unser Schiff verließ. Mögen diese Aufzeichnungen einem christlichen Seemann in die Hände geraten, der sie meiner Mutter und meinen Schwestern in Bristol überbringen kann! Ich selbst verbrachte die Zeit, seit die Hitzeperiode einsetzte, oben in der Hütte und schreibe diesen Bericht im Angesichte der Gräber, darin meine Bordkameraden ruhen. Wenn ich meine Flaschenpost versiegelt habe, werde ich versuchen, sie zur Küste hinunterzubringen, und sie entweder an Bord der MARY-JANE hinterlegen oder den Wellen anvertrauen. Es wäre mein Wunsch, daß meine Mutter die goldene Uhr bekommt und meine Muhme Ellen den Hund Peter, den ich daheimgelassen habe. Sollte irgendeine christliche Seele diese Botschaft finden, so bitte ich sie, meine Gebeine zu beerdigen. Gott vergebe mir alle meine Sünden. Amen.

AARON TAYLOR

Ich möchte nicht zu schildern versuchen, was ich beim Lesen dieses schlichten, freimütigen Berichts empfand, oder mit welch bitterer Reue, welch ohnmächtigem Staunen ich auf das Unheil zurückblickte, das durch meinen Starrsinn entstanden war. Ohne mich und meine unersättliche Habgier hätten sich diese Männer immer noch des Lebens erfreut. Ich kam mir wie ihr Mörder vor, und unter Tränen der Verzweiflung hub ich ein drittes Grab aus, in dem ich die sterblichen Überreste meines rechtschaffenen Maats beisetzte.

Es lastete ein finsteres Geheimnis auf mir, das ich nicht fassen konnte und zu ergründen suchte. Taylors Botschaft datierte auf über acht Monate, nachdem ich das Schiff verlassen hatte, und mir schienen kaum drei vergangen. Doch damit nicht genug, hatte der Leichnam meines Maats Zeit gehabt, zum Skelett zu zerfallen, das Schiff Zeit gehabt, zum Wrack zu werden, ich selbst, zu ergrauen. Was war mit mir geschehen? Diese quälende Frage stellte ich wieder und wieder, bis mir das Herz ebenso schmerzte wie mein Kopf, und ich konnte nur niederknien und beten, daß Gott mich nicht um meinen Verstand bringen würde.

Nach etlicher Suche fand ich Taylors Uhr, nahm sie sowie seine Aufzeichnungen mit und ging dann niedergeschlagen wieder zu meiner Höhle am Meer. Ich hatte jetzt nur noch eine Hoffnung,

ein Ziel: dieser Insel nach Möglichkeit zu entrinnen. Der Gedanke ließ mich bereits auf dem Rückweg nicht los, verfolgte mich Tag und Nacht, und über eine Woche grübelte ich hin und her, wie diese Flucht zu bewerkstelligen sei. Sollte ich mir aus den Überresten des Schiffs ein Floß zimmern, oder sollte ich lieber versuchen, das Mannschaftsboot seetüchtig zu bekommen? Am Schluß entschied ich mich für letzteres, und viele Wochen lang baute ich den Kahn, so gut ich konnte, zusammen, kalfaterte ihn, trimmte ihn – meines Erachtens mit demselben Geschick wie ein Schiffszimmermann, als ich das Boot erst einmal um Mast, Segel und ein neues Ruder bereichert hatte, so daß es klar zum Auslaufen war. Dann hievte ich es mit unendlicher Mühe bis zur Gezeitenmarke hinunter. Ich belud es mit Trinkwasser und Proviant, stach bei Flut in See und hatte es so eilig, diesen Gestaden zu entfliehen, daß ich um ein Haar meine Juwelen vergessen hätte, und auf die Gefahr hin, daß mein Boot davongeschwemmt würde, im letzten Moment nach dem Bündel laufen mußte. Der Gedanke, mich ein zweites Mal in die Stadt der Schätze zu wagen, war mir keine Sekunde mehr gekommen – nicht, seit ich an jenem Morgen aus den Palmenwäldern herunterstieg und das Wrack der MARY-JANE am Strand entdeckte. Keine zehn Pferde hätten mich dorthin zurückgebracht. Ich war der festen Überzeugung, daß ein Fluch auf jenem Ort lag, und erinnerte mich nur mit Schaudern daran. Was aber den Kapitän der ABENTEUER betraf, so sah ich in ihm den Leibhaftigen und in seinen Goldschätzen ein Lockmittel der Hölle, um Menschen in ihr Verderben zu stürzen! Dies ist auch heute noch meine feierliche Überzeugung.
Das Ende meiner Geschichte ist rasch erzählt. Nach elf Tagen und elf Nächten auf See, wo ich vor dem Winde in nordöstlicher Richtung fuhr, wurde ich etwa fünfundvierzig Meilen westlich von Marignana von einem Kauffahrer aus Plymouth aufgelesen. Der Kapitän und die Mannschaft behandelten mich zwar

freundlich, sahen aber offenbar einen harmlosen Irren in mir. Keiner glaubte mir meine Geschichte. Als ich die Inseln beschrieb, lachte man, und als ich mein Juwelenbündel aufmachte, gab es Kopfschütteln, und man versicherte mir mit größtem Ernst, daß dies nur Spat- und Sandsteinbrocken seien. Als ich dann schließlich den Zustand meines Schiffs sowie die unglücklichen Schicksale meiner Leute schilderte, hieß es, der Schoner MARY-JANE sei vor zwanzig Jahren mit Mann und Maus verschollen. Zu meinem Leidwesen mußte ich entdecken, daß ich die Aufzeichnungen meines Maats in der Höhle hatte liegen lassen, sonst wäre mein Bericht vielleicht auf weniger Zweifel gestoßen. Als ich schwor, mir schiene es keine sechs Monate her zu sein, daß ich zusammen mit Joshua Dunn in dem Beiboot davongefahren und zwischen den Brechern gekentert war, wurde als Gegenbeweis das Logbuch geholt. Demnach hätte es nicht der 25. Dezember 1760 gewesen sein müssen, an dem ich zurückkam und die MARY-JANE gestrandet auf den Felsen fand, sondern der 25. Dezember 1780, das zwanzigste Weihnachtsfest unter der ruhm- und segensreichen Herrschaft unseres Allergnädigsten Königs, Georg des Dritten.

Stimmte das? Ich weiß es nicht. Jeder sagt, es stimmt, aber ich kann beim besten Willen nicht glauben, daß zwanzig Jahre über mich hinweggestrichen sein sollen wie ein einziger langer Sommertag. Und dennoch, die Welt *ist* sonderbar verändert, und ich habe mich mit ihr gewandelt. Jenes rätselhafte Geheimnis bleibt aber so undurchdringlich wie je.

Ich reiste mit dem Kauffahrer nach England zurück und begab mich dort in die Hügel von Mendip, meine Heimat. Meine Mutter war vor zwölf Jahren gestorben. Bessie Robinson hatte geheiratet und vier Kindern das Leben geschenkt. Mein jüngster Bruder war nach Amerika gegangen, und meine alten Freunde und Bekannten hatten mich alle vergessen. Ich erschien wie ein Geist in ihrer Mitte, und sie konnten lange Zeit kaum glauben,

daß ich wirklich der William Barlow war, der vor zwanzig Jahren jung und hoffnungsvoll mit der MARY-JANE in See stach.
Seit ich zurück bin, habe ich immer wieder versucht, meine Edelsteine zu veräußern, doch vergeblich; kein Händler will sie mir abkaufen. Ich habe immer wieder Lagepläne und Karten der Schatzinseln an das Seefahrtsministerium geschickt, aber nie eine Antwort erhalten. Mein Traum vom großen Reichtum ist mit jedem Jahr verblüht, zusammen mit meinen Kräften und Hoffnungen. Ich bin arm, und ich werde ein alter Mann. Alle sind freundlich zu mir, aber ihre Freundlichkeit ist vermischt mit Bedauern. Und manchmal fühle ich mich sonderbar verwirrt. Ich weiß dann nicht mehr, was ich von der Vergangenheit zu halten habe, und sehe keinen Sinn und Zweck in der Zukunft, kein Lebensziel. Ihr guten Leute, die ihr diesen wahrhaftigen Bericht lest, betet für mich.

(Gezeichnet) WILLIAM BARLOW

Entdecker der Schatzinseln
weiland Kapitän des Schoners MARY-JANE

Ashers letztes Stündlein

George Manville Fenn

George Manville Fenn (1831–1909) gehörte zu den fruchtbarsten Schriftstellern der Viktorianischen Ära. Er zeichnet für über zweihundert Bücher, von denen mehr als die Hälfte fesselnde Abenteuerromane für Jungen sind (und nicht weniger beliebt als die seines Freundes George A. Henty). Fenn begann seine Karriere als Autor für das Magazin *All the Year Round*, unterstützt durch die unschätzbare Hilfe und Ermunterung seitens dessen Herausgebers, Charles Dickens. »Ashers letztes Stündlein« ist eine der besten, einfallsreicheren und originelleren Erzählungen, die von *Ein Weihnachtslied in Prosa* inspiriert wurden, und erschien neben anderen weihnachtlichen Phantasiegeschichten in Fenns Sammelband *Christmas Penny Readings* (1867).

Ein für allemal«, sagte Asher Skurge, »wenn ich bis morgen nachmittag um vier nicht mein bißchen Miete bekomme, fliegt ihr raus, mit Sack und Pack, Heiligabend hin oder her! Wenn ihr euch keine Wohnung leisten könnt, dann zieht ihr am besten aus und laßt den zahlen, der dazu willens ist.« Sprach's und ließ die Witwe Bond mit ihren Kindern in dem kahlen Häuschen allein, um dies bittere Geschick zu beklagen.

Dann kam Heiligabend; es ging auf sechzehn Uhr zu, und immer noch kein Geld. Doch was noch besser war, es erschien auch kein Asher Skurge, um Witwe Bond »mit Sack und Pack« hinauszuwerfen (keine sehr große Mühe, denn sie besaß nicht viele Habseligkeiten). Das Häuschen war gut eingerichtet, dafür hatte Frank Bond gesorgt, ehe sein Schiff auf See verlorenging und seine Witwe sich mit Handarbeiten ernähren mußte, was in ihrem Fall bedeutete, am Hungertuch zu nagen. Zwar fand sie im Dorf zwei, drei wohlmeinende Seelen, denen sie sehr leid tat oder die es zumindest behaupteten, was auf dasselbe hinauslief. Indes, es wurde sechzehn Uhr, wurde später, wurde noch später, und kein Asher erschien. Es war nicht sehr dunkel draußen, da Schnee lag, heller, glitzernder Schnee; aber nach und nach wurde es dann dennoch dunkler, und mit zunehmender Dämmerung hellte Mrs. Bonds Gemüt sich auf, denn sie meinte, nachdem Weichherzigkeit nicht in Frage kam, wage es der alte Skurge, der Kirchdiener, aufgrund seines Charakters nicht, sie an diesem Abend hinauszuwerfen. Es wurde fünf, es wurde sechs, und immer noch kein Asher Skurge, so daß Witwe Bond mit gutem Grunde annahm, es müsse ihn irgend etwas auf- oder gar abhalten.

Mrs. Bond hatte recht mit ihrer Vermutung. Den Kirchdiener hielt tatsächlich etwas ab, und zwar etwas in Gestalt eines der hübschesten, blauäugigsten blonden Mädchen, welches sich je als keine furchtbare Tragödin erwies, die gern sämtliche Zehn Gebote zuerst brach, dann aber so darauf pochte, daß es selbst einen Moses aus der Fassung gebracht hätte. Nein, Amy Frith, das Pastorentöchterlein, war keine ruchlose Tragödin, und nun, da es emsig letzte Hand an das Altargitter legte und sich an Stechpalmenzweigen seine Finger zerstach, bis sie bluteten, wollte Amy den Alten gar nicht fortlassen, denn Harry Thornton, der Schüler ihres Vaters, war da. Amy wußte nämlich, daß sobald der alte Skurge sich entfernen würde, der junge Thornton mit Zärtlichkeiten anfinge, die zwar in einer Kirche bekrönt werden mochten, aber dennoch dortselbst nicht stattfinden sollten.

Der junge Mann schmollte und grollte, der alte Mann hustete und ächzte und erzählte von seinem Rheuma, aber es war zwecklos. Amy Frith bedauerte sie beide und hätte sie, wenn es nur nach ihr ging, gern entlassen, doch aus anderen Gründen blieb sie unerbittlich, bis die Glocke halb sieben schlug. Da wurden alle Kerzen gelöscht, die düstere alte Kirche blieb ihrer Nachtruhe überlassen, und ihre späten Besucher verabschiedeten sich, zum einen ins Pfarrhaus und zum anderen in Richtung des kleinen langgezogenen Häuschens, fünfzig Meter vor dem Kirchenportal.

Nein, das ging um keinen Preis, die Frau an einem solchen Abend hinauszuwerfen; der ganze Ort stiege auf die Barrikaden. Aber nachsehen, ob es irgendwelches Geld für ihn gab, würde er, Asher Skurge, trotzdem einmal. Also trank er denn von seinem spärlichen Tee an einem sehr spärlichen Feuer – einem Feuer, das ihn frieren ließ, weil es so klein war, daß die Winterwinde, die zu Schlüsselloch und Ritzen hereinjagten, alle darüber pfiffen und buhten und uzten und lachten und umherbrausten und -sausten und -tanzten, daß es einen schrecklichen Tumult rings um Ashers Sessel gab und er weit mehr Grund als zuvor hatte, sich über Rheumatismus zu beklagen.

Also knöpfte sich Asher bis obenhin zu, an Leib wie an Seele, knöpfte so fest seine Seele zu, daß auch nicht der winzigste Strahl von Wohlwollen oder Güte durch irgendeine Ritze hineindringen könnte, und brach dann auf, in den Nachtwind hinaus, wobei seine Nase so spitz und blau wie ein Stahlzinken war, der Bug eines Boots, der das Wasser durchschnitt – so pfeilgerade durchschnitt sie den scharfen Wind, der dadurch in zwei noch schärfere, hinter ihm hersausende gespalten wurde, wo sie kreischend die letzten Überreste von allem zerfetzten, was dort noch wachsen mochte.

Er war ein harter, grausamer Mensch, unser Asher, so hart und grausam, wie nur je ein Mensch auf ein Gebet »Amen« gesprochen und es nicht so gemeint hatte. Böse Zungen behaupteten, er schiene nur am Tage, da die Kirche das Himmlische Gericht feiert, in seinem Element zu sein, wenn er all die »Verdammt sind« mit seinen dröhnenden Amen und mit solchem Genuß besiegelte, als ob es ihm wirklich einmal ernst sei, und wenn der Pastor immer richtig dabei erzitterte – aber um die Osterzeit, im kalten Frühjahr, ist ja auch für gewöhnlich der Wind ziemlich östlich. Er brüstete sich damit, daß er weder Kind noch Küken besaß, dieser Asher; und wieder sagten daraufhin die Leute, das sei ein Segen, ein Skurge im Dorf reiche nämlich, und ein weiterer Segen sei, daß seine Sorte sich nur langsam vermehre. Er war ein kaltschnäuziger alter Halunke, doch all dessen ungeachtet hatte er selbst es warm, insofern sein Schäfchen im trokkenen war und er mittlerweile wohl sogar Kirchenältester hätte sein können; aber er blieb lieber Küster, zum größten Unwillen von Pastor Frith, der ihn schon längst gern vom Halse gehabt hätte.

Es schien wirklich gar zu arg, daß man am Heiligen Abend eine arme Witwe wegen der Miete schikanierte, aber nichts war zu arg für Asher, der das Herz der Bedauernswerten bald freudig höher schlagen, bald endgültig in Verzweiflung stürzen ließ.

Nicht lange, da war der Skurge wieder in seiner eigenen Behausung, und der Wind blies nun so bitterkalt, daß sich der Alte eine extra Schaufel Kohlen nebst einem kleinen Holzklotz genehmigte. Dann holte er seine Pfeife aus der Ecke und begann zu rauchen, indem er den Pfeifenkopf aus einem weißen Tontöpfchen stopfte, das eine halb aus Tabak, halb aus Kräutern bestehende Mixtur enthielt, fand er selbige doch höchst ökonomisch, da so nicht nur der Tabak gestreckt wurde, es hatte auch kein hereinschneiender Gast jemals Lust auf eine Pfeife von »Skurges Spezialmischung«, wie man sie im Dorf nannte.

Nachdem er ein wenig geraucht hatte, schien Asher infolge des heutigen Heiligabends geneigt, noch weiter über die Stränge zu schlagen. Also legte er seine Pfeife hin, rieb sich das Ohr, steckte dann eine Hand tief in seine Tasche und zog ein Schlüsselchen heraus. Der kleine Schlüssel gehörte zu einem kleinen Schrank, in dem etwa ein halbes Dutzend größerer Schlüssel an Nägeln

aufgehängt war. Davon wurde einer heruntergenommen, um einen Schrank aufzusperren, aus dem Asher eine fest verkorkte und gut verschnürte Flasche zum Vorschein brachte.
Ein ungastlicher alter Halunke, der an einem einsamen Winterabend seine geheimen Schätze herausholte, um sich die Nase zu begießen. Was enthielt diese schwarze Flasche? Curaçao, Maraschino, Cherry-Brandy, echten Genever, starken Rum oder Cognac? Waren es – psst! – Reste von Schmuggelware oder eine überzählige Flasche Meßwein? Nein, nichts von alldem. Klar, hell und bernsteinfarben quoll es hervor, mit einem cremigen Schaum obenauf, und – *blubb!* Was war das? Eine fette Rosine, und die Körner, die auf den Grund flutschten, waren Reis. Um welche Flüssigkeit also konnte es sich dabei nur handeln? Der Alte nippte daran, nippte neuerlich, holte tief Luft und setzte mit einem »Ah!« das Glas ab, um die Rosine und die Reiskörnchen erst herauszufischen und dann ins Feuer zu werfen, so daß die Flammen vor lauter Abscheu flackerten und zuckten. Dies getan, wartete er lange Zeit, ehe er sich an einer zweiten Kostprobe versuchte, denn das Getränk war nichts anderes als ein sehr dünnes, sehr saures Bier und schon seit sechs Monaten in der Flasche. Vielleicht wäre es ja besser geworden, hätte es noch ein Jahr länger gelagert, aber fest stand eins, nämlich daß es schlechter kaum sein konnte.
Asher Skurge indes würde sich nicht anmerken lassen, daß ihm das saure Gebräu nicht sonderlich schmeckte, fand er selbst sich doch geradezu bacchantisch, und schürte nach einem festen, lauten Windstoß sein Feuer so rücksichtslos, daß dies beinahe erlosch, sich zuletzt aber doch noch hochkitzeln und -stochern ließ.
»Neunmal«, sagte Asher, als die alte Hollanduhr in der Ecke zu schlagen drohte, ein schnurrendes, knarrendes Geräusch, das zu besagen schien: Stehenbleiben, oder es setzt was! Da stockte der Kirchdiener urplötzlich, legte wieder seine Pfeife hin, rieb sich

beunruhigt an der Nase, stand auf und nahm die Uhr näher in Augenschein. Dann ging er zum Fenster und schob die Jalousie ein Stückchen beiseite, um hinauszuspähen, bevor er erneut ans Feuer trat und händereibend Platz nahm.

»So was ist mir mein Lebtag nicht passiert«, sagte Asher laut zu sich. »Hab es bisher nicht *einmal* vergessen. Und ausgerechnet, wo's hier gerade so gemütlich ist. Daran ist nur dieses verflixte Weibsbild schuld, das seine Miete nicht zahlt. Muß ihm hinterherrennen, dabei hab ich meinen eigenen Kram zu erledigen.«

Und in der Tat war der alte Kirchdiener an diesem Abend, teils durch das Schmücken des Gotteshauses und teils, weil er der Witwe Bond zu Leibe rücken mußte, so sehr aus seiner gewohnten Bahn geworfen worden, daß er ganz vergessen hatte, die Kirchturmuhr aufzuziehen, den alten Gemeindechronometer, den er in zwanzig Jahren nicht *einmal* hatte ablaufen lassen.

Das allerdings war eine ungemütliche Aufgabe in einer solchen Nacht, zumal er es gerade so behaglich hatte und mit solcher Zufriedenheit sein Bier und seinen Tabak genoß. Er sah in seinen Almanach, um sich zu vergewissern, daß es auch der richtige Abend sei und er in seinem Kopf nicht alles durcheinanderbrachte. Aber nein, in seinem Kopf war alles klar und ordentlich, es *war* der richtige Abend zum Uhraufziehen.

Konnte er es nicht auf morgen früh verschieben?

Konnte er es nicht ganz vergessen?

Konnte er nicht noch ein halbes Stündchen warten?

Konnte er ... konnte er? Nein, er konnte nicht, denn angestammte Sitten und Gebräuche lassen sich nicht von einem Moment auf den andern über den Haufen werfen. Mögen sie lumpig, mögen es noch so schlechte Gebräuche sein, mögen sie an ihrem Träger in Fetzen herunterhängen, man wird sie trotzdem nur allmählich los; und hätte Asher Skurge an diesem besonderen Abend nicht die Uhr aufgezogen, dann hätte er kein Auge zugetan, hätte die Uhrgewichte auf seiner Brust gespürt,

die langen Ketten um seinen Hals, und das Perpendikel hätte nur einen Zentimeter vor seiner Nase geschwungen, während die Zeiger ihn anprangerten wie mit ausgestreckten Fingern, die ihn unerbittlich auf sein Versäumnis hinwiesen.
Nein, einmal in der Woche zog Asher Skurge diese Uhr auf, und es sah ganz so aus, als müßte er heute abend wohl oder übel seine herkömmliche Pflicht verrichten. Aber dennoch wartete er länger als eine halbe Stunde, und wie er dann fauchte, wie er dann blaffte und knurrte, wie er wütend die Luft angriff – die kalte Luft des Zimmers. Man hätte ihn für einen drahtigen Terrier halten können, der, gepiesackt von einer Legion Flöhe, in ohnmächtigem Zorn die Zähne fletscht. Aber es half nichts. Also stand er auf, wickelte sich dreimal seinen dicken Schal um den Hals, holte die Hornlaterne aus dem Schrank und versuchte dann, den Kerzenstummel dort unten anzuzünden. Doch spendete die Kerze keine Helligkeit, denn erstens einmal war es nur ein lumpiger Rest, und der Docht reichte nicht bis ans Ende des Talgs, und zweitens mußte man ihn noch auf diese volkstümliche Art und Weise löschen – zwischen zwei nassen Fingern –, woraufhin die Kerze spuckte und zuckte, kleine Fettfünkchen versprühend, um dann auszugehen. Neu angezündet, machte sie das Ganze von vorn, und nachdem sich dies zweimal wiederholt hatte, geriet Asher in Zorn. Er packte den widerspenstigen Stummel und schleuderte ihn ins Feuer, wo er aufflammte und in der Wärme zu baden schien, derweil dessen entrüsteter Besitzer sich an seinem spärlichen Schopf die Finger abwischte. Alsdann zündete Asher eine neue Kerze an, machte die Laterne zu und die Tür auf, um loszuziehen.
Man denke nur an Irrlichter und Kobolde, dann weiß jeder, warum Asher auf seinem Weg zur Kirchturmpforte haargenau so aussah wie nur irgendeine phantasmagorische Schreckgestalt, während er knirschend und knurrend den verschneiten Pfad entlangstapfte. Der Wind war jetzt noch kälter als zuvor, der

Himmel trotz des heulenden Getöses hell und klar, und die Sterne schienen nicht nur zu blinken, sondern sogar zu flimmern und zu tanzen.

Ashers Weg führte größtenteils über den schmalen Nebenpfad, der zwischen den Grabsteinen und Holztäfelchen verlief, aber Asher Skurge machte sich nicht mehr aus Grabsteinen und nächtlichen Friedhofsausflügen als aus Streifzügen durch Feld und Au. Darum stapfte er, *knirsch, knarsch,* weiter durch den gefrorenen Schnee und verharrte kein einziges Mal, um die schöne alte Kirche in ihrem Weihnachtskleid zu bewundern, sondern knurrte, murrte und, wäre es irgend jemand anders gewesen, hätten wir vielleicht sagen können, fluchte, bis er zur Turmpforte gelangte und den großen Schlüssel ins Loch steckte. *K-chritz, k-chratz* machte der alte Sperrmechanismus, als sich der rostige Schlüssel in dem rostigen Schloß drehte; und *Quie-ie-ie-iek* machte das Portal in seinen betagten Angeln. Dann setzte Asher seine Laterne ab, um die Tür wieder gegen den grimmigen Wind zu schließen, aber sie wollte nicht gehorchen. Es schien geradezu, als würde etwas von der anderen Seite dagegendrücken, und erst nach zwei, drei energischen Stößen hielt der alte Skurge inne, kratzte sich am Kopf, hob seine Laterne auf und inspizierte die Türangeln. Da hinderte in der Tat etwas die Pforte am Zugehen, denn in dem Spalt steckte ein großer Knochen, der so festgeklemmt und verkeilt war, daß es allerhand Kraft erforderte, ihn dort herauszuzerren. Als Asher es jedoch geschafft hatte, schleuderte er das Ding erbittert weg. Ein Knochen mehr oder weniger machte nichts aus, lag doch in der Ecke hinter dem Kirchdiener ein ganzer Haufen davon. Also wie gesagt, er schleuderte ihn erbittert weg und knallte die Tür zu, daß der alte Turm in seinen Grundfesten erbebte und das Licht in Ashers Laterne zitterte; doch in ebendiesem Moment ertönte ein rasselndes Geräusch, etwas Rundes kam auf den Alten zugerollt, er tat einen ziemlich erschrockenen Satz, und erst vor seinen Füßen blieb es liegen.

»Pah!« rief er jedoch augenblicklich, denn er gab nicht mehr auf Knochenschädel als der Totengräber aus *Hamlet.* »Pah!« Und er versetzte dem Schädel einen wütenden Tritt, um ihn zu dem Haufen zurückzupfeffern, von wo er hergerollt war. Im selben Moment tat Asher aber wieder einen Satz – und zwar einen äußerst flinken für einen so alten Mann –, denn es schien, als würde ihm der Totenschädel an seinem Fuß kleben, als hinge er an dem schweren Stiefel fest, den Asher durch den dünnen Knochen und halbwegs in den inneren Hohlraum getrieben hatte.

»Was, zum ...?« Der Rest von Ashers Ausruf bleibt unbekannt, da er stockte, als eine mächtige Sturmbö das Portal plötzlich zuschmetterte, durch den unteren Raum des Turms heulte und dabei fast die Kerze in der Hornlaterne ausgeblasen hätte. Der alte Kirchdiener sagte gar nichts mehr, sondern trat und trat nach dem Totenkopf, bis dieser sich löste, davonflog und mit einem scharfen *Kracks* zuerst oben an die Steinmauer und dann auf den Boden traf. Unterdessen ergriff Asher seine Laterne, um, von einer sonderbaren Beunruhigung erfüllt, die morsche alte Eichenholzleiter auf den Zwischenboden emporzusteigen, wo heute abend die Läutemannschaft mit den fünf Glocken ein kleines Konzert veranstaltet hatte.

Asher schlängelte sich zwischen den Seilen hindurch und begann die Leiter auf der anderen Seite zu erklimmen, denn es gab keine Wendeltreppe. Über die morschen, lockeren Sprossen und dann durch eine Falltür, so wie ein Bühnengespenst erscheint, gelangte der Kirchdiener schließlich auf den zweiten Zwischenboden. Er stand mitten unter den Seilen, die nach oben zum Geläut gingen. Und hier befand sich, eingeschlossen in einen riesigen Schrank, die große Uhr, die über Wald und Flur von der Flucht der Zeit kündete.

Als der Kirchdiener näher trat, setzte urplötzlich ein sausendes, surrendes Geräusch ein, welches das *Ticktack-Ticktack* des Pendels übertönte, und dann erklang laut und deutlich – zu laut und zu deutlich – der große Hammer im Inneren des Gehäuses, der die elfte Stunde schlug.

»Ah«, knurrte Asher, sobald die Uhr verstummt war, »schöne Zeit für meine Aufgabe!« Damit zog er einen zweiten Schlüssel hervor und schickte sich an, den Uhrenschrank zu öffnen.

»Nanu! Was ist *das?*« Erschrocken wich Asher einen Schritt zurück, denn aus dem Schlüsselloch guckte ein winziger Kopf auf zwei ebensolchen Schultern, und zwei helle, funkelnde Äuglein schienen den Kirchdiener einen Moment lang anzustarren, ehe sie, schwupp, wieder ins Innere verschwanden.

Asher Skurge hielt sich für einen alten Hasen; so würde er sich nicht ins Bockshorn jagen lassen. Er glaubte nur an vier Geister, unser Asher, und mit denen waren seine spirituellen Verbindungen auch schon restlos erschöpft, nämlich: Rum, Wacholder, Branntwein und Whisky. Also stellte der Alte seine Laterne hin, legte den Schlüssel daneben, rieb sich die Augen, lupfte den Hut und kratzte sich am Kopf. Und dann begann er sich aufzuwärmen, indem er sich mit seinen Armen auf die Brust schlug.

»Humbug!« murmelte Asher und griff erneut zu Schlüssel und Laterne. »Humbug!« Und mit diesem Ausruf wollte er just den Schlüssel ins Loch stecken, da schlüpfte abermals der winzige Kopf hervor. Er sah den Kirchdiener unverwandt an, der verblüfft innehielt und seinen Mund aufsperrte.

»Das kommt von dem starken Bier«, sagte Asher und stach mit seinem Schlüssel nach dem Loch, als plötzlich, *bauz, peng,* die Tür des Uhrkastens aufflog, ihm mitten ins Gesicht, so daß er samt seiner Laterne zu Boden fiel. Die Kerze ging aus, und natürlich werdet ihr jetzt sagen: »Da lag er nun im Dunkeln!«

Nein, mitnichten. Da lag er zwar, der alte Asher, aber nicht im Dunkeln, denn aus dem Innersten der Uhr strahlte ein heller, leuchtender Schein, der den Raum erfüllte und die Glockenstränge schimmern ließ wie Gold. Die große Uhr, da war sie, mit sämtlichen Rädern und Federn, aber von oben bis unten, rechts und links, wimmelte das Getriebe von winzigen Gestalten, ähnlich wie die, welche aus dem Schlüsselloch geguckt hatte – allesamt emsig am Werk. Dutzende dieser Männlein klammerten sich an das Pendel und schwangen auf dem großen Gewicht hin und her, während rund zwanzig auf jeder Seite es anschubsten, sooft es in Reichweite geriet. Dutzende von anderen rutschten den langen Pendelschaft hinab, um ebenfalls auf das Gewicht zu gelangen, derweil die Kettengewichte regelrecht zu leben schienen, so mühten und plagten sich die emsigen kleinen Kerlchen, sie herunterzuziehen – rittlings auf den Getriebewellen, die Zacken der Zahnräder hinaufsteigend, als wären es Treppen, in, an und um jedes Rad geklammert. Allesamt letztendlich in demselben Bestreben, die Uhr mit aller Kraft in Gang zu halten, wimmelnd und wuselnd, wuselnd und wimmelnd, auf und ab, ab und auf, kletternd, kriechend, hüpfend und springend, so trieben die winzigen Wichte in der goldenen Helligkeit das Räderwerk voran.

Als Asher Skurge sich aufsetzte, standen ihm die Haare zu Berge, doch er war ein nüchterner, dickköpfiger Mensch. Er wollte es einfach nicht glauben, nein, partout nicht, und er sagte sich in gebildeter Ausdrucksweise, es sei nur eine Halluzination. Aber dessenungeachtet fühlte er sich sehr unbehaglich und tastete nach seiner alten Hornbrille, die er daheim hatte liegenlassen.

»Einerlei! Das ist alles Humbug! Und wenn ich sagen würde: ›Vom Blendwerk der Hölle, gütiger Heiland, erlöse uns‹, dann wäre das Ganze wie weggeblasen«, rief der Kirchdiener.

»Nein, wäre es nicht, Asher.«

»Hä?!« Asher schrak zusammen.

Das Stimmchen, ganz dicht an seinem Ohr, wiederholte: »Nein, Asher, das wäre es nicht. Erst, wenn die Uhr so lange in Gang gehalten wurde, bis deine Zeit um ist, werden sie verschwinden. Schließlich wolltest *du* doch, daß sie läuft, nicht wir.«

Mit starrem Blick sah sich Asher um, und dann entdeckte er die winzige Gestalt, die ihn mit großen Augen aus dem Schlüsselloch fixiert hatte. Nun hockte sie auf seiner Laterne, rieb sich dabei die Knie und betrachtete ihn unverwandt.

»Nichts wäre wie weggeblasen, Asher«, sagte der Winzling. »Schau, da kommen die andern.«

Sprach's, und wahrhaftig marschierten dort schon die kleinen Spukgestalten wie eine Armee auf Asher zu. Sie zogen ihm einen kleinen Schlüssel aus der Tasche, der zu einem Vorhängeschloß gehörte, öffneten damit eine Kette und lösten den Schlüssel für das große Uhrwerk. Für Asher war es oberstes Gesetz, daß keine fremde Hand *seine* Uhr, wie er sie nannte, anrührte – und jetzt sah er mehrere Dutzend der winzigen Geschöpfe den Schlüssel nehmen, ihn in das Loch fügen und sich dann daran abquälen, bis sie ihn um und um gedreht hatten, und wie sie zuerst das eine, dann das andere Gewicht aufzogen.

»Wie lange noch?« rief das Männlein auf der Laterne.

»Eine Stunde«, wurde ihm im Chor geantwortet, und die beiden Worte klangen Asher in den Ohren, schienen dann durch den ganzen Raum zu summen, bis zwischen die Glocken empor, von wo sie dumpf und dröhnend widerhallten.

»Eine Stunde?« rief Asher schließlich. »Was meinst du mit ›eine Stunde‹?«

»Du hast noch eine Stunde Zeit«, antwortete der kleine Geist, während er seine Diamantäuglein, ohne mit der Wimper zu zucken, auf Asher gerichtet hielt und sein winziges Kinn auf den nackten Knien ruhte.

»Was soll das heißen?« schnauzte Asher ihn an. »›Eine Stunde Zeit?‹« Und er versuchte aufzustehen, aber er konnte es nicht, denn, so mußte er feststellen, einige der kleinen Gestalten hatten ihn emsig mit den Glockenseilen gefesselt. Da saß er nun also, an Händen und Füßen festgebunden.

»Was das heißen soll? Bleib still da liegen, und ich werde es dir verraten, Asher«, erklärte das Männlein. »Es heißt nämlich, daß deine Zeit beinahe um ist und daß du jetzt nur noch sechsundfünfzig Minuten hast.«

»Das muß das starke Bier sein«, murmelte Asher, während er am ganzen Leib zu schwitzen begann, nachdem er vergeblich seine Fesseln zu lösen versucht hatte. »Das muß das starke Bier sein. Aber vielleicht lasse ich Mrs. Bond doch noch eine Woche dort wohnen.«

»Hahaha! Mrs. Bond ist fein raus. Du hast ja kein Testament gemacht, Asher.«

»Woher weißt du das?« rief der Alte, allmählich doch erschrokken. »Wer behauptet, daß ich kein Testament gemacht hätte?«

»Ich behaupte das«, erwiderte das Männlein. »Aber verschwende deine Zeit nicht. Nur noch fünfzig Minuten, und jede Minute ist kostbar.«

»Wer *bist* du?« rief Asher aufgebracht.

»Ich?« antwortete das winzige Ding. »Oh, ich bin nur eine Sekunde, genau wie die andern da, die jetzt an der Uhr herumklettern, und zwar die letzte Sekunde von deiner Stunde. Mit jedem Schlag fällt eine Sekunde vom Pendel. Siehst du denn nicht, daß ständig neue herunterkommen?«

»Nein!« knurrte Asher ergrimmt. »Das sehe ich nicht.« Aber er sah es sehr wohl, wenngleich er es nicht zugeben wollte. Dort waren sie, die winzigen Gestalten, klammerten sich an die große Pendelscheibe, von der bei jedem Schlag eine herunterfiel, während unentwegt neue den langen Schaft hinab- und auf ihre Plätze rutschten. Was nach dem Herunterfallen aus ihnen wurde, konnte Asher nicht sagen, da sie in dem Licht zu zergehen schienen, welches das alte Uhrwerk erleuchtete.

Es hatte keinen Zweck, sich zu wehren, denn dabei schnitten sich die Stricke nur noch tiefer in Ashers Handgelenke und Beine, und wäre die Schlinge, die ihm um den Hals lag, nicht mit Kammgarn versehen gewesen, um die Hände der Glöckner zu schonen, dann, glaubte er, hätte sie ihm die Luft abgeschnürt. Jetzt hatte er schreckliche Angst, aber er wollte es sich nicht anmerken lassen. Und trotz der beißenden Kälte war er schweißüberströmt.

»Wie langsam die Zeit verrinnt«, meinte die kleine Gestalt. »Ich möchte fort. Du bist doch soweit, nehme ich an.«

»Nein, das bin ich nicht!« schrie Asher wütend. »Ich habe endlos zu tun!«

»Zum Beispiel, die Witwe Bond hinauszuwerfen«, spöttelte die Gestalt mit einem schiefen Blick. »Aber mach dir deshalb keine Sorgen. Nur noch fünfundvierzig Minuten.«

»Was für ein grauenhafter Traum!« rief Asher in höchster Not.

»Es ist kein Traum«, entgegnete der Kleine. »Zwick dich einmal ins Bein, oder halt, ich werd es für dich tun.« Und schon war das winzige Kerlchen heruntergesprungen, um ihn so fest ins Bein zu kneifen, daß der alte Kirchdiener aufschrie vor Schmerz.

»Fühlt sich nicht gerade wie ein Traum an, was?« fragte die Spukgestalt.

»Wohl kaum«, erwiderte Asher, »zumindest wüßte ich nicht, daß ich je so laut geträumt habe.«

»Nein, vermutlich nicht, aber du wirst ja auch nicht mehr träumen«, konstatierte der Kleine.

»Das kann nicht dein Ernst sein!« stieß Asher mit kläglicher Stimme aus.

»O doch, sonst hätte ich es nicht gesagt. Meinst du etwa, wir redeten mit falscher Zunge?«

»Ach, das weiß ich nicht«, stöhnte Asher, »aber laß mich dies eine Mal noch gehen.«

»Fünfunddreißig Minuten«, verkündete das Wesen. »Nur noch fünfunddreißig Minuten, dann bin ich erlöst, und du auch.«

Asher stöhnte abermals, bevor er wütend gegen seine Fesseln ankämpfte. Doch die wurden dadurch nur noch fester und brachten eine der Glocken dort oben zum Klingen – ein dröh-

nender Schlag, der sich für den ächzenden Kirchdiener anhörte wie sein eigenes Grabgeläut.
»Auf welche Weise wird es denn geschehen?« rief er schließlich.
»Was geschehen?« fragte die Spukgestalt.
»Mein ... mein ... mein Ende«, stotterte Asher.
»Oh«, sagte der Kleine, »ich selbst habe damit gar nichts zu tun. Das erledigen ein paar von denen dort, wenn ich bereits weg bin. Ich nehme an, sie legen einfach deinen Kopf unter den Glockenhammer, und der besorgt den Rest, so daß es heißen wird, es war ein Unfall. Nur noch fünfundzwanzig Minuten.«
Asher wurde weiß wie das Chorhemd des Pastors und klapperte mit den Zähnen, während er hervorstieß: »Aber... weshalb? Wozu?«
»Nun, eben weil du nichts taugst«, erklärte das kleine Wesen, »und nur im Weg bist. Also kann ruhig jemand anders deinen Platz einnehmen. Was weißt du schon von Liebe, Zuneigung, Freundschaft oder überhaupt von Freundlichkeit gegen deine Mitmenschen? Du bist doch so kalt, daß die ganze Pfarrgemeinde davon frieren könnte. Nur noch eine Viertelstunde jetzt.«
Und zehn Minuten später sagte das kleine Spukwesen zu dem schlotternden Mann, er habe nur noch fünf, wovon vier mit dem vergeblichen Ringen und Betteln um Befreiung vergingen. Dann fühlte sich Asher plötzlich von aberhundert winzigen Händchen ergriffen, die Stricke wurden festgezogen, bis der Schmerz nahezu unerträglich war, und der Kirchdiener schien in den großen eichenen Glockenstuhl zu entschweben. Zwar konnte er ihn nicht sehen, aber er wußte doch sehr wohl, wo die Tenorglocke war, und auch, wo der mächtige Hammer hing, der ihm den Schädel zerquetschen würde wie eine Eierschale.
Der Alte wehrte sich und versuchte zu schreien, doch unaufhaltsam trieb er der Glocke entgegen – schon ruhte seine Wange auf dem kalten Metall, während der riesige Hammer, ihr gegenüber, ganz leicht Ashers Schläfe berührte, der Hammer, der sich heben

und dann mit einem einzigen grausamen Schlag herabschmettern würde, das wußte der Kirchdiener, und ihn schauderte, als er an die mit Blut und Gehirn bespritze Glocke und die Haare dachte, die danach an dem Hammer klebten.
»Aber es wird heißen, es war ein Unfall«, murmelte er in Erinnerung an die Worte der kleinen Spukgestalt. »Daß ich es selbst getan hätte, traut mir nie jemand zu. Dafür bin ich nicht der Richtige.« Und dann drängte sich der Rückblick auf ein ganzes Leben in diese letzte Minute, und Asher mußte erkennen, wie wenig Gutes er getan hatte. Immer nur Geld und Eigensucht – was war das nun wert? Da hatte er an jeder Ecke gegeizt und gegeißelt, um Reichtümer zu horten, und jetzt endete das alles mit den Worten: »Du Narr, heute nacht wird deine Seele von dir zurückverlangt.«
Gedanken drängten sich dicht und schnell durch das Gehirn des Elenden. In diesen wenigen restlichen Sekunden schien er sein ganzes Leben noch einmal durchzumachen, während über allem das vorwurfsvolle Gesicht der armen Witwe schwebte, die er heute nacht ohne Obdach und ohne Freunde hinaus in die rauhe, feindliche Welt hatte werfen wollen. Er konnte es sich nicht erklären, aber es schien, als hielte ihn dies Antlitz dort fest, wo seine Gedanken am allermeisten weilten. Es lag kein Zorn in diesem Gesicht, nichts als bitterer, kummervoller Vorwurf, und obwohl er gern seine Augen zugemacht hätte, konnte er sich vor diesem traurigen Blick doch nicht verstecken. Aber jetzt nahten die Schrecken des Todes, denn ihm war, als sähe er die kleinen Spukwesen tief unter ihm am Pendel hinabrutschen und einen Moment auf dessen Gewicht verweilen, bis eins heruntergeworfen wurde. Da setzte sich der Glockenhammer in Bewegung. Er ging nach oben, und Asher spürte, wie die metallische Kälte von seiner Schläfe verschwand. Hoch und höher erhob sich der Hammer, weit, weit hinauf – jetzt würde er jeden Moment herabschmettern, um Asher das Gehirn zu zermalmen. Dann fiel

das mächtige eiserne Gebilde, und alles war vorbei, und in dieser einen Sekunde erlitt Asher Höllenqualen. Eine furchtbare Zeitspanne lang schien der Hammer in der Luft zu verweilen, bis schließlich der schreckliche Schlag erfolgte.

Bong! Das Gehirn des Kirchdieners wankte und schwankte, als der Hammer dicht bei seiner Stirn auf das dröhnende Metall traf. Die gellenden Töne gingen ihm durch Mark und Bein, aber noch ehe er sich fassen konnte, fiel der Hammer erneut, *bong, bong,* immer, immer wieder, und dennoch lebte Ashers Seele nicht auf, denn er wußte, erst der *letzte* Schlag würde ihn zerschmettern.

»Bong, bong, bong!« erscholl feierlich die große Glocke – feierlich, obwohl ihm von dem Klang der Schädel zu zerbersten schien. Schon hatte er elf Schläge gezählt, und nun kam der letzte. Der Hammer hob sich, hob sich langsam und stetig; im Nu, wußte Asher, würde der Schlag fallen, doch er konnte sich nicht wehren, weil er unaufhaltsam näher und näher schwebte. Er vermochte nicht einmal zu schreien, sich nicht zu rühren, und schließlich, nach einer schrecklichen, unerträglichen Verzögerung, während der sich das eindringliche, vorwurfsvolle Gesicht der Witwe immer dichter heranschob, fiel der große Hammer zum zwölften Schlag. Er schmetterte herab und ...

Krach!

»Die Uhr ist stehengeblieben, und die Glocken wollen nicht läuten«, sagte eine fröhliche Stimme. »Und das auch noch am Morgen des Weihnachtstags. Ich sehe einmal nach.«

Asher Skurge hörte die Stimme und schrie gleich darauf wie am Spieß, denn er spürte, wie ihm etwas ins Bein schnitt. Das bewog ihn, seine Augen zu öffnen, und er entdeckte, daß die Laterne dicht neben ihm lag und er in die Glockenseile regelrecht eingewickelt, -geschlungen und -geschnürt war. Das Uhrengehäuse vor ihm war weit offen und die Uhr selbst stand still, wahrschein-

lich infolge der Kälte. Seine eigene Person lag nicht minder reglos auf dem Boden, und jemand hatte so fest an den Seilen gezogen, daß es ihm fast das Bein entzweischnitt.
Gleich darauf erschien der Kopf des jungen Harry Thornton aus der Bodenklappe, und auf seinen Ruf hin kam wenig später der Totengräber. Aber noch mehr Hilfe war vonnöten, ehe man Asher Skurge die Turmleitern hinunter und zu seinem Häuschen jenseits des Kirchhofs schaffen konnte, auf den der alte Mann teils wegen seines Rheumas, teils wegen Hexenschuß nun gar nicht mehr so gern geht wie ehedem, zumindest in Winternächten.
Obwohl es Asher nun ebensowenig eingefallen wäre, sich selbst hinauszuschmeißen wie die Witwe Bond, blieb sie nicht mehr lange seine Mieterin. Das Schiff ihres Mannes war doch nicht verschollen, und nach dreijährigem Aufenthalt in der Ferne kehrte Frank Bond gesund und wohlbehalten nach Hause zurück, wenn auch so wettergegerbt, daß ihn kaum einer wiedererkannte.
Asher Skurge aber war seitdem ein anderer Mensch. Er glaubte nämlich, eine neue Lebensverlängerung abgeschlossen zu haben, und trotz der höhnischen Blicke und Kommentare seiner Mitmenschen ging er frischen Mutes daran, die Wohnung seiner Seele zu reparieren. Man kann sehen, wo sie ausgebessert wurde; und mag sie selbst jetzt noch bei weitem nicht fehlerfrei sein, so gibt es doch viel schlimmere Leute auf der Welt als Asher Skurge, der allen Ernstes an Gespenster glaubt. Aber das ist eine verzeihliche Schwäche, und man könnte sich einen viel schlimmeren Hausherrn vorstellen als den sturen alten Kirchdiener, der sich sehr zur Empörung des neuen Pastors geweigert hat, nach Einbruch der Dunkelheit das Haus zu verlassen, um die Uhr aufzuziehen.

Die Weihnachtstafel

Nathaniel Hawthorne

Nathaniel Hawthorne (1804–1864) war der herausragendste Schriftsteller der neu-englischen Schule. Am bekanntesten sind seine Romane *Der scharlachrote Buchstabe* und *Das Haus mit den sieben Giebeln.* Seine besten Kurzgeschichten wurden unter den Titeln *Twice-Told Tales* und *Mosses From an Old Manse* gesammelt.

Es war mein Bemühen«, sagte Roderick, während er mit Rosina und dem Bildhauer im Sommerhaus saß und ein paar Manuskriptbögen auseinanderfaltete, »es war hier mein Bemühen, eine Persönlichkeit zu erfassen, die auf meinem Weg durch das Leben gelegentlich an mir vorüberzieht. Meine traurigen Erfahrungen haben mir ja ein gewisses Maß an Einblick in die düsteren Geheimnisse der menschlichen Seele verliehen, auch wenn ich stets nur umherirrte wie einer, der sich in einer dunklen Höhle befindet und dessen Fackel rasch dem Verlöschen entgegenflackert. Dieser Mensch – diese Art von Mensch – jedoch stellt ein unlösbares Rätsel dar.«

»Gleichwohl beschreibt ihn«, sagte der Bildhauer. »Gebt uns für den Anfang wenigstens einen Begriff von ihm.«

»Ei, gewiß«, erwiderte Roderick, »ist er doch auch ein Wesen, als hättet Ihr es aus Marmorstein gehauen und als hätte eine bislang unbekannte Perfektion menschlicher Wissenschaft es mit einer vortrefflichen Nachäffung von Vernunftbegabtheit ausgestattet; und doch fehlt eines: diese letzte unschätzbare Berührung durch den Finger des himmlischen Schöpfers. Derjenige, von dem ich spreche, erscheint wie ein Mensch – ja, vielleicht gar wie ein besseres Exemplar von Mensch, als man es gemeinhin antrifft. Der eine oder andere hält ihn möglicherweise für klug. Er ist zu vornehmem und gesittetem Verhalten imstande und besitzt zumindest äußerlich ein Bewußtsein, sogar ein Gewissen; aber die Ansprüche, die Geist an Geist stellt, genau jene kann er nicht erfüllen. Wer ihm letztlich nahekommt, der stellt fest, daß er kalt und wesenlos ist – ein bloßer Schatten.«

»Ja, ich glaube, ich habe eine leise Ahnung, was du meinst«, sagte Rosina.

»Dann sei dankbar«, antwortete lächelnd ihr Gemahl; »aber erwarte darüber hinaus keinen Aufschluß aus dem, was ich euch gleich vorlesen werde. Ich habe hier einem derartigen Menschen etwas unterstellt, was er wahrscheinlich niemals besitzt: ein Bewußtsein für die Unzulänglichkeit seines Geist- und Seelengefüges. Das Ergebnis wäre wohl ein Gefühl kalter Unwirklichkeit, mit dem dieser Mensch zitternd durch die Welt geht, voll Sehnen, seine eisige Last gegen jede wirkliche, faßbare Beschwerde einzutauschen, die das Geschick dem Sterblichen nur aufbürden kann.«

Und damit der Vorrede genug sein lassend, fing Roderick zu lesen an.

Im Testament und Letzten Willen eines gewissen alten Herrn erschien eine Klausel, die als das letzte Tun und Denken des Verblichenen in vortrefflicher Weise einem langen Leben in schwermütiger Exzentrizität entsprach. Er benannte eine stattliche Summe Geldes als Grundstein für eine Stiftung, von deren Zinsen alljährlich und auf immer jeweils zehn der leidgeprüftesten Menschen, die sich finden ließen, an Weihnachten ein Festmahl erhalten sollten. Dabei lag dem Erblasser anscheinend nicht daran, diesem Häuflein trübseliger Herzen eine Freude zu machen, sondern dafür zu sorgen, daß der krasse oder ingrimmige Ausdruck menschlichen Jammers selbst an diesem frohen Feiertage nicht inmitten festlicher Lob- und Dankeshymnen erstickt werde, welche die gesamte Christenheit gen Himmel schickt. Und zugleich war es sein Wunsch, daß sein eigener Hader mit dem irdischen Walten der Vorsehung ebensowenig aussterben möge wie seine traurige, verbitterte Abkehr von jenen Religions- und Philosophiesystemen, die Sonnenschein entweder auf Erden finden oder ihn vom Himmel herunterzerren.

Mit dem Auftrag, die Gäste einzuladen, beziehungsweise eine Auswahl unter jenen zu treffen, so Anspruch auf solch unwirtliche Bewirtung erheben könnten, wurden zwei Treuhänder oder Sachwalter der Stiftung betraut – Herren, welche die Welt wie der liebe Verblichene mit einem bitteren Lächeln betrachteten und sich vornehmlich damit befaßten, die schwarzen Trauerfäden im Gespinst des menschlichen Lebens zu zählen, die goldenen Fäden aber außer acht zu lassen. Sie verrichteten ihr jetziges Amt mit unbestechlicher Urteilskraft. Zwar hätte der Anblick der Gesellschaft, die am ersten Tage des Fests versammelt war, wohl nicht jedem Betrachter die Genugtuung verschafft, dies seien die aus aller Welt auserlesenen Persönlichkeiten, deren Kümmernisse es verdienten, stellvertretend und als Zeichen für das menschliche Leid insgesamt zu stehen. Nach reiflicher Überlegung jedoch konnte niemand bestreiten, daß hier ein Gemisch hoffnungslosen Haders mit dem Schicksal vorlag, der mitunter zwar aus scheinbar unangemessenem Grunde entstehen mochte, Natur und Mechanismus des Lebens aber deshalb nur um so schärfer an den Pranger stellte.

Gestaltung und Schmuck der Tafel sollten wohl kenntlich machen, daß des Erblassers Daseinsdefinition auf »Tod im Leben« gelautet hatte. Der Saal war ringsherum von Fackeln erleuchtet, mit dunklen, purpurroten Draperien verhangen und sowohl mit Zypressenzweigen als auch mit künstlichen Blumenkränzen ausstaffiert – eine Nachahmung derer, die man über die Toten zu streuen pflegt. Neben jedem Teller lag ein Petersilienstengel. Der Wein befand sich in einer silbernen Graburne, aus der er in kleine Krüge geschenkt – haargenau solchen, wie sie im klassischen Altertum für die Tränen der Hinterbliebenen diente – und reihum verteilt wurde. Und auch die Phantasmagorie der alten Ägypter hatten die Sachwalter – falls diese Einzelheiten *ihrem* Geschmack entsprangen – nicht vergessen: Jene nämlich setzten ein Totengerippe an jede Festtafel, um mit dem unerschütterlichen Grinsen eines Schädels ihrer eigenen Fröhlichkeit zu spotten. So saß ein solch grausiger Gast nun auch, in einen schwarzen Mantel gehüllt, am Kopf dieser Tafel. Es wurde gemunkelt – ich weiß nicht, inwiefern es der Wahrheit entsprach –, daß der Erblasser selbst einst mit jenem Knochengerüst die sichtbare Welt durchschritten und sich testamentarisch ausbedungen habe, in dieser Gestalt Jahr um Jahr an der von ihm begründeten Tafel sitzen zu dürfen. Wenn ja, so mochte dies ein heimlicher Fingerzeig sein, daß er keine Hoffnungen auf eine Glückseligkeit jenseits des Grabes hegte, die ihn für das diesseits erlittene oder vermeintliche Übel entschädigen könnte. Und wenn die Festgäste bei ihrem Rätselraten über die irdische Bestimmung dieses Knochenmanns den Schleier beiseite zogen, als suchten sie dort die eine nirgendwo sonst zu findende Antwort, dann starrten ihnen nur die leeren Augenhöhlen, grinsten ihnen nur die entfleischten Kiefer entgegen. So war die Antwort, die der Verstorbene selbst zu erhalten gewähnt, wenn er den Tod bat, das Rätsel seines Lebens aufzulösen; und er wünschte sie zu wiederholen, falls sich den Gästen seiner trübsinnigen Großzügigkeit je die gleiche Frage stellte.

»Was hat dieser Kranz zu bedeuten?« fragten etliche in der Runde, als sie den Tafelschmuck betrachteten.

Sie meinten einen Zypressenkranz, den ein Knochenarm, aus dem schwarzen Mantel ragend, hoch emporhielt.

»Das ist eine Krone«, antwortete einer der Sachwalter, »zwar nicht für den Ehren-, aber für den Jammervollsten, sofern er sein Recht darauf unter Beweis stellt.«

Der Mann, den man am frühesten zu diesem Fest geladen hatte, war von sanfter Natur und besaß keine innere Kraft, um sich der drückenden Verzagtheit zu erwehren, welcher sein Gemüt ihn auslieferte. So fristete er, ohne jede äußere Rechtfertigung für sein Leid, ein Leben in stillem Unglück, das sein Blut dick machte, ihm den Atem abschnürte und wie ein drückender Nachtmahr auf jedem Pochen seines wehrlosen Herzens saß. Das Elend dieses Mannes schien ebenso tief wie seine ureigenste Natur, wo nicht ein- und dasselbe. Eines zweiten Gastes Unglück war, ein so verletzbar gewordenes Herz in seiner Brust zu tragen, daß die beständigen, unvermeidlichen Knüffe und Püffe des Lebens, der Stich eines Feindes, das Rempeln eines unbedachten Fremden, ja, selbst die treue, liebevolle Berührung durch einen Freund schwärende Wunden hinterließen. Und wie bei Duldern dieser Sorte üblich, fand er seine größte Beschäftigung darin, solche qualvollen Wunden jedwedem Menschen vorzuführen, der sich die Mühe der Betrachtung machte. Ein dritter Gast war Hypochonder, und zwar einer, dessen Hirngespinste sowohl in seiner Außen- wie in seiner Innenwelt als Geisterbeschwörer wirkten, so daß er greuliche Fratzen im heimischen Kamin, Drachen im Gewölk des Abendrots, Monstren der Hölle in der Gestalt schöner Frauen und hinter all den reizvollen Gesichtern der Natur etwas Widerwärtiges oder Böses sah. Sein Tischnachbar hatte in seiner Jugend zu sehr den Menschen vertraut, zu große Hoffnungen auf sie gesetzt und war, als er zahlreiche Enttäuschungen erleben mußte, bitterlich verzweifelt. Schon etliche Jahre sammelte dieser Misanthrop nun Begründungen für Haß und Verachtung gegen seine eigene Rasse an – Dinge wie Mord, Wollust, Verrat, Undank, die Treulosigkeit von Freunden, die instinktive Bosheit von Kindern, die Verderbtheit von Weibern, heimliche Schuldbeladenheit von

Menschen, die nach außen hin wie Heilige erschienen – kurz: alle Spielarten schwarzer Lebenswirklichkeit, die sich mit äußerlicher Pracht oder Anmut schmückten. Doch bei jedem abscheulichen Tatbestand, welcher der Liste dieses Menschenfeinds hinzukam, bei jeglicher Erweiterung des traurigen Wissens, mit dessen Sammeln er sein Leben verbrachte, ließen die angeborenen Impulse seines liebe- und vertrauensvollen Herzens den Ärmsten aufstöhnen vor Pein. Als nächster schlich sich gramgebeugten Hauptes ein Mann von ernster, leidenschaftlicher Natur in den Saal, der seit unvordenklicher Kindheit ein hohes Sendungsbewußtsein empfand; allein: Bei dem Versuch, der Welt seine Botschaft mitzuteilen, hatte er entweder keine Stimme, keine Worte oder, wenn doch, kein Gehör gefunden, weshalb sein ganzes Leben in bitteren Fragen an sich selbst bestand: »Warum hat die Menschheit meine Mission bislang nicht anerkannt? Bin ich nur ein verblendeter Narr? Welches ist mein Auftrag auf Erden? Wo ist mein Grab?« Das ganze Festmahl hindurch sprach er großzügig der Urne mit Wein zu, um vielleicht auf diese Art das himmlische Feuer zu löschen, das ihm im Busen brannte und seinen Mitmenschen nicht zum Wohle gereichen konnte.

Dann trat, nachdem er seine Einladung für einen Ball weggeworfen, ein fröhlicher Kavalier von gestern ein, der vier oder fünf Falten auf seiner Stirn und mehr graue Haare auf seinem Kopf entdeckt hatte, als er recht zählen konnte. Obwohl mit Verstand und Gefühl ausgestattet, hatte er sich in seiner Jugend ausgetollt, das heißt: war an jenen trübseligen Lebensabschnitt gelangt, da uns die Tollheit von selbst verläßt, auf daß, wer kann, mit der Weisheit Freundschaft schließe. Kalt und trostlos war er denn auf Suche nach der Weisheit zu diesem Festschmaus gekommen und fragte sich, ob sie gar das Gerippe sei. Zur Abrundung der Gesellschaft hatten die Sachwalter noch einen notleidenden Dichter aus seiner Heimstatt im Armenhaus sowie einen schwermütigen Irren von der Ecke eingeladen, welch letzterer gerade noch einen Funken von Intelligenz besaß – eben soviel, daß der arme Teufel der Leere inneward, welche er, nur halb bewußt, zeit seines Lebens mit Verstand zu füllen suchte, indem er straßauf, straßab schweifte und elendiglich stöhnte, weil sein Bestreben fruchtlos blieb. Das einzige weibliche Wesen im Saal war eine Dame, die das Ideal vollendeter, makelloser Schönheit um Haaresbreite verfehlt hatte, besser gesagt: um den unbedeutenden Schönheitsfehler eines leichten Schielens auf dem linken Auge. Doch dieser Makel, so winzig er auch war, stellte einen solchen Schlag gegen das reine Ideal ihrer Seele dar, weniger gegen ihre Eitelkeit, daß sie ein einsames, abgeschiedenes Dasein fristete und ihr Antlitz selbst vor dem eigenen Blick verschleierte. So saß denn der Knochenmann am einen Ende der Tafel, diese bemitleidenswerte Dame am anderen.

Ein Gast noch bleibt zu beschreiben. Es handelte sich um einen jungen Mann von faltenlosem Angesicht, blühenden Wangen und modischer Erscheinung. Soweit sein Äußeres ihn offenbarte, hätte er wohl eher an irgendeiner frohen, weihnachtlichen Tischrunde Platz finden können, als daß er sich zu jener schicksalsgeschlagenen und von Grillen gepeinigten Schar der Unseligen zählen ließ, die an der Tafel teilnahmen. Ein Raunen erhob sich unter ihnen, als sie den kurzen prüfenden Blick bemerkten, welchen der Eindringling über seine Tischgenossen warf. Was hatte er zwischen ihnen zu suchen? Weshalb regte der tote Gastgeber nicht seine klappernden Gebeine, um den unwillkommenen Fremdling der Tafel zu verweisen?

»Pfui, Schande!« sagte der Mann mit dem maroden Herzen, während ein neues Geschwür darin aufbrach. »Er kommt, um uns zu verhöhnen! – Wir sollen seinen Zechkumpanen zum Gespött dienen! – Er wird aus unseren Nöten eine Posse machen und sie auf die Bühne bringen!«

»Ach, seid unbesorgt seinethalben!« sagte der Hypochonder mit bitterem Lächeln. »Der soll von der Terrine mit Natternsuppe dort essen; und wenn es auf dem Tisch ein Skorpionfrikassee gibt, o bitte, laßt ihn sein Teil davon haben. Zur Nachspeise soll er die Äpfel von Sodom kosten. Und mundet ihm unser Weihnachtsschmaus, so soll er dann nächstes Jahr wiederkommen!«

»Laßt ihn in Frieden«, murmelte milde der Schwermütige. »Was verschlägt's, ob einer sich ein paar Jahre früher oder später seines Unglücks bewußt wird? Wenn dieser Jüngling sich jetzt glücklich wähnt, so laßt ihn um des Unglücks willen, das da kommen wird, an unserer Tafel sitzen.«

Der Irrsinnige näherte sich dem jungen Mann mit diesem jammervollen Ausdruck leerer Wißbegier, die ständig auf seinem Gesicht lag und dessentwegen es hieß, der Bedauernswerte sei immerfort auf der Suche nach dem fehlenden Stück Verstand. Er musterte den Fremden eingehend, berührte sodann dessen Hand, nur um seine eigene augenblicklich wieder zurückzuziehen, und schüttelte zitternd mit dem Kopf.

»Kalt, kalt, kalt!« murmelte er.

Der junge Mann zitterte ebenfalls und lächelte.

»Meine Herren – und Sie, meine Dame«, sagte einer der Ausrichter dieses Festes, »bitte schätzen Sie weder unsere Umsicht noch unsere Urteilskraft so gering, daß wir diesen jungen Fremden – er heißt Gervayse Hastings – ohne eine gründliche Untersuchung und eine reifliche Abwägung seiner Befugnisse eingeladen hätten. Glauben Sie mir: Niemand an dieser Tafel hat mehr Anrecht auf seinen Platz.«

Das Wort des Sachwalters mußte wohl oder übel genügen. Darum nahm die Gesellschaft wieder ihre Plätze ein und ging an das ernste Geschäft des Speisens, aus dem man jedoch alsbald durch den Hypochonder aufgestört wurde. Der stieß nämlich seinen Stuhl zurück, klagte, man habe ihm einen Eintopf aus Kröten und Nattern vorgesetzt und in seinem Weinbecher sei grünes Grabenwasser. Nach Bereinigung dieses Fehlers nahm er still und ruhig wieder Platz. Der Wein, der da aus der Graburne strömte, schien von vornherein mit allen trübseligen Eingebungen beladen, so daß seine Auswirkung keine erheiternde war, sondern eine, welche die Zecher entweder in noch tiefere Schwermut versinken oder im Jammer schwelgen ließ. Die Unterhaltung drehte sich um vielerlei. Man erzählte sich traurige Geschichten von Leuten, die wohl würdige Gäste bei einem Festmahl wie dem jetzigen gewesen wären. Man sprach von grauenvollen Begebnissen in der Historie; von merkwürdigen Verbrechen, die bei wahrer Betrachtung nichts denn Zuckungen der Qual waren; vom Leben einiger, das ganz und gar unglücklich gewesen, und von anderen, deren Leben trotz seines rundum glücklichen Anscheins früher oder später durch übles Geschick verdorben worden war wie durch das Eindringen eines grimmigen Gesichts bei einem Festmahl; von Totenbettszenen und davon, welche dunklen Botschaften sich den Worten Sterbender entnehmen ließen; von Selbstmord sowie von der Frage, ob Strang, Messer, Gift, Ertränken, langsames Verhungern oder Holzkohlendämpfe als Methode vorzuziehen sei. Die Mehrzahl der Gäste war, nach Gewohnheit aller durch und durch gemütsleidenden Menschen, darauf erpicht, ihre eigenen Nöte zum Gegenstand der Unterredung zu machen und die anderen an Leid zu übertrumpfen. Der Misanthrop ging tief in die Philosophie des Bösen und streifte in der Finsternis einher, wo dann und wann ein Strahl mißfarbener Helligkeit auf grausigen Gestalten und greulicher Szenerie waberte. Manch jammervollen Gedanken, wie Menschen in dem einen oder anderen Zeitalter einmal über ihn stolperten, zog er nun wieder ans Licht, um sich daran zu weiden, als wäre es eine unschätzbare Gemme, ein Juwel, ein Schatz, weitaus jenen lichten, geistigen Offenbarungen einer besseren Welt vorzuziehen, welche kostbaren Steinen aus dem Pflaster des Himmels gleichen. Und dann, mitten in seiner trostlosen Gelehrsamkeit, barg er sein Gesicht und weinte.

Es war eine Tischgesellschaft, in der auch der Jammervolle von Uz samt allen jenen Platz gefunden hätte, die seit Zeitenbeginn am tiefsten aus dem Kelch des Leidens tranken. Und es sei ebenso festgestellt, daß jedweder Sohn und jedwede Tochter eines Weibes, wie sehr ihnen das Glück auch hold sein mag, in dem ein oder anderen Moment der Trauer ein leiderfülltes Herz hätten geltend machen können, um sich an diese Tafel zu setzen. Aber das ganze Festmahl hindurch fiel auf, daß es dem jungen Fremdling, Gervayse Hastings, bisher nicht gelungen war, sich von dessen beherrschender Stimmung anstecken zu lassen. Bei jedem tiefen, kraftvollen Gedanken, der zum Ausdruck kam und den man gleichsam aus den trübseligsten Winkeln des menschlichen Bewußtseins hervorzerrte, wirkte er verwirrt und begriffsstutzig; sogar noch mehr als der bedauernswerte Irre, der sich mit seinem ernsthaften Herzen darauf zu stürzen und es dadurch mitunter zu verstehen schien. Die Äußerungen des jungen Mannes waren von kälterer, sorgloserer Art als die der anderen, oftmals brillant, aber bar der starken Charakteristika einer an Leid gereiften Persönlichkeit.

»Mein Herr«, versetzte rundheraus der Misanthrop auf irgendeine Bemerkung Gervayse Hastings', »bitte sprechen Sie mich nicht wieder an. Wir sind nicht befugt, miteinander zu reden. Unser Denken hat nichts gemein. Mit welchem Recht Sie an dieser Tafel erscheinen, ist mir unerfindlich; aber mich dünkt, ein Mensch, der imstande ist zu sagen, was Sie eben gesagt haben, muß für meine Tischgenossen und mich nicht mehr sein als Schattengeflacker auf der Wand. Und genau so ein Schatten sind Sie für uns.«

Der junge Mann verneigte sich lächelnd; als er sich jedoch in seinen Stuhl zurücklehnte, knöpfte er sich den Rock über der Brust zu, wie wenn ihn fröstelte. Wieder heftete der Irre seinen schwermütig starrenden Blick auf den Jüngling und murmelte: »Kalt, kalt, kalt!«

Das Mahl ging zu Ende, die Gäste nahmen Abschied, und sie hatten die Schwelle des Saals kaum überschritten, da schien das Schauspiel, welches dort stattgefunden, wie die Ausgeburt einer kranken Phantasie oder die Ausdünstung eines stagnierenden Herzens.

Im Laufe des nächsten Jahres jedoch bekamen diese schwermütigen Personen einander dann und wann zu Gesicht, zwar nur ganz flüchtig, aber doch genug, um zu beweisen, daß sie mit dem menschenüblichen Maß an Wirklichkeit auf dem Erdboden umgingen. Manchmal begegneten sich zwei von ihnen Auge in Auge, während sie, in ihren trauerschwarzen Hüllen, durch die Abenddämmerung schlichen. Manchmal traf man einander auf Kirchhöfen. Und einmal begab es sich, daß zwei der trübsinnigen Tafelgäste einander zu erkennen anfingen, als sie am hellichten Mittag durch das Straßengewühl stakten wie verirrte Gespenster. Gewiß fragten sie sich, warum nicht auch der Knochenmann zur Mittagszeit ausging.

Wann immer jedoch diese Weihnachtsgäste unter dem Zwang ihrer Geschäfte hinaus ins Weltgetriebe mußten, stolperten sie unweigerlich über den jungen Mann, der so unerklärlich an dem Fest hatte teilnehmen dürfen. Man sah ihn zwischen den Günstlingen des Glücks; man erhaschte das sonnige Funkeln seines Auges; man hörte den frohen, unbekümmerten Klang seiner Stimme und murmelte mit einer Entrüstung, wie sie nur der Adel des Schmerzes und des Leids entfachen konnte: »Dieser Verräter! Dieser elende Heuchler! Die Vorsehung wird ihm schon noch ein Recht verschaffen, an unserer Tafel zu sitzen!« Doch der stolze, unbefangene Blick des jungen Mannes verweilte auf diesen düsteren Gestalten, während sie an ihm vorüberstrichen, und schien, vielleicht mit einem gewissen Hohn, zu sagen: »Wißt ihr erst einmal mein Geheimnis – dann meßt eure Ansprüche mit dem meinen!«

Die Zeit schritt unmerklich voran, und bald brachte sie wieder ein Weihnachtsfest mit frohen, ehrerbietigen Feiern in den Gotteshäusern, mit Spiel, mit Lustbarkeit sowie dem strahlenden Antlitz der Freude an den heimischen Kaminen überall. Und wieder wurde auch der purpurn verhangene Saal von den Grabesfackeln erleuchtet, deren Schein auf dem Trauerschmuck der Tafel schimmerte. Das vermummte Knochengerüst thronte auf seinem Platz, den Zypressenkranz über sein Haupt gereckt, um irgendeinen Gast zu belohnen, der sich in den dort Vorrang beanspruchenden Qualifikationen besonders auszeichnete. Da die Sachwalter Not und Elend dieser Welt für unerschöpflich achteten und wünschten, sie in all ihren Erscheinungsformen kennenzulernen, fanden sie es nicht ratsam, die Vorjahresgesellschaft wiederzuversammeln. Neue Gesichter warfen jetzt ihre Düsternis über die Tafel.

Es gab einen Mann mit heiklem Gewissen, der einen dunklen Flecken auf der Seele trug: den Tod eines Mitmenschen. Dieses Ereignis war, zur noch schmerzlicheren Tortur des Betreffenden, mit einer so eigentümlichen Reihe von Umständen zusammengefallen, daß er nicht endgültig entscheiden konnte, ob sein eigener Wille die Tat beeinflußt hatte oder nicht. Folglich verbrachte er sein ganzes Leben in der Qual eines inneren Mordprozesses und mit der unablässigen Einzeluntersuchung dieser schrecklichen Kalamität, bis daß sein Geist nicht einen Gedanken, seine Seele nicht ein Gefühl mehr hegte, welches nicht mit ihr zusammenhing. Ferner gab es eine Mutter – heute nur noch ein trostloses Wrack –, die einst, vor vielen Jahren, auf ein Fest gegangen war, nur um bei ihrer Rückkehr ihr kleines Kind erstickt in dessen Bettchen zu finden. Seitdem wurde sie unentwegt von dem Wahn gequält, ihr begrabener Säugling sei in seinem Sarge am Ersticken. Des weiteren gab es eine betagte Dame, die seit undenklicher Zeit am ganzen Leibe zitterte. Ihr schlotternder Schattenriß auf der Wand war schrecklich anzusehen; auch ihre Lippen bebten immerfort; und ihr Blick schien zu verraten, daß auch ihre Seele zitterte. Eine Bestürzung, die ihre

Geisteskräfte nahezu zerstörte, machte es unmöglich, zu entdecken, welch fürchterliches Unheil ihr Wesen bis in die Grundfesten erschüttert hatte, so daß sie nicht aus irgendwelcher Bekanntschaft mit ihrer Vorgeschichte zu der Tafel zugelassen war, sondern weil ihre beklagenswerte Erscheinung verläßliches Zeugnis gab. Einiges Erstaunen wurde ob der Teilnahme eines rustikalen, rotgesichtigen Mr. Smith laut, der offensichtlich das Fett manch üppigen Schmauses am Leibe trug und dessen gewohnheitsmäßiges Augenzwinkern eine Neigung verriet, über wenig oder gar nichts in brüllendes Gelächter auszubrechen. Wie sich herausstellte, war unser bedauernswerter Freund jedoch trotz der vorzüglichsten Gemütsanlagen mit einem Herzleiden gestraft, das ihn bei fahrlässiger Inanspruchnahme des Zwerchfells, ja, schon ob jenes von heiteren Gedanken hervorgerufenen Leibeskitzels, auf der Stelle zu töten drohte. So im Dilemma, hatte er sich mit dem Scheinargument seines mißlichen und beklagenswerten Zustands um Teilnahme an diesem Festmahl bemüht, in Wirklichkeit aber, weil er hoffte, dort eine lebenserhaltende Schwermut aufzuspeichern.
Ein Ehepaar hatte man aus Gründen eines bitteren Humors eingeladen, denn es war sehr wohl bekannt, daß die beiden sich bei jeder zufälligen Begegnung todunglücklich machten und notwendigerweise ein taugliches Gespann für diese Feierlichkeit sein mußten. Den Gegensatz dazu bildete ein zweites, unvermähltes Paar, das einander bereits in jungen Jahren die Herzen geschenkt hatte, aufgrund von Umständen, die ebenso wesenlos waren wie ein Frühnebel, jedoch bislang getrennt gewesen, so daß beider Gemüt partout nicht mehr zusammenfand. Voller Sehnsucht nach Vereinigung, aber zurückschreckend voreinander und doch niemanden sonst erwählend, fühlte sich dieses Paar darum ohne jeden Gefährten im Leben und sah in der vorausliegenden Ewigkeit eine grenzenlose Öde. Neben dem Knochengerüst saß ein purer Erdensohn – ein Renditenjäger – ein Samm-

ler schimmernden Staubes –, dessen Lebenschronik in seinen Geschäftsbüchern stand und dessen Seele hinter den Tresortüren gefangensaß, wo er seine Erträge aufbewahrte. Dieser Mensch war durch die Einladung höchst verblüfft gewesen, pries er sich doch als einen der glücklichsten Männer in der Stadt; aber die Sachwalter bestanden auf seiner Anwesenheit, habe er doch gar keinen Begriff von seinem Elend.

Und jetzo erschien eine Gestalt, die, wir müssen es zugeben, unser Bekannter vom Fest des Vorjahres war: Gervayse Hastings, der junge Mann, dessen Anwesenheit damals so viel Staunen, Zweifel und Kritik ausgelöst hatte und der nunmehr mit der ruhigen Selbstgewißheit eines Menschen Platz nahm, dem seine eigenen Ansprüche so Genüge taten, daß sie unweigerlich auch von anderen anerkannt werden müßten. Sein heiteres, faltenfreies Antlitz verriet jedoch keine Kümmernis. Die gutgeschulten Betrachter starrten ihm einen Moment in die Augen und schüttelten mit dem Kopf, als sie dort nicht die stillschweigende Gleichgestimmtheit fanden – das niemals zu fälschende Erkennungszeichen aller jener, in deren Herzen sich Abgründe auftun, Krater, durch die sie in Gefilde unermeßlichen Wehs hinuntersteigen, an denen sie die anderen, die dort umherstreifen, identifizieren.

»Wer ist dieser junge Spund?« fragte der Mann mit dem dunklen Fleck auf dem Gewissen. »Der ist doch bestimmt nie in den Abgründen gewesen! Ich weiß, wie die aussehen, die das Tal der Finsternis durchschritten haben – in all ihren Erscheinungsarten. Mit welchem Recht weilt der dort unter uns?«

»Oh, es ist frevelhaft, ohne einen Kummer hierherzukommen«, murmelte die betagte Dame, und ihre Stimme schwang mit in dem Schauder, der unaufhörlich ihr ganzes Wesen durchbebte. »Hinaus, junger Mann! Ihre Seele wurde nie erschüttert, und drum erzittere ich um so mehr bei Ihrem Anblick.«

»Der und seelenerschüttert! Niemals; dafür verbürge ich mich«, sagte der rustikale Mr. Smith, indem er seine Hand aufs Herz legte und sich aus Angst vor einem verhängnisvollen Lachanfall alle Mühe gab, schwermütig zu sein. »Ich kenne den Burschen gut; er hat so schöne Aussichten wie nur irgendein junger Mann in dieser Stadt und nicht mehr Recht darauf, zwischen uns unglücklichen Kreaturen zu sitzen, als ein ungeborenes Kind. Der war noch nie unglücklich und wird es wahrscheinlich auch nie sein!«

»Unsere verehrten Gäste«, schalteten sich die Sachwalter ein, »bitte, üben Sie Langmut mit uns und glauben Sie uns zumindest, daß unsere tiefe Reverenz vor diesem weihevollen Fest dessen mutwillige Verletzung ganz und gar verhindern würde. Nehmen Sie diesen jungen Mann an Ihrer Tafel auf. Es ist wohl nicht zuviel behauptet, daß keiner der hier Anwesenden sein Herz für das eintauschen wollte, welches in dieser jugendlichen Brust schlägt!«

»Ich würde sagen, der Handel gilt, und das mit Freuden«, brummte Mr. Smith in einer kuriosen Mischung aus Trauer und keckem Hochmut. »Die Pest über Ihren Unsinn! *Mein* Herz ist das einzige wirklich unglückliche in der Versammlung; und zuletzt ist es auch gewiß mein Tod!«

Trotzdem nahm die Gesellschaft wie beim vorigen Male Platz, ließ das Urteil der Sachwalter doch keinen Widerspruch zu. Der mißliebige Gast hingegen unternahm keinen Versuch mehr, den Umsitzenden sein Gespräch aufzudrängen, sondern schien der Konversation mit einer sonderbaren Begier zu lauschen, als ob irgendein unergründliches, sonst außerhalb seiner Reichweite liegendes Geheimnis sich in einem Zufallswort mitteilen könne. Und wahrlich bot sich dem, der zu verstehen und wertzuachten wußte, mehr Stoff als genug in den jähen Aufwallungen und Ergüssen dieser eingeweihten Seelen, denen die Kümmernis ein Talisman gewesen, ein Schlüssel zu den Tiefen des Gemüts, die kein anderer Zauber zu eröffnen vermag. Manchmal blitzte aus dichtester Düsternis ein momentaner Lichtstrahl auf, ein Gleißen, so rein wie Kristall, so hell wie die Sterne, welches die Geheimnisse des Lebens derart erleuchtete, daß die Gäste aus vollem Herzen riefen: »Gewiß wird sich das Rätsel jetzt lösen!« In solch erleuchteten Intervallen hatten selbst die Bekümmertsten das Gefühl, menschliche Beschwer werde sich als schattengleich und äußerlich offenbaren – nicht mehr denn die schwarzen Trauermäntel, die eine göttliche Wirklichkeit umhüllen und somit auf das weisen, was dem sterblichen Auge sonst gänzlich verborgen bliebe.

»Gerade eben«, bemerkte die schlottrige alte Dame, »schien ich über das Äußerliche hinauszuschauen. Und da war mein unablässiges Zittern vorbei!«

»Ach, könnte ich doch immer in diesen strahlenden Momenten verweilen!« sagte der Mann mit der Gewissenslast. »Dann würde der dunkle Fleck auf meiner Seele hinweggespült.«

Dem guten Mr. Smith schien der Gang der Unterhaltung dermaßen krauses Zeug, daß er in den Lachanfall ausbrach, vor dem die Ärzte ihn gewarnt hatten, erwiese er sich doch wahrscheinlich als auf der Stelle tödlich. Genau gesagt, fiel er als Leichnam in seinem Stuhl zurück und über beide Backen grinsend, währenddessen sein Geist vielleicht, verdutzt ob solch unvorhergesehenen Austritts, neben ihm stehenblieb. Natürlich sprengte diese Katastrophe das Fest.

»Nanu, Sie zittern ja gar nicht!« bemerkte die zittrige Alte zu Gervayse Hastings, der den Toten mit seltsam gespannter Erwartung anstarrte. »Ist es jetzt schrecklich, ihn aus des Lebens Mitte so plötzlich verschwinden zu sehen – diesen Menschen aus Fleisch und Bein, dessen irdische Natur dermaßen warmblütig und stark war? Zwar herrscht in meiner Seele ein unaufhörliches Zittern, aber hierüber erzittert sie mit frischer Kraft! Und Sie sind ruhig!«

»Ich wollte, ich könnte etwas von ihm erfahren!« sagte Gervayse

Hastings, indem er tief Luft holte. »Menschen ziehen vor mir dahin wie Schatten an der Wand; ihre Taten, Leidenschaften, Gefühle sind ein Flackern des Lichts, und dann lösen sie sich in Luft auf! Weder dieser Leichnam noch das Gerippe dort oder das unaufhörliche Zittern dieser alten Frau können mir geben, wonach ich suche.«

Und damit verabschiedete man sich.

Wir können uns nicht länger damit aufhalten, so ausführlich über weitere Begebenheiten dieser eigentümlichen Feiern zu berichten, die nach dem Willen ihres Stifters auch fürderhin mit der Regelmäßigkeit einer festen Einrichtung stattfanden. Im Laufe der Zeit nahmen die Sachwalter die Gewohnheit an, von nah und fern jene Individuen einzuladen, deren Mißgeschicke über die anderer Menschen hinausragten und deren geistig-moralischer Entwicklung man das entsprechende Interesse unterstellen durfte. Der Edelmann, der vor der Französischen Revolution geflohen, war ebenso an der Tafel vertreten wie der gebrochene Reichssoldat, und auch gestürzte, durch die Welt irrende Monarchen fanden bei diesem Festschmaus der Verlorenen ihren Platz. Noch einmal durfte hier der Staatsmann, wenn seine Partei ihn über Bord geworfen hatte, für die Frist einer einzigen Mahlzeit eine große Persönlichkeit sein. Aaron Burrs Name erscheint zu einer Zeit auf der Gästeliste, da sein Ruin – der tiefste und bestürzendste, mit mehr moralischen Aspekten als das Verderben fast jedes anderen – auf Burrs einsame alte Tage besiegelt war. Stephen Girard bat einmal von sich aus um Teilnahme, als sein Reichtum wie ein Berg auf ihm lastete. Doch es ist unwahrscheinlich, daß diese Männer in der Kunde von Kummer und Harm irgend etwas mitzuteilen wußten, das sich nicht ebensogut auf den Pfaden des Lebensalltags hätte studieren lassen. Namhafte Persönlichkeiten wecken, wenn sie das Unglück heimsucht, ein breiteres Mitgefühl, nicht weil ihre Beschwernisse schmerzlicher wären, sondern weil sie, auf ihren

hohen Podesten, der Menschheit um so besser zu Exempel und Verkörperung von Unheil dienen können.
Für unsere Zwecke genügt die Feststellung, daß sich bei jeder der alljährlichen Tafeln Gervayse Hastings erblicken ließ, der sich indessen von der glatten Schönheit seiner Jugend zur nachdenklichen Ansehnlichkeit des Mannes und von da zur kahlhäuptigen, eindrucksvollen Würde des Alters hin verwandelte. Nur er war unabänderlich zugegen. Doch jedesmal gab es ein Murren, sowohl von seiten derer, die um seine Persönlichkeit und Stellung wußten, als auch von jenen, deren Herz zurückprallte und die ihn in ihrer mystischen Brüderschaft ablehnten.
»Wer ist dieser fühllose Mensch?« wurde wohl hundertmal gefragt. »Hat er ein Leid? Hat er gesündigt? Von beidem fehlt jede Spur. Was also hat er hier zu suchen?«
»Da müßt ihr die Sachwalter oder ihn selbst fragen«, hieß die ewig gleiche Antwort. »Wir hier in unserer Stadt glauben ihn gut zu kennen und wissen nur Schönes und Erfreuliches über ihn. Aber dennoch kommt er Jahr um Jahr an diese trübselige Tafel, um zwischen den Gästen zu sitzen wie eine Marmorstatue. Fragen Sie dieses Gerippe dort; vielleicht löst das dieses Rätsel!«
Wirklich, es war ein Wunder. Gervayse Hastings lebte nicht nur im Wohlergehen – er lebte in Saus und Braus. Alles war ihm zum Guten geraten. Er war reich, weit über die Ausgaben hinaus, die fürstliche Gewohnheiten, ein Geschmack von reinster Erlesenheit und Bildung, Reiselust, der Instinkt eines Gelehrten zum Aufbau einer vorzüglichen Bibliothek und darüber hinaus eine Freigebigkeit erheischten, die den Notleidenden überwältigend erschien. Er hatte das Glück erstrebt, und zwar nicht vergebens, sofern ein schönes, liebevolles Eheweib und Kinder von verheißungsvollen Gaben dies gewährleisten konnten, hatte außerdem die Grenze überstiegen, welche die Namhaften von den Unbekannten trennt, und sich in Dingen breitesten öffentlichen Interesses einen untadeligen Ruf erworben. Nicht, daß er eine

volkstümliche Gestalt oder im Besitze jener geheimnisvollen Eigenschaften gewesen wäre, die für solcherlei Erfolg unabdingbar sind. Für die Öffentlichkeit stellte er ein kaltes Abstraktum dar, bar all der kraftvollen persönlichen Farben, der lebendigen Wärme, der besonderen Fähigkeit, einer Vielzahl von Herzen den Stempel des eigenen Herzens aufzudrücken, daran das Volk seine Günstlinge erkennt. Und man muß gestehen: Nachdem seine engsten Bundesgenossen ihr Bestes getan hatten, ihn gründlich kennenzulernen und ihn von Herzen gern zu haben, stellten selbst sie mit Erschrockenheit fest, wie wenig er doch ihre Gefühle regierte. Man lobte, man bewunderte ihn, aber dennoch: In jenen Augenblicken, da der menschliche Geist sich am stärksten nach greifbarer Wirklichkeit sehnt, zuckten sie vor Gervayse Hastings zurück, weil er ihnen nicht zu geben vermochte, was sie suchten. Es war das Gefühl argwöhnischen Bedauerns, mit dem wir unsere Hand zurückziehen dürften, wenn wir sie in trügerischem Zwielicht ausgestreckt haben, um nach der eines Schattens an der Wand zu greifen.
Je mehr das Strohfeuer seiner Jugend verglomm, desto deutlicher sprang diese besondere Wirkung von Gervayse Hastings' Persönlichkeit ins Auge. Wenn er die Arme öffnete, kamen seine Kinder lust- und lieblos zu seinen Knien, kletterten ihm aber nie von sich aus auf den Schoß. Sein Weib weinte insgeheim und brandmarkte sich fast selbst als Verbrecherin, weil die Kälte seines Herzens sie erzittern ließ. Und auch er schien sich der Kälte seiner geistigen Ausstrahlung mitunter nicht unbewußt und gewillt, sich gegebenenfalls an einem freundlichen Feuer zu erwärmen. Aber auf leisen Sohlen kam das Alter, das ihn immer fühlloser machte. Als Rauhreif sein Haupt bedeckte, fuhr seine Frau zu Grabe, wo sie es ohne Zweifel wärmer hatte; seine Kinder starben entweder, oder sie zerstreuten sich auf ihre eigenen Heime; und der alte Gervayse Hastings setzte, von Kummer unangefochten, allein, doch ohne das Bedürfnis nach Beglei-

tung, seinen Lebensweg fort, besuchte an jedem Weihnachtsfeiertag immer noch dies trostlose Festmahl. Sein Privileg als Gast war inzwischen unumstößlich. Hätte er den Vorsitz verlangt, so wäre selbst das Gerippe von seinem Platz am Kopf der Tafel geworfen worden.

Zu guter Letzt, in der fröhlichen Weihnachtszeit und als er viermal zwanzig Jahre zählte, trat dieser fahle, hochstirnige Greis mit dem versteinerten Antlitz wieder einmal in diesen oft besuchten Saal, so ungerührt anzusehen, wie es schon bei seinem ersten Besuch solch zahlreiche unwirsche Bemerkungen hervorrief. Die Zeit hatte ihn, bis auf rein äußerliche Dinge, nicht verändert, weder zum Guten noch zum Schlechten, und während er seinen Platz einnahm, warf der Alte einen ruhigen, forschenden Blick in die Runde, wie um festzustellen, ob nach so vielen fruchtlosen Festmählern nun doch irgendein Gast erschienen sei, der ihm das Geheimnis verraten könnte – das tiefe, warme Geheimnis, das Leben im Leben –, welches, ob in Freude oder Trauer kundgetan, das ist, was einer Welt von Schatten Substanz verleiht.

»Meine Freunde«, sagte Gervayse Hastings, während er einen Platz einnahm, der aufgrund seines langen Vertrautseins mit der Tafel ganz natürlich erschien, »seid mir willkommen! Ich trinke auf euch alle diesen Becher Grabeswein.«

Die Gäste erwiderten höflich, aber auf eine Weise, die bekundete, daß sie den Alten nicht als Mitglied ihrer Trauergemeinschaft anerkennen konnten. Es ist wohl ratsam, dem Leser einen Begriff von der jetzigen Tafelrunde zu geben.

Einer der anwesenden Gäste war ein früherer Geistlicher, einstmals Feuer und Flamme für sein Wirkungsfeld und offenbar aus dem reinen Herrschergeblüt jener alten puritanischen Gottesmänner, deren Glaube an ihre Berufung und deren strenge Ausübung dieses Berufs sie unter die Mächtigen dieser Welt erhoben hatte. Den spekulativen Neigungen des Alters nachgebend, hatte er sich jedoch von den festen Grundlagen eines uralten Glaubens in ein Wolkenreich verirrt, wo alles nebulös und trügerisch war, wo ihn alles mit einem Schein von Wirklichkeit narrte, sich aber in Luft auflöste, sobald er halt- und ruhesuchend darauf zustürzte. Sein Instinkt sowie seine frühe Ausbildung verlangten nach etwas Beständigem; wenn er indes vorwärtsblickte, sah er nichts als Berge von Dunstgewölk, blickte er hinter sich, so gähnte ein unüberbrückbarer Abgrund zwischen dem Mann von gestern und von heute. Am Rande dieses Abgrunds schritt er hin und her, manchmal voll Seelenpein die Hände ringend, oftmals, indem er seinen eigenen Jammer zu fröhlichem Gespött machte. Ja, dieser Mensch *war* unglücklich! Gleich neben ihm saß ein Theoretiker – einer aus einer vielköpfigen Rasse, obschon er selbst sich einmalig seit Erschaffung der Welt dünkte –, der einen Plan entwickelt hatte, wie sich alles irdische Elend, sowohl geistiger als auch körperlicher Natur, mit einem Schlage beseitigen und das Glück eines Goldenen Zeitalters erlangen ließe. Da ihn die Ungläubigkeit der Menschen aber daran hinderte, seinen Plan in die Tat umzusetzen, wurde er von einem Grame zerschmettert, als wäre die ganze Masse des Leids, das zu beheben man ihm versagte, in seinen eigenen Busen hineingepfropft. Ein schlichter alter Mann in Schwarz erregte viel Aufmerksamkeit seitens der Gesellschaft, da man hinter ihm niemand anderen als Pater Miller vermutete, der sich, nachdem die Flammen des Weltgerichts allzu lange auf sich warten ließen, der Verzweiflung übergeben hatte. Ferner gab es einen Mann, welcher sich durch angeborenen Stolz und Starrsinn auszeichnete – unlängst noch der Besitzer ungeheurer Reichtümer und Machthaber über ein gewaltiges Kapitalunternehmen, das er in demselben Geist regierte wie ein Alleinherrscher sein Reich, das heißt, in unaufhörlicher Fortsetzung eines schrecklichen kalten Krieges, dessen Donner und dessen Erschütterungen man in jedem Heim des Landes zu spüren bekam. Am Ende stand ein krachender Zusammenbruch – die völlige Zerstörung von Vermögen, Macht und Persönlichkeit –, deren Auswirkungen auf das herrische und in vieler Hinsicht hoheitsvolle Wesen dieses Mannes ihn wohl zu einem Platz berechtigen konnten, nicht nur an unserer Tafel, sondern auch unter den Fürsten des Infernos. Außerdem gab es einen Philanthropen der Neuzeit, der so empfindlich gegen Not und Unglück von Abermillionen seiner Mitgeschöpfe wie auch gegen die Unmöglichkeit irgendeiner generellen Abhilfe geworden war, daß er nicht die Entschlußkraft hatte, das wenige, was er ausrichten konnte, auch zu tun, sondern sich damit begnügte, krank vor Mitleid zu sein. Der Herr neben ihm saß in einer bislang nie da gewesenen Notlage, für welche aber die Gegenwart wahrscheinlich viele Beispiele aufweist. Schon seit er imstande war, eine Zeitung zu lesen, hatte dieser Mann sich seiner unbeirrbaren Treue zu einer bestimmten politischen Partei gebrüstet, in den Wirren der jüngsten Zeit jedoch die Orientierung verloren. So wußte er nicht mehr, wo ungefähr seine Partei sich jetzt befand – ein unseliger Zustand, geistig und moralisch so trostlos, so entmutigend für einen Mann, welcher es seit langem gewohnt ist, seine Individualität mit der Masse eines großen Ganzen zu verschmelzen, und den nur zu begreifen vermag, wer diesen Zustand am eigenen Leib erfahren hat. Tischnachbar dieses Herrn war ein beliebter Volksredner, der seine Stimme verloren hatte und – da es viel mehr nicht zu verlieren gab – in einen Zustand hoffnungsloser Trübsal verfallen war. Auch zwei Angehörige des schöneren Geschlechts zierten die Tafel: die eine davon, stellvertretend für abertausend Elende ihresgleichen, eine halbverhungerte, schwindsüchtige Näherin; die andere eine Frau von ungenutzter Tatkraft. Nur stand jene ungewollt tatenlos in dieser Welt, ohne ein höheres Ziel, ohne etwas, das ihr Freude machte, ja, sogar ohne ein Leid, weshalb dunkle Grübeleien über all die Unbill an ihrem Geschlecht und über dessen Ausschluß von einem angemessenen Betätigungsfeld sie an den Rand des Wahnsinns getrieben hatten. Nachdem die Gästeliste somit vollzählig war, hatte man noch einen Nebentisch für drei, vier tödlich niedergeschlagene Stellungssuchende gedeckt – von den Sachwaltern einerseits deshalb zugelassen, weil ihr Unglück sie wirklich zur Teilnahme berechtigte, andererseits, weil gerade sie einer ordentlichen Mahlzeit bedurften. Desgleichen gab es einen herrenlosen Hund mit eingezogenem Schwanz, der die Brosamen des Festmahls aufleckte und an den Tischabfällen nagte; er war von solcher Melancholie umgeben, wie man sie manchmal bei Straßenkötern sieht – willens, dem erstbesten zu folgen, der ihre Dienste annehmen wird.

Auf ihre jeweilige Art war diese Versammlung so kläglich, wie sich nur je eine um die Tafel geschart hatte. Da saßen sie alle – am einen Ende der Tafel das verschleierte Gerippe des Stifters, das den Zypressenkranz hoch emporhielt, am anderen die welke, in Pelze gehüllte Gestalt von Gervayse Hastings: stattlich, still, kalt und der Gesellschaft zwar Ehrfurcht einflößend, aber so wenig deren Anteilnahme erweckend, daß sie, hätte er sich in Rauch aufgelöst, auch nicht einmal gerufen hätten: »Wo ist er denn hin?«

»Mein Herr«, wandte sich der Philanthrop an diesen Greis, »Sie sind nun schon so lange bei dieser alljährlichen Feier zu Gast und demnach mit einer solchen Mannigfalt menschlicher Bitternis vertraut, daß Sie recht wahrscheinlich Großes und Bedeutendes daraus gelernt haben. Was wäre es für Ihre Artgenossenschaft doch ein Segen, könnten Sie ein Geheimnis offenbaren, dadurch sich diese ganze Masse von Leid am Ende beseitigen ließe!«

»Ich kenne nur ein einziges Unglück«, antwortete Gervayse Hastings leise, »und das ist mein eigenes.«

»Ihr eigenes!« fuhr der Philantrop ihm über den Mund. »Wenn man zurückblickt auf Ihr heiteres, gedeihliches Leben, wie können Sie da behaupten, der einzig Unglückliche unter der Menschheit zu sein?«

»Sie werden es nicht verstehen«, erwiderte Gervayse Hastings matt und mit einem sonderbaren Unvermögen, sich zu artikulieren, vertauschte er bisweilen doch ein Wort mit dem andern. »Keiner hat es bisher verstanden – nicht einmal die, denen es genauso geht. Ich empfinde eine Kälte – ein Bedürfnis nach Ernsthaftigkeit –, ein Gefühl, als wäre das, was mein Herz sein sollte, ein bloßes Dunstgebilde – einen nicht abzuschüttelnden Eindruck von Unwirklichkeit! Und während ich somit alles zu besitzen scheine, was auch andere Menschen haben – alles, wonach Menschen trachten –, besitze ich in Wahrheit doch nichts, weder Freude noch Leid. Alles, Dinge wie Menschen, so hat man mir an dieser Tafel vor langer, langer Zeit und mit Recht einmal gesagt, glichen flackernden Schatten an der Wand. Mit meinem Weib und meinen Kindern war es so – mit denen, die meine Freunde schienen – und so ist es mit Ihnen selbst, die ich nun vor mir sehe. Ja, auch ich besitze keinerlei wirkliche Existenz, sondern bin ein Schatten wie die übrigen.«
»Und wie steht es mit Ihren Erwartungen für ein künftiges Dasein?« erkundigte sich der spekulative Geistliche.
»Noch schlechter als bei Ihnen«, entgegnete der Greis in hohlem, kraftlosem Ton, »denn ich kann mir nicht ernsthaft vorstellen, entweder Hoffnung oder Furcht zu empfinden. Mein – mein ist das Elend! Dieses kalte Herz – dieses unwirkliche Leben! Ach! Es wird immer noch kälter.«
Der Zufall wollte es, daß die morschen Bänder des Knochengerüsts in diesem kritischen Moment nachgaben und die dürren Gebeine in einem Haufen zusammenbrachen, so daß der verstaubte Zypressenkranz auf die Tafel fiel. Dadurch für einen winzigen Augenblick von Gervayse Hastings abgelenkt, bemerkte die Gesellschaft erst, als sie sich wieder nach ihm umwandte, daß mit dem Greis ein Wandel geschehen war. Sein Schatten hatte aufgehört, an der Wand zu flackern.

»Nun denn, Rosina, wie lautet deine Kritik?« fragte Roderick, indem er das Manuskript zusammenrollte.
»Offen gestanden, ist dein Erfolg keineswegs vollkommen«, erwiderte sie. »Ich habe zwar einen Begriff von dem Charakter, den du dich zu schildern bemühst; aber weniger dank deiner Ausdruckskraft denn durch meine eigenen Gedanken.«
»Das ist unvermeidlich«, bemerkte der Bildhauer. »Sämtliche Wesenszüge Gervayse Hastings' sind nämlich negativ. Hätte er sich an dieser trübseligen Tafel nur ein einziges Menschenleid zu Herzen genommen, so wäre die Aufgabe, ihn zu beschreiben, unendlich leichter gefallen. Von solchen Charakteren – und diesen Seelenungeheuern begegnen wir ja dann und wann – kann man sich nur schwer vorstellen, wie sie überhaupt zu ihrer hiesigen Existenz gelangten oder *was* an ihnen zu einem Dasein nach dieser Welt imstande ist. Sie scheinen jenseits von allem zu stehen; und nichts ermüdet die Seele mehr als ein Versuch, sie innerhalb der eigenen Reichweite zu begreifen.«

Die Wölfe von Cernograz

»Saki«

Eine ungewöhnliche Geschichte des gefeierten Erzählers »Saki« (eigentlich Hector Hugh Munro, 1870–1916), dessen Storys von »Bestien und Superbestien« *(Beasts and Super-Beasts)* und dessen Clovis-Chronik *(Chronicles of Clovis)* zu den zeitlos beliebten Werken der Literatur gehören und regelmäßig zu Hörspielen verarbeitet werden. Als ein Fabulierer, dessen »Märchen noch grimmiger als Grimm« sind, beherrschte er das Satirische ebenso wie das Unheimliche.

Erzählt man sich irgendwelche alte Sagen um das Schloß?« fragte Conrad seine Schwester. Conrad war ein begüterter Hamburger Kaufmann, hatte aber als der einzige innerhalb einer ungemein praktisch denkenden Familie eine poetische Ader. Baronin Grübel zuckte ihre molligen Schultern.

»Um so alte Gemäuer ranken sich immer Sagen. Sie sind nicht schwer zu erfinden, und es kostet nichts. In diesem Falle erzählt man sich, wenn irgend jemand auf dem Schloß stirbt, daß dann sämtliche Hunde im Dorf wie auch die wilden Tiere im Wald die ganze Nacht heulen würden. Wäre nicht gerade ein Ohrenschmaus, was?«

»Es wäre unheimlich und romantisch«, sagte der Hamburger Kaufmann.

»Wie auch immer – es stimmt nicht«, versetzte die Baronin selbstgefällig. »Seit dem Kauf dieses Schlosses erhielten wir den Beweis, daß nichts dergleichen passiert. Letztes Frühjahr, beim

Tode der alten Schwiegermutter, haben wir alle hingehorcht, aber es gab kein Geheul. Das ist nichts als eine Geschichte, die dem Ort Würde verleiht und niemanden etwas kostet.«

»Die Geschichte geht anders, als Sie sie erzählt haben«, sagte Amalie, die alte graue Gouvernante, und alle drehten sich zu ihr um. Man war erstaunt. Sonst saß Amalie immer spröde, welk und fahl auf ihrem Platz bei Tische, sprach nie, außer wenn man das Wort an sie richtete, und nur wenige bemühten sich überhaupt, mit ihr Konversation zu machen. Heute aber war sie von plötzlicher Redseligkeit überkommen; nervös und den Blick starr geradeaus, plapperte sie weiter, anscheinend zu keinem im besonderen.

»Nicht wenn *irgend jemand* im Schloß stirbt, hört man das Geheul. Nur wenn ein von Cernograz hier starb, ganz allein dann kamen die Wölfe von nah und fern und heulten am Waldrand, genau vor der Todesstunde. Es gab nur ein paar wenige in diesem Teil des Waldes, aber zu solchen Zeiten, sagen die Jagdhüter, erschienen sie scharenweise. Das Rudel huschte in den Schatten umher, heulte im Chor, und die Hunde auf dem Schloß, im Dorf und auf sämtlichen Gehöften ringsum heulten und bellten mit vor Angst und Wut, und wenn die Seele des Verstorbenen dessen Körper verließ, stürzte im Park ein mächtiger Baum um. Genau das geschah, wenn ein von Cernograz auf dem Schloß seiner Familie verstarb. Aber um den Tod eines Fremden hier würde natürlich kein Wolf heulen und kein Baum umstürzen. O nein.«

Etwas Trotziges, beinah schon Verächtliches, lag in ihrer Stimme, als sie die letzten Worte sprach. Die gutgenährte, viel zu gut gekleidete Baronin starrte die lumpige Alte erbittert an, die ihr schickliches Hintergrunddasein verlassen hatte, um so geringschätzig zu reden.

»Sie scheinen in den Sagen um die Familie von Cernograz ja sehr bewandert, Fräulein Schmidt«, versetzte sie scharf. »Ich wußte gar nicht, daß Familienchroniken auch zu den Fachgebieten gehören, von denen Sie so viel verstehen sollen.«

Die Antwort auf den Spott der Baronin war sogar noch erstaunlicher als der Ausbruch von Gesprächigkeit, der ihn provoziert hatte.

»Ich stamme selbst aus diesem Geschlecht«, sagte die Greisin. »*Deshalb* kenne ich die Familienchronik.«

»Sie eine von Cernograz? Sie?« ertönte es in ungläubigem Chor.

»Als wir verarmten und ich hinaus mußte, um Hausunterricht zu geben«, erklärte sie, »da legte ich mir einen anderen Namen zu; das schien mir angemessener. Aber mein Großvater verbrachte als Junge noch viel Zeit auf dem Schloß, mein Vater erzählte mir viele Geschichten darüber, und natürlich kannte ich all die Familiensagen und -histörchen. Wenn einem nichts als Erinnerungen bleibt, dann hegt und pflegt man sie wie einen Schatz. Und als ich bei Ihnen in Dienste trat, konnte ich ja nicht ahnen, daß ich eines Tages mit Ihnen auf den Stammsitz meiner Familie kommen würde. Fast wünschte ich, es wäre anderswohin gewesen.«

Als sie aufhörte zu reden, trat Schweigen ein; dann brachte die Baronin das Gespräch auf ein weniger unangenehmes Thema als Familiengeschichten. Aber später, als die Gouvernante still und unauffällig wieder an ihre Arbeit gegangen war, erhob sich ein Sturm von Hohn und Unglauben.

»Eine Impertinenz!« schnaubte der Baron, und seine vorstehenden Augen nahmen einen empörten Ausdruck an. »Redet das Weib so an unserem Tisch! Um ein Haar hätte es uns zu Nullen erklärt, und ich glaube ihr kein Wort. Sie ist bloß eine Schmidt, weiter gar nichts. Sie hat mit ein paar Bauern hier über dieses alte Haus Cernograz gesprochen und seine Geschichte und Geschichten aufgestöbert.«

»Sie möchte sich wichtig tun«, sagte die Baronin. »Weil sie

weiß, daß sie bald zu alt für die Arbeit wird. Sie möchte an unser Mitgefühl appellieren. Ihr Großvater, daß ich nicht lache!«
Die Baronin verfügte über die übliche Anzahl von Großvätern, prahlte aber kein einziges Mal damit.
»Ich möchte behaupten, ihr Großvater war als Küchenjunge oder so etwas auf dem Schloß«, wieherte der Baron. »Bis dahin mag die Geschichte schon stimmen.«
Der Kaufmann aus Hamburg sagte gar nichts; er hatte Tränen in den Augen der alten Frau gesehen, als sie von der Pflege ihrer Erinnerungen sprach – zumindest glaubte er das mit seinem phantasievollen Gemüt.
»Sobald die Neujahrsfestivitäten vorbei sind, werde ich ihr kündigen«, sagte die Baronin. »Aber bis dann bin ich allzusehr beschäftigt, um ohne sie auszukommen.«
Doch mußte sie ohne die alte Gouvernante auskommen. In der beißenden Kälte nach Weihnachten wurde letztere nämlich krank und hütete ihr Zimmer.
»Das geht wirklich an die Grenzen meiner Geduld«, sagte die Baronin, als ihre Gäste – das Jahr neigte sich seinem Ende zu – abends um den Kamin saßen. »Da war sie nun die ganze Zeit bei uns, und ich kann mich nicht erinnern, daß sie je ernstlich krank gewesen ist – zu krank, um ihren Pflichten nachzugehen, meine ich. Aber jetzt, wo ich das Haus voll habe und sie sich so nützlich machen könnte, bricht sie einfach zusammen! Natürlich tut sie einem leid, sie sieht so welk und eingefallen aus, aber es ist trotzdem zum Krankärgern.«
»Ja, höchst ärgerlich«, bestätigte ihr die Frau des Bankiers voll Mitgefühl. »Das liegt wahrscheinlich an der klirrenden Kälte; die macht die alten Leute kaputt. Es ist außergewöhnlich kalt dieses Jahr.«
»Das ist der strengste Dezemberfrost, den man seit vielen Jahren erlebt hat«, sagte der Baron.

»Und sie ist freilich nicht mehr die Jüngste«, fügte die Baronin hinzu. »Ich wünschte, ich hätte ihr schon vor ein paar Wochen gekündigt; dann wäre sie weggewesen, bevor ihr das zustoßen konnte. Nanu, Wappi, was hast du denn?«
Das wuschelige Schoßhündchen war plötzlich von seinem Kissen gesprungen, um sich zitternd unter das Sofa zu verkriechen. Im selben Augenblick brach bei den Hunden im Schloßhof ein wütendes Gebell aus, während das Kläffen und Bellen anderer aus der Ferne zu hören war.
»Was bringt die Tiere denn so in Aufregung?« fragte der Baron. Und da, als sie ganz scharf die Ohren spitzten, vernahmen die Menschen das Geräusch, welches die Hunde zu ihren Angst- und Wutbekundungen angetrieben hatte; vernahmen ein langgezogenes, an- und abschwellendes Wehgeheul, das sich im einen Moment meilenweit entfernt anhörte, in anderen Momenten über den Schnee hinwegzustreichen schien, bis es wie vom Fuße der Schloßmauern erklang. All das ausgedarbte, kalte Elend einer eisgewordenen Welt, all die erbarmungslose Hungerswut der Wildnis, verquickt mit anderen einsamen, geisterhaften Weisen, die man nicht genau benennen konnte, schienen in diesem Klageschrei zusammengefaßt.
»Wölfe!« rief der Baron.
Ihre Musik drang plötzlich in einem einzigen Ausbruch blinden Zorns von überall, so hörte es sich an.
»Hunderte von Wölfen«, sagte der Hamburger Kaufmann, der ein Mensch von starker Einbildungskraft war.
Auf irgendeinen Impuls hin, den sie nicht hätte erklären können, verließ die Baronin ihre Gäste, um sich in das enge, freudlose Zimmerchen der Gouvernante zu begeben. Die alte Frau lag da und verfolgte das Vorbeihuschen der letzten Stunden, mit denen das Jahr zu Ende ging. Trotz der schneidend kalten Winternacht stand das Fenster offen, und mit einem empörten Ruf auf ihren Lippen stürmte die Baronin vorwärts, um es zu schließen.

»Lassen Sie es offen«, sagte die Greisin mit einer Stimme, darin trotz aller Schwäche etwas Gebieterisches lag. Derlei hatte die Baronin noch nie aus dem Munde Fräulein Schmidts gehört.
»Aber Sie werden noch erfrieren!« wandte sie ein.
»Ich liege sowieso schon im Sterben«, erwiderte die Stimme, »und ich möchte ihre Musik hören. Sie sind von nah und fern gekommen, um das Todeskonzert meiner Familie zu bringen. Es ist so schön, daß sie da sind; ich bin die letzte derer von Cernograz, die auf ihrem alten Schloß sterben wird, und sie sind da, um für mich zu singen. Hören Sie nur! Wie laut sie rufen!«
Das Heulen der Wölfe stieg in der stillen Winterluft empor und wehte in langgezogenen, durch und durch gehenden Klagelauten um die Schloßmauern; die alte Frau sank mit einem lang aufgesparten Ausdruck des Glückes zurück in ihre Polster.
»Gehen Sie«, sagte sie zu der Baronin. »Jetzt bin ich nicht mehr allein. Ich entstamme einem großen alten Geschlecht ...«
»Ich glaube, sie liegt im Sterben«, meinte die Baronin, als sie wieder unter ihren Gästen war. »Man müßte wohl nach einem Arzt schicken. Und dieses schreckliche Geheul! Um keinen Preis wollte ich so ein Sterbekonzert haben.«
»Diese Musik ist für kein Geld der Welt zu kaufen«, sagte Conrad.
»Hören Sie nur! Was ist das da für ein Geräusch?« fragte der Baron, als ein Splittern und Krachen zu vernehmen war.
Im Park stürzte ein Baum um.
Einen Moment lang herrschte gezwungene Stille; dann sprach die Bankiersfrau: »Das liegt an dem grimmigen Frost; der läßt die Bäume zersplittern. Und der Frost hat auch die Wölfe in solchen Scharen herausgetrieben. Es ist viele Jahre her, daß wir so einen kalten Winter hatten.«
Die Baronin stimmte beflissentlich zu, daß die Kälte für das alles

verantwortlich sei. Und genauso habe die durch das offene Fenster hereindringende Kälte das Herzversagen verursacht, das die Dienste des Arztes für das alte Fräulein überflüssig machte. Aber die Anzeige in den Zeitungen nahm sich sehr gut aus: »Am 29. Dezember auf Schloß Cernograz, Amalie von Cernograz, langjährige und geschätzte Freundin von Baron und Baronin Grübel.«

Ganthonys Frau

E. Temple Thurston

Ernest Temple Thurston (1879–1933) erzielte ungeheuren Erfolg mit seinen Romanen *The Apple of Eden* (1905), *The City of Beautiful Nonsense* (1909), *The Greatest Wish in the World* (1910) und einer Trilogie um das Leben des Richard Furlong. Die Spezialität Thurstons, der oft Komisches mit Tragischem vermischte, waren verständnisreiche Einblicke in die weibliche Psychologie. »Ganthonys Frau« stammt aus seiner Geschichtensammlung *The Rossetti, and Other Tales* (1926).

Die Sitte, einander an Heiligabend Kamingeschichten zu erzählen, ist wie das Briefeschreiben und all die anderen häuslichen Künste des letzten Jahrhunderts im Aussterben begriffen. Unsere Geschichten lassen wir uns nun von Berufserzählern vortragen, und von der Druckerpresse werden diese Geschichten zu Tausenden verbreitet. Unsere Briefe geben wir in ein Diktier- oder Stenographiergerät, und wenn sie nicht schon verschwunden ist, dann verschwindet die persönliche Note *jetzt* aus unserem Leben. In einer Ära, in der man sich alle möglichen Maschinen ausdenkt, um Zeit und Arbeit zu sparen, haben wir für dergleichen keine Muße mehr. Wir sind von der Inganghaltung unserer Maschinen zu erschöpft, als daß wir solcherlei noch Aufmerksamkeit schenkten.

All das bemerkten wir letztes Jahr, während wir bei der kleinen Feier, die die Stennings zu Weihnachten veranstalten, um ein loderndes Kaminfeuer in ihrem Tudorhaus an der Grenze zwischen Kent und Sussex saßen.

Die Kinder waren schon zu Bett gegangen. Fünf von uns Erwachsenen befanden sich noch vor der mächtigen Feuerstelle, wo auf dem glühenden Herzen eines Haufens silbriger Asche, der gut eine Woche lichterloh gebrannt hatte, große Eichenscheite flammten.

Miß Valerie Brett, die Schauspielerin, saß in der Kaminecke und wärmte sich erst die eine, dann die andere große Zehe. Sie kommt jedes Weihnachten hierher. Die Kinder lieben sie. Sie kann mit ihrem Mund komische Geräusche machen und besitzt die Fähigkeit, sich mittels Gesichtsverzerrung das Aussehen der Königin Viktoria zuzulegen, wie sie nur je auf einem Pennystück zu erblicken war. Wir übrigen – Stenning und seine Frau, Northanger sowie ich selbst – bildeten einen Halbkreis um das Feuer, rauchten unsere diversen Tabakwaren und schlürften den berühmten Punsch, dessen Rezept Stenning von einem alten Weinhändler in der Winthrop Street, Cork, erhalten hatte. Ich glaube, dadurch, daß Stenning die Zubereitung geheimhält, versichert er sich der paar handverlesenen Gäste, die er jedes Weihnachten empfängt.

»Kommen Sie zu Weihnachten. Punsch.«

So lautet nicht selten seine Einladung.

Wir hatten mit den Kindern zusammen gespielt, wobei Verstecken sich der größten Beliebtheit erfreute, und waren alle ein bißchen erschöpft. Mrs. Stenning brachte das Gespräch darauf, indem sie klagte, es gebe heutzutage niemanden mehr, der es verstehe, Kindern Geistergeschichten zu erzählen.

»Letztes Weihnachten hatten wir jemanden da«, sagte sie, »der fing an, eine vorzutragen, aber sie war nicht einmal halb zu Ende, da wußten die Kinder schon, wie sie ausging.«

»Gott segne die Kleinen«, bemerkte Miß Brett.

»Die Geschichte hat sowieso nichts getaugt«, erklärte Stenning.

»Man kann heute keinen Grusel und keine Spannung mehr erzeugen, indem man einfach mit einer Kette rasselt, eine Tür zuschlägt oder eine Kerze ausbläst. Als die Kerze ausging, hat John gefragt: ›Warum hat er denn das Fenster nicht zugemacht?‹, woraufhin unser braver Erzähler ihm versicherte, das habe sein Held getan. Aber er war nicht sehr überzeugend, denn Emily sagte nur: ›War wohl so wie das Fenster oben in meinem Zimmer. Da zieht immer der Wind durch die Ritzen und weht die Vorhänge umher.‹«

Mrs. Stenning seufzte. »Vermutlich wissen sie einfach zuviel«, meinte sie. »Und was habe ich nicht alles getan, um ihnen ihr schlichtes Gemüt zu bewahren!«

»Zuviel wissen?« entgegnete Northanger. »Das ist es nicht. Wahrscheinlich wissen *wir* eher zuwenig. Wir glauben ja selbst nicht mehr an die rasselnde Kette und die ausgepustete Kerze. Wir lachen schon seit zwanzig Jahren darüber, und nun ziehen sie mit uns gleich.«

»Sie meinen, diese Zivilisation sei ans Ende ihrer Entwicklung gelangt?« fragte ich.

»Entweder das«, antwortete er, »oder wir befinden uns in einem Moment des Stillstands und der Schwebe, wie eine Berg-und-Tal-Bahn, die eine Anhöhe erreicht hat und gerade noch darüberrollt, bis sie genug frischen Schwung gewinnt, um auf die nächste, noch größere Anhöhe zu sausen. Nur Pessimisten sagen, wir wären am Ende angelangt. Das Abstreifen einer alten Haut ist ein ganz normaler Naturprozeß. Und es gibt Anzeichen für solch eine Häutung.«

Northanger ist ein komischer Kauz. Er redet kaum. Das hier war für ihn geradezu geschwätzig. Wie fast immer, wenn so ein Mensch das Wort ergreift, lauschte unsere ganze Gesellschaft.

»Was für Anzeichen?« fragte Miß Brett.

»Alle möglichen«, sagte er. »Es gibt sogar eine neue Art von Gespenst. Letzte Weihnachten hab ich eins gesehen.«

»Sie haben eins gesehen?«
Zwei oder drei von uns sprachen gleichzeitig.
»Ich habe eins gesehen«, wiederholte er.
Wenn sich ein Mann wie Northanger zum Geistersehen bekannte, dann mußte schließlich etwas daran sein. Das wäre mehr als eine Runkelrübe mit einer Kerze.
»Warum haben Sie uns das nicht erzählt, als die Kinder noch da waren?« fragte Mrs. Stenning sofort.
»Das ist keine Kindergeschichte«, antwortete er. »Obwohl ich nicht einsehe, warum eigentlich nicht. Kinder würden sie nicht verstehen, und das ist die Grundbedingung für eine Geistergeschichte.«
»Erzählen Sie sie uns«, kam es wie aus einem Munde.
Miß Brett zog ihre Füße auf den Sessel in der Kaminecke. Stenning huschte hinüber an den Tisch und brachte die Punschterrine, um reihum die Gläser nachzufüllen. Ich sage »huschte«, weil er sich bewegte wie jemand, der eine Stimmung nicht kaputtmachen will. Irgendwie hatte dieser Northanger uns gepackt. Ihm war klar, daß kein Mensch wissen konnte, was er uns gleich erzählen würde, das spürten wir. Und er hatte in der Tat eine bestimmte Atmosphäre geschaffen, eine Atmosphäre, die Stenning tunlichst aufrechterhielt. Die dazugehörige Spannung und Stille lagen in der Luft, während er uns nachschenkte. Seit wir Versteck gespielt hatten, war kein Licht gemacht worden. Wir alle saßen um den Schein des Kaminfeuers versammelt. Dann hub Northanger von neuem zu sprechen an.
»Kennt irgend jemand hier Ganthony? Ganthony ist Teepflanzer in Ceylon.«
Keiner von uns kannte diesen Mann.
»Na, um so besser«, sagte Northanger, und dann sah er zu Miß Brett hinüber. »Wir hatten noch nicht persönlich das Vergnügen, Miß Brett. Unsere lieben Freunde haben uns ja erst dieses Weihnachten miteinander bekannt gemacht. Auf der Bühne sah

ich Sie zwar bereits, aber nachdem ich nicht zu den Verwegenen zähle, die einer Künstlerin ihre Aufwartung machen, ohne daß man einander vorgestellt wurde, sehen *Sie* mich hier zum erstenmal.«

Bei dieser Vorrede erhaschte ich einen unerwarteten Einblick in Northangers Umgangsweise mit Frauen – eine seltsame, sardonische Umgangsweise, zu subtil für die meisten. Aber dennoch vermittelte sie den Eindruck, daß dieser Mann nicht ganz unempfänglich war.

Miss Brett lächelte, während er weitersprach.

»Falls unsere lieben Freunde es Ihnen nicht schon erzählt haben«, sagte er, »muß ich vorausschicken, daß ich ein Hagestolz bin. Ich habe eine Wohnung in der Stretton Street, Piccadilly, wo ich seit siebzehn Jahren lebe. Wer Devonshire House einmal abreißt, der reißt mich aus meinem Nest. Und das ist dann auch das Ende der Stretton Street. Ich habe nicht vor, dort wegzuziehen. Aber ohne den Einfluß der Baroneß Burdett-Coutts und des Duke of Devonshire, die gewissen Dingen einen Riegel vorschieben, wird Stretton Street zu einer Allerweltsstraße. Und ein Lichtspieltheater in den neuen Gebäuden, die man auf den Trümmern von Devonshire House errichtet, bringt Stretton Street dann endgültig auf den Hund. Mit Menschen ist es genauso. Neunzig Prozent von uns schwimmen mit dem Strom. Aber ich will ja von Ganthony erzählen.

Es war letzte Weihnachten. Ich meine, neunzehnhundertdreiundzwanzig. Ich verbrachte diese Zeit in der Stadt. Das mache ich oft. Mir gefällt London am Weihnachtstag.«

Miß Brett schauderte.

»Ja ... ich weiß«, sagte Northanger, »vielen Leuten scheint London tot, wenn die Läden und Theater geschlossen sind. Aber ich empfinde das nicht so. Für mich ist es lebendig.«

»Wie denn das?« Es war Mrs. Stenning, die diese Frage stellte.

»Durch die Geister von Menschen. Wir sprachen doch gerade

über Geister. Und wie kann man erwarten, daß ein Geist mit einer Kette rasselt, wo das Rattern von Motorbussen ihn hoffnungslos übertönen würde? Wozu noch Kerzen ausblasen, wenn Leuchtreklamen die Straßen taghell machen? Eines tue ich immer, wenn ich am Weihnachtstag in London bin, ich besuche meinen Club. Früher, vor der Regency-Periode, war es eine der alten Spielhöllen. Das ist heute durch moderne Innengestaltung alles kaschiert, aber am Weihnachtstag, wenn einige der Räume vollkommen leer sind, kehren sie zurück, die alten Glücksritter. Man kann sie richtig um sich herum fühlen. Einbildung, ich weiß, aber wer hat denn stichhaltig definiert, was Einbildung ist? Vorstellungskraft, Phantasie? Der Assoziations-Impuls des Gedächtnisses genügt nicht. Denn woher kommt dieser Impuls?

Ich gehe also immer in den Club und war auch an diesem Nachmittag da. Zu meinem Erstaunen traf ich dort Ganthony. Er saß gerade im Rauchsalon und schrieb Briefe. Ganthony gehört zu jenen Männern, die in einem Londoner Club sind, sich aber nur sporadisch da sehen lassen. Sie tauchen auf und verschwinden wie ein Komet. So auch Ganthony. Eines Tages kommt er hereinspaziert, holt am Empfang seine Briefe ab, füllt einen Papierkorb mit dem angesammelten Ramsch und schreibt einen Stapel Antwortbriefe. Während der nächsten Woche kann man ihn praktisch jede Sekunde auf der Bildfläche finden. Dann fragt man den Portier eines Tages: ›Ist Mister Ganthony da?‹ und er antwortet: ›Mister Ganthony, Sir? Der ist abgereist.‹

Vielleicht vergehen weitere drei Jahre, bis er wieder auftaucht. Ich hatte ihn mindestens vier Weihnachten nicht mehr gesehen. Er saß inmitten von Briefen und schrieb auf Teufelkommraus. Ich glaube, er war über unsere Begegnung genauso erfreut wie ich. Er kam gerade aus Ceylon zurück und wußte nicht, wie lange er in der Heimat bleiben würde. Er weiß das nie. Ich suchte mir einen bequemen Sessel, und wir unterhielten uns. Ich erkundigte mich sofort nach seiner Frau, ob er sie mitgebracht habe

und wie es ihr gehe. Seine Augen nahmen das Aussehen von Kieselsteinen an, wenn das Wasser darauf wegtrocknet.
›Meine Frau ist seit fast einem Jahr tot‹, sagte er.
Ich muß Ihnen von dieser Frau erzählen. Ganthony hatte sie während der Kriegsjahre kennengelernt und sie geheiratet. Aber der Krieg hat nichts damit zu tun. Wir schreiben diese kurzentschlossenen Heiraten heute gern dem Krieg zu. Ganthony hätte diese Frau geheiratet, ganz gleich, wann sie sich begegnet wären. Diese Sache gehörte zu jenen, wo ein Mensch das ihm beschiedene Schicksal trifft und darauf fliegt wie auf einen Magneten. Was *er* dieser Frau bedeutete, habe ich mir nie ganz zufriedenstellend erklären können. Die Beziehungen, die die jeweiligen Umstände zwischen einzelnen Menschen herstellen, müssen doch irgendeinem Grundmuster folgen. Aber hol mich der Kuckuck, wenn man es auch nur ansatzweise erkennen kann.
Ganthony sah sie zuerst in einem Speiselokal. Er kam gerade aus dem Krankenhaus. Auf Vimy Ridge hatte er eine Granate abgekriegt, die ihm ziemlich das Gesicht zerfetzte, und es war immer noch in Verbände eingewickelt, zumindest auf der einen Seite. Dort guckte nur sein Auge aus einer Mullmasse heraus, während die andere einigermaßen frei war. Das Bild, das er abgab, machte ihm nichts aus. Ich glaube sogar, daß es ihn eher belustigte, in ein öffentliches Speiselokal zu gehen. Er aß allein.
Sie saß an einem Tisch in ein paar Metern Entfernung und speiste ebenfalls, aber mit einem Begleiter. Wie der Anblick dieses einbandagierten Gesichts jedermanns Augenmerk auf sich zog, so auch das ihre. Sie machte ihren Gefährten darauf aufmerksam. Das alles erzählte mir Ganthony selbst, kurz vor seiner Heirat. Es schien, als würde sie sagen: Der hat aber auch allerhand mitgemacht, nicht wahr?
Ihr Begleiter blickte ein, zwei Sekunden lang auf. Kriegsbeschädigte und Verletzte waren damals nichts Ungewöhnliches. Der

Mann war selbst Soldat, in Uniform und achtete nicht weiter darauf. Aber die Frau ließ Ganthony nicht aus den Augen. Alle zwei Sekunden begegnete er ihrem Blick. Mehr noch, er bemerkte, daß ihr Begleiter es nicht mitkriegen sollte. Etwas an dieser Sache fesselte Ganthony. Sie kam ins Rollen wie nach festgelegtem Plan (oder was es ist). Das Schicksal begann ihn in sich aufzusaugen. Er lächelte, soweit das mit seinem halb bandagierten Gesicht möglich war. Und sie beantwortete sein Lächeln auf jene Art, wie eine Frau es vor aller Welt verheimlichen kann außer vor dem einen, an den sie sich richtet. Binnen weniger Minuten sprachen sie durch die Augen miteinander – eine Zwiesprache, die nicht mit Sinn oder Betonung von Worthülsen belastet wird.
Ganthony dachte sich einen Plan aus und beendete seine Mahlzeit vor den beiden. Als die junge Frau zu ihm herschaute, verlangte er seine Rechnung. Dann zahlte er, sah erst Richtung Tür, anschließend zu der Unbekannten, stand auf und ging. Er brauchte keine zwei Sekunden zu warten, da war sie bei ihm auf dem Bürgersteig. Sie hatte ihren Begleiter unter irgendeinem Vorwand zurückgelassen, mußte aber anstandshalber wieder hineingehen und zu Ende essen. Ganthony und sie verabredeten sich für später.
Binnen einer Woche waren sie verheiratet. Mehr brauche ich nicht zu sagen. Schieben Sie es meinetwegen auf die Kriegszeiten. Aber Ganthony war kein Mann von jener Sorte, die *diese* Sorte von Frauen heiratet, bloß weil Krieg ist. Er tat es mit offenen Augen, trotz seines einbandagierten Gesichts. Er wußte, was sie für eine Frau war. Er wußte, er war nicht der erste für sie, doch vielleicht hat er geglaubt, daß er, wenn er sie nach seinem Ausscheiden aus der Armee mit nach Ceylon nähme, der letzte wäre. Ich selbst glaubte das nie, aber es hatte keinen Zweck, ihm so etwas zu sagen. Wenn ein Mensch derartig in sein Schicksal rennt wie er, dann halten ihn keine Binsenweisheiten und keine

moralischen Erwägungen auf. Er muß selbst seine Erfahrungen machen. Manchmal, scheint mir, lenkt Gott, bevor und nachdem der Mensch denkt; das gilt besonders für Eheschließungen. Weiter hat es jedenfalls nichts mit meiner Geschichte zu tun. Ganthony hatte geheiratet, und nun war seine Frau tot, und ich gestehe, daß ich bei dieser Nachricht eine Art Genugtuung empfand. Sie war zweifellos eine schöne Frau gewesen – durch und durch attraktiv. Ich hatte sie nie persönlich kennengelernt, aber nachdem sie nach Ceylon gefahren waren, hatte er mir einen Schnappschuß geschickt, auf dem er und sie zu sehen waren. Doch Attraktivität ist nicht alles. Sie lädt ein, ohne daß der Gast immer bekommt, was er will.«

»Das hört sich nicht sehr nach einer Geistergeschichte an«, sagte Mrs. Stenning.

Northanger rechtfertigte sich. »Ich habe Sie ja gewarnt. Diese Geistergeschichte ist keine für Kinder. Ich habe bereits erwähnt, daß Kinder sie nicht verstehen. Ja, ich bezweifle sogar, daß ich selbst sie verstehe.«

»Legen Sie doch bitte ein Scheit nach, Valerie«, unterbrach Stenning, »und du, Grace, fall ihm nicht ins Wort. Was mich betrifft, hat er sich schon jetzt seinen Punsch verdient. Fahren Sie fort, Northanger. Auf *Ihre* Weise. Frauen wollen immer die letzte Seite zuerst lesen. Ganthonys Frau war also tot.«

»Ja, tot«, bestätigte Northanger. »Ganthony hatte ihre Leiche gesehen. Die ersten sechs oder acht Monate verbrachten sie damals in Colombo, und allem Anschein nach erfuhr er in dieser kurzen Zeit, wie attraktiv seine Frau war. Aber dennoch sei es nicht sosehr ihr körperlicher Reiz gewesen, sondern etwas Schicksalhaftes, Verhängnisvolles, das die Männer anzog, wie es ihn zu ihr hingezogen hatte.

Offenbar wußte er letztlich gar nichts über sie. Sie war in dieser Hinsicht nicht einmal eine Heimlichtuerin, sondern vielmehr geheimnisvoll. Soweit ich sagen kann, schien es, als wäre sie zu dieser Art von Leben berufen – wie die heiligen Frauen im Osiris-Tempel von Theben. Ich könnte mir vorstellen, daß sie diesem anderen Mann gegenüber, dem im Speiselokal, bei ihrer Bekanntschaft mit Ganthony ebenso geheimnisvoll war. Nach ihrem Abendessen muß sie ihm entwischt sein. Vielleicht dachte er im einen Augenblick noch, heute nacht würde sie ihm gehören, und im nächsten war sie verschwunden.

Weil sich bei Ganthony das Gefühl einstellte, er könne sie jeden Moment verlieren, fuhr er mit ihr von Colombo weg aufs Land, zu einem kleinen Ort bei seinen Plantagen. Sie erhob keinerlei Einwand – nicht wie eine lebenslustige Frau, die ihrer Lebenslust entrissen wurde. Sie ging ohne jedes Wort. Er war hoffnungslos in sie vernarrt. Jeder Blinde konnte das sehen. Ungeachtet der Art und Weise, wie er sie kennenlernte, war es bei ihnen nicht mehr promiskuitiv zugegangen. Für ihn war sie schlechterdings eine Heilige. Von ihrem Tod erzählte er mir in diesen langsamen, gemessenen Worten wie am Ende einer langen Wanderschaft. Was immer sie gewesen sein mochte, ihr Tod hatte eine Lücke in sein Leben gerissen, die nicht so rasch zuheilen würde.«

»Wird man noch hören, woran sie eigentlich starb?« fragte ich.

»Ja, ich will wissen, wie sie starb«, bekräftigte Miß Brett.

»Dazu komme ich gleich«, sagte Northanger. »Auf dem Lande also hatte Ganthony das Gefühl, sie sei in Sicherheit. Außer auf den Plantagen gab es keine Engländer, und ein paar Monate schien sie dort ganz zufrieden. Dann mußte Ganthony in Geschäftsdingen nach Colombo. Er blieb drei Tage weg. Als er zurückkam, war sie verschwunden. Das einheimische Hauspersonal stand kopf. Zwei Tage lang durchkämmte er die Gegend. Unten auf der Plantage hatte man nichts von ihr gehört. Sie war wie vom Erdboden verschluckt – einfach weg. Am dritten Tag, als er wieder nach vergeblicher Suche heimkam, erwartete ihn vor seinem Bungalow ein Buddhistenmönch. ›Ich bin gekommen, um Sie zur Memsahib zu bringen.‹ Mehr wollte der Mann nicht sagen, und Ganthony folgte ihm. Immer wieder fragte er diesen Mönch, was denn los sei, drohte ihm, versuchte ihn einzuschüchtern, bekam aber nur zu hören: ›Sie werden selber die Memsahib sehen.‹

An einem Berghang, ungefähr drei Meilen von Ganthonys Bungalow entfernt, lag ein buddhistisches Kloster. Dorthin wurde er geführt, und dort fand er auch in einem Ruheraum auf einer primitiven Art von Bett seine Frau. Sie war tot. Ob ein Arzt geholt werden sollte, wurde erst gar nicht erörtert, denn es gab weit und breit keinen.

Ich fragte Ganthony, ob er sicher sei, daß sie tot war, und er richtete diese Augen auf mich, die Kieselsteinen glichen.

›Da draußen muß man sein eigener Arzt sein‹, sagte er, ›und ein, zwei Dinge erkennt auch ein Blinder. Dazu gehört, wenn jemand gestorben ist. Sie war schon eine Zeitlang tot, völlig erkaltet. Man kann sich nicht irren, wenn ein Körper von jedem Lebensgeist verlassen ist. Ihrer war davon verlassen. Das spürte ich. Sie lag da, einfach als toter Körper, und ich brachte es nicht mehr über mich, sie zu berühren – es stieß mich ab, ohne ihren Lebensgeist.‹

Ich fragte ihn, wie sie dorthin gekommen, was nach seiner Meinung ihre Todesursache, wie lange sie vermutlich schon tot sei. Nichts davon beantwortete er ausführlich. Seines Erachtens war die Todesursache ein Fieber. Seine Frau sei ganz allein in das Kloster gegangen. Und sie müsse schon zwei Tage tot gewesen sein. Zu diesem Urteil gelangte er auch unabhängig von dem, was die Mönche ihm sagten.

Und dann äußerte er etwas Ungeheuerliches, bei dem mir der Ekel klar wurde, den er vor diesem leblosen Körper empfunden hatte.

›Ich habe sie dort liegenlassen‹, sagte er. ›Sie haben sie begraben.‹

Das also war Ganthonys Geschichte, wie er sie mir an diesem Weihnachtsnachmittag im Club erzählte. Während unseres Gesprächs tranken wir gemeinsam Tee. Dann ging er wieder, um seine Briefe zu Ende zu schreiben, während ich mich bis etwa Viertel nach sieben ins Lesezimmer zurückzog. Inzwischen schneite es; wie weißer Nebel fielen die Flocken über die schwarze Finsternis draußen. Kaum etwas bewegte sich auf den Straßen, nicht mal ein Taxi. Ich hatte mein Abendessen für acht Uhr bestellt und verließ deshalb das Lesezimmer, um nach Hause, Richtung Stretton Street, aufzubrechen. Da fiel mir plötzlich Ganthony wieder ein, der wahrscheinlich ganz allein hier im Club aß. Ich streckte meinen Kopf ins Raucherzimmer und lud Ganthony zum Mitkommen ein. Er schwenkte eine Hand über seinen Stoß Briefe.

›Erst halb durch‹, sagte er.

›Schreiben Sie sie morgen zu Ende.‹

›Nein‹, entgegnete er, ›nun bin ich schon mal dabei. Aber falls ich vor zehn Uhr fertig bin, schaue ich noch bei Ihnen herein, und wir trinken einen zusammen. Nur bitte keine Toten mehr aufwecken. Das ist hiermit gestorben.‹

Ich nickte. Es war eine klare Absage. Hat sich ein Mann etwas vorgenommen, dann tut er es, ohne Wenn und Aber. Einwände und Widerspruch sind weibliches Privileg. Also überließ ich ihn seinen Briefen. Ich ging aus dem Club, schlug mich durch diesen weißen Sturm über die schwarze Leere des Trafalgar Square, dann den Haymarket hinauf, und bog in die Jermyn Street ab.

Ich fand die Jermyn Street schon immer absonderlich. Ich habe dort ein paar merkwürdige Käuze gekannt, die in kleinen Zimmer über kleinen Läden hausten. Diese Straße bewahrt eine besondere Atmosphäre, welche das übrige London so schnell verliert wie eine Frau das Selbstwertgefühl, wenn sie sich dem Alkohol überläßt. Es gibt dort tiefe, dunkle Hauseingänge, und die Gebäude selbst stehen so eng zusammen, daß man fast nie zu den Fenstern aufblickt, während man dieses schmale Pflaster überquert. Daß überhaupt Fenster da waren, wurde mir erst bewußt, als mich so ein komischer Kauz einmal in seine Wohnung einlud. Sie besaßen etwas so Seltsames, daß ich bei einem Morgenspaziergang auf der Nordseite der Jermyn Street dauernd an den Häusern gegenüber emporsah. Fast alle sind eigenartig, richtige Schlupflöcher. Und diese Stimmung besitzt auch die ganze Straße. Besitzt sie in solchem Maße, daß sie zu den Lieblingspflastern jener Schwesterngemeinschaft zählt, die da glaubt, unsere Welt sei jenseits aller ... warum sollten sie es nicht ›Liebe‹ nennen?

Ich hätte nie damit gerechnet, heute abend einer von ihnen zu begegnen. Weit und breit war keine Menschenseele. Der Schnee fiel wie ein Musselinvorhang auf einen großen Weltenplan. Ein Polizist kam vorbei. Unsere Schritte waren im Schnee nicht zu hören. Ich wünschte ihm im Vorübergehen fröhliche Weihnachten, und seine Antwort klang wie durch einer Schutzmaske. Der Schnee hatte ihn in Weiß gekleidet. Er verschwand, wie er gekommen war.

Ich gelangte ans Ende der St. James' Street, ungefähr dort, wo früher das Hotel des alten Cox gestanden hat, da sah ich durch diesen Musselinvorhang von Schnee und so, wie man hinter einem Gardinenschleier schemenhaft jemanden erkennen kann, der sich im Zimmer drinnen bewegt, eine Gestalt auf mich zukommen. Einen Moment lang stutzte ich. Es war eine Frau.

Uns trennten nicht viele Schritte. Schon bald trafen wir aufeinander. Bei diesem Schnee schien ganz London auf die Ausmaße eines engen Stübchens zusammengedrängt. Als wir aneinander vorbeigingen, war es haargenau so, als hätte sie diesen Schleier einen Augenblick lang beiseite gezogen und mir aus dem Inneren des Fensters ins Gesicht geschaut. Dann war auch sie wie der Polizist verschwunden.«

Vielleicht handelte es sich um eine instinktive Kunstpause, um die Spannung seiner Geschichte zu steigern, jedenfalls hielt Northanger hier kurz inne und sah zu Valerie Brett.

»Weiter!« drängten wir.
»Nun, ich denke nur an die Gefühle dieser jungen Dame. Um Ihnen den richtigen Eindruck von den Geschehnissen zu vermitteln, muß ich jetzt das werden, was die Romanautoren psychologisch nennen«, sagte Northanger. »Sie haben doch wohl nichts dagegen?«
»Seien Sie nicht albern«, erwiderte Stenning. »Wir wissen verdammt gut, daß Sie nur versuchen, uns auf die Folter zu spannen. Machen Sie schon weiter, samt Ihrer Psychologie. Miss Brett ist beim Theater. Dort sind sie voller Psychologie.«
»Ich hielt es lediglich für notwendig, zu beschreiben, was ein Mann bei derartigen Begegnungen empfindet«, meinte Northanger. »Oder vielleicht wäre es zutreffender, zu sagen, was *ich* bei dieser speziellen Begegnung empfand. Denn obwohl diese Person zum jetzigen Zeitpunkt der Geschichte vorübergegangen war, hatte es doch eine halbe Sekunde des Verweilens gegeben – der Moment, als sie den Gardinenschleier zurückzuziehen und mich durch das Fenster anzusehen schien. Er war unbeschreiblich, dieser Moment, ein direktes Auge-in-Auge. Meistens sagt so eine Frau ja irgend etwas – eine alberne Zärtlichkeit, eine Herausforderung, einen Gruß wie unter alten Bekannten. Die hier aber sagte gar nichts. Durch diesen statischen Moment hindurch betrachtete sie mich einfach, und obwohl ich sie ums Verrecken nicht hätte beschreiben können, wurde ich mir doch eindeutig ihrer Persönlichkeit bewußt.
Ich weiß nicht, wie eine Frau gegenüber Geschlechtsgenossinnen dieser Kategorie empfindet, aber den meisten Männern wäre es wohl so ergangen wie mir damals. Ich mußte Überlegungen anstellen, ganz unabhängig von den Gewissens- oder Moralgrundsätzen eines Bezirksabgeordneten. Weihnachten, und dazu dieser Schneesturm, während die meisten Leute behaglich am Kamin saßen und auf die Eröffnung eines Festschmauses warteten! Sie tat mir von Herzen leid, und vermutlich war es das sowie

das erwähnte Bewußtwerden ihrer Persönlichkeit, weshalb ich mich umdrehte. Hätte sie irgend etwas gesagt, dann wäre ich wohl schnurstracks weitermarschiert. Aber sie ging wortlos vorbei, und ich drehte mich um.

Sie selbst hatte sich nicht nur umgedreht, sie war stehengeblieben. Bei all dem Schnee, der den Boden bedeckte, hatte ich sie nicht gehört. Wir standen da und sahen einander an. Dann kam sie zurück.

›Unterwegs zum Club?‹ fragte sie.

›Da war ich gerade‹, antwortete ich.

›Dann also auf dem Heimweg?‹

Ich nickte.

›Und die ganze Familie erwartet Sie schon zum Abendessen?‹

Ich sagte ihr, es gebe keine Familie, nur das Abendessen.

›Allein?‹ fragte sie.

›Ganz allein‹, antwortete ich.

Das schreckte sie nicht ab. Sie begann in meine Richtung zu gehen. Ich hätte wie ein Idiot dagestanden, hätte ich mich gegen ihre Begleitung gesperrt. Außerdem hat es etwas äußerst Erregendes und Interessantes, mit einer wildfremden Person des anderen Geschlechts zu reden. Männer und auch Frauen würden sich viel öfter in dieses Abenteuer stürzen, hätten sie nicht solche Angst vor dem Eindruck, den sie machen. Wahrscheinlich wurde ich durch den Schneesturm so mutig. Wir gingen zusammen in die St. James' Street und dann die Piccadilly hinauf.

›Ich wohne in der Stretton Street‹, erklärte ich. ›Wenn Sie noch viel weiter mitkommen, zwingt mich allein schon die Höflichkeit, Sie zum Essen einzuladen.‹

›Und wenn Sie das täten‹, erwiderte sie, ›dann zwingt mich allein schon die Lust auf ein gemütliches Essen, Ihre Einladung anzunehmen.‹

Die Stimme des Menschen ist etwas Erstaunliches. Sie gibt untrüglich Aufschluß über Charakter und Persönlichkeit. Man kann sie nicht richtig verstellen. Der beste Schauspieler und die beste Schauspielerin auf der Welt« – er machte eine weitschweifige Geste, durch die Valerie Brett ausgeklammert wurde – »können lediglich etwas Äußeres vortäuschen. Eine Stimme an sich vortäuschen können sie nicht. Sie können nachahmen. Aber das ist nicht dasselbe. Etwas an der Stimme dieser Frau gab mir die Gewähr, daß ich mich vor Charles, meinem Diener, nicht würde schämen müssen. Charles ist ein eingefleischter Diplomat, aber trotzdem hat er seinen Geschmack. Wie sie angezogen war, darauf kam es nicht sosehr an. Das konnte ich auch nicht sehen bei all dem Schnee, der herabfiel und sie bedeckte. Ich verstehe nichts von Frauenkleidern, doch ich hatte den deutlichen Eindruck, daß sie, nach männlichem Sprachgebrauch, in Ordnung war.

›Dann gestatten Sie, daß ich Sie einlade‹, sagte ich, und als sie akzeptierte, hatte ich das Gefühl, etwas getan zu haben, das man weniger aus eigenem Wunsch oder Willen tut, sondern aus einem Zusammentreffen von Umständen heraus, die zu einem bestimmten Zeitpunkt eine bestimmte Handlungsweise verlangen. Ich spürte, daß Ganthonys ›Nein‹ auf meine Einladung ein wesentlicher Faktor in diesem Zusammentreffen war. Und ich spürte, daß mein eigener Wille hier aus dem Spiel blieb. Ich ging die Vortreppe hinauf, öffnete mit meinem Hausschlüssel, und das Ganze schien meinerseits bloß ein Akt des Gehorsams zu sein. Als mein weiblicher Gast an mir vorbei das Vestibül betrat, sah es so aus, als hätte er die Situation in der Hand, nicht ich.

Ich versuche Ihnen meine Eindrücke im Lichte des Gesamtgeschehens zu schildern, aber ich möchte diese Eindrücke auch nicht übertreiben, denn bis zum letzten Moment bestand kein Anlaß zu dem Verdacht, das Ganze gehe nicht mit rechten, mit natürlichen Dingen zu. Es war vielleicht nicht gang und gäbe – aber nichts weiter.

Meine Wohnung in der Stretton Street besteht nur aus vier

Zimmern – einem Speise-, einem Wohn- und zwei Schlafzimmern. Charles führte die Frau in das Gästeschlafzimmer, wo sie ihren Mantel ablegen und sich wieder ein wenig herrichten könne. In zehn Minuten gebe es Essen. Und hier noch ein Eindruck, bei dem ich bestimmt nicht übertreibe: Charles' Betragen war vom ersten Augenblick, als er sie sah, beileibe nicht das des überragenden Diplomaten. Dabei hatte er gegen ihren Besuch selbst gar nicht soviel einzuwenden. Er ging nach Möglichkeit der gesamten Situation aus dem Weg.
Als ich ihm das später vorwarf, sagte er:
›Ich bitte vielmals um Verzeihung, Sir, falls ich mir etwas habe anmerken lassen.‹
›Sie mißbilligen die Sache, Charles?‹ fragte ich ihn.
›Nein, Sir, weshalb sollte ich das?‹
›Was also war es dann?‹
›Mir war einfach nicht ganz behaglich, Sir. Ihr Gast schien sich besser in der Welt auszukennen als ich, und das ist, wenn es sich dabei um eine Frau handelt, ein ungutes Gefühl.‹
Nun, soviel dazu. Für Charles besteht kein Grund, seine Eindrücke zu übertreiben, denn ich habe ihm nie ein Wort gesagt. Außerdem kommt es darauf sowieso nicht an. Im Mittelpunkt der Geschichte steht *sie.* Rund fünf Minuten später kam sie ohne Hut und Mantel ins Wohnzimmer. Ich denke, sie war gut gekleidet. Ich kann Ihnen nur sagen, daß ihr Äußeres nichts von der Jermyn Street besaß. Gleichwohl war sie, wie sie so dastand, unverkennbar eine Kurtisane. Ich meine nicht, daß sie geschminkt oder gefärbt war, oder mir Avancen machte. Und ich meine auch nicht, daß ihre Unterhaltung sich irgendwie von der unterschied, die wahrscheinlich jede Frau geführt hätte, wenn sie plötzlich mit einem wildfremden Mann zu Tisch saß. Nein, sie war absolut natürlich, und dennoch umgab sie diese merkwürdige, unvergleichliche Aura, daß sie nicht bloß eine von vielen ihrer Gattung war, sondern die Gattung selbst, verkörpert in einer einzigen Person.

Hinzu kam mein Eindruck, als sie das Zimmer betrat. Ich hatte auf Anhieb das Gefühl, sie nicht zum erstenmal zu sehen. Während des ganzen Essens warf ich verstohlene Blicke auf sie, einfach, weil ich partout nicht zu erkennen geben wollte, wie sehr sie mich beschäftigte, und versuchte, sie irgendwo in meinem Leben unterzubringen. Das mißlang mir so nachhaltig, daß ich es erst einmal aufgab. Wir plauderten einfach nur über alles mögliche. Irgendwann kamen wir auf Schmuck zu sprechen. Sie hatte einen Ring mit einem großen Rubin an. Ich bewunderte ihn und fragte sie, woher er stamme.

›Den habe ich aus Ceylon‹, antwortete sie.

Und das brachte mein Gedächtnis auf die Sprünge. Ich hielt wohlweislich den Mund, bis wir ins Wohnzimmer gingen. Dann, beim Kaffeetrinken, sah ich ihr mitten ins Gesicht und fragte: ›Haben Sie in Ceylon einen Mann namens Ganthony gekannt?‹

Wenn ich mit irgendwelchem Aufschrecken, irgendwelcher Nervosität gerechnet hatte, dann wurde ich enttäuscht. Ganz unbefangen sah sie mich an und sagte: ›Sie versuchen mich einzuordnen?‹

Ich gebe zu, daß für den Moment ich aus dem Konzept gebracht war. Ich wußte nicht, ob ich mich entschuldigen oder ihre Frage ehrlich bejahen sollte.

›Meine Neugier ist nicht so unhöflich, wie es aussieht‹, antwortete ich. ›Ich habe meinen Grund für diese Frage.‹

Darauf begehrte sie in aller Ruhe zu wissen, welchen?

Als Antwort ging ich schnurstracks zu meinem Schreibtisch. Irgendwo in einer der Schubladen lag dieser Schnappschuß aus Ceylon, den Ganthony mir geschickt hatte. Ich fischte ihn heraus, überzeugte mich zuerst, kehrte dann zu ihr zurück und reichte ihr das Foto. Soweit man sagen kann, daß ein Schnappschuß in seinen exakten Maßstäben und seiner ungekünstelten Wirkung eine Ähnlichkeit besitzt, zeigte dieses Bild von Gan-

thonys Frau diejenige, die jetzt hier in meinem Zimmer saß. Darauf gebe ich meinen Eid.
Sie nahm es mir aus der Hand. Geraume Zeit saß sie einfach nur da, betrachtete die Aufnahme, und während ich sie beobachtete, trat langsam ein Lächeln auf ihr Gesicht. Als es an meiner Wohnungstür klingelte, blickte sie hoch, direkt in meine Augen.
›Kommt dieser Ganthony hierher?‹ fragte sie.
Und da fiel es mir plötzlich wieder ein. Das war Ganthony. Es konnte gar niemand anders sein – und irgendwie wußte sie das. Hals über Kopf ging ich aufmachen, noch bevor Charles dazukam. Es war Ganthony. Trotz seiner Wenn und Aber stand er vor der Tür. Und das alles schien zu jener Konstellation von Umständen zu gehören, zu irgendeinem höheren Plan, den keiner von uns hätte durchkreuzen können. Ich faßte Ganthony am Arm, während er durch die Tür trat.
›Können Sie einen Schock verkraften?‹ fragte ich so leise wie möglich.
Ich weiß wirklich nicht, warum er gleich derart bestürzt reagierte, aber er tat es.
›Was ist?‹ fragte er. ›Was ist los?‹
Ich deutete auf die Wohnzimmertür. ›Da drinnen ist Ihre Frau.‹
›Meine Frau ist tot‹, entgegnete er, und Zorn lag in seiner Stimme. ›Ich habe Ihnen doch gesagt, daß sie tot ist. Ich habe selbst ihre Leiche gesehen.‹ Und noch ehe ich ihn aufhalten konnte, stieß er meinen Arm weg, ging festen Schritts auf die Tür zu, öffnete sie und trat ein. Eine Sekunde fragte ich mich, ob ich ihm folgen sollte. Es gibt ein gesundes Prinzip, das da lautet, sich in fremde Ehen nicht einzumischen, und ich wollte gerade ins Speisezimmer gehen, da überfiel mich der Eindruck einer merkwürdigen Stille. Es waren gar keine Stimmen zu hören. Also folgte ich Ganthony. Er stand in der Mitte des Raums und starrte auf das kleine Foto von ihr. Sonst war niemand da.
Wortlos ging ich in das Gästeschlafzimmer, das sich zum Salon

hin öffnete. Ihr Hut und ihr Mantel waren weg. Ich kehrte zurück und trat ans Fenster. Meine Wohnung liegt im Erdgeschoß. Ich öffnete es, doch es gab kein Anzeichen dafür, daß sie diesen Weg genommen hatte, allerdings fiel der Schnee so schnell, daß ihre Fußspuren schon wieder verdeckt sein konnten. Ich drehte mich um und sah zu Ganthony.
›Ich schwöre es Ihnen ...‹ begann ich.
Er jedoch lächelte mich nur an – es war eine dünne Art von Lächeln; das Lächeln eines Menschen, der die Tiefen des Leids ergründet hat und weiß, daß ihm nun nichts mehr geschehen kann.
›Bemühen Sie sich nicht‹, sagte er. ›Ich habe sie auch gesehen, vor einem knappen Jahr in Monte Carlo, und letzten September war ich für drei Tage in London, da sah ich sie ebenfalls. Sie ist tot‹, fügte er hinzu, ›ich habe auf ihre Leiche hinabgeblickt. Sie war so tot, wie diese Sorte Frau nur je sein kann.‹«
Northanger reichte Stenning sein Glas zum Nachschenken. Wir alle kämpften uns geistig durch die anschließende Stille, um ihn mit unseren Fragen zu bestürmen.
»Es hat gar keinen Zweck, mich weiter auszufragen«, sagte er, »mehr weiß ich nicht, und mehr behaupte ich auch nicht zu verstehen.«

Mr. Huffam

Hugh Walpole

Sir Hugh Walpole (1884–1941) ist am meisten durch seine Romane aus der Welt der Kathedralen und die populäre »Herries«-Saga bekannt, eine Chronik aus dem englischen Seengebiet.
Die nachfolgende Geistergeschichte entstand ursprünglich für die Weihnachtsnummer des *Strand*, Dezember 1933.

I

Es war einmal (wann, spielt keine Rolle, außer daß der Große Krieg schon lange zurücklag), da überquerte ein junger Mann namens Tubby Winsloe soeben den Piccadilly, genau unterhalb der Buchhandlung Hatchard. Es war drei Tage vor Weihnachten, und zuerst hatte es gefroren, dann getaut und danach wieder gefroren. Die Straßen waren heimtückisch, der Verkehr nervös und verantwortungslos. Unterdessen fiel vor den gleichgültigen Backstein- und Mörtelklippen ein dünner, zarter Schnee aus einem primelfarbenen Himmel. Bald würde es dunkel werden, und die Lichter gingen an. Dann sähe alles gleich freundlicher aus.
Aber es gehörten schon mehr als ein paar freundliche Lichter dazu, um Tubbys Fröhlichkeit wiederherzustellen. Rotwangig und für einen Dreiundzwanzigjährigen erschreckend kräftig von Statur, war seine Stimmung die eines feuchten Umschlags, denn erst vor einer Woche hatte Diana Lane-Fox es abgelehnt, den Ehebund mit ihm auch nur eine Sekunde in Betracht zu ziehen.

»Ich hab dich gern, Tubby«, hatte sie gesagt. »Ich glaube, du hast ein gutes Herz. Aber dich heiraten! Du bist unnütz, ungebildet und gefräßig. Du bist unmöglich dick, und deine Mutter liebt dich abgöttisch.«

Bevor Diana ihm einen Korb gab, hatte er gar nicht gewußt, wie bitter allein er sich vorkommen würde. Er hatte Geld, er hatte Freunde, er besaß ein schönes Dach über dem Kopf; und er fühlte sich bisher immer gern gesehen.

»Da ist ja der alte Tubby!« hatte jedermann gerufen.

Aber es stimmte, daß er fett war, und es stimmte, daß seine Mutter ihn abgöttisch liebte. Erst jetzt wurde ihm klar, daß das Mankos waren. Bis vor einer Woche hatte er sich als jedermanns Freund empfunden – und jetzt als geächtet.

Daß Diana ihn zurückwies, war ein fürchterlicher Schlag gewesen. Er hatte ganz sicher geglaubt, sie würde ja sagen, war sie doch immer so gern mit ihm tanzen und ins Kino gegangen und hielt so viel von seinen Eltern, seiner Mutter, Lady Winsloe, und seinem Vater, Sir Roderick Winsloe, Baronet. Immer wieder hatte sie an der Gastfreundschaft des Hauses Winsloe teilgehabt. Tubby war es so vorgekommen, als brauchte er lediglich ein Wort zu sagen; den Zeitpunkt könne er sich selbst aussuchen. Und er hatte ihn sich ausgesucht – den Hausball der Herries, letzten Mittwochabend. Das war nun das Ergebnis!

Er hatte erwartet, sich von dem Schlag zu erholen, denn er war eine Frohnatur, stets obenauf. Immer wieder sagte er sich, es gebe Heiratskandidatinnen wie Sand am Meer. Aber anscheinend war dem doch nicht so. Er wollte Diana und nur Diana.

An dem befestigten Mittelstreifen der Straße pausierte er und seufzte so tief, daß eine Lady, die ein kleines Mädchen und einen bissig wirkenden Chow-Chow dabeihatte, ihn streng ansah. Es schien, als wollte sie sagen: Wir haben doch schließlich Weihnachten, das ist für alle Betroffenen eine triste Zeit. Es besteht kein Anlaß, daß irgendein Flegel sie noch trübseliger macht.

Und noch jemand suchte die Zuflucht dieses Eilands – ein merkwürdiger Kauz. Sein Erscheinungsbild war so sonderbar, daß Tubby in seiner sofort entfesselten Neugier die eigenen Kümmernisse vergaß. Sonderbar war an diesem Mann erstens, daß er einen Bart hatte. Bärte ließ man sich damals sehr selten stehen. Zweitens war seine Kleidung zwar sauber und gepflegt, aber eindeutig altmodisch. Er trug einen spitz zulaufenden Stehkragen, eine schwarze Halsbinde aus steifem Leinen, besetzt mit einer Juwelennadel, sowie eine höchst auffällige Weste, lilafarben, mit rotem Blümchenmuster. In der Hand hielt er eine große, schwer aussehende braune Tasche, und sein Gesicht war sonnengebräunt. Er erinnerte Tubby an einen Hochseekapitän im Ruhestand.

Das Auffälligste an ihm war jedoch die rastlose, ungestüme Energie, die er ausstrahlte. Nur mit Müh und Not konnte er sich beherrschen, so schien seine kraftvolle, drahtige Gestalt zu glühen von irgendeinem geheimen Feuer. Der Verkehr raste vorbei, aber sooft zwischen den Autos und Omnibussen nur sekundenlang eine Lücke entstand, zappelte dieser bärtige Gentleman umher, traf dabei einmal den Chow-Chow mit seiner Tasche und stieß ein andermal beinah das Kind auf die Straße.

Dann kam der Moment, da schoß er, was höchst unvernünftig war, nach vorn. Um ein Haar wäre er von einem Rolls-Royce erwischt worden, und die Lady stieß einen spitzen Schrei aus, während Tubby den Mann am Arm packte, ihn daran festhielt und ihn zurückzog.

»Das war knapp, Sir!« murmelte Tubby, seine Hand immer noch auf dem Arm des anderen. Der Fremde lächelte – ein äußerst reizendes Lächeln, das aus seinen Augen, seinem Bart, ja, sogar seinen Händen schimmerte wie Sonnenschein.

»Ich habe Ihnen zu danken«, erwiderte er mit einer altmodischen Verbeugung. »Aber wie, zum Teufel, sagte doch der kleine Junge, als er die Würste aus der Fleischmaschine kommen sah? ›Der Hund will nicht zu Ende gehen.‹«

Er lachte sehr herzhaft über diese Bemerkung, und Tubby lachte ebenfalls, obwohl sie ihm nicht allzu erheiternd vorkam.

»Der Verkehr ist sehr dicht um die Weihnachtszeit«, erklärte er. »Alle Welt macht Einkäufe.«

Der Fremde nickte. »Prächtige Zeit, Weihnachten!« sagte er. »Die schönste im ganzen Jahr!«

»So, meinen Sie?« erwiderte Tubby. »Ich bezweifle, daß Sie jemanden finden werden, der diese Ansicht teilt. Weihnachten ist heutzutage nicht gerade berauschend.«

»Nicht gerade berauschend?« staunte der Fremde. »Was haben Sie denn?«

Das war eine schwierige Frage, weil er so vieles hatte, beziehungsweise nicht hatte – von einem Beruf bis zu Diana. Für den Moment blieb Tubby eine Antwort erspart.

»Da ist eine Lücke«, sagte er. »Jetzt können wir rübergehn.« Und das taten sie – was den Fremden betraf, mit einer so raschen, tänzelnden Bewegung, als wollte er jeden Moment in die Luft springen.

»In welche Richtung gehen Sie denn?« fragte Tubby. Später, als er sich rückblickend an diese Frage erinnerte, wunderte er sich darüber. Es war nicht seine Art, mit Fremden Freundschaft zu schließen, denn seiner Theorie nach war jeder darauf aus, alle anderen reinzulegen, ganz besonders heute.

»Offen gestanden, weiß ich das nicht recht«, antwortete der Fremde. »Ich bin gerade erst angekommen.«

»Von wo?« wollte Tubby wissen.

Der Fremde lachte. »Ich bin lange in der Weltgeschichte herumgereist. Ich reise ständig herum. Bei meinen Freunden und Bekannten gelte ich als sehr rastlos.«

Sie gingen ziemlich rasch, denn es war kalt, und jetzt fiel dichter Schnee.

»Ach«, sagte der Fremde, »um auf Ihre Bemerkung zurückzukommen, daß es eine schlechte Zeit sei – was ist denn los?«
Was los war? So eine Frage!
Tubby brummelte: »Na, alles mögliche ist los. Keine Arbeit, kein Umsatz, Sie wissen schon.«
»Nein, ich weiß nicht. Ich bin fort gewesen. Ich finde, daß alle sehr fröhlich wirken.«
»Sagen Sie, ist Ihnen nicht kalt, ohne Mantel?« fragte Tubby.
»Ach, das macht doch nichts«, antwortete der Fremde. »Ich will Ihnen sagen, wann mir *wirklich* kalt war. Wie ich als kleiner Junge in einer Fabrik gearbeitet und Schuhcremeflaschen mit Etiketten beklebt habe, da war es kalt. Ich hab meiner Lebtag nicht so gefroren. Da hingen einem die Eiszapfen an der Nasenspitze.«
»Nein!« sagte Tubby.
»Doch, ich versichere es Ihnen. Sogar die Schuhcremeflaschen waren von Eis überzogen!«
Sie waren inzwischen an der Berkeley Street. Haus Winsloe lag in der Hill Street.
»Ich biege hier ab«, erklärte Tubby.
»Ach ja?«
Der Fremde schien enttäuscht. Mit einem Lächeln streckte er seine Hand aus.
Und da tat Tubby noch etwas Außergewöhnliches. Er sagte: »Kommen Sie doch auf eine Tasse Tee mit. Unser Haus liegt nur fünf Meter die Straße hinauf.«
»Gern«, erwiderte der Fremde. »Mit Freuden.« Und während sie die Berkeley Street hinaufgingen, fuhr er in vertraulicher Weise fort: »Ich bin lange Zeit nicht mehr in London gewesen. All diese Fahrzeuge sind sehr verwirrend. Aber es gefällt mir, gefällt ungemein. Alles ist so betriebsam, und außerdem ist die Stadt unheimlich still geworden, verglichen mit der Zeit, als ich hier lebte.«

»Still?« wiederholte Tubby.
»Ja, gewiß. Damals gab es Kopfsteinpflaster, und die Fuhrwerke und Karren kreischten und rumpelten wie der Teufel.«
»Aber das ist ja schon Jahre her!«
»Ja. Ich bin älter, als ich aussehe.« Und mit dem Finger deutend, fügte er hinzu: »Da drüben war doch früher Dorchester House. Demnach ist es abgerissen. Was für ein Jammer!«
»Oh, alles ist inzwischen abgerissen«, sagte Tubby.
»Ich trat dort einmal als Schauspieler auf – großartiger Abend. Spielen Sie gern Theater?«
»Oh, ich wäre nicht gut darin«, antwortete Tubby bescheiden. »Ich könnte mich nicht genügend in meine Rolle versetzen.«
»Sie müssen sich aber in die Rolle versetzen«, entgegnete der Fremde. »Man soll sich auch einmal in andere versetzen, wie der Mann zum Henker sagte, kurz bevor man die Leiter umstieß.«
»Ist diese Tasche nicht furchtbar schwer?« fragte Tubby.
»Ich hab schon Schlimmeres geschleppt«, antwortete der Fremde. »Einmal transportierte ich ein Himmelbett vom einen Ende der Marshallinseln bis zum anderen.«
Sie waren jetzt vor dem Haus angelangt, und Tubby bemerkte erstmals seine Verlegenheit. Es war nicht seine Art, jemanden unangemeldet mit heimzubringen, und seine Mutter konnte Fremden gegenüber sehr arrogant sein. Aber da waren sie nun mal, es schneite sehr stark, und der arme Mann trug keinen Mantel. Also gingen sie hinein. Das Haus der Winsloes war eine Prunkvilla, die in sämtlichen Merkmalen einer vergangenen Zeit angehörte. Sie besaß eine breite Marmortreppe, und die *rannte* der Fremde regelrecht hinauf, als wäre seine Tasche nur ein Federgewicht. Tubby schleppte sich hinterher, aber er kam leider nicht rechtzeitig, um zu verhindern, daß sein Begleiter durch die offene Tür des Salons trat.
Hier thronte in voller Herrlichkeit Lady Winsloe neben einem prasselnden Kaminfeuer, vor sich einen wunderschönen Tee-

tisch, und zwischen Wänden, an denen prachtvolle Kopien alter Meister hingen.
Lady Winsloe war eine großmächtige Frau mit schneeweißem Haar, einem Ausschnitt wie ein kleines Eisstadion, aber einem Gesichtchen, das eine Miene ewiger Verwunderung trug. Ihr Kleid aus schwarzweißer Seide saß dermaßen eng, daß man sich schon auf den Moment freute, in dem sie zum Aufstehen gezwungen wäre. Sie rührte sich möglichst wenig, sagte möglichst wenig, dachte möglichst wenig. Sie hatte ein sehr sanftes, freundliches Herz und war überzeugt, die Welt gehe schnurstracks zum Teufel.
Der Fremde stellte seine Tasche auf den Boden und trat mit ausgestreckter Hand der Hausherrin entgegen.
»Guten Tag«, sagte er. »Hocherfreut, Sie kennenzulernen.«
Es war ein Glück, daß in diesem Moment Tubby das Zimmer erreichte.
»Mutter«, fing er an, »diesen Gentleman hier ...«
»Oh, natürlich«, unterbrach der Fremde, »ich habe mich Ihnen ja noch gar nicht vorgestellt. Mein Name ist Huffam«, und damit ergriff er das patschige weiße Händchen, um es zu schütteln. Im selben Augenblick erschienen wie aus dem Nichts zwei Pekinesen, der eine braun, der andere weiß, die mit heftigem Gebell herbeistürmten. Lady Winsloe fand die ganze Situation so verblüffend, daß sie nur hauchen konnte: »Still, Bobo – still, Coco!«
»Es ist nämlich so, Mutter«, erklärte Tubby, »Mr. Huffam wurde beinah von einem Automobil überfahren, ich habe ihn gerettet, und dann fing es stark zu schneien an.«
»Ja, mein Lieber«, sagte Lady Winsloe mit ihrem wunderlich rauhen Stimmchen, das, kam es doch aus einem so mächtigen Busen, immer überraschte. Dann nahm sie sich zusammen. Wie verblüffend diese Sache auch war, Tubby hatte nun einmal so gehandelt, und was Tubby tat, konnte nicht falsch sein.

»Sie trinken doch hoffentlich eine Tasse Tee mit uns, Mr. ...?« Sie zögerte.
»Huffam, Ma'am. Danke, gern. Ich trinke eine Tasse!«
»Milch *und* Zucker?«
»Mit allem!« antwortete Mr. Huffam lachend und schlug sich auf die Schenkel. »Milch *und* Zucker, ja. Wirklich sehr freundlich von Ihnen, bin ich doch ein Wildfremder. Sie haben ein wunderschönes Haus hier, Ma'am. Man könnte Sie beneiden.«
»So, meinen Sie?« flüsterte Lady Winsloe mit ihrem heiseren Stimmchen. »Heutzutage nicht mehr, nicht bei diesen schrecklichen Zeiten. Allein die Steuern! Sie haben ja keine Ahnung, Mr. ...?«
»Huffam.«
»Ja. Wie dumm von mir. Still, Bobo! Still, Coco!«
Dann entstand eine kurze Pause, und Lady Winsloe starrte ihren fremden Gast an. Sie sah Gäste nie *direkt* an, aber Mr. Huffam besaß etwas, das einen *zwang,* ihn direkt anzuschauen. Es war seine Energie. Es war sein offenkundiges Glücklichsein (denn glückliche Menschen traf man ja so selten). Es war seine ausgefallene Weste.
Mr. Huffam hatte ganz und gar nichts dagegen, wenn man ihn ansah. Er lächelte Lady Winsloe an, als würde er sie schon sein Leben lang kennen.
»Was hab ich doch für ein Glück!« sagte er. »Ausgerechnet zur Weihnachtszeit in London! Und dann auch noch Schnee. Genau das ist es. Schneebälle, Kasperletheater, Mistelzweige, Stechpalmen, das Märchenspiel. Nichts im Leben ist so schön wie das Märchenspiel!«
»So, meinen Sie?« erwiderte Lady Winsloe. »Ich fürchte, das kann ich ganz und gar nicht unterschreiben. Dieses Spiel dauert immer *so* lange und ist oft *dermaßen* vulgär!«
»Ach, Sie reden von den Würstchen«, sagte Mr. Huffam lachend. »Sie haben für die Würstchen nichts übrig. Ich für mein

Teil könnte mich daran totessen. Ich weiß, das ist kindisch in meinem Alter, aber so ist es nun einmal – Joey und die Würstchen. Um nichts in der Welt möchte ich die missen.«

In diesem Moment trat ein großer, überaus dünner Gentleman herein – Sir Roderick Winsloe. Sir Roderick war früher Unterstaatssekretär, Firmenpräsident und berühmt für seine gewitzten, ziemlich scharfzüngigen Antworten gewesen – alles früher einmal. Heute war dies nur Ruhm der Vergangenheit, heute war er lediglich Lady Winsloes Ehemann, Tubbys Vater sowie Opfer einer unzuverlässigen und oft barbarischen Verdauung. Es war ganz natürlich, wenn er Trübsal blies, obwohl vielleicht nicht gar soviel, wie er es oft als nötig empfand. Für ihn war das ganze Leben schal geworden. Jetzt betrachtete er Mr. Huffam, dessen Tasche und dessen Weste mit unverhohlenem Erstaunen.

»Das ist mein Vater«, sagte Tubby.

Sofort stand Mr. Huffam auf und griff nach Sir Rodericks Hand. »Hocherfreut, Sie kennenzulernen, Sir.«

Sir Roderick sagte nur »Ah«, dann setzte er sich.

Tubby litt nun unter schwerster Verlegenheit. Der eigentümliche Gast hatte seinen Tee ausgetrunken, und es wurde Zeit, daß er sich verabschiedete. Aber anscheinend dachte er gar nicht daran. Mit gespreizten Beinen, seinen Kopf nach hinten geworfen und jeden mit seinen freundlichen Augen erfassend, als wären sie allesamt die besten Freunde, bat er um eine zweite Tasse.

Tubby wartete, daß seine Mutter etwas tun würde. Sie war eine Meisterin in der Kunst, Gäste zum Verschwinden zu bringen. Niemand wußte genau, wie sie es anstellte. Es gab keine derartig plumpe Direktheit wie einen Blick auf die Uhr oder eine Andeutung, es sei höchste Zeit, sich fürs Abendessen umzuziehen. Ein Hüsteln, eine Drehung des Handgelenks, ein Wort über die Hunde, und die Sache war erledigt. Aber *dieser* Gast, das war

Tubby inzwischen klar, war ein etwas schwierigerer Fall. Bei dem ging es nicht so wie sonst. Er besaß etwas Altmodisches, er nahm die Leute ganz naiv beim Wort. Man hatte ihn zum Tee eingeladen, und nun fühlte er sich tatsächlich zum Tee eingeladen. Nicht auf so ein Fünfminutenschwätzchen und dann husch, husch weiter zur nächsten Cocktailparty. Allerdings, ging es Tubby durch den Kopf, genügte in der Regel die Kombination von Vater, Mutter sowie dem Salon mit seinem Marmorkamin und seiner Galerie kopierter alter Meister, um einen Kurzbesuch zu gewährleisten. Das würde auch diesmal seine Wirkung nicht verfehlen.

Doch da geschah etwas Erstaunliches. Tubby erkannte, daß seine Mutter Mr. Huffam *mochte.* Sie lächelte und kicherte sogar, daß ihre Äuglein strahlten und ihr winziger Mund vor Spannung leicht geöffnet war, während sie ihrem Gast zuhörte. Mr. Huffam gab eine Geschichte zum besten, eine Anekdote aus seiner Jugend, und zwar über einen Jungen, den er selbst in seiner Kindheit gekannt hatte, einen aufgeweckten, unternehmungslustigen Burschen. Dieser Junge war als Page zu einer reichen Familie gegangen, und Mr. Huffam wußte dessen Abenteuer ganz wunderbar zu beschreiben – das *Rencontre* des Kleinen mit dem Zweiten Lakaien, einem Snob und Protestanten, wie der Junge durch das Speisekammerfenster Biskuits zu seiner kleinen Schwester hinausgereicht, wie er mit der Köchin Freundschaft geschlossen hatte. Und während Mr. Huffam das alles erzählte, erwachten sämtliche Personen vor unseren Augen zum Leben – die bombastische Mistress mit ihrem Hörrohr, der Ehemann der Köchin, der ein Holzbein besaß, der Zweite Lakai, der in die Tochter eines Zuckerbäckers verliebt war. Der gesamte Haushalt wurde lebendig, alle Tische, Stühle, Betten, Spiegel bis hin zu dem dicken roten Wollschal, den der Lakai beim Schlafengehen trug, weil er sich immer im Genick verkühlte. Lady Winsloe brach in sanftes Gelächter aus, ja, selbst Sir Roderick lachte, und der Butler, ein großer, breitschultriger Mann mit rotem Gesicht, der hereinkam, um das Teegeschirr abzuräumen, traute seinen Augen kaum, sah zuallererst auf seine Herrin, dann zu seinem Herrn, dann zu Mr. Huffams Tasche, dann zu Mr. Huffam selbst und stand wie versteinert, bis er sich seiner Etikette entsann und mit einem plötzlichen Räuspern (eine Art Entschuldigung), aber auch mit gesitteter Strenge seine Obliegenheiten wiederaufnahm (*er* fand dieses schandbare Betragen seiner Herrschaft nämlich keineswegs zum Lachen).

Doch am allerbesten war vielleicht der pathetische Ausgang von Mr. Huffams Geschichte. Pathos ist heutzutage eine brenzlige Sache. Wir stempeln es so schnell als Sentimentalität ab. Mr. Huffam war ein Meister des Pathos. Ganz unbefangen und ohne Übertreibung schilderte er, wie die Schwester des kleinen Pagen eine bestimmte Summe Geldes verlor, die der nur allzu trinkfreudige Vater ihr anvertraut hatte, beschrieb ihre Angst, ihren Schrecken, ihre Versuchung, sich aus dem Portemonnaie ihrer betagten Tante zu bedienen, sowie ihren Triumph, als sie das Geld schließlich in einer Hutschachtel entdeckte.

Wie sie alle den Atem anhielten. Wie lebhaft sie diese Bilder vor Augen sahen. Wie lebendig die Schwester des kleinen Pagen erschien. Dann war die Geschichte zu Ende, und Mr. Huffam stand auf.

»Nun, Ma'am, ich muß mich für eine sehr glückliche Stunde bei Ihnen bedanken«, erklärte er.

Und da geschah das Allererstaunlichste, denn Lady Winsloe sagte: »Falls keine anderen Vereinbarungen bestehen, warum bleiben Sie dann nicht ein, zwei Tage hier, während Sie sich draußen ein wenig umsehen? Sie können gern bei uns übernachten, nicht war, Roderick?«

Und Sir Roderick sagte: »Ah ... ah ... gewiß.«

II

Rückblickend konnte sich Tubby an die Einzelheiten dieses beispiellosen Erlebnisses, die er so oft Revue passieren ließ, nie mehr in ihrer Reihenfolge erinnern. Das Ganze besaß die Unlogik, die bunte Phantastik eines Traums, und zwar eines jener schönen, seltenen Träume, die soviel lebensechter und vernünftiger sind als irgend etwas in jemandes Wachzustand.
Nach dieser höchst bemerkenswerten Einladung von seiten Lady Winsloes, in welcher Reihenfolge liefen da die Ereignisse – die zynische Tischgesellschaft, Mallows Liebesgeschichte mit einer jungen Frau (Mallow war der Butler), die wundersame Wandlung von Tubbys Tante? Sicher geschah das alles in den ersten vierundzwanzig Stunden nach Mr. Huffams Ankunft. Die grandiose Szene mit dem Weihnachtsbaum, die verrückte Weihnachtsfeier, die Londonvision – *sie* gehörten zum überwältigenden Abschluß.
Plötzlich fiel Tubby auf, daß sich das Haus veränderte. Es war nie ganz zufriedenstellend gewesen, immer eines jener verstockten Gemäuer, die partout kein Leben annehmen wollten. Selbst die am meisten bewohnten Räume – der Salon, das lange, düstere Speisezimmer, Sir Rodericks Arbeits- oder Tubbys eigenes Schlafzimmer – blieben Spielverderber. Das Haus war zu groß, die Möbelstücke zu schwer, die Zimmerdecken zu hoch. Aber am ersten Abend von Mr. Huffams Besuch begann dies Mobiliar plötzlich umherzuwandern. An diesem Abend war nach dem Essen nur die Familie da. (Miß Agatha Allington, eine unverheiratete Verwandte, die Geld zu vererben hatte, eine unglückliche, ständig an Neuralgie leidende Alte, blieb noch aus.) Man saß gerade im Salon, da hatte Mr. Huffam fast augenblicklich ein paar Stühle von der Wand weggerückt und das Sofa mit der stachligen vergoldeten Rückenlehne etwas gemütlicher Richtung Kamin gedreht. Er war dabei weder impertinent noch

wichtigtuerisch, eigentlich sogar sehr still an diesem Abend. Er bat lediglich um ein paar Auskünfte über das heutige London und stellte ein paar merkwürdige Fragen über das Gefängnis-, Psychiatrie- und Kinderschutzwesen. Daneben zeigte er sich an der Gegenwartsliteratur interessiert und notierte sich in einem kleinen Schreibheft ein seltsames Allerlei. Lady Winsloe erzählte ihm nämlich, daß Ethel M. Dell, Warwick Deeping sowie eine gewisse Wilhelmina Stitch, die Lyrik verfaßte, ihre Lieblingsautoren seien, Tubby hingegen schlug vor, Mr. Huffam solle einmal einen Blick in die Werke von Virginia Woolf, D. H. Lawrence und Aldous Huxley werfen. Man verbrachte einen ausgesprochen ruhigen Abend, zu dessen Abschluß Mr. Huffam seine erste Bridge-Lektion erhielt. (Bei seinem letzten »Versuch« mit Karten sei er ein begeisterter Whist-Spieler gewesen.)

Ja, der Abend war ruhig, aber als Tubby die lange, dunkle Treppe zu seinem Zimmer hinaufging, hatte er irgendwie das Gefühl, daß etwas in der Luft lag. Vor dem Ausziehen öffnete er sein Fenster, um auf die Dächer und Schornsteine von London zu blicken. Unter einem von Sternen funkelnden Himmel gleißte und glitzerte der Schnee, und Tubby vernahm leise die Verkehrsbrandung, die sich anhörte, als würde ein Meer an den Fuß der schwarzen, verschneiten Häuser spülen.

Was für ein außergewöhnlicher Mensch! war Tubbys letzter Gedanke vor dem Einschlafen.

Er hatte, noch ehe er wußte, daß er Mr. Huffam zu Gast haben würde, ein paar seiner schlauen jungen Freunde und Freundinnen eingeladen – Diana, Gordon Wolley, Ferris Band, Mary Polkinghorne –, und als die ganze Versammlung da rings um den Winsloeschen Mittagstisch saß, betrachtete Tubby sie mit neuen Augen. Lag es an der Anwesenheit von Mr. Huffam? Der war nämlich glänzender Laune und stellte seine ungeheuerliche Weste zur Schau. Er habe, so erzählte er, den ganzen Vormittag über ein paar seiner alten Tummelplätze besucht und er sei erstaunt; doch weder könne noch wolle er aus seinem Erstaunen ein Hehl machen. Während sie dasaßen und in ihrem Essen herumstocherten, gab er ihnen eine ungefähre Beschreibung von Ost-London, wie es früher gewesen war, von dem Schmutz, der Entwürdigung, den Banden hohläugiger, verwilderter Kinder. Mary Polkinghorne, die eine Figur wie ein Stockschirm, eine Eton-mäßige Kurzhaarfrisur und ein Monokel hatte, starrte ihn fassungslos an.

»Angeblich sollen unsere Armenviertel doch schrecklich sein. Ich selbst war ja noch nie da, aber Bunny Carlisle, der Führer einer Jugendgruppe ist, sagt ...«

Mr. Huffam gestand, er habe am Vormittag einige Armenviertel besichtigt, aber die seien nichts, gar nichts gegen das, was er in seiner Jugend erlebt habe.

»Wer *ist* nur dieser Mann?« flüsterte Ferris Band Diana zu.

»Ich weiß nicht«, antwortete sie. »Irgendeine Zufallsbekanntschaft von Tubby. Aber ich mag ihn.«

Und dann das Weihnachtsfest!

»Oh«, seufzte der junge Wolley, »schon wieder Weihnachten! Ist es nicht schrecklich? Ich werde mich einfach ins Bett legen, schlafen und hoffentlich träumen, bis diese grauenvolle Zeit vorüber ist.«

Mr. Huffam betrachtete ihn erstaunt. »Hängen Sie Ihren Strumpf auf, und schauen Sie, was geschieht«, sagte er.

Alles kreischte bei der Vorstellung, wie der junge Wolley seinen Strumpf aufhängen würde. Später im Salon diskutierte man über Literatur.

»Ich habe gerade die Korrekturfahnen von Hunters neuem Roman gesehen«, berichtete Ferris Band. *»Schweine im Fieber* – ein wundervolles Werk! Es geht um jemanden, der Scharlach hat, und schildert seine Fieberphantasien. Pure Poesie!«

Auf dem kleinen Tisch lag ein Buch. Er griff danach. Es handelte sich um eine Erstausgabe des *Martin Chuzzlewit,* mit weinrotem Ledereinband.

»Armer alter Dickens«, sagte Ferris Band. »Hunter hat eine wunderbare Idee. Er wird ein oder zwei Dickens-Romane umschreiben.«

Mr. Huffam war interessiert. »Umschreiben?« fragte er.

»Ja. Sie auf etwa die Hälfte kürzen. Hunter sagt, es steckte etliches darin, was ganz gut sei. Aber die kleinen Rührseligkeiten will er alle streichen, den veralteten Humor aufpolieren und ein bißchen was Neues dazuschreiben. Er sagt, es sei nur gerecht, der Welt zu zeigen, daß in Dickens etwas drinsteckt.«

Mr. Huffam war begeistert. »Das würde ich gern einmal sehen«, sagte er. »Es wird etwas völlig Neues werden.«

»Genau das meint auch Hunter«, entgegnete Band. »Daß die Leute staunen werden.«

»Das glaube ich allerdings«, bemerkte Mr. Huffam.

Die Gäste blieben lange. So etwas wie Mr. Huffam hatten sie noch nie erlebt. Vor dem Gehen sagte Diana zu Tubby: »Was für ein wunderbarer und so unterhaltsamer Mann. Wo hast du den nur gefunden?«

Tubby war bescheiden. Sie behandelte ihn netter als je zuvor.

»Was ist mit dir los, Tubby?« fragte sie. »Du bist ja plötzlich aufgewacht.«

Im Laufe des Nachmittags erschien Miss Agatha Allington mit einer ganzen Anzahl von Gepäckstücken und einer ihrer schlimmsten Erkältungen.

»Wie geht es dir, Tubby? Es ist nett von euch, daß ihr mich eingeladen habt. Was für ein abscheuliches Wetter! Dieses Weihnachten ist doch immer ekelhaft! Du erwartest hoffentlich kein Geschenk von mir?«

Bis zum Abend hatte Mr. Huffam mit Mallow, dem Butler, Freundschaft geschlossen. Keiner wußte recht, wie er das zustande brachte. Noch niemand hatte sich je mit Mallow angefreundet. Aber Mr. Huffam begab sich in die Niederungen des Dienstpersonals und drang ein in die Welt von Mallow, Mrs. Spence, der Wirtschafterin, Thomas, dem Hausdiener, Jane und Rose, den beiden Dienstmädchen, sowie Maggie, der Küchenmagd. Mrs. Spence, eine kleine Frau und kugelrund, war eine Faschistin, behauptete, von der Schottenkönigin Mary abzustammen, und ließ keinen außer Lady Winsloe in ihr Zimmer. Mr. Huffam jedoch zeigte sie die Fotos vom seligen Mr. Spence und ihrem Sohn Darnley, der auf der Cunard Line als Steward arbeitete. Bei der Geschichte vom Leierkastenmann und dem lahmen Äffchen mußte sie ungemein lachen. Aber Mr. Huffams größte Eroberung war Mallow. Wie es aussah (niemand hatte davon das geringste geahnt) war Mallow hoffnungslos in eine junge Frau verliebt, die in einem Laden in der Dover Street Blumen verkaufte. Sie ihrerseits war offenbar voll der Bewunderung für den Butler, und er hatte sie einmal ins Kino ausgeführt. Aber Mallow war schüchtern. (Wer hätte das gedacht!) Er wollte ihr so gern einen Brief schreiben, doch er traute sich einfach nicht. Mr. Huffam diktierte ihn. Es war eine wunderbare Epistel, voll Humor, Poesie und Zärtlichkeit.

»Aber diesem Brief bin ich im wirklichen Leben nicht gewachsen, Sir«, wandte Mallow ein. »Sie wird mir ruckzuck auf die Schliche kommen.«

»Das macht nichts«, erwiderte Mr. Huffam. »Führen Sie sie morgen zum Tee aus, seien Sie ein wenig zärtlich zu ihr, dann wird sie sich um Briefe nicht mehr bekümmern.«

Nach dem Tee ging er aus dem Haus, um mit Schnee gepudert und in einem Mietwagen voll Stechpalmen- und Mistelzweigen zurückzukehren.

»Ach du liebe Güte!« flüsterte Lady Winsloe. »Wir haben das Haus seit Jahren nicht mehr geschmückt. Ich weiß nicht, was Roderick dazu sagen wird. Er hält Stechpalmenzweige für Unkraut.«

»Ich werde mit ihm reden«, entgegnete Mr. Huffam. Und das tat er auch – mit dem Ergebnis, daß Sir Roderick höchstpersönlich zu Hilfe kam, wobei Mr. Huffam kein einziges Mal diktatorisch war. Tubby fiel auf, daß er sogar eine gewisse Schüchternheit besaß – nicht in seinen Ansichten, denn da war er wirklich ein Schlaukopf, der genau wußte, was er wollte –, aber durch eine Art höherer Eingebung schien er an seinen Nächsten deren jeweilige Eigenheiten zu erkennen. Wie konnte er zum Beispiel ahnen, daß Sir Roderick Angst vor Leitern hatte? Als er, Mallow, Tubby und Sir Roderick die Eingangshalle mit Stechpalmengirlanden schmückten, sah Mr. Huffam, wie Sir Roderick furchtsam, mit schlotternden Beinen, die ersten Sprossen hinaufstieg. Er ging zu ihm hin, legte ihm eine Hand auf den Arm und führte ihn wohlbehalten zurück auf festen Boden.

»Ich weiß, daß Sie keine Leitern mögen«, sagte er. »Manche Menschen können die Dinger nicht ausstehen. Ich habe einmal einen Gentleman gekannt, der fürchtete sich schrecklich vor Leitern, und sein ältester Sohn, ein gescheiter, vielversprechender Bursche, wurde ausgerechnet Dacharbeiter, der die höchsten Turmspitzen erklomm. Ein anderer Beruf wollte ihm einfach nicht gefallen.«

»Grundgütiger!« rief Sir Roderick und erbleichte. »Was für ein grauenvolles Handwerk! Was hat da sein Vater nur getan?«

»Überredete ihn, Taucher zu werden«, antwortete Mr. Huffam. »Der Kerl stürzte sich ins Wasser wie eine Ente. Rauf oder runter, das sei ihm alles eins, sagte er.«

In der Tat kümmerte sich Mr. Huffam um Sir Roderick wie ein Vater um sein Kind, und noch bevor der Tag zur Neige ging, fragte der erlauchte Baronet Mr. Huffam in allem um seine Meinung – was die richtige Zucht von Gartennelken und Dakkeln betraf, den Währungsstandard und die Weisheit des Lord Beaverbrook. Währungsstandard und Lord Beaverbrook waren für Mr. Huffam neu, aber er hatte trotzdem seine Meinung. Und während Tubby ihm zuhörte, konnte er nicht umhin, sich zu fragen, wo der Mann all die Jahre über gewesen war. Bestimmt auf irgendeiner entlegenen Südseeinsel. So vieles war ihm neu. Aber mit seiner Gutmütigkeit und Tatkraft kam er überall durch. Er besaß sehr viel Kindliches sowie viel von einem welterfahrenen Mann, und dahinter steckte ein Herz voller Schwermut, voller Einsamkeit.

Wie es scheint, dachte Tubby, hat er kein Zuhause, keinen Ort oder besondere Menschen, wo er hingehen kann. Und vor seinem geistigen Auge sah er sich Mr. Huffam schon als eine Art Sekretär und Hausfreund der Familie einverleiben. Tubby hegte keine Zärtlichkeit gegenüber seinem eigenen Geschlecht, aber er mußte zugeben, daß ihm Mr. Huffam allmählich sehr ans Herz wuchs. Es war fast, als hätte er ihn schon früher gekannt. Ja, es gab sogar gewisse Redewendungen, gewisse Tonfälle, die Tubby seltsam vertraut vorkamen und ihn auf irgendeine unbestimmte Weise an die unschuldigen Tage seiner Kindheit erinnerten.

Und dann, nach dem Abendessen, geschah die Eroberung der Agatha Allington. Agatha hatte Mr. Huffam auf Anhieb abgelehnt. Sie hielt sich etwas darauf zugute, daß sie kein Blatt vor den Mund nahm.

»Meine Liebe«, sagte sie zu Lady Winsloe, »was für ein Rüpel, dieser Mann! Der stiehlt euch noch die Löffel.«

»Das glaube ich nicht«, entgegnete Lady Winsloe würdevoll. »Wir mögen ihn sehr.«

Anscheinend merkte er, daß Agatha ihn nicht leiden konnte. Beim Abendessen setzte er sich neben sie. Er trug einen Frack seltsamen, altmodischen Zuschnitts, eine große goldene Uhrkette, und war, wie Tubby feststellte, grundverschieden von Agatha. Man hätte fast sagen können, daß er selbst eine alte Jungfer oder vielmehr ein eingefleischter alter Hagestolz war. Er entdeckte, daß sie für Italien schwärmte – sie besuchte jedes Jahr Rom und Florenz –, und schilderte ihr ein paar seiner eigenen, lange zurückliegenden Italienreisen, gestand jedoch, daß er sich nichts aus Fresken mache, die er als »blasse Jungfern von angeschimmelter Pracht« bezeichnete. Aber Venedig! Ach, Venedig! Mit seinen Gefangenen, seinen Verliesen und seinen bezaubernden schillernden Gewässern! Gleichwohl habe er immer Heimweh, wenn er außerhalb der englischen Hauptstadt sei, und beschrieb ihr Alt-London, den dicken Nebel, das Läuten der Muffin-Bäkker und die vierspännigen Droschken. Und er verzückte Agatha mit einer Geschichte um einen schüchternen kleinen Junggesellen, der eines Abends ausgegangen sei, um mit einem vulgären Vetter zu speisen, einem gräßlichen Patenkind zuliebe. In der Tat lauschten *alle* wie gebannt, selbst Mallow vergaß seine Pflichten und verharrte, einen Teller in seiner Hand, den Mund aufgesperrt.

Später, nach dem Essen, bestand Mr. Huffam darauf, daß sie tanzten. Man machte Platz im Salon, ein Grammophon wurde herbeigebracht, und los ging's. Wie Mr. Huffam dann lachte, als Tubby ihm einen Onestep vorführte!

»So was nennt sich Tanz!« rief er und summte daraufhin eine Polka, faßte Agatha um die Taille, und auf ging's im Polkatakt. Dann machte auch Lady Winsloe mit, die früher Polka geliebt hatte. Und schließlich tanzte sogar Sir Roderick.

»Ich hab's!« rief Mr. Huffam. »Wir müssen ein kleines Fest geben!«

»Ein Fest?« fragte Lady Winsloe fast kreischend. »Was für ein Fest denn?«

»Na, ein Kinderfest selbstverständlich. Am Heiligen Abend.«

»Aber wir haben doch gar keine Kinder. Außerdem finden Kinder Feste langweilig, und sicher haben sie sowieso schon etwas vor.«

»Nicht die Kinder, die *ich* einlade!« rief Mr. Huffam. »Nicht das Fest, das *ich* gebe! Es soll das schönste Fest werden, das London seit Jahren gesehen hat!«

III

Es ist allgemein bekannt, daß gutmütige, fröhliche Menschen, die stets nur Gutes im Sinn haben, zu den am schwersten erträglichen ihrer Rasse gehören. Wer klug ist und seine Ruhe liebt, geht ihnen allemal aus dem Weg. Hinterher fragte sich Tubby oft, warum Mr. Huffam *gut* erträglich war. Vielleicht kam es von seinem kindhaften Wesen, ganz bestimmt kam es von seiner Intelligenz, aber am allermeisten kam es von den besonderen Umständen dieses Falls. Im täglichen Leben hätte Mr. Huffam ein Plagegeist sein können – das sind die meisten Menschen dann und wann. Aber in *diesem* Fall war niemand ein Plagegeist, nicht einmal Agatha.

Es schien, als wäre die Fassade des Hauses in der Hill Street weggerissen, und sämtliche Einzelheiten und Geschehnisse dieser zwei Tage, Heiligabend und Weihnachten, würden ein Teil von ihm. Es schien, als wäre der Berkeley Square mit kristallfunkelnden Bäumen geschmückt, als würden Kerzen – rote, grüne, blaue – aus jedem Fenster leuchten, als würden kleine Jungen nicht wie sonst mit ihrem »Good King Wenzeslas« das Gehör zermartern, sondern als sängen sie mit Engelsstimmen. Es schien, als kämen Weihnachtsmänner mit schneeweißen Bärten, roten Mänteln und sogar von Rentieren begleitet aus Londons größten Warenhäusern aufmarschiert, jeder mit einem kleinen Christbaum in den Händen. Es schien, als regnete es mit Silberband verschnürte und mit Rotkehlchen verzierte Packpapierpäckchen durch den Schornstein, und als rollten riesige Weihnachtspuddinge auf ihren eigenen prallen Wänsten den Piccadilly hinunter, begleitet von Mandel- und Rosinengestöber. Und auf das alles lächelte zuerst eine rotbackige Sonne herab, dann ein kirschfarbener Mond, der so groß wie eine Apfelsine war, während über einer Welt aus verharschtem, glitzerndem Schnee die Glocken klangen und die drei Weisen aus dem Morgenland aufs neue mit ihren Gaben zur Krippe kamen …

Natürlich war es nicht wirklich so, aber verändert hatte sich Haus Winsloe auf jeden Fall. Das fing schon damit an, daß es nicht die übliche Bescherung gab. Am Weihnachtsmorgen, beim Frühstück, machte jeder jedem ein Geschenk, das nicht mehr als sechs Pennies kosten mußte. Mr. Huffam hatte ein paar wunderbare Sachen aufgestöbert – Spielzeughunde, die bellten, von Schnee glitzernde Weihnachtsmänner, ein kleines helles Silbergeläut, glänzende Stücke aus Siegelwachs.

Anschließend gingen sie gemeinsam in St. James', Piccadilly, zur Kirche, und beim Mittagessen aß Sir Roderick Truthahn und Weihnachtspudding, was er schon etliche Zeit nicht mehr angerührt hatte.

Abends dann war das Fest. Tubby hatte Erlaubnis erhalten, Diana einzuladen – ansonsten waren es lauter Gäste von Mr. Huffam. Keiner wußte, was der Mann im Schilde führte. Punkt Viertel nach fünf klingelte es zum erstenmal an der Haustür, und als Mallow die Portale öffnete, standen dort drei ganz kleine Kinder auf der Treppe, zwei Mädchen und ein Junge.

»Bitte, Sir, das war die Nummer, die uns der Gentleman gesagt hat«, flüsterte eines der Mädchen, das große Angst hatte. Und dann ging's los. Die Kinder kamen scharenweise die Hill Street herauf – große und kleine, solche, die noch kaum gehen konnten, Kerlchen, die »frech wie Oskar« waren, und Mädchen, die ihre jungen Verwandten bemutterten, manche schäbig, andere wiederum schick, manche mit dicken Schultertüchern, manche mit Wollschals und mit Kragen, manche beherzt, manche furchtsam, manche schnatternd wie die Affen, manche stumm und ängstlich. Sie alle kamen die Hill Street herauf, drängten sich zur Tür hinein und gingen weiter ins Vestibül.

Erst, als Mallow sämtliche Kinder die Treppe hinaufgeführt hatte und alle auf ihren Plätzen waren, durften Sir Roderick

Winsloe, Baronet, Lady Winsloe, dessen Ehefrau, und Tubby Winsloe, beider Sohn, ihren eigenen Salon besichtigen. *Als* sie es aber taten, verschlug es ihnen den Atem. Vom Fußboden hatte man alles weggetan, und am einen Ende des Salons waren sämtliche Kinder. Am anderen stand der größte, dickste, stolzeste Weihnachtsbaum, der jemals erblickt ward, und dieser Baum strahlte und funkelte von Kerzen, Lametta, von blauen, purpurnen und goldenen Kugeln und war so schwer mit Puppen, Pferden, Lokomotiven und Päckchen beladen, daß er, auch wenn er noch so ein Baum sein mochte, nur wie durch ein Wunder seine Last überhaupt tragen konnte. Da waren sie also, der große, von einem goldenen Schein leuchtende Raum, die zusammengedrängte Masse der Kinder, der glänzende Fußboden, weit wie ein Meer, und die einzigen Geräusche kamen vom prasselnden Feuer, vom Ticken der Marmoruhr, vom staunenden Geflüster der Kinder.

Und dann erschien von irgendwoher (woher, wußte keiner) der Weihnachtsmann. Stand da, jenseits des Fußbodens, und betrachtete seine Gäste.

»Guten Abend, Kinder«, sagte er, und es war die Stimme von Mr. Huffam.

»Guten Abend, Weihnachtsmann!« riefen die Kinder wie aus einem Munde.

»Er hat alles aus seiner eigenen Tasche bezahlt«, flüsterte Lady Winsloe Agatha zu. »Er wollte nicht, daß ich *einen* Penny ausgebe.«

Und dann forderte er sie auf, ihm bei der Bescherung zu helfen. Die Kinder (die sich wie die Spitzen der Adelsklasse benahmen – offen gestanden, sogar besser) traten über den glänzenden Boden heran. Man wies sie an, der Größe nach vorzugehen, die kleinsten zuerst. Es gab kein Gedränge, kein Geschrei: Das will ich haben!, wie es so oft bei Festen geschieht, keine Gier und keinen Überdruß. Zu guter Letzt bekamen das größte Mädchen (das beinah eine Riesin war) und der größte Junge (der Meister im Schwergewichtsboxen hätte sein können) ihre Geschenke. Der Baum gab ein leises Zittern der Erleichterung von sich, und die Kerzen, das Lametta, die roten, blauen und goldenen Kugeln schimmerten unter einem Wonneschauer, weil die Bescherung so gut gelungen war.

Es folgten Gesellschaftsspiele. Tubby konnte sich nie mehr erinnern, welche. Bestimmt waren es Pantoffeljagd, Bäumchen wechsle dich, Zehenhakeln, Reise nach Jerusalem, Blindekuh, Alle Vögel fliegen hoch und was es sonst noch so gab. Der Raum lebte vor Bewegung, vor Jauchzen und Siegesjubel, vor Liedern, Küssen und Bestrafungen beim Pfänderspiel. Genau wußte es Tubby nicht mehr. Er wußte nur, daß er seine Mutter sah, wie sie einen Papierhelm trug, seinen Vater mit einer Pappnase, Agatha beim Schlagen einer Spielzeugtrommel – und Kinder, Kinder, Kinder überall, Kinder, die tanzten, sangen, liefen, saßen und lachten.

Es kam ein Moment, da nahm Diana, das Haar zerzaust, die Augen leuchtend, ihn am Arm und flüsterte: »Tubby, du bist ein Schatz. Vielleicht ... eines Tages ... wenn du so weitermachst ... wer weiß?«

Dann plötzlich wurde es still. Mr. Huffam, jetzt nicht mehr der Weihnachtsmann, scharte sämtliche Kinder um sich herum. Er erzählte ihnen eine Geschichte, eine Geschichte von einem Zirkus und einem kleinen Mädchen, das mit seinem alten Großvater in die Gesellschaft dieser fremden, merkwürdigen Leute hineingeriet – der dicken Frau und dem lebenden Skelett, dem Jongleur und den wunderschönen Geschöpfen, die durch Reifen sprangen, dem Clown mit dem gebrochenen Herzen, dessen Herz geflickt wurde.

»Und wenn sie nicht gestorben sind, dann leben sie noch heute«, beschloß er seine Erzählung. Alle wünschten gute Nacht, und dann gingen sie.

»Oh, bin ich müde!« sagte Mr. Huffam. »Aber es war ein famoser Abend.«

Das Hausmädchen Rose brachte Lady Winsloe die bestürzende Nachricht, als es sie am nächsten Morgen mit der üblichen Tasse Tee weckte.

»Oje, oje, Mylady, der Gentleman ist verschwunden!«

»Welcher Gentleman?«

»Mr. Huffam, Mylady. In seinem Bett ist nicht geschlafen worden, und seine Tasche ist weg. Es fehlt jede Spur von ihm.«

Und, ach, es war nur allzu wahr. Es fehlte jede Spur von ihm – bis auf eine.

Im Wohnzimmer sah es aus wie eh und je. Jeder Stuhl stand an seinem Platz, von den würdevollen Wänden blickten feierlich die Kopien alter Meister.

Nur *eines* war anders. Die Erstausgabe des *Martin Chuzzlewit* mit dem hübschen weinroten Einband lehnte aufrecht an der Marmoruhr.

»Nein, wie seltsam!« sagte Lady Winsloe. Und als sie den Band aufschlug, entdeckte sie folgende frisch geschriebenen Worte auf dem Vorsatzblatt:

Für Lady Winsloe
in Dankbarkeit
von ihrem Freunde,
dem Verfasser.

Darunter stand über einem dicken schwarzen Gekritzel die Signatur: Charles Dickens.

Jeremiah

Jessica Amanda Salmonson

Jessica Amanda Salmonson gehört zu den produktivsten Kräften innerhalb der neuen amerikanischen Generation von Horrorautoren. Neben vielen anderen Romanen und Kurzgeschichten sind besonders zu nennen: »Die scheue Schöne« *(Ou Lu Khen), The Swordswoman* und *Anthony Shriek* (1992). »Jeremiah« gehört zu einer kleinen Reihe von Ich-Erzählungen um die okkulte Detektivin Penelope Pettiweather, die in einer begrenzten Auflage unter dem Titel *Harmless Ghosts* gesammelt wurden (Haunted Library, 1990).

»Je suis dégoûté de tout.«
CREVEL, 1935

An
Jane Bradshawe
Oundle, Northants,
England

Liebe Jane,
es freut mich, daß Du diese Ausgabe des *Satanszirkus* von Lady Eleanor Smith erhalten hast. Da nörgelt man immer über die Post nach Übersee. Dir wird auffallen, daß auf dem Buchrücken zwar der Verlagsname »Doran« steht, auf dem Titelblatt aber »Bobbs Merrill«; beide erwecken jedoch den Anschein einer Erstauflage. Wie ich höre, war es bei Doran damals Usus, ungebundene Exemplare aus dem Überschuß

anderer Verlage aufzukaufen und sie unter dem eigenen Namen neu zu veröffentlichen. Abgesehen vom Buchinneren ist es also eigentlich nicht die Erstauflage. Außerdem war ich entzückt über Deine scharfsinnigen Bemerkungen zu der exzellenten Geschichte »Whittingtons Katze«. Die hat der Herausgeber von *Giddy's Ghost Story Guide* doch restlos verkannt, nicht?
Vielen Dank für dieses makellose Exemplar der *Stoneground Ghost Tales*. Das hätte ich mir hier drüben nie leisten können. Die amerikanischen Preise für alte englische Bücher ließen Dich erblassen! Die Geschichten kamen mir eher schrullig und amüsant vor als grauenerregend, aber es steckt wesentlich mehr dahinter, als man zuerst meint, obwohl das dem Herausgeber des *Giddy's* wieder einmal entgangen ist. Der Charakter der Hauptfigur besitzt so viel, was sich noch ausbauen ließe, wenn irgendein begabter, zupackender Bursche jemals den Wunsch hätte, neue Episoden über den Spuk im Pfarrhaus zu schreiben.
Aber genug von erfundenen Gespenstern. Dein kürzliches Erlebnis mit diesen beiden Gemälden, die Du restauriert hast, ließ mir das Blut in den Adern gefrieren. Wenn Du das als »erfundenes« Abenteuer aufschreiben würdest, könntest Du es bestimmt an eines der Magazine für Phantastische Geschichten verkaufen. Sie brauchen ja nicht zu wissen, daß es wirklich passiert ist. Was für eine Schande, daß man die Bilder letztlich überpinseln mußte! Nicht, daß ich es Dir verdenken könnte, aber dieses Gemälde vom Tod hätte ich bei meinem nächsten Überseeausflug doch gern gesehen, und das wird nun nicht mehr möglich sein, nachdem es ja unter weißer Tünche »konserviert« bzw. unschädlich gemacht ist.
Hat Dich meine Kollegin, Mrs. Byrne-Hurliphant, bei ihrer Englandreise *so sehr* belästigt? Sie kann zweifellos eine Land-

plage sein. Bitte verzeih, daß ich ihr Deine Adresse gab. Jetzt weißt Du wenigstens genau, wovon ich immer rede.
Ja, ja, ich habe versprochen, Dir meine Weihnachtserlebnisse zu berichten, wenn Du mir dieses grausige Abenteuer mit den Gemälden von »Totengräber« und »Tod« erzählen würdest. Also muß ich ja wohl; abgemacht ist abgemacht. Aber die Sache ist viel schrecklicher als irgendeines von den Artikelchen, die ich an Cyrils Zeitschrift für Altertumsforschung geschickt habe. Mach Dich also auf was gefaßt und vergiß nicht – Du wolltest es ja so.

Es war drei Wochen vor Weihnachten. Ich hatte vor, die Feiertage allein zu verbringen. Alle meine Freunde wären dann auf Verwandtenbesuch in anderen Bundesstaaten. Und wenn Weihnachten für mich auch nichts Besonderes ist – das Heranwachsen zwischen osteuropäischen Juden und südostasiatischen Buddhisten innerhalb einer buntscheckigen Familie nimmt christlichen Feiertagen etwas von ihrem Pomp –, auch wenn es nichts Besonderes ist, kann so ein Fest doch unerwartet trübselig werden, sofern das Alternativangebot zusammenschrumpft. Ein paar Vorweihnachtspartys, die ich wahrscheinlich besucht hätte, darf ich nicht mitrechnen. Dadurch, daß die Leute so wahnsinnig langweilig sind, wird die Teilnahme an solchen Partys manchmal ebenso deprimierend wie die Nicht-Teilnahme. Man sieht also, ich hatte einfach zu überhaupt nichts Lust.
Ich kam gerade mit einigen frühzeitigen Weihnachtseinkäufen – zwei prallvollen Lebensmitteltüten in meinen Armen – aus einem tristen Nachmittagsregen und stieg die Hintertreppe hinauf, da hörte ich das Telefon klingeln. Aber immer, wenn man es eilig hat, dauert alles länger; das ist wie verhext. Erst ließ ich die Schlüssel fallen, dann probierte ich es mit dem falschen, danach nahm ich den richtigen, bloß verkehrt herum, mit der Oberseite nach unten. Und als ich die zerrissenen Tragetaschen

samt Inhalt über den ganzen Küchentisch geschleudert hatte, hörte ich nur noch ein schwaches *Klick* aus der Leitung. Erstaunlich, wie so ein *Klick* einem manchmal aufs Gemüt schlägt.

Doch noch bevor sämtliche Lebensmittel verstaut und die Mehrzahl der verstreuten Bohnen wieder beisammen waren, klingelte das Telefon erneut.

Es war die schwächste Stimme, die ich je gehört hatte.

»Miß Pettiweather?«

»Niemand anders«, erwiderte ich, die Spröde und Resolute spielend.

»Wie bitte?« sagte eine Frau, die hundertachtundfünfzig sein mußte, wenn ihr Alter einem so traurigen, krächzenden, müden Stimmfall entsprach.

»Ja, hier Miß Pettiweather«, antwortete ich, nun etwas konservativer.

»Ich habe Ihren Artikel in der *Seattle Times* gelesen«, erklärte die brüchige alte Stimme, »den über die Spukhäuser.«

Ich verzog schmerzlich das Gesicht. Die Sache war kein Artikel gewesen, sondern ein Interview. Und obwohl die Journalistin sich redlich bemüht hatte, meine Aussagen nüchtern und unvoreingenommen zu behandeln, waren sie doch so entstellt und falsch wiedergegeben, daß selbst ich Zweifel haben mußte, ob die Befragte nicht ins Irrenhaus gehörte.

»Was Sie nicht sagen«, erwiderte ich leutselig.

Die schwache Stimme fuhr fort: »Falls es mir noch einmal passiert, dann werde ich es wohl nicht überstehen.«

Sie schien gleich in Tränen auszubrechen.

»Was *ist* denn passiert?« fragte ich, denn vielleicht würde irgendein armseliges altes Weibchen ja tatsächlich meine besonderen Talente benötigen, war aber so vergreist, daß es ihm schwerfiel, mir sein Problem mitzuteilen. »Mit wem spreche ich bitte?«

»Gretta Adamson«, antwortete die Stimme. »Mein Herz ist ja

nicht mehr das, was es einmal mehr, und wenn er es noch mal tut, muß ich sterben. Ich habe schon versucht, dem Doktor davon zu erzählen, aber der sagt nur, ich soll mich nicht aufregen. Er glaubt mir nicht. Glauben *Sie* mir, Miß Pettiweather? Will mir denn überhaupt jemand glauben?«

»Oh, ich glaube so ziemlich alles, wenn es mich überzeugt, aber bislang bin ich ja nicht im Bilde, Miß ... Mistreß?«

»Ich bin verwitwet.«

»Mistreß Adamson. Sie haben mir ja noch nicht gesagt ...«

»Es ist Jeremiah«, antwortete sie. »Er kommt zurück.«

»Und ist das schlimm?« wollte ich wissen. Einfacher konnte ich meine Frage nicht formulieren.

Und die Frau antwortete noch einfacher: »Es ist schrecklich.« Und dann fügte sie ganz leise, ganz wehmütig hinzu: »Immer an Weihnachten. Aber ... aber ...« An diesem Punkt brach sie zusammen und konnte ihren Satz kaum beendigen. »Er ist nicht mehr derselbe.«

Sie lebte allein in einem verwahrlosten Häuschen in einem verwahrlosten Stadtviertel. Das Häuschen war seit einer vollen Generation nicht mehr gestrichen worden und sämtliche Farbe so spurlos abgeblättert, daß es ganz grau aussah. Es schien, als hätte es nie einen Anstrich besessen. Die meisten Fenster wiesen Sprünge auf, wovon einige mit Klebstreifen repariert waren; ein paar kleinere Scheiben hatte man durch Holz oder Kunststoff ersetzt, und der Rasen war eine Miniaturanlage für City-Mäuse. Eingegrenzt wurde das schmale Grundstück durch einen Holzzaun, der es von anderen Häusern und von billig gebauten, flachen Wohnsilos trennte. Doch auch der Zaun zerfiel schon hier und da. Das Gartentor war mit einem Stück Seil verschlossen, das man auf eine eigentümliche Weise mehrmals in sich verschlungen hatte, so als besäße die Bewohnerin des Hauses eine geheime Methode, die niemand sonst imitieren könnte, und als ließe sich dadurch jederzeit feststellen, ob jemand sich an der Tür zu schaffen gemacht hatte. Ich schloß das Tor wieder, indem ich das Seil auf eine viel simplere Art verknotete, und ging dann über einen brüchigen Plattenpfad zwischen den beiden Hälften des Rasens aus starrem, vereistem Gras, den Mrs. Adamson ihr eigen nannte.

Als die weißhaarige, runzlige alte Frau ihre Tür öffnete, blickte sie mir von so tief unten ins Gesicht, daß ich mir wie eine Riesin vorkam. Ihre Augen spiegelten eine ganze Welt von mitleiderregender Hoffnung, Kümmernis und Verzweiflung wider, während ihr Kopf in frappierend unnatürlicher Weise auf der Schulter ruhte. Ich hatte so etwas noch nie gesehen.

»Ich bin Miss Pettiweather«, sagte ich und hoffte, mein alltägliches Gebaren und meine harmlose Altjüngferlichkeit würden ausreichen, ihr Zutrauen zu schenken. In so einer Nachbarschaft war es ja kein Wunder, daß sie ängstlich aus ihrer eigenen Tür heraussah.

Sie hatte ein arg verkrümmtes Rückgrat, und offensichtlich litt sie deshalb an Schmerzen. Ein Medizingeruch gab mir die Gewißheit, daß sie wenigstens ärztlich versorgt war. Ihre Halswirbelsäule war so verbogen, daß sich ihr linkes Ohr auf die Schulter drückte und sie unmöglich ihren Kopf heben konnte. Aber in diesem körperlichen Wrack wohnte eine gute Seele, und gutmütige Augen blickten zu mir auf.

Ich folgte der Frau in ihre düsteren, schmuddeligen vier Wände. Ihr Gang war schlurfend und ungelenk, da sie sich mit einer Wirbelsäule, die an so grauenhaftem Kalziummangel litt, kaum bewegen konnte. Doch sie schätzte sich anscheinend glücklich, daß sie überhaupt imstande war, zu gehen, und blieb guten Mutes.

Sie war fünfundachtzig.

»Jeremiah ist gestorben, als ich siebzig war«, sagte sie mit ihrer brüchigen Stimme, die ich ja nun schon kannte. Ich saß mit ihr am Küchentisch. »Fünfzehn Jahre ist das jetzt her. An Heiligabend, im Swedish Hospital.«

»Woran ist er denn gestorben?« fragte ich und zog meinen wackligen Stuhl näher an den von Mrs. Adamson, um ihre schwache Stimme besser verstehen zu können.

»Er war alt«, sagte sie.

»Ja, ich weiß, aber um mir ein Bild zu machen, würde ich gern mehr wissen. War er denn noch richtig im Kopf? Tut mir leid, wenn ich so direkt bin, Mistreß Adamson, aber es sind ja nur noch ein paar Tage bis Weihnachten. Glauben Sie mir, ich *kann* Ihnen helfen, aber vorher brauche ich soviel Informationen wie möglich. War er bis kurz vor seinem Ende imstande, klar zu denken?«

»Liebe Güte, nein!« erwiderte sie und sah mich mit dem hellsten, schärfsten, blauäugigsten Blick an. »Er litt an Alzheimer.«

Ich seufzte. Ich mußte sie wohl ein bißchen mehr in die Zange nehmen, um herauszufinden, wie die letzten Tage ihres Mannes ausgesehen hatten. Aber ich konnte es mir schon denken, und später, nach einer Rückfrage im Krankenhaus, besaß ich Gewißheit – über die letzten Augenblicke des Wahnsinns und der Phantasien, in diesem Falle der Phantasie, die ihn in einen solchen Zustand gebracht hatte, nämlich, daß seine Frau ihn vergiftet habe. Das fand man häufig bei Geistern bösartigerer Sorte: daß sie in tiefster Verwirrung, tiefster Wut und tiefstem Grauen gestorben waren, weshalb sie ja nicht anderswo in ein besseres Dasein eingehen konnten.

Der Teekessel pfiff, und obwohl ich ihr versicherte, ich würde es schon allein schaffen, wollte Mrs. Adamson mich unbedingt als Gast behandeln. Trotz aller Qualen, die ihr jede Bewegung verursachte, stand sie auf und tappte, fast selbst wie ein Gespenst, in der dreckigen Küche umher. Auf dem Herd stand eine rostige Pfanne mit hartgewordenem Fett und einem schimmligen Schweinekotelett darin. Eine Mülltüte war voll von Thunfisch- und Spaghettidosen Marke Chef Boyarde. Etwas bis zur Un-

kenntlichkeit Entstelltes lag auf einem Teller auf dem Küchentisch und schien, obwohl es schon Tage alt war, erst heute morgen beknabbert worden zu sein – ob von Mrs. Adamson selbst oder von irgendeiner Ratte, darüber wollte ich mir lieber keine Gedanken machen.
In manchen Dingen war die alte Frau glasklar bei Verstand, in anderen eindeutig senil. Ich leistete ihr den ganzen Nachmittag Gesellschaft. Sie redete über alle möglichen Sachen, das meiste davon ziemlich weitschweifig und langweilig, aber sie war so schrecklich einsam, daß ich einfach nicht gehen konnte. Seit fünfzehn Jahren verwitwet! Und all diese Jahre hatte sie Weihnachten allein in diesen baufälligen vier Wänden zugebracht – jedes Jahr in Erwartung von ... Jeremiah. Diese Zähigkeit eines so schwachen Menschen war wirklich erstaunlich, obwohl solch gleichmütiges Ausharren seine Spuren hinterlassen hatte.
Gretta Adamson freute sich unendlich, als ich ihr versprach, den Heiligabend mit ihr zu verbringen, und ich glaube, diese Erleichterung rührte nicht nur von daher, daß ich sie überzeugte, ich könne Jeremiah zur Ruhe betten. Fünfzehn Jahre, das sind viele einsame Weihnachten, und solches Alleinsein ist schwer zu ertragen, auch ohne daß einen ein Gespenst drangsaliert. Es schien, als wäre Mrs. Adamson also mehr an einem gemeinsam verbrachten Heiligabend interessiert als an der Austreibung eines bösen Geistes. Sie hielt es geradezu für selbstverständlich, daß ich sie von ihrem Grauen erlöste, und machte sich eher Sorgen um die Monate oder Jahre, in denen sie weiter würde dahinvegetieren müssen, so gut es nur ging.
Später an diesem Abend, als ich daheim in meinem warmen Bett lag, dachte ich mit Kummer an sie zurück. Ich unterdrückte sogar die Tränen, während ich über dieses Wrack von einem Körper nachsann, über die Jahre der Verzweiflung, über das schreckliche Etwas, mit dem sie sich jedes, aber auch jedes Weihnachten konfrontiert sah und das ihr ganzes Leben verdü-

sterte. Wie wird einmal *unser* Lebensabend aussehen, Jane? Wer wird uns besuchen? Wer wird uns Gesellschaft leisten, wenn wir uns einmal nicht mehr schreiben können?
Das Elend dieser Frau beschäftigte mich dermaßen, daß ich mich nicht genügend auf meine Auseinandersetzung mit Jeremiah vorbereitete. Was konnte es Schlimmeres geben, als alt, krank und vom Rest der Welt isoliert zu sein? Nun, es *gibt* etwas Schlimmeres, Jane. Das haben Du und ich bei unseren Forschungsunternehmen ja immer wieder erfahren. Aber an jenem einen Tag, als ich Gretta Adamson kennenlernte, dachte ich anders.
Das zweite, weshalb ich unzureichend vorbereitet blieb, war ihre sonderbare, traurige Kraft und die schlichte Art und Weise, wie sie es für selbstverständlich nahm, daß ich ihrem Grauen ein Ende bereiten würde. Sie wirkte so schwach, so hinfällig, hatte so lange gelitten – wie konnte ich da vermuten, daß gerade der Geist, der sie quälte, ein bösartiger war? Ich bereitete mich also nicht genügend vor, obwohl ich gewissenhaft meine Recherchen unternahm und nicht im Traum mit Überraschungen rechnete.

Vor dem bewußten Feiertag besuchte ich Mrs. Adamson noch zweimal und informierte sie über meine Erkenntnisse aus dem Krankenhaus, wo ihr Mann gestorben war. Das Schlimmste wußte sie noch gar nicht, weil sie, selbst krank, in seinen letzten Stunden nicht hatte bei ihm sein können. Sie hatte ihn an seinem Todestag nur morgens kurz besucht, so daß ihr von seinen Anfeindungen, Phantasien und seinem flammenden Haß das Ängste erspart blieb.
Ich sprach mit der Oberschwester, die vor fünfzehn Jahren, am Anfang ihrer beruflichen Laufbahn, Nachtschwester gewesen war und mir Jeremiah Adamsons Rachedurst gegenüber seiner Frau in den schrecklichsten Farben schilderte. Er hielt sie nämlich für seine Mörderin. Das würde ich Mrs. Adamson jetzt,

nach all den Jahren, ganz bestimmt nicht verraten, und ich hütete mich, ihr besonders viel mitzuteilen.
Daß sich die Oberschwester noch derart gut erinnerte, hätte mich vorwarnen sollen, denn Todesfälle sind in Krankenhäusern zu sehr an der Tagesordnung. Aber ich schrieb das ihrer damaligen Jugend zu – wir erinnern uns ja alle an unsere erste Begegnung mit dem Grotesk-Tragischen –, und in Anbetracht seiner sonst unbeschadeten Körper- und Verstandeskräfte war Jeremiah wirklich von denkwürdigem Einfallsreichtum, was seine abstoßenden Drohungen betraf.
So wußte ich über Jeremiahs Gemütszustand in seinen letzten Momenten senilen Wahnsinns nur allzugut Bescheid. Mrs. Adamson konnte dem Ganzen noch ein paar Kleinigkeiten hinzufügen und erinnerte sich nach und nach, sooft ich, je nach Situation, behutsam fragte. Aber ich ging schrittweise vor, denn manche Erinnerungen waren zuviel für sie, und einen Großteil der Geschehnisse hatte sie aufgrund ihres eigenen Alters wohl wirklich vergessen.
»Ich würde gern einmal einen Blick in Jeremiahs persönliche Papiere und Notizen werfen, was immer Sie dahaben«, sagte ich ein paar Tage vor Heiligabend. Mrs. Adamson war nachgerade entsetzt, denn sie hatte sich nie in die Privatsachen ihres Mannes eingemischt – hatte in den fünfzehn Jahren seit seinem Tod nicht einmal seine Briefe *et cetera* durchgesehen oder aussortiert. Auch dies hätte mir verraten sollen, daß Jeremiahs Tyrannei schon lange vor seiner Vergreisung losging. Aber ich blieb mit Blindheit geschlagen. Mir lag nur daran, Mrs. Adamson vom Unerläßlichen zu überzeugen.
»Wissen Sie«, erklärte ich ihr, »ich muß mehr über ihn herauskriegen. Sie dürfen sich dieses Etwas nicht als den wirklichen Jeremiah vorstellen. Es ist nur ein Schatten, und zwar ein äußerst bösartiger. Wie jemand nach seinem Tode gesonnen ist, das gleicht ziemlich stark seiner Wesensart vor dem Tode.

Es fixiert sich nur auf ein paar Dinge. Vielleicht geben Jeremiahs Privatpapiere irgendeinen Hinweis, wovor er am meisten Angst hatte oder was er sich am meisten wünschte, ganz egal. Es könnte uns eine Handhabe liefern, seinen Schatten endgültig zu bannen.«

»Er würde nicht wollen, wenn wir so etwas über ihn wissen«, erwiderte Mrs. Adamson unbeirrbar und sah mich dabei mit diesen stechend blauen Augen traurig an, während ihr Gesicht zur Seite geneigt war. Bemerkenswert, wie hingebungsvoll sie ihren Mann beschützte.

»Wissen Sie, was Exorzismus ist, Mistreß Adamson?« Sie war nicht katholisch und verstand sicher nicht viel, aber ein bißchen was weiß natürlich jeder. »Es gibt viele Methoden, einen Geist auszutreiben, aber die grausamste ist der Exorzismus. Das ist ein richtiger Kampf, schrecklich sowohl für den Exorzisten als auch für den Geist. Es gibt zwar noch andere Mittel und Wege – manchmal läßt so ein Geist sich gar zureden, doch es ist wie mit einem Kind, und man muß auf der Hut sein –, aber denken Sie mal eine Minute über den klassischen Exorzismus nach, Mistreß Adamson. Von dem haben Sie ja bestimmt schon gehört, der mit Weihwasser und Kruzifix. Nur ist so eine Prozedur, offen gestanden, zwecklos, wenn der Verstorbene nicht selbst ein wenig an diese Dinge geglaubt hat. Das Heilige Kreuz stellte eine mächtige Waffe gegen den Geist eines Katholiken dar. Waren ihm jedoch zu seinen Lebzeiten religiöse Dinge gleichgültig, dann sind sie es ihm auch als Geist.

Aber anderes kann nicht minder bedeutsam werden. Einmal habe ich einen Geist gebannt, indem ich ihm eine seltene Briefmarke zeigte, die er im Leben nie hatte ergattern können. Und ich sage Ihnen, das war ein ganz schön widerwärtiger Geist. Doch als er diese Briefmarke sah, wurde er lammfromm und hat sich nie wieder blicken lassen.

Ich kann nur durch gründliche Nachforschungen herausfinden,

worin dieses besondere Objekt wohl besteht. Und je persönlicher die Papiere, Mistreß Adamson, desto besser für uns.«
Sie saß da wie eine zusammengesackte Flickenpuppe in einem überdimensionalen Polstersessel und ließ sich alles durch den Kopf gehen, was ich ihr gesagt hatte. Ihren hellen Augen war anzusehen, zu welcher furchtbaren Entscheidung ich sie zwang. Zu guter Letzt half ich ihr beim Aufstehen, redete ihr aufmunternd zu, und sie führte mich zu einem muffigen Wandschrank, wo wir zwei mit Gummibändern verschlossene Schuhkartons zutage förderten. Die Gummis waren so alt, daß sie wie festgeschmolzen auf dem Pappdeckel klebten.
Im Inneren dieser Kartons befanden sich verblaßte Fotografien, Souvenirstücke, vergilbte Briefe und eine Babylocke in einem roten Umschlag mit der Aufschrift »Jeremiah«.
»Daran erinnere ich mich noch«, sagte Mrs. Adamson. »Die hat Jeremiah mir mal gezeigt. Er hatte sehr viel Haare als Baby. Sind ihm alle ausgefallen.«
Und ihre krächzende Stimme brachte ein helles, zärtliches Lachen zustande, als die alte Frau umständlich das Kuvert öffnete, um die kleine Locke zu betrachten, die mit einem Faden zusammengebunden war.
Mrs. Adamson erklärte mir, so gut sie konnte, wen die Leute auf den Familienfotos darstellten.
Als sie erstmals in ihrem ganzen langen Leben dahinterkam, daß Jeremiah ihr untreu gewesen war, wurde sie sehr still; den Beweis dafür lieferte ein Liebesbrief ihrer Rivalin, mehrere Jahre *nach* Jeremiahs Heirat mit Gretta.
Ich tätschelte ihr die mit Leberflecken übersäte Hand und versicherte ihr: »Manchmal sind es gerade solche Dinge, weshalb sie zurückkommen. Vielleicht wollte er Ihnen diese Entdeckung ersparen.«
Aber da ein derartiger Spuk selten bösartig war, suchte ich weiter die beiden Kartons durch. Jeremiah hatte kein Tagebuch geführt

– meistens tun das nur Frauen, weshalb ihre Geister auch leichter zu bannen sind –, und es sah nicht nach sehr vielen Anhaltspunkten für das aus, was zu Jeremiahs Vertreibung am kommenden Heiligabend nötig wäre.

Auf dem Boden der zweiten Schachtel fand ich eine alte Schwarzweißfotografie des hübschen jungen Mannes und der strahlend schönen Frau, von denen ich erfahren hatte, daß es Gretta und Jeremiah als Liebespaar waren. Was für ein Lächeln er besaß! Er trug militärische Pluderhosen, während Grettas Haar kurz geschnitten war und kleine Locken unter ihrem Blumenhut heraushingen – beide sehr modern für ihre Zeit. Als ich dieses Bild eingehend betrachtete, beugte sich die bucklige alte Frau neben mir zur Seite, um zu sehen, was ich da hatte, und sie bekam sofort feuchte Augen.

Gretta hielt auf dem Foto in der einen Hand einen runden japanischen Fächer. Die Aufnahme war scharf genug, um die Blumenmalerei auf diesem Fächer zu erkennen.

»Den hat Jeremiah mir geschenkt«, sagte sie. »Ich besitze ihn immer noch.«

Und sie quälte sich aus dem Sessel neben mir, um in ihr hinten gelegenes Schlafzimmer zu gehen. Als sie zurückkehrte, brachte sie den altertümlichen Fächer mit, der in unzähligen Jahren auf unzählige Weise hergezeigt worden war. Nun war er staubig und verblaßt. Hier die krumme alte Frau mit ihrem Fächer in der Hand und dort auf dem Foto die junge Schönheit, die denselben Gegenstand in die Kamera hielt – ich kann Dir gar nicht sagen, wie mir bei diesem Anblick zumute wurde. Obendrein war Gretta so verträumt, so seltsam glücklich in ihrem Gesichtsausdruck. Nein, dachte ich mir noch einmal, so böse konnte Jeremiahs Geist gar nicht sein, sonst würde sie nicht immer noch liebevoll an ihn denken.

»Diese Aufnahme entstand an unserem Verlobungstag. Jeremiah hatte als Soldat in Asien gedient und konnte gut und gerne bald wieder irgendwo kämpfen, wenn nicht gar sterben. Er schenkte mir diesen Fächer, und ich habe ihn immer aufbewahrt.«

»Das ist unser Kruzifix!« sagte ich, irgendwie eingeschüchtert durch ihre liebevolle Ausstrahlung, wie sie da diesen Fächer hielt.

»Meinen Sie?« fragte die alte Frau ungläubig.

»Jeremiah ist in dem Wahn gestorben, daß Sie, Gretta, ihm etwas antun wollten.« Ich erklärte ihr das so schonend wie möglich. »Dieser Fächer wird ihm ins Gedächtnis rufen, daß so etwas nur ein Hirngespinst sein konnte.«

Ich machte das ja nicht zum erstenmal, Jane. Ich glaubte wirklich, so müsse es gehen.

Am Heiligen Abend kam ich beizeiten und brachte ein Hühnchen im Schmortopf sowie ein kleines Geschenk mit. Gretta war ganz außer sich. Sie weinte vor Freude. Während unserer bescheidenen Mahlzeit sprachen wir kein Wort über Jeremiah; das hätte ein Leichentuch auf unsere Generationen verbindende Freundschaft und auf den ersten Feiertag seit vielen Jahren gelegt, den Gretta nicht allein verbrachte.

Es war schön, sie kichern zu hören. Sie bereitete ihren scheußlichen Tee in dreckigen Tassen, und ich war so in Weihnachtsstimmung, daß ich mir gar keine Sorgen darüber machte, ob das Gesöff von Ungeziefer verseucht war, sondern es tatsächlich trank. Sie öffnete mein hübsch verpacktes Geschenk – nichts Besonderes, nur ein altchinesisches Schnupftabaksfläschchen, das schon jahrelang in meinem Besitz war und das ich sehr mochte. Es hatte eingravierte Rosen auf jeder Seite und schien mir als passend, weil wir vor ein paar Tagen über Rosen gesprochen hatten.

Dann kam zu meiner Überraschung auch Gretta mit einem Geschenk, eingepackt in irgendein altmodisches, verblaßtes und zerknittertes Altpapier, das man nun nach zwei Jahrzehnten wiederverwertete und das überall mit gelb gewordenen Klebestreifen zugepappt war.

In dem Geschenkkarton lag eine winzige Keramikpuppe, die fünfzig oder sechzig Jahre auf dem Buckel haben mußte und weit wertvoller war als meine Schnupftabaksflasche für Gretta. Ich war hingerissen von der Schönheit dieses Püppchens, schwärmte davon und drückte es zärtlich an meine Brust. Dabei brauchte ich mich wirklich nicht zu verstellen, ich war aufrichtig begeistert.

»Die hat mal meiner Großmutter gehört«, sagte Gretta, und mir fiel regelrecht die Kinnlade herunter. Da hatte ich mich ja um ein volles Jahrhundert verschätzt!

»Sie sollten sich davon nicht trennen!« rief ich. »Die muß schrecklich wertvoll sein.«

»Ich brauche sie nicht mehr, Penelope. Schon seit Jahren nicht. Hab sie fast nicht für Sie finden können. Also freuen Sie sich darüber, und glauben Sie ja nicht, das sei zuviel.«

Wir sahen einander längere Zeit in die Augen. Wie schämte ich mich für das, was ich von dieser buckligen alten Frau zuerst gedacht hatte. Nichts Schlechtes, das sicher nie, aber nicht ihre Menschlichkeit hatte mich frappiert. Als erstes waren mir ihr verkrüppeltes Elend, ihre Einsamkeit, ihr mitleiderregendes Alter und der jahrzehntelang angesammelte Ramsch und Staub aufgefallen, die ihr dahinwelkendes Dasein umgaben. Irgendwo unten auf der Liste von Eindrücken mußte ich auch ihre einzigartige Persönlichkeit registriert haben, aber erst am Ende. Doch jetzt erkannte ich, obwohl sie mich mit ihrem Gesicht ansah, das an der einen Schulter festgewachsen schien und aus seiner ewig schiefen Haltung nach oben verdreht war – jetzt erkannte ich eindeutig, daß ich hier leibhaftig die junge Schönheit von dieser alten Fotografie vor mir hatte.

Wir sangen, wenn auch etwas falsch, Weihnachtslieder und schwelgten in Erinnerungen an die Winter unserer Kindheit.

Wir lachten, wir lärmten und verbrachten einen herrlichen Tag zusammen. Sie entsann sich an ihre Jugend weit deutlicher als an ihre Witwenjahre. Dann, abends gegen halb zehn, war sie schließlich todmüde. Normalerweise brauchte sie nicht viel Schlaf, aber das hier war ein sehr aufregender Tag gewesen. Ich sah, daß sie kaum noch die Augen offenhalten konnte.

»Gretta«, sagte ich, »jetzt müssen wir Sie zu Bett bringen. Nein, keine Widerrede. Falls Sie vorhaben sollten, wach zu bleiben und auf Jeremiah zu warten, so besteht dafür kein Anlaß. Ich habe Ihren Fächer gleich hier zur Hand; damit werde ich ihn flachlegen. *Sie* braucht das gar nicht weiter zu stören. Und wenn Sie morgen früh wach werden, bin ich dort auf Ihrem Sofa, und wir begehen ein friedliches Weihnachtsfest.«

Erst nach einer halben Stunde schaffte ich es, sie ins Bett zu bringen. Es war irgendwann kurz nach zehn. Sie versicherte zwar, wenn ich sie um Mitternacht brauchen würde, wäre sie sofort hellwach, schnarchte aber schon vor sich hin, bevor ich auch nur die Tür zumachte.

Ich ging durch den Flur zurück und an der Küche vorbei ins Eßzimmer. Nachdem ich den Raum begutachtet hatte, fing ich leise damit an, Grettas Möbel auf die eine Seite zu rücken, vor die Wand. Bei einer früheren Besprechung hatte sie mir erzählt, Jeremiah erschiene immer erst am Wohnzimmerfenster, dann gehe er in die Küche und von da zu Grettas Schlafstube. Anschließend begab ich mich ins Wohnzimmer, um auch dort die Möbel aus dem Weg zu schaffen. Solche Vorkehrungen waren wahrscheinlich übertrieben, aber wenn ich mich aus irgendeinem unerwarteten Grund rasch bewegen mußte, dann wollte ich nicht in etwas hineinstolpern.

Bis Mitternacht war es noch ein Weilchen hin. Darum schaltete ich ganz leise Grettas Radio ein und hörte eine Sendung mit festlichem Glockengeläut. Es war auch für mich ein sehr anstrengender Tag gewesen, und genau wie Gretta glaubte ich, bis

Mitternacht hellwach zu bleiben. Aber als nächstes weiß ich nur, daß der Sender sein Programm beendete und eine Veränderung in der Atmosphäre des Hauses mich aufschreckte.

Ich war nicht gleich hellwach. Die Feststellung, daß auf einmal Mitternacht war, zusammen mit einer undeutlichen Bewegung draußen am Wohnzimmerfenster, ließ mich abrupt hochschnellen, aber bei diesem plötzlichem Sprung wurde mir schwindlig, und Sterne tanzten vor meinen Augen. Der morsche alte Fächer war mir vom Schoß auf den Fußboden gefallen, und als ich mich danach bückte, wurde ich fast besinnungslos. Ich zwang mich zu schärferem Bewußtsein, denn allmählich erkannte ich, daß ich nicht aus Benommenheit zu schnell aufgestanden war, sondern daß mich etwas *anderes* dazu getrieben hatte.

Als ich den Fächer aufhob und zum Fenster ging, ließ mich die plötzliche Erscheinung dort innehalten – es war Jeremiah. Sein schwarzes Zahnfleisch lag bloß, so daß die klaffende Mundhöhle an einen Saugnapf erinnerte. Seine Augen waren milchig weiß, als könnte er nur die Bilder seiner Phantasie sehen und nicht das wirklich Vorhandene. Es war eine sehr vollständige Verstofflichung, und irgendein wahnsinniger Spanner hätte ihn mühelos fotografieren können. Die Totengestalt hob ihre knochigen Krallen, reckte sie nach vorn und bewegte sie wie Ranken auf die Fensterscheibe zu. Ich rechnete damit, daß das Glas zerspringen würde; statt dessen aber verschwand die Erscheinung.

An der immer kälter werdenden Luft merkte ich, daß sie im Hause war.

Jetzt kam ich einigermaßen zur Besinnung. Ich eilte in die Küche, hielt dabei den Fächer vor mich und zitterte wie Espenlaub. Langsam wurde mir nämlich klar, wie tief die Bosheit dieses Geistes ging.

Da war er, in der Küche. Er bückte sich nach dem Schränkchen unter der Spüle, kratzte wild, aber lautlos daran, und die Tür wich seiner Beharrlichkeit. Dann versuchte er, ein verblaßtes blaues Päckchen zu ergreifen, doch seine Krallenhände gingen hindurch.

Er richtete sich langsam auf, mit dem Rücken zu mir. Ich wußte, daß er meine Anwesenheit wahrnahm, und kalte Schauer durchliefen mich bei dieser Erkenntnis. Seine Schultern spannten sich an, dann begann er sich langsam umzudrehen. Ich ging in Kampfstellung, den Fächer immer vor mich haltend, damit er ihn als erstes sehen würde.

Er drehte sich um, und für einen Moment war er kein dürrer, spinnenähnlicher Greis mehr, sondern – ein junger Soldat. Seine stechenden, aber blinden Augen sahen mich an. Anders kann ich sie nicht beschreiben, denn obwohl sein Blick direkt auf mich gerichtet und nicht mehr weiß verschleiert war, schien er etwas zu sehen, das ihm unendlich besser gefiel, als ich es hätte tun können. Wahrscheinlich hält er mich für Gretta, dachte ich, und projiziert das Bild, das er in seiner Erinnerung von ihr hat, nun auf mich, so daß ich ihm genauso jung erscheine, wie er sich selbst empfindet.

Mit einem Ausdruck von solcher Liebe und Ergebenheit trat er nach vorn, daß ich trotz meiner unablässigen Furcht und Alarmbereitschaft für einen Moment schrecklich ergriffen war – bestimmt mehr aufgrund irgendeines okkulten Einflusses als durch meine eigene Natur. Er streckte seine jugendlichen Hände aus und umklammerte damit meine Schultern, aber ich blieb standhaft. Bestimmt würde mein humaner Exorzismus seine Wirkung nicht verfehlen.

Als die gespenstischen Finger mich berührten, nahm ich eine warme Schwingung wahr, so als wäre mein gesamter Oberkörper in einen dünnen elektrischen Draht gehüllt, dessen Stromspannung langsam anstieg. Der Fächer leuchtete auf, daß ich Angst hatte, zu erblinden, wenn ich meine Augen nicht schloß, aber das konnte ich nicht.

Ich starrte in das Gesicht vor mir. Und so verfinsterte sich Jeremiahs jugendliches Antlitz Schlag auf Schlag. Gleichzeitig wurde die Stromspannung, die mich gefangenhielt, immer schmerzhafter. Das makellose Lächeln der Erscheinung verzerrte sich, ihre weißen Zähne vergilbten und wurden länger, je weiter das Zahnfleisch zurückwich, und dann war da nur noch dieser zahnlose Rachen, der mir – lautlos und unhörbar – die schrecklichsten Drohungen zubrüllte. Gott sei Dank konnte ich sie nicht verstehen. Der junge Soldat war dürr und welk geworden. Was ihn alt machte, war mehr das Böse als die Jahre. Und unter den Krallen, die meine Schultern umspannten, trat Blut hervor. Als er mich losließ, erlosch das Strahlen des Fächers, und ich brach am Türpfosten zusammen. Jeremiah ragte als bedrohlicher Schemen über mir auf, doch meine verworrenen Gedanken weilten an einem fernen, einsamen Ort. Ruhig und wie nebenbei fragte ich mich, ob ich durch den Strom einen Herzschlag erlitten hatte. Ich registrierte undeutlich, daß meine Lippen feucht von Schaum und Geifer waren, und einen Moment lang beschäftigte mich hauptsächlich, wie dumm es sei, daß ich meinen Arm nicht bewegen und sie abwischen konnte.

Würde bei meinen Unternehmungen immer so etwas herauskommen, dann hätte ich Spukstätten weniger gern. Ich fühlte mich ja schon manchmal unmittelbar bedroht, aber noch nie war ich so schlecht vorbereitet, daß sich körperlicher Schaden einfach nicht vermeiden ließ.

Die schwarz werdende Klaue des Phantoms packte mich erneut und zerrte mich quer über den Küchenfußboden. Seine andere Hand flocht sich mir ins Haar, während es mein Gesicht unter den Ausguß stieß, so daß ich ein dreißig oder vierzig Jahre altes Giftpäckchen vor Augen hatte, ein Artikel aus jener Zeit, als man noch Strychnin kaufen konnte, um Ratten oder sogar Wölfe damit umzubringen, ein blaues Päckchen mit Feuchtigkeitsflecken, das ein schwarzes Totenkopfzeichen trug.

Und da wurde mir klar, welchen Punkt ich übersehen haben mußte, die entscheidende Information, ohne die ich einem so bösartigen Geist hilflos vis-à-vis stand. *Gretta hatte ihren Mann tatsächlich vergiftet,* aus Liebe zweifellos, um seinem schrecklichen Leid ein Ende zu bereiten. Dadurch erklärte sich auch, warum sie an jenem Heiligabend vor fünfzehn Jahren nur ein paar Minuten mit ihm verbracht hatte. Für die Ärzte bestand natürlich kein Grund zu so einem Verdacht, aber Jeremiah hatte es gewußt, obwohl er nicht in der Lage war, es als einen Gnadenakt zu begreifen.
Mein Gesicht wurde gegen die offene Packung voll Giftsalze gestoßen. Ich kniff Mund und Augen zu, so fest ich konnte. Jeremiahs Geist versuchte mich umzubringen, und ich hatte das Gefühl, er besaß in diesem Moment gute Erfolgsaussichten.
Da sagte plötzlich eine traurige, krächzende Stimme von der Küchentür her: »Laß sie gehen, Jeremiah. Ich bin diejenige, die du haben willst.«
Die ruhige Schicksalsergebenheit in ihrem Tonfall war herzzerreißend.
Die schwarzen Krallen ließen meinen Arm und meine Haare los. Ich stieß mich von dem Spülschränkchen weg, und noch immer schmerzte mich der Schock bei Jeremiahs erster Berührung. Ich konnte kaum etwas sehen. Aber als ich ganz scharf hinschaute, schien es mir, daß eine junge Frau im Abendkleid sich auf mich zu bewegte. Sie langte über meine Schulter hinweg, um das Strychnin unter der Spüle fortzunehmen, und eine zarte, freundliche Mädchenstimme sagte: »Ich hätte Ihnen wahrscheinlich *alles* erzählen sollen, Penelope, aber ich dachte, Sie könnten ihn abhalten, ohne genau Bescheid zu wissen. Es tut mir leid. Der Rest bleibt jetzt mir überlassen, und es gibt nur eines, was meinem armen Jeremiah Frieden schenken kann.«
»Nein, Gretta, nein!« rief ich, indem ich mich hochzukämpfen versuchte und ihr mit einem Arm das Päckchen wegschnappen

wollte. Aber der Elektroschock lähmte mich immer noch, so daß ich beinahe wieder bewußtlos nach hinten fiel. Wie in einem Traum sah ich zu, während Gretta sich in der Küche umherbewegte, heißes Wasser aufsetzte, sich in aller Ruhe eine Tasse Tee machte und dann einen gehäuften Löffel Strychnin hinzugab, als wäre es Zucker.

Dabei stand die ganze Zeit der junge Soldat neben ihr. Sie sprach zärtlich und liebevoll mit ihm und wandte sich gelegentlich auch an mich. Sie dankte mir für einen wunderschönen Heiligabend, während ich die Lähmung vergeblich zu durchbrechen versuchte und mir Tränen aus den Augen strömten.

Dann gingen Gretta und ihr Soldat hinaus. Ich hörte die Schritte der alten Frau, wie sie sich aus der Küche entfernten und, unerklärlich geisterhaft, am Ende des Flurs verklangen – hörte, wie Gretta ihre Schlafzimmertür schloß.

Und das, Jane, war es im großen und ganzen. Mein trauriges Abenteuer war vorbei. Natürlich mußte ich etliche Fragen von seiten der Polizei und des Leichenbeschauers über mich ergehen lassen. Aber das dauerte nicht lang, denn leider ist Selbstmord von älteren Menschen ein Ding der Alltäglichkeit. Ich wurde nicht unter Druck gesetzt, um alles zu erzählen, denn das hätten sie mir sowieso nicht geglaubt. Und was mich selbst betrifft, so erlitt ich durch den Stromschlag, den der Geist mir verabreichte, keine üblen Nachwirkungen. Diese Art von Elektrizität ist letztlich ungefährlicher als die richtige. Ob Du's glaubst oder nicht, am nächsten Tag fühlte ich mich sogar teils verjüngt, und wie es scheint, bin ich seit dieser Nacht meine leichte Arthritis los.

So, jetzt darfst Du auch das Geschenk aufmachen, das ich Dir geschickt habe, und auf dem stand: »Erst öffnen, wenn Du meinen Brief gelesen hast.« Wie Du siehst, handelt es sich um Grettas Fächer. Ich habe ihn zusammen mit ein paar anderen

kleinen Andenken an eine kurze Freundschaft bei der Nachlaßversteigerung erstanden.
Du wirst feststellen, daß der Fächer bei aller Schlichtheit von sehr kunstvoller Machart ist, reine Handarbeit, und zwar eine, wie man sie seit mehr als einem halben Jahrhundert nicht mehr gesehen hat. Als *ich* ihn das erstemal zu Gesicht bekam, war er ausgebleicht, verstaubt und ramponiert, als hätten daran ab und zu die Motten geknabbert. Der Fächer, den ich Dir schicke, ist tatsächlich derselbe, auf wundersame Weise wiederhergestellt, als wäre er erst gestern zusammengeleimt worden, und das klassische Blumenmuster von einer Leuchtkraft, als wäre es frisch gemalt.
Ich nehme diese verblüffende Restaurierung als Beweis, daß Jeremiah seiner Gretta verziehen hat und daß sie nun wieder glücklich vereint sind – da draußen im Irgendwo, das wir alle eines Tages kennenlernen und das unsere ewige Bestimmung ist.

Deine
Penelope

Zweifache Rückkehr

Terry Lamsley

»Zweifache Rückkehr« stammt aus Terry Lamsleys neuer Geschichtensammlung *Under the Crust* (Wendigo, 1993), sechs denkwürdigen Erzählungen von düsterer Phantasie und dunklem Schrecken, die in der Gegend des heutigen Buxton spielen, dem Heimatort des Autors.

Nachdem er seine Tragetaschen voll Weihnachtseinkäufe auf dem Bahnsteig abgesetzt hatte, schüttelte Mr. Rudge sein Handgelenk aus dem Ärmel, um auf die Uhr zu sehen, und stellte fest, daß es bis zur planmäßigen Ankunft seines Zuges noch neun Minuten waren. Darum hielt er nach einer Sitzgelegenheit Ausschau. Er hatte einen sehr anstrengenden Tag hinter sich plus einer halben Meile Fußmarsch, so daß er schwach auf den Beinen war und unter seinen dicken Wintersachen schwitzte. Bei seinem Aufbruch heute morgen war es ein strahlender kalter Tag gewesen, der Schnee ankündigte, und dementsprechend hatte er sich gekleidet. Später brachte eine Art dichter Sprühregen, fast war es wie Nebel, eine stickige Wärme, die Mr. Rudge sämtliche Kräfte zu rauben schien. Er sehnte sich nach der kurzen Ruhepause, die ihm die Bahnfahrt nach Hause gleich verschaffen würde.

Am Ende des Bahnsteigs entdeckte er eine Bank, die einzige weit und breit, schleppte sein Gepäck dorthin und setzte sich.

Der Platz bot zwar nicht Schutz vor dem Wetter, war aber immerhin groß und bequem. Mr. Rudge zog seinen Kopf tief in den Mantelkragen, bedauernd, daß er keinen Hut mithatte, und versuchte, sein Gemüt in eine ruhige, entspannte Stimmung zu versetzen. Der unnachgiebige, kaum sichtbare Regen, der ihm ins Gesicht trieb, vereitelte dieses Ziel indes, und Mr. Rudge stellte plötzlich fest, daß er auf die zugemauerten Fenster, die graffitibesprühten Wände und das vorspringende Ziegeldach der überflüssig gewordenen Bahnhofshalle am Gleis gegenüber starrte.

Die ganze Station wurde von ein paar einfachen Lampen aus unzerbrechlichem Glas erhellt, die in etwa drei Metern Höhe und hinter engmaschigen Metallgittern an den Wänden hingen. Sie gaben nicht mehr Licht als nötig, aber es stach in die Augen und warf orangefarbene Pfützen und Bäche auf die nassen Bahnsteige, wie klebriger Fruchtsaft. Schatten gab es nicht, nur grelle goldgelbe Helligkeit oder lichtloses Dunkel, wobei die aufschimmernden und wieder verblassenden Regenschleier den trügerischen Eindruck des Unwirklichen noch verstärkten, den die robusten Zweckgebäude der Eisenbahn sich heute abend zugelegt hatten.

Mr. Rudge versuchte sich an das frühere Aussehen der Station zu erinnern – Jahre war es her, vor ihrer Beinaheschließung –, aber die Einzelheiten, die ihr ein eigenes Gesicht verliehen hatten, waren beseitigt, und heute wirkte sie so nichtssagend wie eine Scheune auf einer Kinderzeichnung.

Der *genius loci* ist verschwunden, sinnierte er, tief bedrückt über diese Verlassenheit und die Atmosphäre leeren Verbrauchtseins.

Es wunderte ihn gar nicht, daß niemand mit ihm auf den Zug wartete. Die Kleinstadt, zu der die Station gehörte, hatte das Vorhandensein ihrer Schienenverbindung nach Manchester beinah vergessen, und nur wenige Einwohner wagten sich an einem Winterabend überhaupt auf die lange, dunkle, halb zerfallene Bahnhofstraße. Es wäre schön gewesen, hätten noch andere dem Ort etwas menschliche Anwesenheit verliehen – vorausgesetzt natürlich, es handelte sich um die richtige Sorte Menschen. Gesellschaft war eben nicht gleich Gesellschaft.

Als er das letztemal abends auf einem Bahnsteig gewartet hatte, war Mr. Rudge, einsam und allein, bei einem Pärchen gelandet, das sich gegenseitig an der Wand aufrecht zu halten schien. Er hatte sich von dem, was er für einen Sexualakt hielt, abgewandt und die beiden so erfolgreich aus seinem Geist verbannt, daß er ihnen, als er ein paar Minuten später auf und ab schlenderte, völlig unvermutet gegenüberstand. Es waren zwei Männer – anscheinend betrunken oder unter Drogen –, die ihn mit einer geradezu erschreckenden Gier anvisierten. Sie gaben ihm sein Alter zu spüren, seine Wehrlosigkeit, und bei ihrem Anblick fühlte er, so töricht es war, nach der Stelle über seinem Herzen, wo, eingeknöpft in die Innenseite seines offensichtlich teuren Anzugs, seine Brieftasche steckte. Zum Glück war Sekunden später sein Zug gekommen und hatte ihn vor dem Raubüberfall bewahrt, der ihm, da war er sicher, unmittelbar bevorstand.

Mr. Rudge sah abermals auf seine Uhr und stellte zu seinem Leidwesen fest, daß seit dem letzten Blick darauf erst vier Minuten vergangen waren. Er gähnte. Sein Genick war steif, und so wackelte er mit dem Kopf hin und her.

Und genau dabei fiel ihm eine Bewegung am anderen Ende des Bahnsteigs ins Auge: Ein dunkles Rechteck – dunkel besonders gegen die feuchte Helligkeit – öffnete sich in der Wand. Es waberte einen Moment, um gleich wieder zu verblassen. Mr. Rudge vermutete, daß eine Tür schnell aufgestoßen und wieder geschlossen worden war. Oder nicht? Vielleicht hatte man sie auch ganz aufgemacht, so daß sie flach an der Wand lag. Er drehte sich auf seinem Sitz herum, nahm seine vom Regen besprühte Brille ab, wischte sie trocken und kniff dann angestrengt die Augen zusammen, um so gut wie möglich sehen zu können.

Ein paar Sekunden lang rührte sich nichts mehr, und er setzte seine Brille gerade wieder auf und lehnte sich zurück, da fiel ihm erneut etwas ins Auge – eine einzige kurze Bewegung dort unten, wo seiner Meinung nach die Tür aufgegangen war. Jetzt sah er deutlicher und glaubte, daß es in der Tür selbst gewesen war. Da reckte sich eine Gestalt, wie die Schulterpartie eines Menschen, aus der Wand, die andere Schulter noch halb verborgen, aber er erkannte die Umrisse eines Kopfes, knapp einen Meter über dem Boden.

Die Konturen hoben sich vor dem Licht der unmittelbar darüber befindlichen Lampe ab, und ließen sich wegen dieser Lampenposition auch keinerlei Gesichtszüge unterscheiden, so war Mr. Rudge doch sicher, daß der- oder diejenige ihn ansah. Er *fühlte* sich nämlich angestarrt.

Sogar *feindselig* angestarrt, wie er mit Unbehagen verbesserte, so, als nähme man ihn aufs genaueste ins Visier.

Weshalb rührt dieser Penner sich denn nicht? dachte Mr. Rudge. Und weshalb steht er da, als ob er hinter einem Baum vorgucken würde?

Mr. Rudge ertappte sich dabei, daß er selbst mit hochgerecktem Kinn und aufgesperrtem Munde wie ein Kind zurückstarrte. Er drehte sich ganz um. Vielleicht hatte sich ja noch jemand lautlos auf dem Bahnsteig zu ihm gesellt und kam deshalb als Beobachtungsgegenstand des fernen Gaffers in Frage, aber Mr. Rudges Bahnsteigende war so leer wie zu dem Zeitpunkt, da er es betreten hatte. Öd und verlassen erstreckte es sich in die Düsternis.

Na, wenn du mich wiedersiehst, wirst du mich jedenfalls erkennen, dachte er, als er merkte, daß sein eigenes Gesicht von einer Lampe, etwa anderthalb Meter über ihm, beleuchtet wurde.

Dann fixierten er und sein Beobachter sich für scheinbar lange Zeit, aber wahrscheinlich war es nicht einmal eine Minute.

Mr. Rudge glaubte allmählich schon an einen Irrtum, daß es sich

bei dem, was er für Kopf und Schultern gehalten hatte, in Wirklichkeit um irgend etwas Kaputtes, Zerfallenes handelte – ein Teil von einer Tür, die im Wind aufgeklappt war und jetzt festklemmte –, da bewegte sich die Gestalt.
Sie trat ins Freie.
Mit einem einzigen langen Schritt, schnell und entschlossen, so daß er ganz kurz einen Blick auf ein blasses Gesicht und schwarz glänzendes Haar erhaschen konnte, drehte sie sich zu ihm um. Dann verharrte sie wieder regungslos.
Mr. Rudge war überzeugt, man habe ihn – identifiziert.
Es war eine schlanke Männergestalt, gute einsachtzig groß. Mit gespreizten Beinen stand sie da und hielt ihre Arme anscheinend vor der Brust verschränkt. Um ihre Schultern war, soweit Mr. Rudge erkennen konnte, eine Art Umhang geschlungen.
Mr. Rudge erinnerte sich langsam, daß das Gebäude, wo die Tür aufgegangen und die Gestalt zum Vorschein gekommen war, den alten, ursprünglichen Teil des Bahnhofs bildete, den man schon lange verwüstet, ausgeplündert und für baufällig erklärt hatte. Eigentlich hatte sogar schon sein Abriß auf dem Plan gestanden, aber durch hinlängliche Proteste von Ortseinwohnern und Eisenbahnliebhabern blieb das Rohgebäude verschont. Als Kompromiß, und um die Reste zu erhalten, waren sämtliche Türen und Fenster zugemauert worden. Das Bauwerk war fest verschlossen.
Mr. Rudge stand auf und ging ein kleines Stück den Bahnsteig entlang in Richtung der Gestalt. Er wollte gern etwas sagen, wenn auch nur, um seine eigene Stimme zu hören.
Als er sprach, überraschte er sich selbst. In hohem, beinah flehentlichem Tonfall fragte er: »Alles in Ordnung? Kann ich Ihnen irgendwie helfen?« Er blieb stehen und wartete auf Antwort. Es kam keine.
Die beiden starrten einander in statischem Schweigen an, bis ein fernes metallisches Rumpeln den Zug ankündigte, auf den Mr.

Rudge wartete. Die Lichter des Führerstands bogen um eine Schienenkurve und tauchten hinter der dunklen Gestalt auf. Dann verlangsamte der kleine spielzeugartige Zug das Tempo, um in dem Bahnhof einzufahren.

»Jetzt kann ich dich wenigstens mal ansehen«, murmelte Mr. Rudge, dessen starrer Blick sekundenlang durch den Zug abgelenkt worden war.

Aber sein rätselhaftes Gegenüber bewegte sich wieder.

Es trat an die Wand zurück, und während es dies tat, schienen seine Arme und Beine einzuklappen wie Klingen in einen Messergriff. Mr. Rudge blinzelte, und schon war die Gestalt verschwunden. Was blieb, war ein Schatten an der Wand, der im Lichte der Zugfenster verblaßte.

Mr. Rudge schnappte sich seine Tragetaschen vom Boden und lief den ganzen Bahnsteig entlang. Als er zu der Stelle kam, an der die Gestalt verschwunden war, schwebte immer noch ein Rest dieses Schattens an der Wand. Ja, es erinnerte in groben Zügen an den Schemen, den er gesehen hatte; aber es war nichts in der Nähe, um so einen Schatten zu werfen.

Er streckte seine Hand nach dem dunklen Fleck aus, um ihn zu berühren, als sich hinter ihm die Türen des Zugs öffneten und ein winziges Häufchen Fahrgäste ausstieg.

Die Wand fühlte sich genauso an, wie es jede normale Wand tat – keine Besonderheiten.

Verwirrt wich Mr. Rudge ein paar Schritte zurück, und ganz in seiner Nähe quengelte ein kleines Kind. Es sagte zu seinen Eltern, daß es müde sei, bettelte darum, getragen zu werden. Der Vater knurrte ein »Nein«.

Kaum imstande, seinen Blick von der dunklen Wandstelle loszureißen, wich Mr. Rudge in Richtung Waggon zurück, der gleich hinter ihm war, lavierte sich durch die offene Tür und wankte zu einem Sitzplatz.

Es waren jede Menge Plätze frei. Er ließ sich zurückfallen,

während er seine Tüten fest auf dem Schoß hielt, und drückte sein Gesicht gegen die dreckige Scheibe, um hinauszuschauen. Er sah den Rücken von jemandem – einem Spätankömmling vielleicht? –, der zum Wagen vor seinem stürzte. Mr. Rudge fragte sich, ob die Türen rechtzeitig zugegangen waren, um diesen Unbekannten auszusperren. Er hoffte es, aber er fürchtete, sie hatten es nicht getan.

Mr. Rudge nutzte die Zeit, in der sich der Zug die lange, steile Anhöhe nach Buxton hinaufschleppen mußte, für den Versuch, den Kontakt zur Normalität – oder war es zur Realität? – wiederherzustellen.

Seine Tragetaschen hatten ein paar kräftige Knüffe und Püffe abgekriegt, als er in den Zug gestolpert war, und um sich geistig zu beschäftigen, überprüfte Mr. Rudge den Inhalt jeder einzelnen. Daß eine der dünnbesetzten, aber kostspieligen Pralinenschachteln, die er für seine Verwandtschaft gekauft hatte, ganz schön eingedrückt war, stellte keine Katastrophe dar, aber mit großer Erleichterung konstatierte er, daß die beiden Flaschen Laphroaig Malt Whisky, von denen eine ein Geschenk für ihn selbst sein sollte, nichts abbekommen hatten. Nur die Plastiktüte, die diese Artikel enthielt, zerplatzte bereits. Er stand auf und begann, den Inhalt in seine Manteltaschen umzufüllen, aber es wollte nicht alles hineinpassen. Darum mußte er ein paar der Geschenke zwischen den Tüten hin und her jonglieren.

In seinem überreizten Zustand war das eine knifflige Aufgabe. Zufrieden, daß er sie so voll bekommen hatte wie möglich, stellte er eine der Taschen nur für einen einzigen Moment auf den Gang, und schon kippte sie um. Mr. Rudge bückte sich nach ihr, und da merkte er, daß ihn jemand anschaute. Kein Wunder bei dem Aufheben, das er hier machte, aber trotzdem: *Wer* hatte ihn da im Visier?

Er richtete seine Aufmerksamkeit auf die anderen Wageninsassen.

Ein paar Sitzplätze weiter blinzelte ein aufgedunsener Mann mit rosigem Gesicht und wilden blonden Korkenzieherlöckchen zu ihm zurück, die Augenlider schwer von Alkohol. Dahinter saß ein hämisch grinsendes Rudel von Halbwüchsigen, das in zuckergußfarbene Grün- und Rosatöne gekleidet war, und einer aus der Gruppe, so kahl wie ein Rattenjunges, machte ihm mit dem Finger eine Geste, welche die anderen sofort nachahmten. Die Bedeutung dieses Zeichens war Mr. Rudge nicht bekannt. Dieser ließ nun seinen Blick zu einer Gestalt nicht weit von ihnen wandern.

Alles, was er von ihr sehen konnte, war ein schwarzer Haarschopf, der über den Sitz ragte. Der Unbekannte lehnte hingelümmelt am Fenster, und irgend etwas an diesem Menschen, vielleicht nur die Tatsache, daß er offensichtlich groß und schlank war, wirkte beunruhigend. Mr. Rudge versuchte sich in eine Stellung zu bringen, von der aus er dessen Spiegelbild im Fenster sehen könnte. Dabei mußte er aber eine ziemlich komische Figur machen, denn die Jugendlichen begannen laut über ihn zu lachen. Und das wiederum veranlaßte den hochgewachsenen Mann, hinter sich nach der Ursache dieses Lärms zu schauen.

Das bleiche, hagere Gesicht, das sich zu Mr. Rudge umdrehte, ließ dessen Herz einen erschrockenen Satz tun. Dann erst erkannte er in ihm einen Mann, der ihm schon jahrelang von den Straßen Buxtons vertraut war. Er nickte ihm einen verlegenen Gruß zu und setzte sich hastig wieder hin. Seine Mitreisenden mochten zwar nicht zu den reizvollsten Exemplaren der Gattung Mensch gehören, aber Menschen waren es zumindest.

Mit dieser Einsicht kehrte Mr. Rudge zu seinen Grübeleien über das zurück, was er vorhin auf dem Bahnsteig gesehen hatte oder gesehen zu haben glaubte. Er verspürte einen inneren Drang (vielleicht auf der vorgeblichen Suche nach der Toilette), in den nächsten Wagen zu gehen, um nachzusehen, wer dort saß. Aber er stellte fest, daß sich dieser Drang mühelos unterdrücken ließ. Statt dessen lenkte er seine Aufmerksamkeit auf das, was er nach seiner Ankunft in Buxton tun würde, einmal angenommen, dieser merkwürdige Mann hätte zufällig das gleiche Ziel.

Als methodischer Mensch begann Mr. Rudge einen Feldzugsplan zu entwickeln, im Falle sich eine derartige Situation ergäbe.

Er beschloß, in Buxton als erster auszusteigen. Nur zu seiner Beruhigung würde er auf dem Bahnsteig warten, bis alle anderen Fahrgäste den Zug verlassen hatten und er hinlänglich sicher sein konnte, daß die Waggons leer waren. Danach würde er sich, obwohl es zu seiner Wohnung keine zehn Minuten Fußweg waren, telefonisch ein Taxi bestellen, das ihn heimbringen sollte.

Eine halbe Meile vor Buxton erhob sich Mr. Rudge samt seinen Trage- und vollgestopften Manteltaschen, um an der Tür Posten zu beziehen. Er schämte sich zwar inzwischen ein wenig seiner Ängste von vorhin, war aber dennoch zur Durchführung seines Plans entschlossen. Nichtsdestotrotz verspürte er Nervosität, als der Zug abbremste und allmählich zum Stillstand kam. Sein Mund war ganz trocken, und seine Zunge schmeckte nach Eisen.

Sowie die Tür aufging, drängte er sich hindurch.

Aus dem Augenwinkel stellte er fest, daß die Türen des Wagens vor ihm sich noch öffneten, als seine Füße schon den Bahnsteig berührten. Er beabsichtigte, sich am einzigen Ausgang des Bahnhofs zu postieren, und machte sich auf den Weg dorthin, während die anderen Fahrgäste hinter ihm in die feuchte Abendluft hinausstiegen.

Mr. Rudge war schon fast am Ausgang, da lief eine große, schlanke Gestalt sehr schnell an ihm vorbei. Wie ein Schemen

im Scheinwerferlicht eines Autos sauste sie dahin, in einer einzigen wogenden Bewegung, und verschwand durch die Ausgangstür außer Sichtweite.
Für den Augenblick überrumpelt, vergaß Mr. Rudge sein Vorhaben. Er eilte der Gestalt hinterher.
In der Bahnhofshalle wartete ein Kontrolleur, um die Fahrkarten einzusammeln. Im Moment starrte der Mann auf den Parkplatz vor dem Gebäude, und seine Miene wirkte verstört, fast erschrocken.
Mr. Rudge wußte, daß er ohne Fahrscheinkontrolle hätte vorbeigehen können, und war schon versucht, es auch zu tun, aber letztlich ließ lebenslanges geordnetes Verhalten sich nicht beiseite fegen. Der Vorgang kostete wertvolle Sekunden, und beim Verlassen des Bahnhofs sah er, wie sich drüben, auf der anderen Seite des Fußgängerüberwegs, eine Gestalt entfernte.
Die Ampel für die Fußgänger zeigte Rot. Mr. Rudge wartete. Autos glitten auf der nassen, wie Samt glänzenden Fahrbahn vorbei, und er drückte mit seinem Zeigefinger den Knopf, damit endlich das grüne Männchen erscheinen würde.
Der Regen war jetzt, wie er feststellte, stärker. Große Tropfen bedeckten seine Brille und verzerrten ihm die Sicht.
Zu seiner Rechten hatte das Palasthotel, die mächtige Trutzburg oben auf dem Hügel, seine gepolsterten Schultern angezogen, um sich gegen den Wind zu verkriechen, und blinzelte aus Dutzenden von erleuchteten Fenstern auf die Gemeinde herab. Vor Mr. Rudge wie auch zu seiner Linken erhellte ein Schimmer, der am Himmel hing und keinen unmittelbaren Ursprung besaß, das Haupteinkaufszentrum, Spring Gardens, das im Vorweihnachtsbetrieb heute abend noch spät geöffnet hatte. Hunderte von Lichtpünktchen aus den Wohngebieten am Stadtrand umgaben Mr. Rudge von den Hügeln her, in denen die Ortschaft eingebettet lag. Früher hatte er diesen Anblick als wohltuend empfunden, es hatte ihm gefallen, Teil einer kleinen

Gemeinde zu sein, die man mit einem einzigen Rundblick überschauen konnte, aber heute abend fühlte er sich wie eingekesselt davon. Er kam sich vor, als wäre er da mitten in etwas Unerklärliches hineingeraten und hätte keine andere Wahl, außer weiter vorzudringen.

Mr. Rudge überquerte die Straße und ging in die Ortschaft hinunter.

Es war fast neun Uhr abends, und die Geschäfte machten allmählich zu. Nur noch ein paar Leute boten dem Wetter Trotz. Beim Taxistand und bei den Telefonzellen ließ ein mächtiger, mit glanzlosen Lichtern spärlich bestückter Weihnachtsbaum unter der Last des Regens seine Arme hängen. Gleich daneben stand, leer und vom Glück des Himmels nicht gesegnet, eine Krippe, mit deren Figuren, der Heiligen Familie samt Besuchern, sich plündernde Halbstarke aus dem Staub gemacht hatten.

Weihnachtsmäßiges Popgedudel dröhnte draußen in der Dunkelheit.

Auf dem Nachhauseweg kam Mr. Rudge zwangsläufig am Crescent vorbei, Buxtons größter Trumpfkarte als Ort von architektonischer Besonderheit, und nutzte die überdachte Promenade vor diesem Gebäudekomplex, um dem Regen zu entfliehen. Die zahlreichen schwach beleuchteten Mini-Arkaden und die mit Brettern vernagelte Fensterreihe im ersten Stock des leerstehenden, vor sich hin bröckelnden Bauwerks gaben Mr. Rudge, den einmal jemand in eine Ausstellung von Di Chirico mitgenommen hatte, das Gefühl, er wäre in eines der düsteren, höhlenhaften Gemälde des Künstlers hineinmarschiert.

Zweimal glaubte er – nein, er war sicher –, durch die Bögen, die sich links vor ihm wölbten, die dunkle Gestalt entlangeilen zu sehen, und die Feststellung, daß *er* nun der Spur des Unbekannten folgte, in dem zuerst er selbst einen Verfolger befürchtet

hatte, ging ihm besonders gegen den Strich. Die Gestalt führte ihn fast vor seine eigene Tür!
Er wollte nicht darüber nachdenken, was dies bedeuten könne, ja, eigentlich empfand er eine Art Abgestumpftsein, einen Mantel von Betäubtheit über dem Bedrohungsgefühl, das inzwischen sein innerstes Bewußtsein vereinnahmt hatte.
Als er am Old Hall Hotel, seiner Lieblingsgaststätte im Ort, vorbeikam, erhaschte er seinen beinah letzten Blick auf die Gestalt, die er vor nicht einmal vierzig Minuten auf dem ansonsten menschenleeren Bahnsteig erstmals bemerkt hatte. Er war gerade in Sichtweite seiner Wohnung angelangt, vorn im ersten Stock eines Komplexes, von wo man die Grünflächen der Pavilion Gardens überschauen konnte, da sah er die große, schlanke, nun fast schon vertraute Gestalt mit dem Umhang vor ihm die Straßenseite wechseln.
Sie rannte.
Sie nahm die Abzweigung hinter den Gebäuden, entlang des zum Fußgängerweg erklärten »Broadwalk« – genau die Straße, die auch er nehmen mußte, weil der Eingang zu seiner Wohnung auf der Rückseite lag.
Während Mr. Rudge in der Hosentasche nach seinem Schlüssel tastete, eilte er der Gestalt hinterher.

Die Wohnungstür war fest verschlossen. Er hatte schon anderes befürchtet, nämlich daß sie bei seiner Ankunft sperrangelweit offenstand, vielleicht aus den Angeln gesprengt.
Es war alles still drinnen.
Vorsichtig schlich er sich in die Küche und schaltete sein Heißwassergerät ein. Er nahm die Geschenke aus den Taschen, legte seinen durchnäßten Mantel ab und hängte ihn über einen Stuhl. Dann zog er ein sauberes Handtuch aus einer Schublade, um sich das Gesicht und die spärlichen Überreste seines Haarwuchses abzutrocknen. Die Tragetaschen stellte er in eine Ecke –

damit würde er sich später befassen – und machte sich ein Kännchen Tee. Weil seine Hände zitterten, goß er das Getränk in eine große Henkeltasse.

Er stellte fest, daß er Kopfschmerzen hatte, und nahm zwei Paracetamol.

Nach einer halben Stunde ging es ihm besser, aber er fühlte sich todmüde. Trotz der Tatsache, daß sein Kopf voll von den Ereignissen dieses Abends war, beschloß er, sich ins Bett zu legen und nach Möglichkeit zu schlafen. Er nahm seinen Mantel von der Stuhllehne und ging in den Flur, um ihn an dessen Stammplatz zu hängen.

Jemand war Mr. Rudge zuvorgekommen.

An dem Haken, wo er immer seinen Mantel aufhängte, befand sich ein dunkles Cape, das nicht ihm gehörte. Es wirkte uralt. Der Stoff schimmerte von Feuchtigkeit, und der Kragen hatte einen Schnürbund mit einer verblichenen gelben Kordel.

Erst nach einiger Zeit brachte Mr. Rudge es über sich, näher an das Ding heranzugehen. Er beobachtete es ganz so, als erwartete er, daß es sich bewegen, daß es vom Haken springen oder davonlaufen würde. Doch es tat nichts dergleichen. Als er zuletzt wirklich nah vor ihm stand, fiel ihm sofort der Geruch dieses Umhangs auf. Er stank nach Ruß, nach glühender Kohle und nach Dampf – und nach Alter, er roch nach altem Schweiß und Vermoderung.

Irgendwie war das Ganze zugleich abstoßend und tief beängstigend.

Von ganz nah erkannte Mr. Rudge, daß der Kragen schon völlig zerschlissen und ausgefranst war. Aber ansonsten schien der Umhang wohlbehalten bis auf eine Reihe von scharfen Rissen oder Einschnitten vorn links.

Mr. Rudge, der als Soldat an einem Krieg teilgenommen hatte, war trotzdem noch nie so rasch von Panik befallen worden. Panik und Abscheu!

Ohne nachzudenken, hob er einen Finger, der in einer Geste der Verwirrung den Umhang berührt hatte, an die Lippen und bemerkte einen sauren, stechenden Geschmack. Augenblicklich spuckte er aus und rieb sich den Mund an seinem Ärmel ab, um den Geschmack loszuwerden.

Dann ging er, wütend jetzt, zu einem großen Messingkübel, in dem er seine Sammlung von Spazierstöcken und ein paar Schirmen aufbewahrte, wählte den dicksten Stock aus und ließ ihn sodann auf den Umhang sausen, als würde er von dem Ding angegriffen. Immer wieder schlug er zu. Der Umhang schwang hin und her und fiel schließlich vom Haken. Mr. Rudge stieß einen befriedigten Seufzer aus. Er schubste ihn mit dem Fuß zu einem Knäuel, um dieses dann durch den Flur in Richtung der Wohnungstür zu treten. Außer Atem nach dem verübten Gewaltakt, lehnte er sich an die Wand, behielt aber den Umhang im Auge und wartete darauf, daß etwas geschähe.

Er wartete lange – nichts geschah. Zufrieden hängte er seinen Mantel auf und ging wieder in die Küche. Er hatte Durst, und so machte er sich noch einen Tee. Er trank mit Bedacht zwei Bechervoll, spülte diesen dann aus und ging auf den Flur zurück, zu seinem Schlafzimmer.

An der Garderobe hing wieder das Cape, und Mr. Rudges Mantel lag an der Stelle, wo man ihn heruntergezogen hatte, in Fetzen gerissen auf dem Boden.

Mr. Rudge schnappte sich den Umhang und lief damit in die Küche. Er klemmte sich das Ding fest unter den Arm, suchte eine Rolle Müllsäcke und riß einen davon ab. Dann steckte er das Cape mit der energischen Entschlußkraft eines Mannes, der ein großes Tier zu ertränken versucht, in den Sack, verschnürte ihn mit einem festen Knoten, schleuderte ihn hin und ging. Aus der Küche begab er sich in sein Arbeitszimmer, wo er die Tür zumachte. Dort wartete er fast eine Stunde, dann kehrte er in die Küche zurück.

Zu seiner Überraschung lag der Sack genauso da, wie er ihn verlassen hatte.
Er sah nach draußen auf den Flur. Auch der Mantel lag noch wie zuvor am Boden, und der Garderobenhaken war leer.
Beinah fröhlich begab sich Mr. Rudge erneut in die Küche und stieß mit seinem Fuß gegen die Mülltüte. Er konnte den Umhang im Innern fühlen. Irgend etwas drängte ihn dazu, ein Gewicht auf den Sack zu legen. Er fand eine Holzkiste, stellte sie auf die Plastiktüte und füllte sie mit dem Schwersten, was er auftreiben konnte.
Dann ging er ins Bett und versuchte bei eingeschaltetem Licht zu schlafen.

Am nächsten Morgen, kurz nach neun, betrat Mr. Rudge zaghaft seine Küche. Er war müde und ängstlich nach seiner Alptraumnacht.
Die Kiste hatte sich nicht bewegt, und der Plastiksack lag immer noch darunter. Mr. Rudge wußte, daß der Umhang nach wie vor in dem Sack war, weil dessen Form sich nicht verändert hatten.
Mit Tränen in den Augen machte er sich Frühstück. Er hatte eine Heidenangst, allmählich wahnsinnig oder senil zu werden. Trotz vollkommener Appetitlosigkeit würgte er das Essen hinunter und bildete sich dann ein, daß es ihm nun besser ging. Den Müllsack ließ er unter der Kiste liegen und machte sich den ganzen Tag an allerlei nebensächlicher Hausarbeit zu schaffen. Abends um neun setzte er sich vor den Fernseher und trank sechs Fingerbreit Whisky aus einer Bells-Flasche – nicht seine Lieblingsmarke, aber preiswerter, als den Laphroaig anzubrechen.
Dann, als es ihm wirklich »zu bunt wurde«, wie er es ausgedrückt hätte, ging er in die Küche und nahm die Kiste von dem schwarzen Plastiksack, den er aufhob, mit Genugtuung das Gewicht des darin befindlichen Umhangs spürend, um das

Ganze in einen Schrank unter der Treppe zu werfen, die zu der Wohnung über seiner führte.
Anschließend legte er sich ins Bett und schlief zwölf Stunden lang.

Während der nächsten zwei Tage hatte Mr. Rudge Mühe, sich auf irgend etwas zu konzentrieren, aber am dritten erwachte er morgens mit dem Gefühl, jetzt wieder mehr der alte, ruhige, vernünftige und tatkräftige Mensch zu sein.
Wie vom Blitz getroffen, stellte er fest, daß es ja keine Woche mehr bis Weihnachten war.
Den ganzen Vormittag über verpackte er Geschenke und schrieb Karten. Nach einem kleinen Abstecher zum Postamt, wo er sie aufgab, kehrte er mit dem Vorsatz zurück, seinen Weihnachtsschmuck auszukramen. Es wurde Zeit, daß man die Wohnung ein bißchen fröhlicher machte. Obwohl er an Weihnachten nie viel unternahm, hatte er bemerkt, daß es seit dem Tod seiner Frau und seit er allein lebte, besser war, ein paar Zugeständnisse an die Feiertage zu machen, statt zu versuchen, sie zu ignorieren. Es war seine Gepflogenheit, abends am Weihnachtstag Truthahn im Old Hall Hotel zu essen, dann, sofern das Wetter mitspielte, ein, zwei Runden um die Pavilion Gardens zu drehen und anschließend in seiner Wohnung, unter Schlangen und Girlanden von Buntpapier nebst einer Flasche Malt Whisky an seiner Seite, zu lesen oder fernzusehen, bis ihm die Augen zufielen. Das war die einzig vernünftige Umgangsweise mit Weihnachten.
Am zweiten Weihnachtsfeiertag würde er dann seine Tochter in Derby besuchen, bei ihr übernachten und tags darauf zurückkehren. Länger blieb er dort nie. Die Toleranzgrenze seiner Tochter lag ihm gegenüber bei höchstens vierundzwanzig Stunden.

Den Weihnachtsschmuck verwahrte er in einem Karton hinten im Schrank unter der Treppe.

Er machte die Tür auf und hielt einige Sekunden inne, bevor er das Licht einschalten wollte.

Die Luft darin roch abgestanden.

Nein, dachte er, während er seinen Kopf hineinstreckte, es riecht direkt unangenehm. Es stinkt!

Schon seit ein paar Tagen nahm er einen Geruch in seiner Wohnung wahr.

Er knipste das Licht an. Der fahle Schein der Glühbirne fiel auf ordentliche Stapel von Tüten und Kartons sowie ordentliche Fächer voll Hausrat und Putzutensilien. Der einzige Gegenstand, den man nicht säuberlich eingeräumt hatte, war der Plastiksack mit dem Umhang. Der lehnte mit einer Knickfalte, aber groß und breit, an der Wand. Mr. Rudge, der nicht mehr an dem Schrank gewesen war, seit er den Sack dort hineingeschleudert hatte, bemerkte, daß das Ding inzwischen verändert aussah. Voller. Es schien, als enthielte er nun etwas anderes – oder *noch* etwas anderes – als den Umhang, denn wo er früher flach gewesen war, da beulte er sich jetzt.

Er beschloß, den Sack hinauszuwerfen. Also griff er nach unten, packte den verknoteten Teil und ruckte daran. Der Sack war überraschend schwer, sehr schwer sogar. Mr. Rudge spürte, wie sich das Plastik in die Länge zog, als er daran zerrte.

O Gott, laß ihn bloß nicht platzen! schoß es ihm durch den Kopf.

Einige Sekunden lang stand er da und überdachte die Situation. Man könnte die Knoten aufmachen und mal in den Sack hineinschauen, doch dann verwarf er diese Idee, da er sicher war, daß der Geruch von dort drinnen kam. Er bückte sich zu dem Ding hinunter und stupste es mit dem oberen Ende einer Sprühdose voll Wachspolitur. Es war nur ein zarter Stupser, aber irgend etwas dort drinnen gab nach und fiel. Oder bewegte es sich bewußt? Es sah fast so aus, als wäre etwas zurückgewichen.

Mr. Rudge richtete sich auf, und als er dies tat, rutschte das, was immer er angestoßen hatte, flugs wieder an Ort und Stelle. In dem Schrank ertönte ein leises Geräusch, wie vielleicht von einem alten kranken Hund, wenn er am Träumen ist. Es konnte nur aus dem Inneren des Sacks kommen.

Mit einer Geschwindigkeit, die für einen Mann seines Alters beachtlich war, knipste Mr. Rudge das Licht aus und knallte die Tür zu.

Erst Stunden später fiel ihm wieder ein, was er überhaupt aus dem Schrank hatte holen wollen. Dann beschloß er, dieses Jahr einmal ohne Weihnachtsschmuck auszukommen.

Der Vorfall mit dem Schrank rief Erinnerungen an seine Heimfahrt vor drei Tagen wach, die, so hatte er eben zu hoffen begonnen, für immer in sein Unterbewußtsein verdrängt seien. Jetzt mußte er ihnen ins Auge sehen.

In der klassischen Pose eines sorgenbeladenen Mannes – die Ellbogen auf die Knie gestützt, den Kopf in den Händen – überdachte er wieder und wieder die Ereignisse während seines Wartens auf dem Bahnsteig und nachher, bei seiner Rückkehr. Besonders schwebte ihm die Gestalt vor Augen, die er damals erblickt hatte – der Mann mit dem Umhang. Flüchtige, bruchstückhafte, belanglose Erinnerungen begannen sich zu regen, Erinnerungen an etwas, das Mr. Rudge vielleicht vor Jahren gesehen oder getan hatte und das irgendwie in Zusammenhang mit dieser Gestalt stand. Ihm fiel wieder ein, wie bald ihm ihre Umrisse an jenem Abend beinah vertraut erschienen waren, und allmählich glaubte er, er habe sie irgendwann, irgendwo schon einmal erblickt. Und dann drangen ihm aus keinem ersichtlichen Grund Erinnerungen an sein berufstätiges Leben ins Gedächtnis.

Ehe er vor neun Jahren, mit sechzig, in den Ruhestand gegangen war, hatte er als Lehrer an einer Grundschule gearbeitet. Aus einem Nebel von allgemeinen Eindrücken begann er sich an Einzelheiten seines damaligen Wirkens zu erinnern. Er war ein begeisterter und ein sehr guter Lehrer gewesen, der mit Freuden auch Aktivitäten außerhalb des Unterrichts organisierte und seinen Schülern größere Projekte aufgab. Er besaß nämlich ein Händchen dafür, ihr Interesse zu wecken, und manchmal erbrachten sie ganz beachtliche Leistungen. Einige dieser Hausaufgaben-Projekte hatten Erkenntnisse von solcher Qualität zutage gefördert, daß er es für wert hielt, sie zu dokumentieren, in ein paar Fällen sogar, sie zu veröffentlichen, wenn auch nur in einem sehr begrenzten Umfang. In Angriff genommen hatte er dieses Vorhaben allerdings nie. Trotzdem bewahrte er immer noch viele Schriften aus jener Zeit bei sich auf, um sie eines Tages noch einmal zu begutachten. In seinem kleinen Arbeitszimmer türmten sich solche Sachen.

Dann erinnerte er sich an eine ganz bestimmte Hausaufgabe, eine, auf die er die älteren Kinder in der Abschlußklasse angesetzt hatte. Sie trug den nicht besonders aufregenden Titel: »Die Geschichte meines Zuhauses.«

Er hatte seine Schüler beauftragt, so weit zurück zu recherchieren, wie sie nur konnten, um möglichst alles über ihr Zuhause herauszufinden. Manche von ihnen kamen mit Hilfe ihrer Mütter und Väter, Onkel und Tanten zu ein paar erstaunlichen Erkenntnissen, die letztlich fast eine Familienchronik bildeten. Als Beispiel für die Ergebnisse, die er sich von dem Projekt erhoffte, hatte er eine Geschichte seiner eigenen Wohnung erstellt – eben jener, in der er jetzt lebte, in der er aber damals erst knapp über ein Jahr war.

Mr. Rudge sprang auf. Eine dunkle Ahnung hatte ihn befallen. Er ging in sein Arbeitszimmer und begann sein Archiv durchzusehen. Er mußte einige Zeit stöbern, dann aber fand er das Gewünschte – einen schmutziggrünen Schnellhefter, dessen Deckel von einfallender Sonne gebleicht und der bis zum Platzen gefüllt war. Die Bilder, die er suchte, befanden sich ziemlich weit vorn, im Einleitungsteil der Arbeit. Sie zeigten beide denselben Mann. Mr. Rudge erinnerte sich wieder an seinen Namen, als er sie herausholte: George Nathan-Dyson, Architektur- und Maschinenbaumeister, ein »großer Mann« der Viktorianischen Epoche. Er hatte in seinem kurzen Leben eine gewaltige Bandbreite von Bauwerken konstruiert, doch in Mr. Rudges Akten war er, weil er das Haus erbaut hatte, wo er, Mr. Rudge, nun lebte. Nathan-Dyson hatte den Komplex aus eigener Tasche finanziert und genau diese Räume bewohnt, in die über hundert Jahre später Mr. Rudge eingezogen war. Nathan-Dyson hatte bis zum Zeitpunkt seines Todes hier gelebt.

Die erste Aufnahme war vor einem weitläufigen Baugelände in einem Frühstadium der Arbeiten entstanden, bei den Aushebungen. Männer mit Schaufeln plagten sich im tiefen Schlamm des Bildhintergrunds, während andere, vorne links, unförmige Maschinen an Ort und Stelle hievten. Ein Stückchen rechts von der Bildmitte, aber ebenfalls im Vordergrund, beaufsichtigte ein schlanker, gebieterischer Mann, der nicht allzu alt aussah, den Fortgang der Arbeiten. Breitbeinig und einen Arm in die Hüfte gestemmt, während der andere an ihm herabhing, die Hand zur Faust geballt, stand er da, und der Fotograf hatte die Schärfe nicht ganz richtig eingestellt, so daß auf mittlere Distanz mehr Einzelheiten herauskamen als im Vordergrund. Die Gesichtszüge der Zentralfigur waren deshalb verschwommen, aber an ihrer Körpersprache konnte kein Zweifel bestehen. Das hier war ein anmaßender, egoistischer, rücksichtsloser Mann, der für seine Ziele über Leichen ging – George Nathan-Dyson.

Mr. Rudge studierte das Bild lange Zeit. Ihm fiel auf, daß Nathan-Dyson die damals modernen engen, spitz zulaufenden Hosen und um die Schultern einen Umhang trug. Außerdem war die Aufnahme nicht so unscharf, als daß er nicht mit Hilfe einer Lupe das helle Band hätte erkennen können, das unter dem

Kinn des Mannes zu einer Schlaufe geknotet war, so daß sie das Cape festhielt.
Das andere Bild zeigte ein förmliches Porträt von Nathan-Dyson, entstanden in seinem Arbeitszimmer. Dabei handelte es sich nicht um den kleinen Raum, den Mr. Rudge als solches bezeichnete, sondern um das größere Zimmer nebenan.
Auf den ersten Blick wirkte die Aufnahme nicht sehr interessant. Nathan-Dyson starrte in einer Pose, die ebenso hölzern war wie sein Stuhl, in die Kamera und über die Jahre hinweg zu Mr. Rudge, auf dem Gesicht mit seinem zusammengekniffenen Mund selbstzufriedene Verächtlichkeit.
Überall um Nathan-Dyson herum standen Tische, die unter Bergen von Nippes und Zierat fast verschwanden. Schränke mit Glastüren, ebenfalls voller Kleinkram, bildeten den Hintergrund. Mr. Rudge hatte den Eindruck, als müßte jeder, der zwei Schritte irgendwohin trat, Dutzende von Sachen umstoßen. Er selbst hätte es auf jeden Fall getan. Es war schwer vorstellbar, daß ein Mann von Nathan-Dysons Größe sich ohne Mißgeschick dazwischen bewegen konnte, doch offensichtlich gehörte diese Fähigkeit zu seinen vielen Talenten.
Mr. Rudge interessierte sich für die Details des Zimmers. Es war faszinierend, dessen damaliges Aussehen mit dem heutigen zu vergleichen. Seine Augen schweiften vom Fenster zum Kamin, vom Kamin zur Tür, und er bemerkte, daß die Tür hinter Nathan-Dyson offenstand. Er konnte nach draußen auf den Flur sehen. Ein breiter Lichtstrahl fiel durch das Fenster über der Wohnungstür, wie es noch heute an Sonnentagen geschah, so daß jede Einzelheit mit erstaunlicher Schärfe hervortrat.
Manche von diesen viktorianischen Fotografen haben mit sicherlich primitivster Ausrüstung doch bemerkenswerte Resultate erzielt, sinnierte Mr. Rudge, während er die Details des Flurs unter die Lupe nahm.
Und da sah er den Umhang an seinem Garderobehaken.

Er war ganz deutlich zu erkennen, selbst ohne Vergrößerungsglas, wie er da an der Stelle hing, wo Mr. Rudge ihn vor ein paar Tagen entdeckt hatte, an dem Haken, wo er selbst seit einigen Jahren immer seinen Mantel aufhängte. Das Cape auf dem Foto war dasselbe, welches er in den Müllsack gestopft und in den Schrank unter der Treppe verstaut hatte, dessen war er sich sicher, und finstere Wolken, die seit Tagen in seinem Hinterkopf hingen, wälzten sich vorwärts.

Er warf das Foto beiseite und stieß die Mappe fort.

Tatsachen über Nathan-Dyson, die er vergessen hatte, Erkenntnisse aus seinen eigenen Nachforschungen im Leben des Mannes kehrten wie aus dem Nichts in sein Gedächtnis zurück – Erkenntnisse, die so unschön waren, daß er beschlossen hatte, sie aus einem Bericht, den auch Kinder lesen würden, auszuklammern.

Nathan-Dyson war als grausam verschrien. Seine Frau hatte ihn nach nur zwei Monaten Ehe verlassen, und es war zu einem landesweiten Skandal gekommen, als sie vor Gericht Einzelheiten seines Verhaltens ihr gegenüber preisgab. Prostituierte hatten die Anschuldigungen der Ehefrau bekräftigt und ihre eigenen hinzugefügt, so daß Mrs. Nathan-Dyson ihre Scheidung bekam und ihr Mann nur um Haaresbreite dem Gefängnis entging.

Er benutzte und mißbrauchte ohne Skrupel die Menschen, die für ihn tätig waren. Und genau das führte letztlich zu seinem Untergang. Die Ehefrau eines Arbeiters, der durch Nathan-Dysons Nachlässigkeit ums Leben gekommen war, erstach den Architekten mit einem Messer, mitten ins Herz. Sie hatte ihn auf einem Bahnsteig abgepaßt, bis sein Zug kommen würde. Und es gab eine Geschichte, derzufolge er sich in den letzten Sekunden vor seinem Tod das Messer aus der Brust gezogen und der Frau Gesicht und Arme zerstochen habe.

Der Mord war auf jenem Bahnsteig geschehen, auf dem vor ein

paar Abenden Mr. Rudge auf seinen Zug gewartet hatte. Und da stürmten die Wolken in seinem Kopf dick und schwer vorwärts. Sie wurden zum Gewitter.

Zwei Tage später besuchte Mr. Rudge für einige Nachforschungen die Bibliothek. Er war mit einem bizarren Allerlei von Pullovern, Jacken, Schals sowie einem Mantel bekleidet, der ihm in Fetzen über die Schultern hing, hatte sich nicht rasiert, besaß feuerrote Augen und war von einem bestialischen Gestank umgeben.

Beim Gehen zitterte er so, daß er in der Abteilung für Ortsgeschichte über einen Stuhl stolperte. Eine fast leere Flasche teuren Malt Whiskys rutschte ihm aus der Tasche und zerbrach klirrend am Boden, als er sich hochzurappeln versuchte.

Auf die Frage der Bibliothekarin, ob sie ihm vielleicht behilflich sein könne, gab er keine Antwort. Allerdings redete er mit sich selbst. Während er seltene, wertvolle Bände aus den Regalen zog und sie nach einem kurzen Blick beiseite legte, hörte man ihn immer wieder »Nathan-Dyson« murmeln – ein Name, der der belesenen Bibliothekarin sofort bekannt war.

»Wir haben schon Bücher zu diesem Thema«, sagte sie, »aber nicht in der Handbibliothek. Wenn Sie bitte Platz nehmen wollen und warten, kann ich sie Ihnen herausbringen lassen.« Doch sie hatte nichts dergleichen im Sinn. Sie würde die Polizei rufen.

»Was herausbringen?« tobte Mr. Rudge. »Mich bringen Sie nicht hier raus! Genau das will er ja, aber es wird ihm nicht gelingen. Er möchte sein altes Zuhause zurückhaben, darauf ist er scharf, der Lumpenhund. Und die ganze Zeit über war er tot, all die Jahre!«

Ein Paar, das Mr. Rudge flüchtig kannte, sah sich zufällig zwischen den Büchern um. Entsetzt über den Zustand, in dem der Mann sich befand, schaltete es sich ein, um zu helfen. Es nahm ihn an den Armen und führte ihn hinaus zu seinem Wagen.

Erstaunlicherweise leistete er keinen Widerstand.
Sie fuhren ihn nach Hause.
Dann versuchten sie einen Sozialarbeiter zu bekommen, der bei Mr. Rudge vorbeischauen sollte. Sie schilderten die Umstände, unter denen Mr. Rudge lebte, den chaotischen Zustand seiner Wohnung, und was für ein übler Geruch dort herrsche, aber man antwortete ihnen, daß erst nach Weihnachten jemand abkömmlich sei.

Am Nachmittag des Heiligen Abend (Mr. Rudge trug wie für seinen Bibliotheksbesuch fast sämtliche Kleidungsstücke, die er besaß, weil er wegen des Geruchs nun all seine Fenster ständig geöffnet hielt und es draußen weit unter Null war) – am Nachmittag des Heiligen Abends also trank Mr. Rudge den letzten Tropfen Whisky, den er im Haus hatte, torkelte dann aus seinem Sessel und stolperte an den Schrank unter der Treppe.
Seine Finger waren ganz kalt, weshalb ihm der Türriegel zu schaffen machte. Als der Riegel hochging und die Tür aufflog, knipste Mr. Rudge mit einer schlenkernden Handbewegung das Licht an. Mit wäßrigen Augen spähte er hinein.
Der Plastiksack war jetzt voll.
Mr. Rudge hatte sich zwischendurch mal gedacht, der Umhang würde vielleicht verrotten und Gase erzeugen. Das hätte das Anschwellen des Sacks und den Geruch erklärt. Aber Gase blähen ein Ding auf wie einen Ballon, wohingegen der Sack voller Ecken und Beulen war. Manche davon bewegten sich dann und wann.
Nein, es war kein Gas.
Mr. Rudge machte ein sehr trauriges Gesicht, während er nach dem oberen Ende des Sacks griff, um es aufzubinden. Als seine steifen Finger abermals ihren Dienst verweigerten, seufzte er. Zusätzlich erschwert wurde die Sache, da dieser Druck im Sackinneren den Knoten noch fester gezurrt hatte.

Zu guter Letzt jedoch ging er auf, und die Öffnung des Sacks klaffte in voller Größe.
»Recht so«, sagte Mr. Rudge, während er sich nach vorn beugte, um einen Blick hineinzuwerfen. »Dann laß dich mal anschaun.«
Und tatsächlich erhaschte er einen einzigen kurzen Blick auf das vertraute Gesicht, als der Inhalt des Sacks sich lautlos und schnell um ihn herum entfaltete und ausbreitete.
In sehr kurzer Zeit schien Mr. Rudge einen sehr langen Weg zu gehen. Und am Ende seiner Reise lag nichts.
Gar nichts.

Als ihr Vater wider Erwarten am zweiten Weihnachtsfeiertag nicht erschien und sich auch nicht telefonisch bei ihr entschuldigte, rief Mr. Rudges Tochter, die ihm gegenüber manchmal ein schlechtes Gewissen hatte, die Buxtoner Polizei an und bat sie, einmal nach dem Rechten zu sehen.
Dem Beamten, den man zu Mr. Rudges Wohnung schickte, fiel auf, daß die Fenster offenstanden.
Er holte eine Leiter und stieg durch eines davon in die stinkenden Räume. Nachdem er sich umgesehen hatte, meldete er seine Feststellungen der Wache.
»Es ist einer von den schlimmen Fällen«, sagte er mit bestürzter Stimme. »Es gibt, glaub ich, eine Leiche in einem dicken Müllsack. Muß schon eine Weile tot sein, dem Gestank nach. Schickt ein paar Leute möglichst bald rüber. Sehr häßliche Geschichte.«
Als die Polizei den Knoten am oberen Ende des Plastiksacks öffnete, entdeckte sie darin Mr. Rudge. Man hatte ihn mit einer gelben Schnur erdrosselt, die immer noch um seinen Hals war. Nach Ansicht der Polizei gehörte die Schnur zu einem Umhang, den man auf einem Haken im Flur entdeckte, ein uraltes Stück. Der Umhang wurde zu Fahndungszwecken mitgenommen, erwies sich aber bei der Jagd nach dem Mörder als nutzlos.

Der Besitzer des Umhangs konnte diesen Verlust verschmerzen. Er hatte keine weitere Verwendung mehr dafür, denn wie das Paar, das Mr. Rudges Wohnung einige Wochen später übernahm, leider feststellen sollte, beabsichtigte er diesmal, für immer daheimzubleiben.

Billy fällt rein

Jill Drower

Jill Drower schrieb die Geschichte von Großbritanniens erstem Ferienlager: *Good Clean Fun.* Sie teilt ihre Zeit zwischen Schriftstellerei, Pädagogikunterricht und der Erziehung ihrer beiden Kinder auf.

Sieh mal einer an! Das ist doch unser Billy, das Eichhörnchen! Was ist denn los mit dir? Willst du jetzt von der schiefen Bahn runter, oder was?«

»Genau.« Das Gesicht hinter Billys kratzigem falschem Bart glühte vor Wut und war ebenso rot wie sein schlecht sitzendes Kostüm. Dann murmelte er so leise, daß man es kaum hören konnte: »Ich dreh keine krummen Dinger mehr. Ich geh nie wieder ins Kittchen.«

Constable Stammers hatte ihn offenbar nicht verstanden, denn er stichelte gnadenlos weiter. Mit einem Kopfnicken deutete er auf den Gabensack. »Ich könnte dich einbuchten, weil du mit Handwerkszeug rumläufst. Da ist bestimmt jede Menge Platz für Beute drin.«

»Ich bin runter von der schiefen Bahn, ehrlich.« Billy wirkte jetzt verzweifelt. Mit einem Gefühl der Panik bemerkte er, daß Kershaw, der Abteilungsleiter, sich in Hörweite befand. Dieser Mistkerl faselte dauernd was von wegen Weihnachten, daß man nichts als Arbeit und Ärger damit habe. Ständig trieb er sich um die Grotte herum und lauerte nur darauf, daß Billy einen falschen Schritt tun würde.

Dabei machte Billy dieser Job nicht einmal Spaß. All die rotz-

näsigen kleinen Nervensägen, von denen er den meisten am liebsten eine geschmiert hätte.
Stammers entfernte sich inzwischen aus der Spielwarenabteilung. Sein Sohn ging neben ihm. Selbst in Zivil war der Alte unverkennbar ein Polyp, war unverkennbar darauf aus, jemanden zu schnappen.
Die Uhr zeigte mittlerweile Viertel nach fünf. In der Spielzeugabteilung von Holdron's wurde es allmählich leerer, und Billy ging in die Grotte, wo er als Weihnachtsmann residierte; da sah er plötzlich Kershaw vor sich. »Sie sind vorbestraft, stimmt's?« Der Mann schaute ihm forschend ins Gesicht, und sein Blick sagte: Ich erkenne das immer. »Sie und Ihr Kriegsdienst! Wo haben Sie denn gedient? Im Kittchen, nehme ich an. Also los, Sie sind gefeuert! Packen Sie Ihre Siebensachen, und lassen Sie sich im Personalbüro Ihren Lohn auszahlen, auf der Stelle!«
»Ich bin inzwischen ehrlich, glauben Sie mir«, beteuerte Billy. »Die Kleinen haben mich ins Herz geschlossen. Bitte geben Sie mir noch eine Chance.«
»Wer sagt mir, daß Sie nicht schon Ware entwendet haben?«
»Das hab ich nicht, ehrlich. Bitte geben Sie mir eine Chance.«
Kershaw hatte ihm bereits den Rücken zugekehrt und war auf dem Weg zur Kaufhausdirektion, um die Sache brühwarm zu berichten.
Billy ließ sich auf den Sitz seines Schlittens fallen, der reich mit Schnitzereien verziert war. Ein Händchen zog und rüttelte an Billys langer roter Jacke. Er sah auf das Kind hinunter. »Hau ab, du Mistgör, wir haben geschlossen!« knurrte er.

Als Sarah die letzten Stiche beendet hatte, zerriß sie den Zwirn zwischen ihren Zähnen. Dann hielt sie das fertige Stück Arbeit zur Bewunderung vor sich. Es war eine rot-grüne Girlande, in Zwischenabständen zusammengeschnürt, die am Kaminsims prangen sollte. Sarah war eine richtige Weihnachtsnärrin. Sogar

durch ihre selbstgebackenen Plätzchen hatte sie Fäden gezogen, um sie in den Baum zu hängen. Dieses Jahr wurde an nichts geknausert. Sie hatten eine Kaukasuskiefer genommen statt der üblichen Rottanne, die büschelweise Nadeln verlor, sobald man sie reinbrachte, hatten die unteren Zweige abgehackt und dann den ganzen Nachmittag über versucht, den Baum mit Hilfe einiger Backsteine in einem alten Emaille-Kübel festzuklemmen.
Robert war auf den Speicher gegangen. Er wollte nach dem Karton mit den gläsernen Eiszapfen suchen. Sarah kuschelte sich auf das Sofa, um ihr Werk zu bewundern. Sie betrachtete sich ja selbst als weihnachtssüchtig. Und warum nicht? Sie wußte, wenn erst einmal Kinder da waren, dann bliebe für all die gemütliche Zweisamkeit keine Zeit mehr.
Das Wohnzimmer war ihr liebster Raum vom ganzen Haus. Es strahlte trotz seiner unverhältnismäßig kleinen, mit Blei untergitterten Fenster eine schlichte Eleganz und Freundlichkeit aus, daß man sich darin einfach wohl fühlte – nein, nicht nur wohl fühlte, man fühlte sich zu Hause. *Das* traf die Sache! Es war, als hätte dieser Raum alle freudigen Erlebnisse derer, die sich vorher darin aufhielten, gespeichert, um sie an künftige Generationen weiterzugeben.
»Robert, du brauchst aber lang da oben!« rief sie zur Treppe hin, während sie in die Küche ging, um Wasser aufzusetzen.

Kershaw hatte Billy gesagt, er solle seine Sachen zusammenpacken und verschwinden. Und als Zeichen seines abschließenden Triumphs hatte Billy das Weihnachtsmannkostüm in eine Nummer des *Daily Sketch* eingewickelt und es sich unter den Arm geklemmt. Wenn sie schon unbedingt wollen, daß ich was klaue, dachte er, bitte sehr!
Als er durch den Personaleingang auf die Straße trat, riß Billy seine Lohntüte auf. Es war ein sehr herber Schlag. Er sah nach, was in gestochener Handschrift auf dem Packpapierumschlag

stand: Fünfundfünfzig Shilling; sie hatten ihn um zwei Tage betrogen. Aber er wußte, daß sie ihn nur wieder rausschmeißen würden, wenn er zurückginge, um auf den Tisch zu hauen. Also schlug er den Weg zum nächsten Lyons Tea Shop ein, die High Street hinunter.

Der Regen, der ihm dabei ins Gesicht spie, verstärkte nur noch Billys Gefühl der Bitterkeit und Erniedrigung. Was soll das Ganze überhaupt? Was soll's, wenn ich scheißehrlich werden will und die mich nicht lassen? Am Bordstein kämpfte sich gerade ein Knäuel von Weihnachtseinkäufern in einen Doppeldecker. Billy schloß sich ihnen spontan an.

»Nur noch oben!« dröhnte zweimal die Stimme des Schaffners. Dann fuhr der Bus holpernd und rüttelnd in Richtung Tooting.

Billy zündete sich eine Woodbine an und blies langsam den Rauch in die Luft. Er starrte durch die dreckige Scheibe auf die ganze Fröhlichkeit dort unten, die nicht seine war. Er war in einer Anstalt aufgewachsen – ein kleines Bürschchen, das neidisch die Väter mit ihren Söhnen betrachtete, wenn sie im Stadtpark Drachen steigen ließen, ein Straßenbengel, der durch das Schaufenster des Süßwarenladens die Kinder mit Taschengeld angaffte und genau zusah, wie sie zwischen Kaugummi und Bonbons die köstliche Qual der Wahl hatten. Man kennt diesen Typ ja. Und hier war es nicht anders.

Der Regen hatte aufgehört und der Himmel aufgeklart, es war ein wolkenloser Abend. Bei der nächstbesten Kneipe, die Billy sah, stieg er aus. Erst, als er in sein drittes Glas Ramrod and Special starrte, ließ seine Wut nach.

»Euch werd ich's zeigen, verdammt!« murmelte er. Und nach zwei weiteren Gläsern hatte sich seine Stimmung sogar derart gebessert, daß er der feindlichen Welt da draußen entgegentreten konnte.

Sarah schaffte es, die Tür mit ihrer Hüfte aufzustoßen. So mußte sie das Tablett nicht absetzen. Sie deckte den Beistelltisch zum Tee und goß etwas Lapsang in zwei große identische Weihnachtstassen.

»Wo bleibt er denn nur?« sagte sie laut zu sich. Der Christbaumschmuck war in einem säuberlich beschrifteten Pappkarton. Wie konnte man denn nach dem so lange suchen? Aber seine Handschuhe fand Robert ja auch nie, egal, wie oft Sarah ihm schon gesagt hatte, sie seien in der zweiten Kommodenschublade von unten.

Sie bediente sich von den Plätzchen.

Robert und Sarah wohnten jetzt schon drei Jahre hier. Auf Dinnerpartys erzählte sie mit Freuden, wie sie beide bei einem Spaziergang Arm in Arm über diese Bruchbude am Wisteria Drive gestolpert seien und sich sofort als Käufer beworben hätten. Des weiteren erzählte sie immer, wie der Wert des Anwesens nach dem Vertragsabschluß sprunghaft gestiegen sei (wenn es heute zum Verkauf stünde, könnten sie es sich nicht mehr leisten). Und an dieser Stelle mischte sich jeweils Robert mit der Geschichte von der alten Lady ein, die in dem schrecklichen Nachkriegswinter damals an Grippe gestorben sei und das Testament hinterlassen habe, von dem jeder Rechtsanwalt träumt, nämlich (als es erst einmal entziffert war): »Und das Haus vermache ich derjenigen von meinen Töchtern, die sich am besten darum kümmert.« Der sich daraus ergebende Rechtsstreit führte dazu, daß das Haus siebzehn Jahre leer stand, während die beiden Schwestern sich bekriegten – ein Problem, das durch den Tod der älteren gelöst wurde, als sie bei einem Unfall mit einem Obus ums Leben kam. Triumphierend war die jüngere Schwester in den Wisteria Drive gezogen, um selbst erst zwanzig Jahre später das Zeitliche zu segnen.

Das Haus – mehr die Ausgeburt eines verdrehten Gehirns als ein

reguläres Gebäude – stellte eine Kreuzung zwischen dem Pförtnerhäuschen eines Landguts und der Hütte dar, auf die Hänsel und Gretel tief im Wald gestoßen waren. Wer immer sich das hier ausgeheckt hatte, besaß mehr Geld als Geschmackssinn, doch gerade das verlieh dem Gemäuer wiederum einen eigenen eklektischen Charme. Das Wohnzimmer hatte man um die Jahrhundertwende renoviert und auf den Stand der Neuzeit gebracht: Eine niedrige Zierleiste verlief rings um die Wände, eine Sitzbank unterm Fenster sowie ein Kaminaufsatz waren hinzugekommen, und natürlich durften an letzterem auch die Nippesregale und Prunkscharniere nicht fehlen.
Als Sarah gerade im Begriff war, sich noch ein Plätzchen zu nehmen, gingen im ganzen Haus die Lichter aus.

Die Temperatur vor dem Lokal draußen war ein paar Grad gefallen, und das Schild über dem Eingang ruckte und zuckte wie irrsinnig im Wind. Es trug die Aufschrift »The Green Man«, ganz offensichtlich auf die billige Tour gemacht, denn die Buchstaben waren vollkommen schief. Billy zog sich das rote Weihnachtsmannkostüm an, um den Wind abzuhalten. Damit fühlte er sich gleich schön warm. Er schaute noch einmal über seine Schulter nach dem Schild. Der grüne Mann sah eher wie ein Teufel aus; die Arme über seinen Kopf gereckt, hüpfte er da frohlockend auf und ab, um Billy voranzutreiben.
Die Leute, die jetzt aus den Bussen heruntergafften, lächelten Billy an, als könnte man ihn plötzlich doch sympathisch finden. Die Passanten bedachten ihn nicht länger mit mißtrauischen Seitenblicken, sondern sahen ihm direkt ins Gesicht. Einer rief ihm sogar lachend »Frohe Weihnacht!« zu.
Billy beschloß, nicht sofort in seine Bude zurückzukehren. Stattdessen bog er in eine stille breite Allee ein, wo lauter einzelne Häuser standen. Seine rotbackige Weihnachtsmannausstrahlung machte ihn über jeden Verdacht erhaben.

Eine neue Wolke der Verbitterung überkam Billy, als er im Licht der Straßenlaternen vor sich hin ging. Er mußte daran denken, wie er für König und Vaterland gekämpft hatte und wie er, kaum eine Woche aus dem Dienst entlassen, vom Polizeirichter verdonnert worden war. Seitdem, seit dem Krieg, hatte er zweimal gesessen. Er sehnte sich nach seinen Kumpels im Bau. In diesem Moment wäre er am liebsten bei ihnen gewesen. Dort drinnen war er wer. Er wurde anerkannt – unterhielt die ganze Gesellschaft mit seinen Einbrechergeschichten. Er verstand alles von Häusern und Gebäuden, wußte darüber, wie man in sie hineinkam, alles, was es zu wissen gab. Wegen seines schmächtigen Körperbaus, seiner großen Gelenkigkeit und seiner halsbrecherischen Unternehmungen war er unter dem Namen »das Eichhörnchen« bekannt – Billy, das Eichhörnchen.
Er dachte an Kershaw und Stammers. »Euch werd ich's zeigen, verdammt!« sagte er laut. Er stapfte weiter, nur ab und zu einmal stehenbleibend, um rasch einen Blick auf ein Fenster zu riskieren oder auszuprobieren, ob man irgendwo hochklettern konnte. Sieh da! Was ihn abrupt innehalten ließ, war ein kleineres, isoliert stehendes Haus. Genauer gesagt, daß dort kein Licht brannte. Da ist jemand über Weihnachten verreist, dachte er. Von seinem Standpunkt unter der Straßenlaterne aus nahm er das Gebäude genau in Augenschein, suchte nach Hinweisen, die ihm sagten, ob die Bewohner Geld hatten. Es war Blödsinn, sich an einer Teebüchse voll Viertelpennies zu vergreifen. Keine Frage, um so ein Haus und so ein Grundstück zu besitzen, mußte man schon ein paar Shilling haben. Eichhörnchen-Billy peilte rasch die Lage. Das Wohnzimmer war fest mit hölzernen Innenjalousien gesichert. Auf der Rückseite des Hauses gab es kaum was zu sehen, aber er entdeckte zwei Fenster, von denen das eine zu klein, das andere außer Reichweite war. Ein ebenfalls vorhandenes Regenrohr führte nirgendwohin, und soweit er ausbaldowern konnte, gab es keine Kellerluken. Dann aber sah

er etwas. Das war's! »Hol's der Kuckuck«, sagte er grinsend, »ein ungeschützter Kamin!« Er kletterte auf einen Anbau hinauf und balancierte nach Seiltänzermanier, mit sicheren Schritten und abgewinkelten Armen, über die Dachziegel. Als er beim Schornstein war, umfing er ihn wie einen lange nicht gesehenen Freund, um sich festzuhalten. Billys Kopf wurde allmählich klar. Abgesehen von ein paar wackligen Ziegeln ganz oben am Rand, war der Kamin stabil. Billy hatte schon mal so einen erlebt: Das war ein Kinderspiel.
»Euch werd ich's zeigen, verdammt!« wiederholte er, während er sich in den Schornsteinschacht lavierte.

Das Licht ging wieder an. Robert erschien in der Tür und grinste. »Es war die Sicherung.« Er hielt Sarah zwei Fäuste zur Auswahl hin.
»Welche Hand?« Und damit zeigte er ihr die Christbaumspitze.
»Dann hast du sie also gefunden«, sagte Sarah lächelnd. »Dein Tee wird kalt.«
»Sehr wohl, Ma'am. Schau, es ist alles da: Christbaumkugeln, Glassterne, Lametta und Christbaumlämpchen, voll funktionstüchtig. Und es gibt noch eine Überraschung. Sieh mal, was ich auf dem Dachboden gefunden hab.« Er verschwand kurz auf den Flur und hielt, als er zurückgewankt kam, einen Rost in den Armen, der ganz schmutzig war.
»Gib auf den Boden acht, ich hab gerade staubgesaugt. Was ist das, ein Relikt aus der Römerzeit?«
Robert stellte das Ding vor den Kamin und trat ein paar Schritte zurück, um es zu begutachten. Kein Zweifel, dort gehörte es hin. Sie hatten doch schon immer gemeint, das Zimmer sei nahezu perfekt, aber es fehlte noch irgendein I-Tüpfelchen. Und da war es nun!
Der Kamin war um die Jahrhundertwende mit allem Drum und Dran »modernisiert« worden. Das Gitter selbst war ein freiste-

hendes Metallgeflecht, das sich jetzt aber nicht an Ort und Stelle anbringen ließ, weil jemand irgendwann einmal die Kaminöffnung verbarrikadiert hatte. Sarah fuhr mit einem Schrappeisen an den Kanten der lackierten Sperrholzplatte entlang, während Robert, einen Werkzeugkasten neben sich, die Farbe aus den Schraubenköpfen herauszukratzen versuchte.
»Das ist doch nicht zu fassen! Die Schrauben gehen in die Kaminwandung. Das ist ja schon kriminell!«
»Wir werden die Löcher zuspachteln und übermalen müssen.«
Robert hatte die Schrauben zu einem Häufchen zusammengelegt und war nun dabei, die Sperrholzplatte herauszuhebeln. »Mach mal Platz.«
Dahinter kam die Feuerstelle zum Vorschein. Sie war mit einfachen grünen Kacheln ausgekleidet, und eine winzige Sekunde lang fühlte Sarah sich enttäuscht. Sie hatte mit etwas Prunkvollerem gerechnet. Aber als das Gitter sich erst an Ort und Stelle befand, verliebte sie sich auf Anhieb und hätte den Kamin um nichts in der Welt anders haben wollen.
Sie nahm Robert in die Arme; das Ganze war einfach perfekt.

Der Schacht hatte einen Umfang von etwa sechzig mal fünfundvierzig Zentimetern. Eichhörnchen-Billy manövrierte sich nach unten, indem er sich an den Wänden abstieß und die winzigsten Ritzen als Fußhalt benutzte. Er bewegte sich mit der selbstsicheren Gewandtheit eines Zirkusartisten, der eine Sensationsnummer vorführt. Als er einmal eine Verschnaufpause machen wollte, stemmte er sich mit dem Rücken an die eine und mit seinen Knien an die andere Wand, als säße er ganz gemütlich in einem Lehnstuhl.
Nach seiner Einschätzung mußte er jetzt auf gleicher Höhe mit dem Dachfirst sein. Keine fünf Meter mehr, und er wäre in diesem Schlafzimmer im ersten Stock.
»Erster Stock«, sagte er kichernd, »Tischbestecke, Damenuhren,

Familienschmuck; zweiter Stock, verfluchte Spielwarenabteilung. Euch werd ich's zeigen!«
Nach einer Weile setzte er seinen Weg fort. Er hatte gedacht, das Weihnachtsmannkostüm könne seine Kleider schützen, aber dauernd rutschte es nach oben und verlangsamte dadurch sein Fortkommen ganz erheblich. Mit verschwommenem Blick sah er zu dem rechteckigen Fleckchen Himmel hinauf, an dem Lampenbeleuchtung schimmerte, und wünschte, es würde stillstehen. Er versuchte nämlich, die Entfernung abzuschätzen. Jetzt mußte er dasein. Er richtete seine Gedanken auf das Problem des Kamins im Obergeschoß, tastete die Mörtelfugen mit seinen Fingern ab, um irgendwelche Unebenheiten oder morsche Backsteine zu entdecken. Nichts. Der Mörtel war zwischen den Ziegeln hervorgequollen wie Marmelade aus einem Krapfen. Die Pfuscherei im Inneren des Kamins erleichterte ihm sein Geschäft.
Eichhörnchen-Billy beriet mit sich. Was nun? Er gab sich geschlagen und beschloß, zurück ins Freie zu klettern. Dann fielen ihm Kershaw und Stammers wieder ein, und er dachte an seine alten Kumpels im Knast. »Los, Eichhörnchen, halt durch! Zeig's ihnen!«
»Also gut. Wer A sagt, muß auch B sagen.« Und Stück für Stück ließ sich Eichhörnchen-Billy weiter nach unten.

Das Gitter befand sich an Ort und Stelle. Es war ein freistehendes Metallgeflecht, das perfekt zu dem breiten, einladenden Aussehen des Kamins paßte. Sarah legte den Telefonhörer auf. »Sie sagen, so kurz vor Weihnachten haben wir null Chance, daß ein Schornsteinfeger kommt. Ob wir's trotzdem riskieren?«
»Was sollte denn schon passieren?«
»Der Schornstein könnte Feuer fangen.«
»Na, dann müssen wir eben die Feuerwehr rufen.« Robert nahm Sarah aufmunternd und bittend in die Arme, aber man brauchte

sie gar nicht erst zu überreden. Wie auf Kommando schnappten sie beide ihre Jacken, stürmten Richtung Haustür und knallten sie hinter sich zu.
Innerhalb weniger Minuten waren sie bei einer hell erleuchteten Tankstelle vorgefahren. Die Pflanzenregale draußen vor dem Kassenraum quollen über von Mistel- und Stechpalmenbüscheln. Christbäume standen reihenweise und in Kunststoffnetze verpackt, ihre Zweige wie Arme nach oben gefesselt, zum Verstauen auf dem Dachgepäckträger parat.
Robert und Sarah fanden das Gesuchte und kauften einen Sack Kaminkohle, zwei Bund Feuerholz in vorgefertigten Scheiten sowie eine Packung Brennwürfel.
Auf dem Nachhauseweg hielten sie bei »The Green Man«. Das Lokal wirkte durch das Surren, Klicken und Klingeln der Spielautomaten im Hintergrund munter und belebt.
Robert trank wie immer sein Glas Special, während Sarah einen trockenen Sherry nahm. Und gemeinsam knabberten sie an einer Tüte Kartoffelchips.
»Das ist das schönste Weihnachtsgeschenk, das du mir machen konntest«, flötete Sarah.
»Was, die Kartoffelchips?«
»Nein, du Dummer, das Gitter. Dadurch wirkt das ganze Wohnzimmer so . . .«
»Imposant?«
»Nein, ich wollte eigentlich anheimelnd sagen.«
Sie gingen wieder in die kalte Nachtluft hinaus. Das Schild über dem Eingang quietschte in seinen Angeln.
Robert und Sarah waren glänzender Laune. »Los, fahren wir zurück zu unserem imposanten trauten Heim!«

Eichhörnchen-Billy war noch vier, fünf Meter tiefer gestiegen. Er wußte, daß er sich nun ganz nahe beim Wohnzimmer befand, denn er spürte einen sanften Luftzug, der ihm von unten ins

Hosenbein blies. Der Schacht ringsum hatte sich beträchtlich verschmälert, aber trotzdem rutschte Billy in einem Moment der Unachtsamkeit noch einmal einen halben Meter tiefer. Vorsichtig versuchte er seinen linken Fuß zu schütteln. Der Schuh wollte sich nicht rühren. Worin hatte er sich nur so festgekeilt? Er versuchte es herauszufinden, keineswegs beunruhigt, einfach nur ermüdet. Seine Gedanken begannen abzuschweifen. Er dachte an das Gefängnisleben, wie ehrlich und wie direkt es war. Er sehnte sich danach, jetzt wieder bei seinen Kameraden im Bau zu sein. Ja, beinah wünschte er sich, erwischt zu werden.
Billy riß sich los, verlor dabei aber einen Schuh.
Hätte die verdammten Turnlatschen anziehen sollen, dachte er. Sein Körper war jetzt ganz verrenkt, und als er sich wieder in gerade Stellung brachte, merkte er, daß er seine Hände nicht mehr unter die Schultern hinabbekam. Eichhörnchen-Billy blieb trotzdem unverdrossen. Jedes Gefühl von Sorge oder Angst wurde durch Ramrod and Special abgestumpft, das sein Inneres erwärmte. Er legte seinen Kopf in den Nacken und starrte nach oben, aber es gab nichts mehr, worauf man starren konnte – keine Möglichkeit zu beurteilen, wie tief er sich schon befand. Das helle Pfützchen von Himmel am Ende des Tunnels war nicht mehr zu sehen.

Robert stocherte mit einem geradegebogenen Kleiderbügel aus Draht herum.
»Da oben ist was, soviel steht fest, aber ich komm einfach nicht richtig ran.«
Sarah und er waren mit ihren lächelnden Gesichtern und ihren Armen voll Brennmaterial ins Haus gestürmt, um sofort ein Kaminfeuer aufzuschichten. Dabei entstand einige Unstimmigkeit über die Art und Weise, wie dies zu machen sei, aber Robert, der die überlegene Sachkenntnis eines ehemaligen Pfadfinders für sich in Anspruch nahm, hatte die Auseinanderset-

zung gewonnen. Sarah brummelte immer noch etwas von »Schiebung«, als Robert bereits ein angezündetes Stück Zeitungspapier an die kleinen weißen Brennwürfel hielt. Dann gingen sie beide ein wenig auf Distanz, standen Arm in Arm und beobachteten, wie die Rauchfahne aufstieg, nur um wieder zurückzukehren, sich in sich selbst zu drehen und anschließend den Raum vollzuqualmen. Robert schob die Schuld auf die klammen Holzscheite. Sarah und er löschten die Flammen mit einer Tasse Wasser.

Und dann hatte Sarah den Kleiderbügel geholt und verfolgte nun in quälender Ungeduld, wie Robert mit diesem Werkzeug im Rauchfang stocherte. Er war dabei ganz vorsichtig.

»Laß mich mal!« sagte Sarah und griff nach dem Kleiderbügel. Einige energische Stiche und Stöße, kombiniert mit einer kreisförmigen Bewegung, holten einen Rußschauer und damit auch einen Schnürschuh aus dem Rauchfang.

Robert pfiff durch die Zähne. »Was es nicht alles gibt! Wie zum Teufel ...« Aber mitten im Satz unterbrach ihn ein zweiter Schauer, diesmal von Gegenständen – einem Halbkronenstück, einem kleinen braunen Packpapierumschlag, einer geöffneten Packung Woodbines und einem Stück purpurroten Wollstoffs. Robert hob den Umschlag auf. Die Anschrift war ganz verschmiert, aber er konnte den Namen »William Squires« und den Betrag »55 Shilling« entziffern.

»Liebling, das ist Währung aus der Zeit vor der Umstellung aufs Dezimalsystem. Wie, um alles in der Welt ...?«

Sarah hatte gar nicht hingehört. Sie war praktisch schon in den Rauchfang unterwegs, um herunterzuholen, was immer dort oben war. Den Kleiderbügel hatte sie weggeschleudert und mühte sich nun ab, indem sie einen Arm schultertief in das Loch streckte.

»Ich hab ein Hosenbein gefunden«, verkündete sie, »und darin steckt ein Spazierstock.«

Robert zog das Kamingitter fort und sagte: »Laß mich mal probieren.«
»Ja, ich fühle das Hosenbein. Und am Ende dieses Spazierstocks ist ein Strumpf und ein … O mein Gott, das ist gar kein Spazierstock – das ist ein Beinknochen. Da drin steckt eine Leiche!«

Ein uniformierter Beamter war als erster vor Ort. »Ich fürchte, Sie können Ihr Wohnzimmer über die Feiertage nicht benutzen. Ich muß den Raum versiegeln, bis wir jemanden rankriegen. Und wahrscheinlich haben andere Sachen Vorrang, weil es sich hier ja um keinen aktuellen Fall handelt.«
Einige Tage später trafen Beamte von der Beweissicherung ein. Sie waren schwer mit Ausrüstung beladen und ließen Beleuchtungsgeräte in den Schornsteinschacht hinab, um den teilweise mumifizierten Leichnam von oben wie von unten zu fotografieren. Weder sie noch der Gerichtsmediziner schienen Sarahs und Roberts Dringlichkeitsgefühl oder deren Mitleid für das Opfer zu teilen.
Dem Pathologen fielen die starren, besorgten Blicke der beiden auf, während sie im Wohnzimmereingang herumgeisterten. »Alles in Ordnung«, sagte er aufmunternd. »Es war kein Mord. Wir sind hier bald fertig. Noch heute kriegen Sie Ihr Wohnzimmer zurück.«
Ende Januar besuchten sie die gerichtsmedizinische Verhandlung, wo sie ein wenig mehr über das Schicksal des armen Mannes erfuhren. William Squires war mit emporgereckten Armen gestorben, wie ein Ballettänzer mitten in einer Pirouette. Diese ausgestreckte Körperhaltung sowie die Tatsache, daß weder Hände noch Füße gefesselt waren, deuteten darauf hin, daß der Verstorbene in den Kamin gestiegen und anschließend steckengeblieben war. In seinem Kampf, sich hochzuziehen und zu befreien, war das Opfer noch tiefer gerutscht und hat sich noch fester an Ort und Stelle verkeilt.

Fotos vom Inneren des Rauchfangs zeigten deutliche Furchen und Rillen, einige Zentimeter über den skelettierten Händen, wo Ruß und Mauerwerk aufgekratzt worden waren. Dies im Verein mit den zerkratzten, abgeschabten Knochen der Fingerspitzen, besonders der dritten und der vierten, könnten mehreren äußerst heftigen Versuchen des Opfers entsprechen, sich doch noch aus dem Schacht hinauszuzerren.
Nachforschungen über einen William Squires hatten nichts erbracht. Falls der braune Umschlag tatsächlich dem Opfer gehörte, dann war sein Name William Squires und es hatte am 22. Dezember 1950 eine Lohntüte des Kaufhauses Holdron's erhalten, das schon lange nicht mehr existierte. Mehr war über den Verstorbenen nicht bekannt.
Der amtliche Leichenbeschauer urteilte auf »Tod durch Unfall«.

Eichhörnchen-Billy war klar, daß er nun lange würde warten müssen. In seinem allertiefsten Herzen hatte er ja schon die ganze Zeit gewußt, daß er wieder in den Bau käme, aber gar so schnell hatte er nicht damit gerechnet. Wenn die Familie, der das Haus gehörte, wieder da war, dann würde er laut rufen, sich als der Schornsteinfeger ausgeben und sagen, daß er steckengeblieben sei. Das würde ihm zwar kein Mensch glauben, aber er hatte sich schon damit abgefunden, wieder einzusitzen. Einsitzen hieß daheim sein. Er wollte heim. Er sehnte sich danach, mit seinen Kameraden zu lachen.
Wenn er seine Rechte fallen ließ, reichte sie gerade so bis zu seiner oberen Innentasche. Er fummelte nach seinen Woodbines und zog sie vorsichtig zwischen Daumen und Zeigefinger heraus. »Verdammt komischer Ort, um eine zu rauchen«, sagte er zu sich, aber während er noch dabei kicherte, fiel ihm ein, daß seine Streichhölzer ja in der Hosentasche steckten. Eichhörnchen-Billy blieb trotzdem unverdrossen. »Euch werd ich's zeigen, verdammt! Euch werd ich's zeigen!«

Süßer die Glocken nie klingen ...

Roger Johnson

Eine neue Story von einem der britischen Großmeister des Phantastischen. Drei seiner Geschichten wurden in die renommierte Anthologie *Year's Best Horror* aufgenommen (»The Wall Painting«, 1983, »The Scarecrow«, 1984, »The Soldier«, 1990) und »Madeleine« erschien in *Best New Horror* (als »Love, Death and the Maiden«, 1992).

Du hast da doch etwas gesungen!« Philippa Warren sah mich vorwurfsvoll an.

»Tatsächlich? Tut mir leid.« Zweifellos summen oder singen die meisten Menschen vor sich hin, und das oft, ohne es zu merken. Ich stellte das Getränketablett ab.

»Irgend etwas über Glocken«, fuhr sie fort. George Cobbett blickte auf und spähte unter seinen buschigen Brauen hervor in unsere Richtung.

»Glocken? Ach ja, richtig.« Ich dachte einen Moment nach. »›Süßer die Glocken nie klingen ...‹ Das alte Weihnachtslied.«

Philippa schien eine Gänsehaut zu bekommen – eine für mich unerwartete Reaktion. George und ich betrachteten sie neugierig. Eine Sekunde später lächelte Philippa, kurz und unvermittelt. »Tut mir leid«, sagte sie. »Aber dieses Lied ... es trifft genau ins Schwarze. Meine Geschichte hat nämlich wirklich etwas mit Glocken zu tun, o ja, allerdings. Und das Ganze begab sich in Yorkshire ...

Vielleicht sollte ich gleich anmerken, daß ich die Geschichte nicht selbst erlebt habe. Ich werde euch nicht einmal alle Einzelheiten nennen, die Namen und so weiter; sie sind unerheblich. Es reicht zu wissen, daß es sich um eine weitläufige Verwandte von mir handelt, die nicht lange vor dem Krieg mit ihrem Ehemann in ein Städtchen in West-Yorkshire zog, wo er eine Stelle als Hilfsgeistlicher antreten sollte.« Philippa seufzte. »Sie müssen noch sehr jung gewesen sein. Zumindest waren sie frisch verheiratet und bis über beide Ohren verliebt. Es handelte sich um seine erste Pfarrstelle, und *sie* setzte große Hoffnungen auf ihn. Er kam zwar nicht aus Yorkshire, aber die Familie seines Vaters stammte ursprünglich aus Scarborough. So wurde das Mißtrauen der Einheimischen einigermaßen beschwichtigt. Im übrigen mußte er sich aus eigener Kraft bewähren, was ihm als intelligentem, wirklich gutmütigem Burschen auch recht ordentlich gelang. Er hatte sich gleich mit Leib und Seele in das Ortsleben gestürzt, unterstützte die Bergleute aus der nahe gelegenen Kohlegrube, erwies sich als sehr tüchtig auf dem Rugbyfeld und wurde zu einer unschätzbaren Bereicherung der Glokkenmannschaft.

Seine junge Frau war sehr stolz auf ihn. Sie bedauerte nur, daß ihre eigene Unsicherheit und Schüchternheit ihn daran hinderten, in der Pfarrei *die* Wirkung zu haben, die er verdiente. Sie hatte, ob zu Recht oder zu Unrecht, den Eindruck, man betrachte sie mit einer Art nachsichtiger Verachtung. Sie waren jetzt schon etwa neun Monate in der Gemeinde und sahen ihrem ersten Weihnachtsfest dort mit ziemlich gemischten Gefühlen entgegen. Als die Geschichte sich ihrem Ende näherte, brachte die junge Frau sie von ihrer eigenen Warte aus zu Papier. Ich werde euch ihre Aufzeichnungen vorlesen.«

Philippa zog ein Heft mit rotem Umschlag aus ihrer Tasche, so wie wir sie früher in der Schule benutzt hatten, nahm einen Schluck von ihrem Weißwein und schlug daraufhin die erste Seite auf. Dann begann sie zu lesen.

Weihnachten ist ja die Zeit des Friedens auf Erden, die Zeit, da sich alle Menschen als Schwestern und Brüder verstehen sollten. So hoffte ich, die Beliebtheit meines Edward würde mir, zumal zu *dieser* Zeit des Jahres, endlich den Weg in die verschlossene kleine Gemeinde ebnen, die nun unser Zuhause war. Ich hatte nur die besten Absichten, aber mir fehlte eben die gesellige Offenheit, auf diese Menschen zuzugehen und ihnen die Hand zu reichen. Ich gehörte nicht zu ihnen, hoffte jedoch verzweifelt, dies im Laufe der Zeit noch zu bewerkstelligen. Ich wiederhole, meine Vorsätze waren gut, aber die alte Redensart vom Weg zur Hölle will mir nun einmal nicht aus dem Kopf.

Wie soll ich dieses Städtchen beschreiben? Es besitzt jene Eigentümlichkeit, die wir manchmal finden, wo das Industrielle und das Ländliche scheinbar reibungslos ineinander übergehen. Von seiner Größe her hätte es kaum die Bezeichnung »Stadt« verdient, wäre es im Süden oder im Westen des Landes gelegen – beispielsweise in Essex, wo ich selbst herkomme –, aber trotzdem hat es alles vorzuweisen, was zu einer Stadtgemeinde gehört. Die üblichen Behörden sind samt und sonders vorhanden, ein kleines, geruhsames Rathaus inbegriffen. Die Kirche, wo Edward und der Pastor ihre Schäfchen betreuen, ist ein sehr schönes Gebäude, das von seinen Pfarrkindern hoch geschätzt und gut in Schuß gehalten wird. Daneben gibt es mindestens zwei rührige, blühende Pfarrgemeinden, nämlich die Methodisten und eine, die baptistisch-orthodox ist. Die Leute hier halten wie Pech und Schwefel zusammen und fühlen sich als *ein* geschlossenes Ganzes in ihrer Stadt. Ich hätte mir nur allzusehr gewünscht, ebenfalls diesen Zusammenhalt zu leisten und zu verdienen – um meines Ehemannes willen.

Wie oft an solchen Orten, wo die Methodisten fest Fuß gefaßt haben, stießen wir auch hier auf eine große Sangestradition. Wir hatten schon eine Reihe von örtlichen Chorkonzerten besucht, und es war schön zu sehen, wie Männer aus unserem eigenen

Kirchenchor und Mitglieder der Methodistengemeinde zusammen ihre Stimmen erhoben, um aus einem Munde unseren Herrn zu preisen. Edward und ich freuten uns schon sehr auf die Weihnachtsgottesdienste.

Und dann natürlich gab es da noch das Kirchengeläut. Edward war während seines Studiums zu einem begeisterten Glöckner geworden, und seine Lehrer und Mentoren auf dem Priesterseminar hatten ihn davon keineswegs abzubringen versucht, obwohl sie ihn ermahnten, seine Pfarreipflichten sollten stets den Vorrang besitzen. Ich weiß noch, wie er einmal sagte, Glockenläuten sei ein Ausdruck des Gotteslobs – für manche sogar die einzige Art, ihr Lob auszudrücken. Das müsse er anerkennen, doch habe er als Geistlicher größere Möglichkeiten und höhere Pflichten. Seine Rechtschaffenheit bleibt unberührt, wenn ich hinzufüge, daß die Glocken dennoch ein Hochgenuß für ihn waren und daß er bei Glockenkonzerten mithalf, sooft sein Gewissen es ihm erlaubte.

Die Heilige Zeit kam immer näher. Das Städtchen war keine reiche Gemeinde, aber die Ladeninhaber hatten beim Ausschmücken ihrer Räume weder Kosten noch Mühen gescheut, und die Immergrünzweige in der Kirche wirkten einerseits geschmackvoll, andererseits weckten sie in mir schöne, friedliche Erinnerungen an meine Kindheit. Als ich den Menschen aus dem Ort gegenüberstand, unternahm ich eine entschlossene Anstrengung, mich weniger nervös zu geben, als ich es war. Es schien, als würde ich gegen eine Wand anrennen. Gegenüber Mr. Barnicott, dem Pastor, der ein gütiger, aber weltfremder alter Herr war, hegte man eine Art nachsichtigen Wohlwollens. Mich hingegen schien man noch immer mit Mißtrauen zu behandeln. Aber Edward weckte unverkennbare Begeisterung. Wenn ich nur meine eigene Scheu durchbrechen könnte, dachte ich, vielleicht würde ich dann auch die dieser Leute durchbrechen. Und so gab ich mich, wie gesagt, heiter und offen, was anscheinend auch nicht ohne Wirkung blieb. Ich nahm mir vor, nicht allein in unserem Häuschen Trübsal zu blasen, sondern ging beherzt auf die kalten, hell erleuchteten Straßen, in die Kaufläden, grüßte die Bürger des Ortes, redete sie mit Namen an, zwang mich, heiter und ausgeglichen zu erscheinen, und wünschte allen mit ebendieser heiteren Ausgeglichenheit ein frohes Fest.

Meine Mühe wurde belohnt, denn das anfängliche Mißtrauen in den Gesichtern milderte sich, vielleicht nicht gerade bis zu richtiger Freundlichkeit, aber doch wenigstens zu einer Art schmunzelnder Toleranz, wie man auch den alten Pastor behandelte.

Mit besonderem Wohlgefallen registrierte ich, daß ich von Mr. Hartley, dem Oberglöckner, doch noch etwas Besseres erntete als stille Verachtung. Er war ein Mann in den Fünfzigern und mit jener ruhigen Ausstrahlung von Autorität, die alle wahren Führernaturen besitzen. Lebenslange schwere Arbeit im Kohlebergbau hatte ihn zu einem finanziell abgesicherten, aber gebrochenen Mann gemacht. Er hätte für siebzig gelten können, zaundürr, jedoch von einer drahtigen Vitalität, welcher selbst Edward nicht das Wasser reichen konnte. Als Anführer des Läutetrupps hatte er einen Ehrenposten erlangt und wurde von allen im Ort bewundert, die seine Begabung zu schätzen wußten, die Kraft und das Fingerspitzengefühl, das die Glocken erforderten. Edward hatte ihn gern und respektierte ihn, und ich bin sicher, das beruhte auf Gegenseitigkeit. Letztendlich gibt es doch wenige Geistliche, die das Geheimnis des Glockenstuhls wirklich und in vollem Umfange anerkennen. Jedenfalls sah es so aus, als wäre dieser Mr. Hartley nun bereit, mich sympathisch zu finden, und das freute mich für meinen Mann.

Ein paar Tage vor Weihnachten durfte ich offiziell die schmale Turmtreppe hinaufsteigen und den Glöcknern bei der Arbeit zusehen. Ich bin sicherlich dumm, vielleicht auch nur unmusi-

kalisch, aber die Mühe und Präzision, die in ihrer Kunst steckten, fiel mir nicht einmal auf. Ich konnte nur zusehen, zuhören und bewundern, während mein Edward und die anderen in der Mannschaft, alle unter dem stillschweigenden Regiment ihres Obersten, das abwechslungsreiche, märchenhafte Klangbild erschufen. Als das Konzert fehlerlos beendet war, sah Mr. Hartley zu mir allem Anschein nach so abweisend wie eh und je, wandte sich dann an Edward und sagte: »Vielleicht hätte Ihre junge Frau einmal Lust, sich die Glocken selbst anzuschauen?«
Da wußte ich, daß der Bann gebrochen war. Edward sah zu mir her, und es lag soviel Stolz und Liebe in seinem Blick, daß selbst Weihnachten mir keine größere Freude hätte bereiten können. Also stiegen wir die robuste alte Leiter hinauf und in den Glokkenstuhl.
Das Geläut bestand oder vielmehr besteht aus acht unterschiedlichen Glocken, mächtigen Bronzeungeheuern, deren Gewicht ohne Unterlaß an den Tragebalken zieht. Für mich grenzte es an ein Wunder, daß Menschengeschöpfe derartige Riesen so bändigen und steuern konnten, daß sie zum Lobe Gottes dienten. Nun, da das Konzert vorbei war, ruhten die Glocken. Regungslos hingen sie alle an ihren Balken, und Mr. Hartley streckte die Hand aus, um einen der ehernen Giganten zärtlich zu streicheln.
»Ja«, sagte er, »fast vierzig Jahre läute ich jetzt in dieser Kirche, und die Glocken waren mir immer liebe Freunde. Sie müssen wissen«, fuhr er fort, während er seinen durchdringenden Blick auf mich heftete, »daß diese Glocken sowohl Liebe als auch Respekt verlangen. O ja, lächeln Sie nur, junger Mann, aber Ihnen fehlt noch die Erfahrung, trotz all Ihrer Tüchtigkeit. Ich sage Ihnen beiden, man muß die Glocken mit Hochachtung behandeln, sonst kann es sein, daß sie sich gegen Sie wenden. Für mich selbst waren es insgesamt immer gute Freunde.«
Ein praktischer Ratschlag, ohne Zweifel, aber in meinen Ohren

hörte er sich an wie eine Warnung, sich nicht in Dinge einzumischen, die unsere Kräfte überstiegen. Schön, dachte ich, wegen mir brauchen Sie sich keine Sorgen zu machen. Ich mag und bewundere Ihre Glocken, aber ich verstehe nichts davon, und Sie können sich darauf verlassen, daß ich Ihnen nicht in die Quere komme. Und im Bemühen, die plötzlich so düster gewordene Stimmung etwas aufzuheitern, fragte ich Edward, welche Glocke *er* denn läute.

Edward legte lächelnd seine Hand auf eine von ihnen. »Das ist sie«, sagte er. »Das ist die andere Frau in meinem Leben. Sie heißt Ehre.«

Ich war verblüfft. »Haben die Glocken denn Namen?« fragte ich.

»Oh, allerdings, und diese hier sind nach den christlichen Tugenden benannt. Mal sehen, ob ich sie alle zusammenkriege.« Er überlegte einen Moment und zählte dann die Begriffe auf, an die ich mich bis heute deutlich erinnere. »Glaube, Hoffnung und Liebe, Geduld, Gehorsam und Ehre, Freude und Barmherzigkeit. So heißen sie der Reihenfolge nach, von der kleinsten bis hin zur großen Tenorglocke. Es ist ein wunderschönes Geläut, Mr. Hartley, ein wunderschönes.«

Der Oberglöckner nickte zustimmend, und für einen Moment verlor sein hageres Gesicht dessen harten, finsteren Ausdruck. »O ja, das ist es«, sagte er, »und die alte Barmherzigkeit, das ist wohl die schönste Tenorglocke, die ich je geläutet habe.« Er zog unvermittelt seine Uhr hervor, warf einen Blick darauf und verkündete, es sei Zeit zu gehen.

Wir stiegen wieder auf den Läuteboden hinab und von dort zum Fuße des hohen Turms, wo der Alte das Portal öffnete und uns hastig auf den Kirchhof drängte. Einen Moment schien er noch zu zögern, dann schüttelte er mir unversehens die Hand und sagte: »Halten Sie sich diesen Kerl da warm, junge Frau. Das ist einer von der ordentlichen Sorte. Und schon mal frohe

Weihnachten; vielleicht sehen wir uns bis dahin ja nicht wieder.«

Ich hatte mich noch gar nicht hinlänglich von meinem Erstaunen erholt, um seine Freundlichkeit zu erwidern, da hatte er mir schon den Rücken gekehrt und sagte mit ernster Stimme zu meinem Mann: »Ich hoffe, Sie haben den Pastor herumgekriegt, daß Sie an Heiligabend bei uns mitmachen dürfen?«

»Ich glaube, ja«, antwortete Edward. »Aber Sie wissen, wie unverbindlich und unklar Mister Barnicott sein kann. Es ist nicht auszuschließen, daß er meiner Dienste doch noch anderweitig bedarf.« Und mit einem, wie mir schien, bedauernden Lächeln fügte er hinzu: »Schließlich werde ich dafür bezahlt, daß ich Priester bin, und nicht als Glöckner.«

»Nun gut, wir werden sehen«, erwiderte Mr. Hartley, sprach's und verabschiedete sich.

Erst am Heiligen Abend ließ mich ein Besuch von Mr. Hartley fragen, welche Besonderheit heute das Beisein meines Mannes im Glockenturm erforderlich machen könne. Edward wirkte reichlich verlegen, als er sagte: »Ach, es ist nur so ein alter Weihnachtsbrauch.« Doch Mr. Hartleys knochige Hand lag auf seiner Schulter, und die stechenden Augen des Mannes schossen zwischen mir und Edward hin und her.

»Alter Brauch? O ja, ein uralter Brauch ist das«, erklärte er bedächtig. »Man darf mit Fug und Recht vermuten, daß er so alt ist wie Jesus Christus selbst. Wir glauben daran.« Und ohne Edwards erschrockenen Blick zu beachten, fuhr er fort: »Dem alten Burschen die Totenglocke läuten – so heißt der Brauch, Ma'am.«

»Dem alten ...?« Ich sah ratlos zu meinem Mann.

»Dem Teufel«, sagte er. »Es gibt einen Glauben, daß bei der Geburt unseres Herrn der Teufel starb. Oder vielleicht war es bei der Zerstörung der Hölle, obwohl man in diesem Fall die Glocke am Ostersamstag läuten müßte ...« Seine Stimme verebbte, und

es lag Verwirrung auf seinem Gesicht, fast so, als hätte er ein schlechtes Gewissen.
Ich verstand nicht. Mir kam das wie der pure Unsinn vor. Wie konnte irgendein Mensch, der seine fünf Sinne beisammen hatte, allen Ernstes behaupten, der Teufel wäre tot?
Edward unternahm einen Versuch zur Rechtfertigung. »Im Grunde ist es ja ganz harmlos, meine Liebe. Nach alter Sitte soll am Heiligen Abend die große Tenorglocke genauso oft geschlagen werden, wie Jahre vergangen sind, seit Christus auf die Welt kam. Und zusätzlich sollte der letzte Ton mit dem letzten Zwölfuhrschlag zusammenfallen, um dadurch den Jubeltag einzuläuten.«
Mr. Hartley zuckte mit keiner Wimper, während er meinem Mann zuhörte. Er hatte diesen Ausdruck beinah fieberhafter Entschlossenheit, den wir mit den Frühaposteln in Verbindung bringen. Ganz ruhig und bedächtig sagte er: »Den Tag einläuten, das ist zwar ein hübscher Gedanke, aber es ist nicht der eigentliche Grund.« Er wandte sich mir zu und sah mir eindringlich in die Augen, als suchte er darin nach einem Anzeichen von Verständnis. »Jeder Schlag bedeutet ein weiteres Jahr lang Sicherheit. Die Schläge müssen haargenau abgezählt und sie müssen punkt Mitternacht zu Ende sein, damit der alte Bursche in Schach bleibt. Ob Sie das nun verstehen oder nicht, Ma'am, das ist im Grunde egal. Nur verstehen Sie bitte eines, nämlich, daß es wichtig für *uns* ist.«
Ich sah zu meinem Mann, dessen Gesicht eindeutige Verlegenheit zeigte, und das aus gutem Grund. Er räusperte sich, bevor er sagte: »Es ist ja nur ein Brauch, meine Liebe, völlig harmlos. Vor dem Zusammenschluß des Reichs, als die puritanischen Reformer so viele schöne Traditionen abschafften, wurde in zahlreichen Dörfern und Gemeinden dasselbe gemacht. Noch heute gibt es eine ähnliche Sitte in Dewsbury!« Und eine Art verzweifelter Fröhlichkeit lag in seiner Stimme, als er sich an den Älteren wandte. »Stimmt's nicht, Mister Hartley?«

»Dewsbury? Ach ja, stimmt. Aber in Dewsbury« – er sprach den Namen mit einer gewissen Verächtlichkeit aus – »wurde der Brauch erst vor einem Jahrhundert wiederbelebt. Das besitzt einfach nicht dieselbe Kraft wie bei uns, denn wir haben damit nie aufgehört. In unserer Stadt hätte man mit den Puritanern, wenn sie sich hätten einmischen wollen, kurzen Prozeß gemacht.«

Ich schüttelte fassungslos den Kopf. Ich dachte an die große Welt draußen, wo die Vier Reiter wüteten, und fragte mich erneut, wie irgendein vernünftiger Mensch behaupten konnte, der Teufel sei tot.

Doch noch ehe ich dazu kam, meine Gedanken laut auszusprechen, sagte Edward so fröhlich, als wäre ihm gerade etwas in den Sinn gekommen: »Es kann doch nur zum Guten sein. Denk daran, die Glocken sind alle nach den christlichen Tugenden benannt, und die den Teufel zu Grab läutet, ist die Tenorglocke – Barmherzigkeit. Es *muß* doch gut sein, Barmherzigkeit zu erweisen.«

Wem Barmherzigkeit erweisen? fragte ich mich.

»Und darüber hinaus ist mir gerade noch etwas eingefallen«, fügte er hinzu. »Auf der einen Seite der Glocke, unten am Rand, steht das Wort Barmherzigkeit, aber auf der anderen ist, anscheinend schon wesentlich früher, der Name eingraviert, den du selbst als zweiten Vornamen trägst – Ruth. Und *Ruth* heißt, wie du weißt, Barmherzigkeit. Ich werde an dich denken, Liebes, während Mister Hartley dem alten Burschen die Totenglocke läutet.«

Ich gab mich geschlagen. Der Oberglöckner sah bedeutungsvoll auf seine Uhr, eine Hand auf den Arm meines Mannes gelegt.

»Na schön«, sagte ich, »geht und läutet den alten Burschen zu Grabe. Ich jedenfalls werde schon lange im Bett liegen, bevor ihr überhaupt damit anfangt, und werde schlafen, während ihr noch immer die Glocken zieht. Gute Nacht, Mister Hartley. Ich wünsche Ihnen eine frohe Weihnacht.«

Das Gesicht des Alten entspannte sich, und er nickte höflich. Auf der Miene meines Mannes lag Erleichterung, als die beiden zusammen das Haus verließen. Ich machte leise die Tür hinter ihnen zu und ging in die Küche, um mich dort müde zu arbeiten, indem ich die letzten Vorbereitungen für den heiligen Feiertag traf.

Aber ich konnte meine Gedanken nicht von dem losreißen, was mir als der läppischste, abergläubischste Unsinn erschien. Ganz von ungefähr kam mir eine alte Liedzeile in den Sinn: »Manch einer sagt den Teufel tot ...«

»Stimmt nicht!« erwiderte ich laut. Er war nicht tot – konnte ja, leider, gar nicht tot sein.

Fast unbewußt hörte ich die Glocken mit mathematischer Genauigkeit ein Geläut schlagen – Stedman, Grandsire oder was immer es war – und ertappte mich dabei, wie ich über die Glockennamen sinnierte. Es war natürlich richtig, daß ihre Namen Gutes symbolisieren sollten; keiner konnte an Glaube, Liebe, Hoffnung *et cetera* etwas auszusetzen haben. Und ich freute mich, daß mein lieber Mann ausgerechnet mit der Glocke namens Ehre betraut war, denn Ehre bildete den Grundpfeiler seines Lebens und seines Werdegangs. Wie aber stand es um die große, die Tenorglocke, namens Barmherzigkeit? In der Tat sollte sich Gottes Barmherzigkeit über die Stadt ergießen wie der Glockenklang, doch durfte sich der Mensch Barmherzigkeit gegenüber dem Teufel anmaßen? Nein, diese Frage war zu kompliziert für mich. Ich war ja nicht einmal überzeugt, was Edwards Vermutung anbetraf, nämlich, daß irgendein frommer Wohltäter nach dem Motto »Doppelt genäht hält besser« beides auf die Tenorglocke geschrieben hatte, Barmherzigkeit und den Namen Ruth. Zwar ist das tatsächlich mein zweiter Vorname aber obwohl ich mir dessen Bedeutung bewußt bin, habe ich ihn nie besonders gemocht. Trotzdem, jedem das Seine, wie sie hier im Städtchen sagen würden.

Aber der Teufel? Von diesem stillen, behaglichen Ort hatte man ihn bisher vielleicht abgehalten, doch draußen in der Welt herrschte er nach wie vor. Der Teufel tot? Ich brauchte nur an das Leid, den Krieg, das Siechtum und die Armut zu denken, die unseren kleinen Erdball zu überfluten schienen und von denen die Weihnachtszeit so tröstlich ablenkte, dann wußte ich, daß der Teufel noch lange nicht tot war.

Laut sagte ich zu mir: »Ihr Dummköpfe! Da behauptet ihr, den Teufel mit euren Kirchenglocken in Schach zu halten, aber der Teufel lebt – er ist nicht tot, und tief in eurem Herzen wißt ihr das auch!«

Was dann geschah, läßt sich schwer beschreiben. Die Atmosphäre selbst schien umzuschlagen, schien sich elektrisch aufzuladen wie bei einem Gewitter, und plötzlich merkte ich, daß nur eine einzige Glocke schlug – daß schon die ganze Zeit nur diese eine Glocke schlug, nun aber, einen winzigen Moment lang, ausgesetzt hatte.

Aha, dachte ich, da läuten sie den alten Burschen also zu Grabe. Diese Borniertheit! Wie konnten vernünftige Erwachsene nur so etwas tun? Und einer von ihnen ist auch noch ein Gottesdiener! Es war hirnverbrannt.

Und da erst wurde mir klar: Der Klang der großen Glocke hatte ausgesetzt! Nur dieses Aussetzen machte mir das eintönige Geläut überhaupt bewußt. Plötzlich fühlte ich mich irgendwie erleichtert, beinahe übermütig, und dieser Übermut stieg mir auch zu Kopf. Ganz von selbst kam mir der zufriedene Gedanke, daß *meine* lautlosen Proteste diese Männer bei ihrem törichten Ritual unterbrochen hatten.

Ich ging ans Fenster und blickte in die Nacht hinaus, zu den kalten, funkelnden Sternen, die in der grenzenlosen Dunkelheit blinkten. Dabei kam ich mir plötzlich klein und beschämt vor. Im Grunde war es ja, wie mein Mann gesagt hatte, nur ein harmloser Brauch, obwohl man dazu nach meinem Erachten die Welt mit Scheuklappen betrachten mußte. Und heute war Weihnachten, das hohe Fest, an dem wir es uns erst recht leisten können, mit unseren Lieben Nachsicht zu üben. Also sagte ich mir: Laß ihm seine Freude.

Und in dieser sanftmütigen Stimmung wollte ich mich aufs Zubettgehen vorbereiten, da ertönte ein jähes, erbittertes Klopfen an unserer Haustür. Ich erschrak. Das war zweifellos jemand, der den Beistand meines Mannes benötigte. Dann würde Edward eben auf seinen weiteren Aufenthalt im Glockenturm verzichten müssen; er war ja ein gutmütiger Kerl, der es nicht übelnähme.

Der Mann an der Tür gehörte zu Mr. Hartleys Läutemannschaft. Ich erkannte ihn undeutlich, einen starken, ruhigen Burschen, der seinen Lebensunterhalt auf einer Meierei in der Nähe bestritt. Nun hatte sein Gesicht alles Rotwangige und die Zufriedenheit verloren. Es wirkte bleich und eingefallen, und die verschreckten Augen wagten es nicht, in meine zu sehen. Wieder schien die Luft von knisternder Elektrizität erfüllt.

»Suchen Sie meinen Mann?« fragte ich und wußte dabei schon irgendwie, daß das nicht sein konnte. Seine einzige Antwort bestand in einem tiefen Luftschnappen, und voll Angst vor der Wahrheit fügte ich hinzu: »Ist er denn nicht bei den Glockenläutern im Kirchturm?«

Der Mann begann mit dem Kopf zu schütteln, berichtigte sich dann aber und nickte, ohne daß sein furchtsames Aussehen ihn nur einmal verlassen hätte. Die Angst beherrschte uns beide, und ich brachte kein weiteres Wort hervor. Schließlich fand er seine Stimme wieder und sagte beinahe weinerlich: »Sie müssen sofort kommen, Ma'am ... zum Kirchturm. Es geht um Ihren Mann, Ma'am. Ich kann's nicht erklären ... Sehen Sie selbst!«

Was mochte nur passiert sein? Ich wußte es nicht, und ich wagte nicht, es mir vorzustellen. Alles, was in mein stumpfes Bewußt-

sein drang, während wir über den Kirchhof zum Turm eilten, war das unerbittliche Schlagen der Tenorglocke Barmherzigkeit, die den alten Burschen noch immer zu Grabe läutete.
Wir gelangten zum Turm. Mein junger Begleiter drückte in fieberhafter Eile das Portal auf, und wir hasteten die schmale Wendeltreppe zum Läuteboden empor.
Verletzung, Unfall – meine schlimmsten Erwartungen wurden noch übertroffen. Mr. Hartley hob sehr sanft und behutsam das Tuch an, mit dem man Edward zugedeckt hatte, und ich erblickte meinen armen Liebling, anscheinend im Frieden mit Gott und mit sich selbst. Er war tot.
Ich fiel nicht in Ohnmacht, obwohl es eine gnädige Erleichterung gewesen wäre. Statt dessen wurde ich zeitweilig wahnsinnig. Zumindest scheint es so. Ich erinnere mich an nichts mehr aus dieser Nacht, nein, nicht einmal an den Weihnachtstag oder an die beiden folgenden. Erst vier Tage später erwachte ich wie aus einem ganz normalen Schlaf und entdeckte eine Krankenschwester, die ruhig neben meinem Bett saß. Ach so, dachte ich, ich bin krank gewesen. Aber wo steckt mein Mann? Und da bestürmte mich wieder die Erinnerung an den Heiligabend und was passiert war.
Die Krankenschwester untersuchte mich, gab irgendeine beruhigende Floskel von sich und ging dann hinaus, um den Arzt zu holen. Der Doktor traf bald ein, und mit ihm der Pastor, Mr. Barnicott, der einstweilen nur meine Hand ergriff und gar nichts sagte. Ich fand seine stille Anwesenheit eigenartig beruhigend. Meine eher auf den Geisteszustand als auf meinen Körper gerichtete Untersuchung schien den Arzt zufriedenzustellen, obwohl er niemals seine tiefbesorgte Miene aufgab. Nachdem er sich vergewissert hatte, daß ich in erfahrenen Händen war, verschrieb er irgendein Beruhigungsmittel, gab das Rezept meiner Pflegerin und verabschiedete sich.
Zum erstenmal sprach jetzt Mr. Barnicott. »Wieviel wissen Sie?«

frage er und wandte sich, ohne eine Antwort abzuwarten, an die Krankenschwester: »Haben Sie ihr irgend etwas erzählt?«
Die Schwester schüttelte den Kopf, und ich fand endlich meine Stimme wieder. »Vielen Dank, ich kann selbst sprechen, und ich muß alles erfahren«, sagte ich.
Der alte Pastor nickte. »Ja, sicher, das sollten Sie, aber ich bin kein Augenzeuge. Ich war in meinem Arbeitszimmer und habe meine Predigt für die Morgenmesse am Weihnachtstag ausgefeilt. Mister Hartley kann Sie zweifellos aus erster Hand informieren. Ich für meinen Teil habe, wie gesagt, im Pfarrhaus gearbeitet und war mit meinen Ohren halb bei der großen Glocke. Wie können die Männer, fragte ich mich, bei fast zweitausend Schlägen bloß genau mitzählen? Da kam das gleichmäßige Geläut plötzlich aus dem Takt; nur sekundenlang geriet es ins Stocken, dann wurde es fast augenblicklich wieder fortgesetzt.
Inzwischen ist Ihnen sicher klar, daß Ihr Mann die Tenorglocke geläutet hat. Mister Hartley erzählte mir, daß er den jungen Edward sehr ins Herz geschlossen hatte und ihm, da er ihn als einen vortrefflichen Glöckner kannte, diese Ehre zuteil werden ließ.«
Meine Gefühle kann man sich wohl nur schwer vorstellen, schwer beschreiben lassen sie sich auf jeden Fall. Ich war einerseits stolz auf meinen lieben, guten Mann, weil ihn die Läutemannschaft so hochschätzte, andererseits traurig, daß er sich über diese Ehrung nicht mehr freuen konnte, und gleichzeitig verbittert, weil ihn ebendiese Ehre mir entrissen hatte. Meinen Verlust konnte ich in diesem Moment noch gar nicht voll, in all seiner Tiefe und Tragweite, ermessen.
Der Pastor fuhr fort: »Plötzlich, heißt es, sei Edward infolge eines ungeschickten Zugs am Glockenstrang gestolpert und wie ohnmächtig zu Boden gefallen. Mister Hartley räumt ein, daß seine erste Sorge dem Glockengeläut galt. Als Fachmann auf diesem Gebiet konnte er sich das Seil schnappen und weiter das alte Jahr

ausläuten. Wahrscheinlich hat niemand, der nicht ganz genau hinhörte, diese sekundenlange Schwankung im Rhythmus überhaupt wahrgenommen.«

Und doch habe *ich* sie gehört, dachte ich, sie hat mich ja auf das Läuten erst aufmerksam gemacht.

»Es ist einer der anderen gewesen«, berichtete Mr. Barnicott weiter, »der sich neben Edward kniete und versuchte, ihn wieder zur Besinnung zu bringen. Doch egal, wer sich Ihres Mannes angenommen hätte, es wäre zwecklos gewesen. Der Ärmste war nämlich tot. Wußten Sie, meine Liebe, daß er ein schwaches Herz hatte?«

Ich schüttelte benommen den Kopf. Nein, ich hatte nichts dergleichen gewußt.

»Wie dem auch sei«, sagte der Pastor, »jedenfalls ergab die ärztliche Untersuchung, daß er einer plötzlichen Herzattacke erlag. Ich weiß, man hat Sie auf den Läuteboden geholt, obwohl ich finde, man hätte Ihnen die Nachricht wirklich schonender beibringen können. Es muß ein schrecklicher Schlag für Sie gewesen sein.«

Ein schrecklicher Schlag in der Tat, doch eigentlich keine Überraschung; das war mir bislang gar nicht klargewesen.

Der Pastor schien nicht zu erwarten, daß ich etwas antwortete, obwohl er einen Moment innehielt. Seine Lippen waren geschürzt und seine Stirn in Falten gelegt. Dann seufzte er und fuhr fort: »Sie sind nicht ohnmächtig geworden, sondern Sie erlitten, und ich kann Ihnen das nicht verdenken, einen Nervenzusammenbruch.« (Er wählte seine Worte sehr vorsichtig, da er sich hier auf dünnem Eis bewegte, und sah mir während des Sprechens nicht ins Gesicht.) »Bei meinem Eintreffen, kurz bevor auch Doktor Lake kam, wurden Sie von zwei Männern von der Läutemannschaft auf dem Sitzbänkchen festgehalten, weil Sie verzweifelt versuchten, an den Glockenstrang zu gelangen, in dem Sie vielleicht das Werkzeug zum Tode Ihres Mannes sahen, und Sie riefen ... nun ja ...« (Zum erstenmal schien er jetzt wirklich verlegen. Er hielt inne, wie um all seinen Mut zusammenzunehmen, und blickte mir dann ernsthaft ins Gesicht.) »Sie riefen«, fuhr er fort, »den Teufel um Barmherzigkeit an.«

Ich verspürte kein Schamgefühl; es war, als spräche er mit jemand anderem. Aber ich spürte eine dumpfe, betäubende Kälte in meiner Brust. Der Pastor war ein guter Mann, ein freundlicher Mann, doch wußte er nicht alles. Ganz offenkundig hatten ihm die Kirchenglöckner nicht die wahre Bedeutung dieses alljährlichen Geläuts verraten; nicht, dachte ich unbarmherzig, daß er es überhaupt verstanden hätte. Ich glaube, sogar mein armer Edward hatte es nicht voll verstanden, und *ich* auf gar keinen Fall. Wieviel anders hätte es sonst kommen können!

»Mehr gibt es kaum zu erzählen«, sagte Mr. Barnicott. »Sie wurden in kurzer Zeit gefügig und ließen sich vom Doktor und mir nach Hause bringen. Ich habe dafür gesorgt, daß stets eine Pflegerin bei Ihnen war, und zweimal täglich nach Ihnen geschaut, wie auch der Arzt. Die Krankenschwester erhielt den Auftrag, uns zu holen, sobald Sie wieder zu sich kämen, und das ist nun geschehen. Weihnachten ist vorbei, drei Tage ist es jetzt her, und es war weiß Gott eine traurige Festzeit.

Ich habe Ihnen noch nicht gesagt, meine Liebe, wie sehr der Tod Ihres armen Edward mir nahegeht, aber das können Sie sich ja wohl denken. Und außerdem bin ich der festen Überzeugung, wie gewiß auch Sie, daß er nun in sicherster Hut ist. Jetzt heißt es, an Ihre Zukunft denken. Sie müssen sich natürlich ausruhen und erst wieder zu Kräften kommen. Wenn Sie möchten, können Sie bis dahin gern bei Mistreß Barnicott und mir im Pfarrhaus wohnen. Sie werden ja wohl kaum allein in diesem Haus bleiben wollen.

So, ich habe Ihnen alles erzählt, was ich weiß, alles, woran ich mich entsinne. Gibt es sonst noch etwas, das ich für Sie tun kann? Haben Sie vielleicht eine Frage ... oder sollten Sie mir vielleicht irgend etwas sagen?«

Nein, es gab nichts, was ich ihm hätte sagen sollen. Er war ein guter Mensch, aber fern von dieser Welt. Mochte er ruhig so bleiben. Etwas, das ich ihn fragen sollte, gab es allerdings.

»Mister Hartley war es, der mir gezeigt hat, daß ... der mir meinen Mann gezeigt hat, doch sagen Sie, *er* hätte den Glockenstrang ergriffen. Wie paßt das zusammen?«

Der alte Pastor wirkte seltsam erleichtert, so als hätte er mit einer anderen Frage gerechnet. »Oh, das kann ich Ihnen beantworten: Nachdem Mister Hartley den Rhythmus des Geläuts wieder hergestellt hatte, übertrug er die Aufgabe einem anderen.«

Und erst da wurde mir bewußt, wie verkrampft ich war; endlich fühlte ich mich nun fähig, zu entspannen. Die kleine Stadt war wieder außer Gefahr, und ich ebenfalls, solange ich hierblieb.

Eine Pause trat ein, und ich merkte, daß der Pastor überlegte, ob er mir noch etwas sagen solle. Er war ein freundlicher, schlichter alter Mann und kinderleicht zu durchschauen. Schließlich begann er, weil er wußte, daß es sich nicht vermeiden ließ: »Noch *eine* sonderbare Kleinigkeit. Hartley schien über etwas ganz Belangloses völlig aus dem Häuschen zu sein. ›Wir sind aus dem Mitzählen gekommen‹, sagte er immer wieder. ›Wir sind aus dem Mitzählen gekommen.‹ Als würde das etwas ausmachen!«

Die Kälte in meinem Innern wurde zu einer eisigen Zange, die mir das Herz abdrückte. Sie waren aus dem Mitzählen gekommen! Mr. Barnicott verstand die Bedeutung dieser simplen Tatsache nicht, aber ich, ich verstand sie endlich – und vielleicht zu spät. Wie hatte Mr. Hartley doch gesagt? »Die Schläge müssen haargenau abgezählt sein.« Eben. Es gab keine Sicherheit hier, weder für mich noch für jemand anderen. Die Einladung des Pastors hätte ich gern angenommen, aber ich wußte, in dieser Richtung lauerte Gefahr. Mit aller Höflichkeit, die ich aufzubringen vermochte, lehnte ich das Angebot ab. Für mich stand die Entscheidung bereits fest, und vorerst mußte ich in diesem Haus bleiben, das nun, ohne meinen Mann, so leer war. Mein Körper war nicht stark genug zum Weinen, aber irgendwann würden die Tränen kommen, zu ihrer Zeit. Und wenn ich jetzt auch keinen Trost besaß, so gab es doch wenigstens Gesellschaft in Gestalt der verschmusten kleinen Tabitha, unserer Katze.

Der Pastor verabschiedete sich mit dem Versprechen, daß er oder seine Frau mich jeden Tag besuchen und sie mich in ihre Gebete einschließen würden. Das freute mich, denn wenn je eine Seele der Barmherzigkeit bedurfte, dann ich. Mitleid, Barmherzigkeit, Milde – ich dachte an die große seelenlose Tenorglocke, an der sich mein armer Edward das Herz überanstrengt hatte. Barmherzigkeit, so schien es, war ein äußerst seltenes Gut.

Auch die Krankenpflegerin schickte ich fort, weil ich im Moment lieber allein sein wollte, und in meiner Einsamkeit weinte ich. Wie lange diese Anwandlung dauerte, weiß ich nicht, aber schließlich und endlich fühlte ich mich von aller Kraft, aller Empfindungsfähigkeit verlassen, so daß nur noch eine große Erschöpfung in mir blieb. Ich fütterte Tabitha, die während meiner Krankheit von der Pflegerin gut versorgt worden war, und legte mich in mein einsames Bett, wo mich sofort der Schlaf überkam.

Irgendwann früh morgens weckte mich Tabithas Miauen und ihr Versuch, das Bettzeug herunterzuziehen, halb aus meinen Träumen – eine Welt, an die ich mich nachher nie erinnern konnte. Zu müde, um mich zu rühren, und nur undeutlich die Kälte außerhalb meines Betts wahrnehmend, rief ich Tabitha zu, sie solle aufhören, was sie auch tat. Dann schlummerte ich wieder ein.

Erst als ich in grauem Tageslicht ganz aufwachte, fiel mir ein,

daß ich die Katze vor dem Schlafengehen ja nach draußen gebracht und die Tür hinter ihr zugemacht hatte.
Ich litt an Übelkeit, nicht des Körpers, sondern der Seele. Sie waren aus dem Mitzählen gekommen! Ich mußte wieder an Mr. Hartleys Worte denken. Es wäre ein trauriger Scherz, zu sagen, daß sie mir im Kopf spukten. Die Läutemannschaft war aus dem Mitzählen gekommen! Die Stadt hatte keinen Schutz mehr, und gerade ich war in Gefahr, denn ich war überheblich und dumm gewesen. Ich müßte schleunigst von hier weggehen, denn nur so wären wir vielleicht beide in Sicherheit, die Stadt und ich.
Ich besaß weder Angehörige noch Freunde, denen ich mich aufdrängen konnte. Außerdem verlangte der Anstand, daß ich wenigstens bis nach der Beerdigung meines Mannes blieb. So etwas brauchte seine Zeit, damit mußte ich mich abfinden. Nur auf Gott allein konnte ich vertrauen, und es schien, als hätte Er mich dem alten Burschen überlassen.
Die folgenden Tage vergingen wie im Traum. Ich versuche mich zwar an Einzelheiten zu erinnern, aber alles will sich mir entziehen, nichts ist greifbar. Die Nächte verbrachte ich nicht allein, sie gehörten nicht mir, und ich wurde bleich und eingefallen, weil ich nicht ausruhen konnte. Immer wieder kam dieses Ziehen an der Bettdecke und dieser flehentliche Tierlaut, bis ich schließlich – ich weiß nicht, ob bewußt oder unbewußt – eine Einladung murmelte. Von da an teilte etwas Warmes und zunächst Wohltuendes die Nacht mit mir, so daß ich über meinen schmerzlichen Verlust einigermaßen hinweggetröstet wurde.
Vielleicht haben die alten Eheleute im Pfarrhaus irgendeine Veränderung oder einen Verfall an mir bemerkt, ich jedenfalls kann mich bis auf ein einziges Mal nicht daran erinnern, ob sie irgend etwas in dieser Richtung sagten. Dieses eine Mal war an dem Tag, als ich draußen, gleich vor der Küchentür, das traurige Häufchen Fell und Knochen fand, das einst meine liebe Tabitha

gewesen war. Anscheinend duldete da jemand keine Nebenbuhler, und das wäre schwer verzeihlich.
Mr. Hartley, der Oberglöckner, ging mir aus dem Weg, und vielleicht war das auch nicht anders zu erwarten, denn wenigstens er besaß das Wissen und den angeborenen Verstand, um zu begreifen, was ich getan hatte und was aus mir geworden war.
Es kam der Tag der Beerdigung. Edwards Liebenswürdigkeit und seinen Charakter, seine Ehrlichkeit und Kraft, seinen Mut und seine Intelligenz lobte man in den höchsten Tönen. Und ich erhielt viele mitleidige Blicke, aber Hilfe wurde mir nicht angeboten. Der Tag verging, wie er gekommen war; er brachte nichts und ließ auch nichts zurück. Mein Ehemann war tot, und nichts blieb von ihm, auch keine Kinder. Es war, als hätte er nie existiert.
Zu guter Letzt schaffte ich es mit allem Geld, das ich zusammenkratzen konnte, aus der Gemeinde und ihrem Umland wegzuziehen. Die Gelegenheit ergab sich keine Minute zu früh, denn der neue Hilfsgeistliche war schon ernannt und sollte demnächst das Haus übernehmen, das ich nicht mehr mein Eigen nennen konnte.
Zuerst ging ich nach Cheshire, wo ich als Sekretärin arbeitete, aber nach einigen Wochen trennten die Lady und ich uns »in beiderseitigem Einvernehmen«, wie sie sagte. Anschließend versuchte ich es in der Gegend von Northampton noch einmal als Lehrerin, doch etwas in den Gesichtern der Schüler – eine wissende Verschlagenheit, zu der noch kein Kind imstande sein sollte – ließ mich gern schon bald wieder die Koffer packen. So bin ich schrittweise und auf Umwegen, wie ich es vielleicht ja bereits wußte, in meine ursprüngliche Heimat zurückgekehrt. Es war und ist ein seltsames Erlebnis, das Verhalten der Menschen, denen ich auf dieser Reise begegne, zu beobachten und abzuschätzen, ob sie merken, daß ich nicht allein unterwegs bin.
Jedesmal, wenn ich morgens aufwache, empfinde ich fast eine

Art Überraschung, denn der Schlaf und ich scheinen uns heute fremd zu sein. Meine Nächte bringen wenig Erholung, aber dafür gibt es andere Dinge, und zumeist finde ich das Kopfkissen neben meinem eingedrückt.
Diese seltsamen Ereignisse in Yorkshire – manches davon ist mir gestochen scharf im Gedächtnis, während anderes ganz ungewiß bleibt. Fast schon ein Jahr ist seitdem vergangen, und bald droht uns erneut die Weihnachtszeit. Wird Mr. Hartley dann wohl wieder dem alten Burschen die Totenglocke läuten? Ich hoffe es, damit das Städtchen weiterhin in Sicherheit bleibt. Er braucht keine Angst zu haben, daß die Schutzwälle jetzt nutzlos geworden sind, denn was immer dort letztes Jahr hindurchkam, hat das Städtchen mit mir verlassen und ist nun stets an meiner Seite.
In erster Linie ist dies eine ironische Geschichte, und die Hauptironie liegt im Namen dieser Glocke, der großen Tenorglocke. Barmherzigkeit, so heißt sie. Aber Barmherzigkeit für wen? frage ich. Barmherzigkeit für wen?
Schon bald ist Weihnachten, und dann kommt mein Kind auf die Welt.

Still, aber entschlossen klappte Philippa das Heft zu, um es vor sich auf den Tisch zu legen. »Einen Tag oder so nach Weihnachten entdeckte man dann die Leiche dieser Ärmsten«, sagte sie. »Der Befund lautete auf eine natürliche Todesursache. Die Angehörigen fanden dieses Heft und versuchten es zu beseitigen, weil man fürchtete, es könne ein schlechtes Licht auf den Geisteszustand der Familie werfen. Aber irgendwie, ich weiß nicht, auf welche Art, hat es überlebt und ist vor einigen Monaten meinem Bruder in die Hände gefallen. Es gab kein Baby, und sie war auch nicht schwanger.«
Philippa trank, was von ihrem Wein noch übrig war, und sah auffordernd in meine Richtung.
»Nein, nein, diesmal ist George dran.«

Der alte Mann funkelte mich an, als hätte ich ihn verraten. Dann zückte er aber doch seine Brieftasche, gab mir einen Geldschein und sagte: »Ich zahle, aber holen kannst du das Zeug. Und keine Sorge, wir reden erst wieder über Philippas Geschichte, wenn du zurückkommst.«
Auf sein Wort war Verlaß. Als ich mit den Getränken zurückkehrte, merkte ich jedoch, daß eine brennende Frage im Raum stand. Aber typisch George, zögerte er sie hinaus, bis wir es uns bequem gemacht hatten und seine Pfeife zufriedenstellend vor sich hin qualmte. Zu guter Letzt nahm er einen Zug aus seinem Glas Bitter und fragte unverblümt: »Sag mal, junge Frau, wie wahr ist diese Geschichte eigentlich? Du wirst die Frage entschuldigen, aber den Nachnamen der beiden oder auch nur eine konkrete Zeitangabe hast du uns ja vorenthalten. Darum wiederhole ich: Ist diese Geschichte wahr?«
Philippa schwenkte eine schlanke Hand. »Das Heft ist zumindest echt«, antwortete sie, »und ihr dürft es euch gern ansehen. Was jedoch die Geschichte betrifft, so habe ich keinen Zweifel, daß die Ärmste selbst daran glaubte. Aber nein, ihren Namen werde ich euch nicht nennen.«
»Hm!« George hatte sichtliche Zweifel. »Nun, vermutlich ließe sich dieser Barnicott im *Crockford* nachschlagen. Das müßte einen Hinweis auf die Identität der Ortschaft geben ...«
»Das kannst du tun«, erwiderte ich, »aber zufällig kenne ich diesen Ort. Natürlich ist er seit den dreißiger Jahren ein bißchen gewachsen, doch allzusehr hat er sich nicht verändert. Ich war vor ein paar Jahren mit einem Bekannten dort, der ebenfalls als Glöckner arbeitet, und er hat mir die Kirche und das Geläut gezeigt. Den fraglichen Brauch kennt man offiziell unter der Bezeichnung ›Das alte Jahr ausläuten‹, und zwar ziemlich so, wie ihn auch Mr. Barnicott kannte. Was die Puritaner nicht geschafft haben, das schaffte Hitler – er hat die Glocken zum Schweigen gebracht. Auch nach dem Krieg wurde der Brauch

nicht fortgeführt, aber meines Wissens ist jetzt eine Wiederbelebung im Gespräch. Wenn auch ohne *ein* Wort über den Teufel. *Dieses* Detail war wohl so etwas wie Geheimwissen.«

Ich griff zu meinem Glas, trank und stellte, als ich es wieder absetzte, fest, daß sowohl Philippa als auch George mich erwartungsvoll anstarrten. Ihre Frage stand ihnen ins Gesicht geschrieben, aber ich machte nur eine Unschuldsmiene und hielt den Mund. Vielleicht war das etwas hart gegen Philippa, aber es kommt selten vor, daß ich mehr weiß als George.

Zum Schluß hob er seine buschigen Augenbrauen, räusperte sich und sagte zu Philippa: »Also, fragst du ihn jetzt, meine Liebe?«, und das in einem Ton, der erkennen ließ, daß ihm allmählich der Geduldsfaden riß.

»Bitte sehr«, antwortete sie. »Roger, dein Bekannter hat dir doch angeblich das Geläut vorgeführt. Gab es da irgend etwas Merkwürdiges an der Tenorglocke – hat dir irgend jemand erklären können, weshalb sie zwei Namen trug, Barmherzigkeit und Ruth?«

»Nicht wahr, das ist ungewöhnlich?« erwiderte ich. »Aber ich vermute, George hat die Antwort schon erraten. Trotz allem, was man deiner unglücklichen Verwandten erzählte, trägt die Glocke nämlich nur einen Namen, und zwar Barmherzigkeit. Doch auf dem Glockenrand steht ein passender Bibelverweis ...« George nickte grimmig, und ich merkte an Philippas Augen, daß sie verstand. Ich fuhr fort: »Jawohl, auf das Buch Ruth. Ziemlich undeutlich, aber immer noch lesbar, steht dort, wenn mein Gedächtnis mich nicht trügt: ›Ruth eins, sechzehn‹. Ihr erkennt wahrscheinlich, daß es sich um Ruths Treuegelöbnis an Naomi handelt.«

»Sehr passend«, meinte Philippa.

»Passend und ironisch«, verbesserte ich. »Eine der letzten Bemerkungen, die diese junge Frau in ihrem Heft machte, bezog sich ja auf die Ironie des Namens Barmherzigkeit – ihr erinnert euch.

Die eigentliche Ironie liegt jedoch im Bibeltext, denn er enthält Ruths Worte. Na los, George! Du kannst genauer zitieren als ich.«

Der Alte machte die Augen zu und schien in seinem Gedächtnis zu forschen, aber die Worte kamen flüssig und präzis: »Dränge mich nicht, dich zu verlassen und umzukehren. Wohin du gehst, dahin gehe auch ich, und wo du bleibst, da bleibe auch ich.«

Rate mal!

Stephen Gallagher

Eine neue Geschichte des Bestsellerautors Stephen Gallagher, der in den letzten zehn Jahren eine imponierende Anzahl vielgelobter psychologischer Horrorromane schrieb: *Chimera* (kürzlich auch als vierteilige Fernsehserie verfilmt), *Follower, Valley of Lights, October, Down River, Rain, The Boat House, Nightmare, White Angel* und *Red, Red Robin.*

Es war Heiligabend gegen siebzehn Uhr, als der ramponierte weiße Lieferwagen an dem Schild neben der Landstraße vorüberfuhr und daraufhin das Tempo verlangsamte. Er wurde langsam, aber er blieb nicht stehen. Das tat er erst ungefähr hundert Meter weiter, also etwa nach der Strecke, die der Fahrer zu brauchen schien, bis der Einfall endgültig in seinem Kopf Wurzel gefaßt hatte. Dann bremste er schließlich, zögerte aber noch. Einen Moment später leuchtete eine einzige schmutzigweiße Hecklampe auf, und er stieß schlingernd zu dem Schild zurück.

»Zuchtratten zu verkaufen« hatte darauf gestanden, handgeschrieben, auf Hartfaserplatte, und die Platte war mit Draht an einem Pfosten neben der offenen Zufahrt befestigt. Der Lieferwagen schoß über sein Ziel hinaus, die Gangschaltung krachte, der Wagen bog in Richtung der Einfahrt ab, und dann holperte er los.

Es wurde bereits dunkel, fast schon Nacht. So war es immer um diese Jahres- und um diese Uhrzeit. Leute, die im Dunkeln nach Hause hasteten, ständig mit dem Gefühl, daß irgendein Tages-

ordnungspunkt noch nicht erledigt sei. Straßennässe, elektrische Beleuchtung. Diese dauernde, unbestimmte Nervosität.
Und dann auch noch Heiligabend.
Das Haus am Fuße der abschüssigen Zufahrt war trist und grau, ein Kasten von einem Bungalow, aber durchaus nicht mehr neu. Dahinter senkte sich der Boden weiter hinab, bis zu einem Wald und einem kleinen Stausee, auf dessen Oberfläche der letzte perlgraue Himmelsschimmer blinkte. Man war hier zwar auf dem Lande, aber es war nicht schön auf diesem Land. Das war Hochindustriegebiet, mit Masten, Silos und Blick auf eine Stadt, die sich wie eine große, funkelnde Landkarte in der Ferne ausbreitete.
Der Fahrer stieg aus. Es hatte zwar noch nicht geschneit, aber es war feucht und kalt. Er ging zu dem Haus hinunter und klingelte an der Tür.
Und wartete.
Die Tür öffnete sich, um einen schwachen, miefigen Luftschwall zu entlassen – unangenehm warm und voll vom Dunst kochenden Gemüses. Da stand er, der Hausherr, ein Mann mittleren Alters mit schmutzigbrauner Strickjacke und dicken Pantoffeln. Er legte seinen Kopf auf die Seite, wie ein Hündchen, das fragend nach einem Biskuit guckt.
»Ich habe Ihr Schild gesehen«, sagte der Besucher. »Dort oben habe ich auf einem der Bauernhöfe gearbeitet und bin einfach nicht zum Weihnachtseinkauf gekommen, brauche aber für meine Lucy noch ein Geschenk.«
»So?« Der Mann mit der Strickjacke wartete.
»Deswegen dachte ich mir, als ich auf dem Nachhauseweg Ihr Schild sah ... Das ist es!«
»Sie möchten ihr eine Zuchtratte kaufen?«
»Ich möchte ihr mal was ganz anderes schenken.«
»Etwas anderes ist es schon als eine Pralinenschachtel. Ratten sind Lebewesen.«

»Sie liebt Tiere. Mäuse hat sie schon mal gehabt. Und auch einen Hamster. Den hatte sie wirklich zum Fressen gern. Und eine Ratte wird sie auch lieben, wenn sie sie sieht.«
Der Rattenzüchter zögerte einen Moment, stand da, als würde er den Fahrer in Augenschein nehmen. Dann sagte er: »Sekunde bitte«, und verschwand wieder nach drinnen.
An die Innenseite der Tür war mit Reißzwecken ein gelbes Stück Vorhang geheftet, wahrscheinlich ebensosehr zur Wärmedämmung wie als Sichtschutz. Der Fahrer konnte nichts hindurch erkennen. Nach ein paar Minuten erschien der Mann wieder. Nun trug er einen Staubmantel über seiner Hauskleidung, die Pantoffeln hatte er immer noch an, und in seiner Hand war ein Bund mit rund einem halben Dutzend Schlüsseln, anscheinend für Sicherheits- oder für Vorhängeschlösser.
»Wir müssen nur kurz um die Ecke«, sagte er, während er die Haustür zuzog und probeweise noch einmal dagegendrückte. Dann machte er sich auf den Weg nach hinten, zur Rückseite des Bungalows. Der Fahrer folgte ihm. Der Atem der beiden bildete Dampfwolken in der Luft.
»Ihre Lucy, wie alt ist sie denn?« fragte der Mann.
»Neun«, antwortete der Fahrer.
»Neun ... das ist wahrscheinlich alt genug.« Und als sie um die Ecke bogen, meinte er: »Ich war von jeher der Ansicht, daß die Sorge für ein Haustier hilft, Verantwortungsgefühl zu entwickeln.«
Hinter dem Bungalow und von der Landstraße aus nicht sichtbar lag ein langer, schmaler Garten. Einen großen Teil von ihm nahmen zwei lange, schmale Schuppen ein, die nebeneinander auf einem Untergrund aus Beton standen und von Backsteinfüßen getragen wurden. Sie sahen wie alte Hühnerstallungen aus, umgebaut und neu überdacht, so daß man darin wohnen konnte. Die Dächer waren beide mit Planen abgedeckt, die Fenster aus gedunkeltem Glas, mit Maschendraht vergittert.

»Es ist noch ein Alarm an«, sagte der Züchter. »Ein, zwei Sekunden bitte.«

Dann, ein paar Augenblicke später, waren sie drinnen. Das Licht brannte bereits, eine Reflektorlampe im Badezimmerstil. Der Fahrer hatte einen Geruch erwartet, und es gab auch einen, aber der war nicht besonders unangenehm, wie warmes Sägemehl und Moschus. Der Fahrer machte die Schuppentür hinter sich zu und sah sich um.

Er hatte mit Unmengen kleiner Käfige gerechnet, wie in einer Tierhandlung. Statt dessen erblickte er größere Glaskästen, zwei Reihen übereinander, und in sämtlichen waren Ratten. Manche der Tiere reckten sich neugierig an den Glaswänden empor, andere schliefen in den Ecken, eine atmende, auf und ab gehende Masse. Es gab nerzfarbene, zimtfarbene, rehbraune, silbrige Ratten und höchstens zwei, drei Albinos. Sie waren nach Geschlechtern getrennt, rund ein halbes Dutzend pro Kasten.

»In welcher Berufsrichtung sind Sie tätig?« fragte der Züchter, während er ans andere Ende des Schuppens ging, wo eine Klimaanlage wie in einem Treibhaus stand. Sie sorgte für die richtige Luftfeuchtigkeit und Temperatur. Der Mann bückte sich, um etwas daran einzustellen. In dem Käfig, der am nächsten war, spritzte eine wühlende Ratte Sägemehl an die Glasscheibe.

»Ich bin Installateur.«

»Installateur? Na, dann ist Ihnen ja wohl schon die ein oder andere Ratte über den Weg gelaufen.«

»Eigentlich nicht. Abwasserleitungen sind nicht mein Arbeitsgebiet.«

»Was dann?«

»Melkmaschinen. Früher, als ich noch bei meinem Onkel in der Lehre war, habe ich in den Kneipen hier oben sämtliche Zapfanlagen gewartet. Aber das ist schon ein bißchen her.«

»Sind Sie aus dieser Gegend?«

»Ich wohne in der Stadt.«
Der Besucher nahm den Käfig, der ihm am nächsten war, näher in Augenschein. Es hörte auf, darin zu wühlen, und die gewühlt hatte, drehte sich neugierig zu ihm um.
»Das sind Agoutis«, erklärte der Züchter, während er sich nach einer kurzen Drehung am Thermostat wieder dem Mann zuwandte. »Sie haben fast die gleiche Farbe wie die freilebenden braunen, was die Leute manchmal erschreckt. Und außerdem sind sie alle ausgewachsen und geschlechtsreif. Ich könnte sie also von Rechts wegen nur als Zuchttiere verkaufen. Sie möchten sicher ein Junges, wenn es ein Geschenk sein soll.«
Der Besucher trat an den nächsten Käfig.
»Wissen Sie«, erklärte der Züchter, »Ratten sind so verschrien, dabei ist das völlig unverdient. Ich habe hier schon Frauen gehabt, die kommen rein, werfen einen einzigen Blick, und schon kreischen sie los wie am Spieß.«
»So?« sagte der Besucher und betrachtete ihn interessiert, aber der Züchter ging nicht weiter darauf ein. Jedenfalls nicht zum Thema Frauen.
»Ratten sind sehr gesellige Tiere«, fuhr er fort. »Die zahmen lieben es, wenn man sie in die Hand nimmt, mit ihnen spielt oder sie streichelt. Und sie halten sich sauber. Daß sie Menschen angreifen, ist nur ein Schauermärchen. Das heißt, wenn sie einfach nur daliegen und wie tot aussehen, dann schon, dann gehen sie schon auf sie los – zuerst an die Nasenspitze, an die Finger und so. Aber eigentlich wären sie in diesem Fall für jeden Fleischfresser eine willkommene Beute, ob für Ratten oder sonstwas. Dabei braucht man Ratten nur anzupusten, und schon rennen sie davon.«
Der Besucher inspizierte etwas in einer Käfigecke, das wie Knochen von einem Sonntagsbraten aussah – beinah blank genagt.
»Die fressen nun mal alles, absolut alles, fressen sich sogar gegenseitig bis hin zur Schwanzspitze. Das ist das einzige, was

dann noch übrigbleibt. So was nenn ich Bevölkerungskontrolle. Rasche Fortpflanzung, alles fressen und jung sterben. So sind sie, die Ratten!«

Und während er dies sagte, öffnete der Züchter im Deckel eines der unteren Käfige eine kleine Tür, um seinen Arm hineinzustecken. Eine schwarzweiß gescheckte Ratte krabbelte ihm flink auf die Handfläche und dann hoch zu seiner Schulter, wo sie im Mantelkragen verschwand. Sie bekundete ihre Anwesenheit nur Sekunden später, als sie sich wie ein beweglicher Klumpen genau über dem Hosenbund des Mannes durch die Kleidung wühlte.

»Stört es Sie nicht, wenn sie so was tun?« fragte der Fahrer.

»So machen sie's alle, wenn Sie ihnen Gelegenheit dazu geben. Das hier ist mein ältestes Tier, ein Männchen. Es ist zweieinhalb.«

Der Mann machte einen Hemdknopf auf, um die Ratte herauszufischen. Sie blieb mit funkelnden Augen und gespitzten Ohren auf seiner Handfläche hocken, die Hinterbeine seitlich herabhängend, das kraftvolle, mit Flaum bedeckte Fragezeichen von Schwanz lose auf dem Handgelenk des Züchters, und die hellen Barthaare vibrierten vor Lebensenergie.

Der Fahrer suchte nach einer anerkennenden Bemerkung. »Rieseneier sind das«, probierte er's.

»Ja, ich weiß«, erwiderte der Züchter. »Ich selbst möchte sie ja nicht mit rumschleppen müssen. Da gibt's manchmal wirklich was zu sehen. Für Ihre Zwecke empfehle ich ein Weibchen.«

»Können wir dann jetzt eins aussuchen?« fragte der Besucher. »Ich muß nämlich langsam weiter.«

Man einigte sich rasch auf ein nerzfarbenes Junges aus einer irischen Rasse. »Bitte nicht zu groß«, sagte der Besucher. »Mit allem, was zu groß ist, wird sie nicht fertig.« Das Rattenweibchen war schlank und glatt und wurde von beiden als ideal betrachtet. Es war elf Wochen alt.

»Ist prima in Ordnung, nur vorführen dürfen Sie's nicht«, sagte

der Züchter. »Diese Bauchzeichnung wird sonst nämlich enttäuschen. Das ist schon im Preis berücksichtigt.«
Der Besucher sah hin, doch ihm war schleierhaft, wovon der Züchter redete. Also sagte er gar nichts.
»Wie steht's mit Käfig?«
»Hab ich schon einen.«
»Ein Mäusekäfig genügt nicht.«
»Meiner ist größer als jeder von denen da.«
»Und mit Futter? Streu?«
»Ich glaube, das brauchen wir nicht.«
»Ich geb Ihnen trotzdem etwas mit, für den Anfang. Wenn Sie nur eine Sekunde halten ...«
Der Besucher stand etwas unbeholfen da, während der Züchter unter eine der Bänke langte. Der Fahrer spürte die Wärme und das Gewicht der Ratte in seinen Händen. Der Pelz fühlte sich fein an, wie luftgetrocknete Seide. Der Züchter brachte einen zusammengefalteten Karton zum Vorschein, der sich unter leichtem Druck auf die Ecken zu einem rechteckigen Transportbehälter mit ausgestanzten Luftlöchern formte. Ein paar Kniffe und Knicke, und schon war er stabil.
»Wenn es irgendwelche Probleme gibt«, sagte der Züchter, während er dem Besucher das Tier abnahm, »dann bringen Sie sie wieder her. Ich gucke niemandem über die Schulter, aber ein persönliches Interesse habe ich schon. Das hier sind für mich mehr als Schmusetiere. Sie gehören zur Familie. Verstehen Sie, was ich meine?«
»Ich verstehe«, antwortete der Besucher.
Der Züchter gab der jungen nerzfarbenen Ratte einen Kuß zwischen ihre beiden muschelförmigen Ohren, bevor er das Tier aus seiner Hand gleiten ließ. Es schlüpfte in den Karton wie ein Otter ins Wasser, und der Deckel wurde zugemacht.
Geld wechselte seinen Besitzer. Der Züchter sagte, er werde noch ein Handbuch dazulegen, nur ein Heft eigentlich, aber mit ein

paar wertvollen Tips. Dann fand er jedoch keines. Der Besucher meinte, es sei schon gut. Er werde schnell etwas schreiben, als Züchtungsnachweis, sagte der andere. Wieder entgegnete der Besucher, es sei schon gut.

Während er die Tür hinter ihnen abschloß, fragte der Züchter: »Mit der Mutter geht das ja wohl in Ordnung? Ich würde mir ungern Sorgen machen müssen. Ratten lösen in Menschen, die es nicht besser wissen, seltsame Gefühle aus.«

»Ich hab ihre Mutter schon Jahre nicht mehr gesehen«, erwiderte der Besucher. »Ich wüßte heut gar nicht mehr, wo sie sich aufhält.«

»Dann sind Sie beide allein?«

»Deshalb muß ich ja so dringend nach Hause.«

»Na dann«, der Züchter streckte wie in einer Anwandlung von weihnachtsmäßiger Menschenliebe die Hand aus, »dann wünsch ich Ihnen wirklich ein frohes Fest.«

»Danke gleichfalls«, sagte der Besucher und schüttelte die Hand unbeholfen, indem er um den Karton mit dessen Lebendinhalt herumgriff. »Tut mir leid, wenn ich Sie beim Abendessen gestört hab.«

Zurück beim Auto, räumte er einiges von dem Schrott, der vor dem Beifahrersitz lag, heraus, um Platz für den Karton zu schaffen. Dann klemmte er ihn gut fest, damit das Ding weder rutschen noch umkippen würde. Er konnte hören, wie sich das Tier im Innern ein paarmal hin und her bewegte, aber die meiste Zeit blieb es still.

Es war inzwischen richtig dunkel geworden, und die Straßen, die aus den Hügeln Richtung Stadt führten, waren mehr oder weniger frei. McDonald's machte das hellste Licht an der Hauptstraße. Schon rein größenmäßig überstrahlte er die Weihnachtskrippe vor dem Kirchenportal auf der anderen Seite. Die Kirche stellte alljährlich dieselbe Gruppe von Gipsfiguren auf, ein bißchen Stroh war erneuert worden, und aus einem Lautsprecher, hinten um die Ecke, ertönten Weihnachtslieder. Einer der Heiligen Drei Könige mußte irgendwann umgefallen und zerbrochen sein, denn man hatte ihn durch eine Plastikpuppe ersetzt, einen Superhelden mit Samtumhang und Krone, die aus einem KitKat-Papier gebastelt war. Der Bursche war nicht ganz maßstabgerecht, aber das kümmerte niemanden; die Tiere waren's genausowenig. Die Leute aus der Stadt brachten ihre Kinder hierher, damit die Kleinen etwas zum Staunen hätten, und viel näher kamen die wahrscheinlich auch nie mehr an eine Kirche heran, bis man sie eines Tages durchs Portal tragen würde. Außerdem gab es einen Opferstock. Der Küster öffnete ihn jeden Morgen, um ihn von den kalten Fritten zu säubern, die man am vorigen Abend dort hineingeworfen hatte.

Der weiße Lieferwagen fuhr von der Hauptstraße ab, unter den Schatten des Viadukts und in jenes Vorstadtviertel, wo die Häuser alt, zusammengedrängt und anscheinend nur deshalb noch nicht abgerissen waren, weil man die Existenz dieser Straßen völlig vergessen hatte. Der Wagen hielt vor einem Gebäude am Ende einer Backsteinterrasse. Ein paar der anderen Reihenhäuser zeigten bunte Lichterketten oder kleine Christbäume in den Fenstern, aber viele hier waren jetzt moslemische Familien, die irgendein anderes Fest begingen.

Der Mann trat in sein Haus, den Karton in Händen.

»Lucy!« rief er, während er die Tür mit seinem Schuhabsatz hinter sich zustieß. »Ich bin wieder da.«

Er stellte den Karton in der Diele ab und hängte erst einmal seinen Mantel auf. »Rate mal, was Daddy dir mitgebracht hat.«

Dann nahm er den Karton und ging ins Wohnzimmer. Dort war es hell. Er konnte fühlen, wie die Zuchtratte nervös herumkrabbelte, während die Welt sich unter ihren Krallen fortbewegte.

Im Wohnzimmer wartete Lucy. Sie sah aus, als wäre sie gerade erst aufgewacht.

Er setzte den Karton vor ihr ab und öffnete ihn. »Schau mal,

Lucy«, sagte er. »Eine Zuchtratte. Eine *Zucht*ratte. Nur das Beste für dich.« Damit hob er das Nagetier am Schwanz hoch, wie der Züchter ihm ausdrücklich abgeraten hatte, und hielt es so, daß Lucy es sehen konnte.

Lucy starrte darauf. Ihr Gesicht verriet gar nichts.

Dann nahm er den Stein von der Deckplatte des Terrariums, entfernte sie und ließ die Ratte hineinfallen, direkt neben die Stelle, wo zusammengerollt die große Schlange lag. Die Ratte suchte in der Ecke drüben Unterschlupf, die Schlange blieb regungslos.

Aber später, als er gerade ein paar von »Mister Kiplings Fleischpastetchen« in die Mikrowelle tat, war aus der Richtung des Terrariums ein Rutschen und ein Scharren wie von schnellen kleinen Füßen zu hören.

»Frohe Weihnachten, Lucy«, rief der Mann in der Küche Richtung Tür und lächelte zufrieden.

Nicht bloß Schmusetiere gehören zur Familie. *Das* Gefühl konnte er bestens nachvollziehen.

Zwanzig Pence mit Weihnachtsmotiv und Umschlag

Terry Pratchett

Terry Pratchett (geb. 1948) verkaufte seine erste Kurzgeschichte, »The Hades Business«, im Alter von dreizehn Jahren an das Magazin *Science Fantasy,* und 1971 erschien sein erstes Kinderbuch, *The Carpet People.* Seine Reihe von Phantastischen Romanen um die »Scheibenwelt« ist ein verlegerisches Phänomen, und einige seiner frühen Titel (neben den *Carpet People* besonders *Die dunkle Seite der Sonne, Strata* und *Die Farben der Fantasie)* gehören zu den meistgesuchten und höchstbezahlten Erstausgaben der jüngeren Zeit. Die hier vorliegende Geschichte erschien in der Weihnachtsnummer von *Time Out,* 16.–30. Dezember 1987.

Aus dem *Bath and Wiltshire Herald,* 24. Dezember 1843:

»CALNE – Ein undurchdringliches Rätsel umgibt das Verschwinden der Londoner Postkutsche am letzten Dienstag, die in dem seit Menschengedenken größten und wildesten Schneesturm dieser Regionen verlorenging. Wahrscheinlich kam der Kutscher von seinem Wege nach Silbury ab und suchte mit seinem Gespann den Schutz einer Hecke oder eines Heuschobers, wobei er von dem Schneetreiben überwältigt wurde. Ausgeschickte Sucheinheiten fanden den Mann inzwischen, der in einem Zustande schwerer nervlicher Zerrüttung umherirrte, und man brachte ihn nach Bath zurück ...«

Aus dem Tagebuch des Doktor Thomas Lunn, Arzt zu Chippenham, Wiltshire:

Die Welt gleicht einem dünnen Schleier, ausgebreitet über die Abgründe des Chaos. Was wir den gesunden Menschenverstand nennen, ist nichts denn eine Feuerstelle in der Finsternis, und als ich mit dem armen verwirrten Manne unten im Erdgeschoß redete, brannte sein Verstand mit beträchtlicher Helligkeit. Selbst jetzt, da ich mein wahrhaftiges Feuer noch einmal geschürt und die Vorhänge meines Arbeitszimmers gegen die weihnachtliche Schnee- und Eiseskälte geschlossen habe, erschauere ich ob der Bilder, welche dieser Mann vor meinem geistigen Auge erstehen ließ. Gäbe es nicht den handfesten Beweis, den ich beim Schreiben dieser Zeilen vor mir habe und der so hübsch im Schein des Feuers funkelt, so könnte ich das Ganze als die Phantastereien eines wirren Gemüts abtun. Wir haben es dem Mann in meiner Wohnstube so bequem gemacht, wie es die Fesseln erlauben, doch seine Schreie durchsetzen diesen Heiligen Abend gleich Totenschädeln in einem Blumenbeet.

»Kommt Knecht Ruprecht da gegangen/
Oder keucht und ächzt Er nur?
Große Bescherung diese Weihnacht!
Kuschelkiste Ex Ex Ex!«

Da draußen ist etwas, ein Geräusch. Weihnachtssänger! Wissen sie denn nicht um die schreckliche, schreckliche Gefahr? Aber wenn ich das Fenster aufrisse und sie warnte, damit sie die offenen Straßen verlassen, wie könnte ich dann ihre auf der Hand liegende Frage beantworten? Versuchte ich es nämlich, so hielte man auch mich für verrückt, für wahnsinnig ... Aber ich muß zu Papier bringen, was er mir in seinen lichten Momenten erzählt hat, ehe ihn neuerliche Umnachtung befiel.

Möge sich der Leser sein eigenes Bild machen.
Die Augen des Mannes waren die eines Menschen, der einen Blick in die Hölle getan und ein Stück seiner selbst dort zurückgelassen hat. Das eine Mal war er vollauf bei Verstande, klagte über die Stricke, mit der die Suchmannschaft ihn gefesselt hatte, damit er sich in seinem Wahn nicht selbst etwas zuleide tat; das andere Mal versuchte er mit seinem Kopf an die Wand zu rennen und brüllte die Schlagworte und Floskeln, die ihn in den Irrsinn getrieben hatten:

»Zwanzig Pence mit Weihnachtsmotiv und Umschlag!«

In den Zwischenzeiten erzählte er mir ...

Pforte zur Hölle

Es war ein stürmischer, schneereicher Tag gewesen, und die Flocken jagten in einem einzigen dichten Gestöber vom Flachland hügelwärts, so daß die Anhöhen im Westen Silburys zu einer weißen Winterwüste wurden. Zu solchen Zeiten ist es schon einmal möglich, daß man die Landstraße verliert, und er war vom Kutschbock gestiegen, um die Pferde am Zügel zu führen. Aber was die Zeitungen auch schreiben mögen, so war der Schnee in den Hügeln doch nicht unmöglich tief, und der Sturm hatte sich soweit gelegt, daß man das Abendrot erblicken konnte. Die allgemeine Stimmung war fröhlich, denn man sah bereits die Lichter von Calne, und jeder freute sich, bis Einbruch der Dunkelheit von den zufrierenden Fahrschneisen herunter zu sein.
Und dann, so erzählt der Mann, knarrte etwas, ein Schatten waberte vorbei, und mit einem Schlage veränderte sich oder, wie er hartnäckig glaubt, *verwandelte* sich die ganze Welt, wurde zu

einer neuen, in die sie eingingen. Unmittelbar vor ihnen klaffte jetzt ein großes viereckiges Loch in der Landschaft.

Er versichert, es sei die Pforte zur Hölle gewesen, und obgleich es nicht jene Hölle war, in die Dante hinabstieg, deutet meines Erachtens doch manches in seinen Berichten darauf hin, daß diese unwissende Vermutung der Wahrheit entspricht. Etwas am Rande dieser Welt glitzerte, und bei näherer Untersuchung der Schneewächten stellte der Kutscher fest, daß die gleiche merkwürdige Substanz aufs Geratewohl über alle Bergrücken verstreut war. Sie schien aus dünnen Silberplättchen zu bestehen, die im Lichte funkelten und unter anderen Umständen sicher einen hübschen Anblick geboten hätten.

Der Kutscher und einige der männlichen Passagiere berieten die Lage. Im Westen ging jetzt rasch die Sonne unter, und der Himmel bildete dort eine wilde rotviolette Farbenpracht, während gen Osten Neuschnee drohte. Außerdem hatten die wenigen Beherzten, welche die schon halb verwehten Kutschenspuren ein Stückweit zurückverfolgten, den Eindruck, man sei hoffnungslos von der Straße abgekommen, und ringsherum breite sich weiße unberührte Ödnis.

Wie es aussah, hatte man jedoch keine Wahl. Darum beschlossen ein paar aus der Gruppe zu guter Letzt, sich etwas näher an das Viereck heranzuwagen, das in einiger Entfernung die Aussicht auf den Himmel versperrte.

Und da sahen sie zum erstenmal das Ungetüm, welches, auf einem verschneiten Holzklotz sitzend, das Tor zu bewachen schien – ein riesiges Rotkehlchen, um ein Mehrfaches größer denn ein Truthahn.

Es belauerte sie mit bösen, perlenähnlichen Augen, und sie fürchteten sehr, es könne sie angreifen, doch das Rotkehlchen verharrte regungslos, während sie an den Rand gelangten und auf ein weites, verwaschenes Farbenmeer blickten. Ein warmer Luftzug, leicht geschwängert von Tabakqualm, wehte in die

Welt hinaus, und nach den Erzählungen des Kutschers vernahmen sie ferne, sonderbar verzerrt klingende Laute ...
Einer aus der Gruppe war ein Oxforder Gelehrter, der sich, so meint der Kutscher, während der Reise ausgiebig »gestärkt« hatte. Dieser Gelehrte schlug daher vor, einige von ihnen sollten durch die Öffnung steigen, auf deren anderer Seite eine weite braune Ebene lag, vielleicht einen knappen Meter tiefer; bei aller Unsicherheit schien jener Weg nämlich mehr Aussicht auf ein Überleben zu bieten als eine Nacht in den Hügeln, die zusehends befremdlicher wirkten.

»Frohe Weihnachten! Vom ganzen Büro!«

Waghälse

Einige Waghälse aus der Gruppe, mit denen der Gelehrte seinen Schnaps geteilt hatte, entschlossen sich zum Handeln. Der Kutscher gehörte nach eigenen Angaben zwar nicht dazu, begleitete sie aber letzten Endes aus Pflichtgefühl. Immerhin seien es ja *seine* Fahrgäste gewesen, und er empfand es als seine Obliegenheit, sie sicher nach Bath zu bringen.
Der Gelehrte vertrat die Meinung, Bath könne sich jenseits besagter Ebene befinden, denn sei dies wirklich ein Fenster aus unserer Welt hinaus, dann gebe es auch möglicherweise ein Fenster in unsere Welt zurück ...
Und so seltsam es erscheinen mag – das war wohl der Fall. Denn kaum waren sie hundert Meter weit gekommen, da erblickten sie groß und düster in dem Nebel vor ihnen ein zweites Rechteck, welches dem soeben passierten stark ähnelte.
Man stelle sich die Freude der Reisegesellschaft vor, als sie sah, daß sich dieses Rechteck auf eine freundliche, von gelb schimmernden Laternen gesäumte Straße öffnete. Und einer aus der

Gruppe erklärte gar, es handle sich um eine Straße, nicht weit von seinem eigenen Zuhause in London. Viele der Reisenden hatten London zwar vor geraumer Zeit schon verlassen, doch erfüllte sie die Aussicht, dorthin zurückzukehren, nun mit der größten Freude. Der Mann versprach, ihnen sein Obdach zu bieten, und ein Freiwilliger begab sich allein zu der zurückgelassenen Kutsche, um die übrigen Reisenden zu holen. In diesen letzten Augenblicken der Hoffnung schien es ja allen, als hätte die allmächtige Vorsehung ihr Schicksal auf der unwirtlichen Landstraße vorhergeschaut und ihnen ein Tor zur Wärme der größten Stadt auf der Welt erschlossen ...

Doch da bemerkten sie eine verängstigte Menschentraube in der Nähe des Rechtecks, und mit sinkendem Mut erkannte der Kutscher, daß auch sie von dem glitzernden Reif überzogen war. Dieses zweite Grüppchen bestand aus Männern und Frauen. Es trug Laternen und kam nach einigem Zögern auf den Kutscher zu.

Der Mann, der ein Haus in der Nähe hatte, stieß einen verblüfften Schrei aus und umarmte einen der Fremden, in dem er einen Nachbarn erkannte. Dann aber prallte er vor dem schrecklichen Ausdruck auf dessen Gesicht zurück, denn ganz offenkundig stand hier das Opfer eines ähnlichen Schicksals.

Nach einer gewissen Stärkung durch den Gelehrten aus Oxford erklärte der Neuankömmling, daß er mit einer Schar von Freunden als Sternsinger hinausgezogen sei, und alles habe sehr gut und schön angefangen, bis vor einer Stunde ein unheimliches Knarren ertönt sei, ein Schatten habe gewabert, und nun seien sie irgendwie in eine Welt geraten, die nicht zu dieser gehöre.

»Aber ... hier sind doch eine Straße und erleuchtete Fenster«, entgegnete der Londoner. »Und ist das dort nicht der Raritätenladen der tüchtigen Mistreß Nugent?«

»Wenn ja, dann wäre er wirklich eine Rarität, denn die Türen gehen nicht auf, und hinter den Fenstern ist nichts als gelber

Lichtschein«, antwortete der Sternsinger. »Was früher Häuser waren, mein Freund, ist nun nämlich nur noch flache, eindimensionale Leblosigkeit.«
»Aber es gibt doch noch mehr Straßen ... mein eigenes Haus, keine hundert Meter weit weg von hier ...«
Das Gesicht des Sternsingers war angstvoll und bleich. »Am Ende der Straße«, sagte er, »liegt nichts als weißer Pappkarton.«
Ein Fahrgast des Kutschers stieß einen entsetzten Schrei aus, stieg durch den Rahmen und war bald nicht mehr zu sehen. Nach ein paar Sekunden vernahmen sie seinen Schreckensruf – einen Ruf, den mir auch der Kutscher zuschrie:

»Alljährlich bring Euch diese Zeit
Wärme, Glück und Heiterkeit!«

Erschreckende Banalität

Mehrere Frauen aus der Gruppe des Sternsingers gerieten hierbei in Hysterie und bestanden darauf, sich der Reisegesellschaft anzuschließen. Nach vielem hitzigen Hin und Her entschied man sich deshalb für eine Rückkehr zur Postkutsche, wo Schnee, Gepäck und der eigenartige Flitter mit beträchtlicher Mühe am Rahmen aufgehäuft wurden, so daß man das Gefährt auf die Ebene hinunterhieven konnte.
An dieser Stelle verliert die Erzählung des Kutschers vollends ihren Zusammenhang. Anscheinend machte man sich auf die Suche nach einem weiteren Eingang zur wirklichen Welt und entdeckte dabei zum erstenmal, daß jene seltsamen Fenster auch eine Gegenseite besaßen. Wenn ich die wirren Reden des Mannes recht verstehe, so schien es sich um riesige weiße Rechtecke zu handeln, mit Öffnungen im Himmel, in denen durch fremde Macht weitschweifige Floskeln von unglaublicher, aber er-

schreckender Banalität geschrieben standen. Dies also hatte auch jenen Mann aus London dermaßen erschreckt.

Noch jetzt klingt mir das irrsinnige Kichern des Kutschers in den Ohren: *»Ich bin gegangen lang und weit, / Um Euch Freude zu bringen zur Weihnachtszeit!«*, wobei er immer wieder mit seinem Kopf gegen die Wand rannte, im Takt mit dem, was ich – im weitesten Sinne – den »Rhythmus« jener Verse nennen möchte. Und dann trommelte er jedesmal mit seinen Absätzen auf den Boden, um zu johlen: *»Fröhliche Weihnachten allen in Zimmer 27! Von Tony, Pat und den Kindern. Denkt Ihr noch an Mallorca?«* Und: *»Viel Kohle diese Weihnachten!«* Diese letzten Worte schienen sein Gehirn besonders anzugreifen, und ich kann mich nur fragen, was der arme Bursche wohl gesehen hat.

Dann: *»Frohe Weihnachten von Deinem Willy-Männchen!«* Das war der Punkt, an dem ich den Gärtner zu Hilfe rufen mußte, damit der Bedauernswerte sich nicht etwa selbst ein Leids antäte. Wie lange blieben sie auf dieser verhängnisvollen Ebene? Es scheint ja, als hätten sie außerhalb unserer Zeitbegriffe geweilt und tagelang nach Zugang in eine Welt gesucht, die nicht bloß aus Plattheit bestand.

Und dabei waren sie nicht allein.

Auch andere Personen waren auf der gleichen schrecklichen Reise. Personen und Ungeheuer.

Ich fürchte, es ist ein für allemal um seinen Verstand geschehen. Kein geistig gesunder Mensch vermag derlei zu schauen. Es gab, so sagt er, ein »Fenster« auf eine Welt von Wüstensand, gelegen unter einem Nachthimmel, in der drei Männer afrikanischen oder asiatischen Aussehens ihr Lager aufgeschlagen hatten. Einer dieser Männer sprach ein ganz leidliches Latein, so daß ihn der Oxforder Gelehrte trotz seines nahezu volltrunkenen Zustands gerade noch verstehen konnte. Auch diese drei waren an das Ende ihrer Welt gelangt, vor eine Einöde aus Pappkarton, und hatten dies nach gründlicher Untersuchung irgendeinem Zwi-

schenfall, möglicherweise astronomischer Natur, zugeschrieben, durch welchen Raum und – wer weiß? – vielleicht sogar die Zeit stark verzerrt worden seien.
Sie verbündeten sich mit der Gruppe, sehr zum Verdruß der anwesenden Frauen, doch schienen sie für heidnische Verhältnisse recht gebildet und wohlerzogen, ja, sie munterten mit ihren Geschichten und fremdländischen Gesängen die Reisegesellschaft sogar auf und stärkten die Geistesmoral. Außerdem waren es sehr vermögende Männer, was einige Bedeutung erhielt, als die stark angewachsene Karawane der nächtlich Umherirrenden einer Gruppe von Schäfern begegnete, verschollenen Kindern aus ihrer eigenen Welt, und mehrere Schafe erwerben konnte, die der Kutscher (er war auf einem Bauernhof aufgewachsen) zu schlachten und zuzubereiten verstand.
Die Schäfer, die ja schon von Berufs wegen umherzogen, hatten sich seit geraumer Zeit von ihrem Fenster entfernt und wußten viele gar wundersame und unheimliche Dinge zu berichten.

»*Fröhliche Weihnacht, / Deine erste im Leben! / Mag es immer viel Glück / Und viel Freude Dir geben!*
O du lieber Himmel! Der schreckliche Beagle!«

Riesenkätzchen

Was mehr soll ich schreiben? Fast sträubt sich mir die Feder. Der Mann faselte von vier riesenhaften Kätzchen mit blauen Schleifen um den Hals und von einem Rechteck, in dem sich eine gewaltige Hackfleischpastete befand. Die nahmen sie als Proviant mit. Außerdem gab es etliche, mehr als haushohe Gläser, die – wie man nach einer beträchtlichen Anstrengung mit Strickseilen und unter Zuhilfenahme eines riesigen Stechpalmenzweigs er-

mittelte – einen süßen Sherry enthielten, in dem der Oxforder Gelehrte leider ertrank.
Und es gab diesen brüllenden roten Riesen, der, bärtig und von Sinnen, auf einem Dach saß, sowie noch andere Dinge, zu schrecklich, um sie hier zu beschreiben – Menschen, die nichts als bunte Zeichenfiguren waren, das gewaltige schwarzweiße Zerrbild eines Hundes, der sie drohend von seiner Hütte herab belauerte, und Dinge, die selbst einen Mann der Wissenschaft erröten lassen würde.
Es scheint, daß der Kutscher letztendlich beschloß, die Gesellschaft zu verlassen, denn seiner Überzeugung nach war der Tod in den rauhen, tiefverschneiten Hügeln von Wiltshire für einen Christenmenschen noch das bessere Schicksal, einem Leben in jener abscheulichen Welt vorzuziehen. So kehrte er wohl allein durch die Ebene zurück.
Kaum angekommen, kroch er auf allen vieren über den merkwürdigen glitzernden Schnee, als er plötzlich aufs neue das unheimliche Knarren hinter sich hörte und, da er den Kopf drehte, jene furchtbare längliche Öffnung verschwinden sah. Sofort brachen kalte Winde und Schnee über ihn herein, doch *er* empfand es als Segen nach jener schrecklichen warmen Welt in der braunen Ebene. Und so wurde er, durch den neuen, wilden Schneesturm taumelnd, denn gefunden …

Jetzt ist es ganz dunkel draußen. Die Sternsinger sind fort, und zwar nach Hause, möchte ich hoffen.
Nun verabschiedet sich auch meine Haushälterin, die mir gerade das Neueste vom Tage berichtet hat. Es sind sonderbare Neuigkeiten. Bei Avebury hat man einen Mohren auf einem Kamel festgenommen. In Swindon wurde ein Mann in seinem eigenen Garten zu Tode gehackt, wie von einem Schnabel, und im Schnee finden sich nur die Spuren eines riesigen Vogels. Hier in Chippenham hat ein Reisender eine Katze gesehen, wie sie über

eine hohe Hecke sprang und querfeldein davonlief – eine Katze, die größer war als ein Elefant und mit einer blauen Schleife um den Hals. Welche Ungeheuer wurden da losgelassen auf unsere Welt?

Und auf meinem Schreibtisch spiegle ich mich in dem blinkenden Stückchen Flitter, das der Kutscher in seiner Hand umklammerte. Wer würde nur so etwas auf den Schnee streuen, damit er glitzert, und aus welchem schrecklichen Grunde?

Ich ziehe den Vorhang zurück und sehe auf die belebte Straße. Die Regionalkutsche unten aus Bath steht nun vor dem Gasthaus, und alles ist weihnachtliche Betriebsamkeit, eine Welt weit entfernt von den trübsinnigen Phantastereien und Beteuerungen des Mannes im Erdgeschoß. Es ist ein hoffnungsvolles Bild, eine Erinnerung an die Wirklichkeit. Vielleicht ist er letztendlich ja doch nur ein von Kälte und Erschöpfung verwirrter Mensch, vielleicht sind die Berichte von Riesenhunden und fliegenden Schlitten ja nichts als sonderbare Späße. Wenn nur das Stück Flitter nicht wäre ...

»*Das Goldstückchen im Stroh! Amen!*
Mit den allerbesten Wünschen für Dich, Mum und Dad!«

Und ich sehe den Schneefall, wie er glitzert ...
Und ich höre das Knarren.
Gott steh uns allen bei!

Das Steilriff

Richard Adams

Eine neue Geschichte des Autors von *Unten am Fluß* (1972), ein Roman über Tiere in freier Natur, der seit *Der Wind in den Weiden* als der beste seiner Art gilt. Daneben schrieb Adams unter anderem *Shardik* (eine beachtliche Phantasie über Krieg, Abenteuer und Grauen), *The Plague Dogs* sowie *The Girl in the Swing.*

Immer wieder habe ich mir vorgenommen, jemandem – einem früheren Tauchpartner, irgendeinem Unterwasserprofi wie zum Beispiel Monica Ferring, die ich persönlich kenne, oder einfach nur einem Freund, einer x-beliebigen Bekanntschaft – von meinem Erlebnis zu berichten, das nun über zwei Jahre zurückliegt; dem Erlebnis, das mich von sämtlichen normalen Alltagsgedanken, von Büchern und von Musik abhält, weil mich die Erinnerung daran nicht loslassen will; eine Erinnerung, die mir das Alleinsein unerträglich macht. Doch am Ende stelle ich immer wieder fest, daß ich nicht darüber reden kann. Vielleicht bin ich jedoch in der Lage – ohne Rücksicht auf den Schaden, den mein Verstand dabei erleiden mag –, einen Bericht niederzuschreiben. Mein Gemüt kam nämlich diese ganzen zwei Jahre nicht zur Ruhe; ich habe keinen richtigen Schlaf, keinen richtigen Appetit, keine richtigen Interessen mehr. Also brauche ich mir um eine etwaige Verschlimmerung meines Seelenzustands keine Sorgen zu machen. Er könnte kaum schlimmer sein.

Möglicherweise sollte ich mich vorsichtig an das Thema herantasten. So kann ich jederzeit aufhören – mit anderen Worten:

kneifen –, wenn es zu schlimm für mich wird. Wäre ich ein alter Grieche, dann riefe ich jetzt vielleicht Poseidon an, daß er sich meines Geistes bemächtige, oder besser noch eine Gott gewordene Monica, diese nüchternste, besonnenste und unerschrockenste aller Tiefseetaucherinnen und -taucher.

Vor einigen Jahren – genauer gesagt, seit ich den Tauchsport für mich entdeckte –, war er meine einzige, glühende Leidenschaft. Es ist wirklich keine übertriebene Behauptung, daß es nur zwei Dinge in meinem Leben gab: Tauchen und genug Geld zu verdienen, um wieder tauchen zu gehen. War ich glücklich? wird man vielleicht fragen. O ja, ich war glücklicher, als ich es mir in meinen kühnsten Träumen ausgemalt hätte. Ich hatte das einzige im Leben entdeckt, was sich lohnte, eine unerschöpfliche Freude, die göttliche Offenbarung. (Aber die Hindus glauben, daß Gott mehrere Seiten besitzt, und eine davon ist Kali.)

Ich war gerade Dozent an einer Universität in Florida, als ich auf die Idee kam, den Tauchschein zu machen – fast so etwas wie eine Schnapsidee. Ich stellte es mir ganz spaßig vor. Allerdings hob so mancher eine Augenbraue, weil ich mit meinen fünfundfünfzig Jährchen bei weitem der älteste im Kurs war. Der Rest bestand hauptsächlich aus jungen Männern und ihren Mädchen (oder in zwei Fällen wohl eher aus jungen Männern und ihren jungen Männern) sowie ein paar Sonderlingen von meiner Sorte und von der Sorte des einzigen Kursteilnehmers, der wie ich aus England kam, Trevor Fishlock.

Trevor unterrichtete ebenfalls in Florida, als Gastdozent, und wir fanden uns auf Anhieb sympathisch, obwohl er gut zwanzig Jahre jünger war als ich. Wie sich herausstellte, fiel es uns beiden schwer, das Boylesche Gesetz, den Atmosphärendruck, Stickstoffgehalt des Blutes und die ganze übrige Physik zu begreifen – oder zumindest, sie auf die Praxis zu übertragen, was so ziemlich auf das gleiche hinausläuft –, denn wir mochten zwar Akademiker sein, aber unser Fachgebiet war Geschichte.

Durch diese Geistesverwandtschaft löste sich glücklicherweise die Frage des Tauchpartners. Es gehört zu den absoluten Grundbedingungen des Tauchens, daß man immer und ewig einen Kameraden dabeihat – jemanden, den die Amerikaner typischerweise einfach nur als *buddy* bezeichnen. Man darf nie und unter gar keinen Umständen ohne diesen »Kumpel« tauchen. Unter Wasser gilt die erste Sorge jedes Tauchers der Sicherheit und dem Wohlergehen seines Kollegen. Die beiden dürfen sich nie aus den Augen verlieren, und das allerschlimmste Verbrechen, das man beim Tauchen begehen kann, ist, den Kumpel allein zu lassen, aus welchem Grund auch immer. Diese bewunderungswürdige Regel, das Kumpelsystem, hat schon zahllosen Menschen das Leben gerettet, und ich denke, die Mißachtung dieser Regel muß etliche das Leben gekostet haben. Natürlich ist es viel besser, man besitzt einen lang erprobten Kumpel, der einen gut kennt, als mit jedem x-beliebigen unter Wasser zu gehen, nur weil er gerade greifbar ist. Im Laufe des Kurses gewöhnten Trevor und ich uns ganz gut an die Stärken und Schwächen des anderen. (Wo ist Trevor wohl heute? Was geht ihm durch den Kopf, seit ... Nein, ich will nicht vorgreifen. Es ist noch schlimm genug, wenn ich dazu komme.)

Der Tauchkurs war ein wunderschönes Beispiel für die kommerzielle Sichtweise, mit der Amerikaner die Dinge betrachten. In England dauert so ein Lehrgang sechs Monate, und wenn man den Stoff am Ende nicht beherrscht, dann fällt man durch. Der Kurs in Florida dauerte nur sechs Wochen, und unser Ausbilder, ein sympathischer Kerl, sagte uns, es sei zwar niemand, der sein Geld bezahlt habe, je durchgefallen, aber das Personal könne Sonderbedingungen für die Prüfung aufstellen. Der Lehrplan war sicher anspruchsvoll, denn meines Wissens wurde nichts Wesentliches ausgelassen, aber dafür sehr komprimiert, und ich fürchte, was mich betraf, ging allerhand Theorie (auf die es beim Tauchen ankommt) zum einen Ohr herein und zum anderen wieder hinaus.

Jedenfalls erhielten wir zu gegebener Zeit die Urkunden, die unsere Qualifikation bescheinigten, und los ging's! (Selbst Luft für die Sauerstoffflasche darf man eigentlich nur gegen Vorlage eines Tauchscheins bekommen. In der Praxis klappt's manchmal, manchmal nicht.) Was mich – und auch Trevor – letztendlich unbefriedigt ließ, war die Tatsache, daß all unsere Tauchgänge während des Kurses in Süßwasser stattgefunden hatten, also in Teichen und Seen. Florida erinnert ziemlich stark an Connemara, weil es aus vielen Seen, Flüssen und Teichen, verbunden durch Landstückchen, besteht. In Finnland soll es so ähnlich sein. In manchen dieser Seen gibt es Höhlen, und man versucht die Taucher mit allen Mitteln davon wegzuhalten. Die Warnschilder verkünden, daß es darin schon zu Todesfällen kam. (Wir selbst schwammen nie dort hinein.) Trevor und ich hatten das Gefühl, noch nie richtig getaucht zu sein, solange wir es nicht im Meer erlebt hatten. Bei erstbester Gelegenheit unternahmen wir einen Trip zu den Westindies.

Erst hier packte mich die wahre Faszination des Tauchsports. Worin sie besteht? Nun, es fängt, glaube ich, mit der erstaunlichen Brillanz und Intensität der Unterwasserfarben an, die sich gar nicht beschreiben lassen – man muß sie selbst erlebt haben. Fische, Pflanzen, ja, sogar Steine scheinen regelrecht zu leuchten und von einer lebendigen Buntheit erfüllt, mit der nichts an Land vergleichbar ist. So muß sich Tannhäuser im Venusberg vorgekommen sein. Es gibt da noch eine andere, unendlich schönere Welt als die unsrige. Das meiste ist in unberührtem Naturzustand und vieles davon zugänglich. Sie hat schon Jahrtausende, bevor irgendein Menschenauge sie erblickte, existiert, und der Großteil ist immer noch unentdeckt.

Sie besitzt die Unschuld des Paradieses, denn ihre Geschöpfe haben keine Angst vor dem Menschen. Keines oder doch nur wenige erlitten Tod oder Grausamkeit von Menschenhand, weshalb sie nie irgendeinen Instinkt entwickelten, den Menschen zu meiden. Die kleineren Fische in ihren lebhaften Schwärmen scheinen gleichgültig gegen seine Annäherung und halten selbst Zentimeter vor einer Tauchermaske, ja, vor den eigenen Augen des Tauchers, nicht in ihren müßigen Bewegungen oder ihrem Herumflitzen inne. Größere Fische weichen einem heranschwimmenden Taucher zwar aus, aber es ähnelt weniger einer Flucht als einer Art vernünftigen Aus-dem-Weg-Gehens, für das man sich im übrigen ruhig Zeit läßt. Ein Taucher, der sich absolut still verhält, kann sicher sein, daß er bald das natürliche Unterwasserleben ringsum beobachtet.

Dieses Leben geht lautlos vonstatten, und da der größte Teil unseres Planeten von Meer bedeckt ist, folgt daraus, daß diese herrliche, wohltuende Stille der Naturzustand der Erde sein muß. Gewiß kann man auch ein Geräusch erzeugen – etwa, um die Aufmerksamkeit des Partners zu erregen –, indem man im Inneren der Tauchermaske ruft oder schreit, aber dieser Laut ist gedämpft. Er wird nur wenige Meter weit getragen und scheint keinen Fisch zu erschrecken. An Land sind wir heute so viel Lärmbelästigungen ausgesetzt, daß wir sie für ganz natürlich halten und fast nie etwas unternehmen, um sie zu beenden. Wir sind wie ahnungslose, uninformierte Partner einer unerfüllten Ehe, wissen gar nicht, daß es etwas Besseres gibt. Stellen Sie sich diese unterseeische Stille vor, die den ganzen Erdball umfängt gleich den Armen einer gewaltigen Mutter. Das ist ein Frieden, wie man ihn außerhalb der Meere gar nicht kennen kann, wie ihn zwangsläufig nur Wesen kennen, für die er zum natürlichen Leben gehört.

Bis heute nehmen die Menschen gedankenlos an, die Welt und deren Geschöpfe seien da, um von ihnen nach Herzenslust bezwungen und ausgebeutet zu werden. Und wie jämmerlich, anmaßend und verantwortungslos haben sie sie kaputtgemacht. Im Meer aber liegen gewaltige Reiche, wo nur Fische und ähnliches leben und die für luftatmende Menschen ungastlich sind. Es ist eine schlichte Wahrheit, daß der größte Teil der Welt nie von Menschenaugen erblickt wurde, daß er deshalb jedoch nicht weniger schön und wundervoll ist als jedes andere Fleckchen Erde.

Es war dieses Erlebnis – zu sehen, was noch nie jemand gesehen hatte –, was Trevor und mich am Tauchen besonders reizte. Wir schwelgten in dem Gefühl, ins Noch-nie-Geschaute vorzustoßen, drangen immer auf *diesen* Punkt, wenn wir einen Tauchführer engagierten (ohne den gingen wir nämlich nie unter Wasser). Im Laufe weniger Jahre besuchten wir die meisten anerkannten Tauchgebiete auf der nördlichen Erdhalbkugel, die ganzen Westindies, das Mittelmeer bis zum Golf von Akaba und andere Teile des Roten Meeres. Wir flogen auch auf die Seychellen und die Malediven, wo wir manchmal mit Leuten tauchten, die so gut wie kein Englisch sprachen. Wir wurden so erfahren, wie es Amateure nur sein konnten.

Ich erinnere mich noch genau an den Ort und den Zeitpunkt, als ich Trevor zum erstenmal vorschlug, was wir später »den großen Plan« nannten. Es war eines Abends im Juni. Wir saßen auf der Veranda eines bescheidenen Hotels in Alexandria und schauten hinaus auf die unzähligen Schiffe im Hafen, auf die ruhige blaue See.

»Weißt du, was wir mal machen sollten?« sagte ich zu Trevor und gab dem Kellner ein Zeichen, noch zwei Gin Tonic zu bringen.

»Was?« fragte er. »Auf Profi umsatteln? Darüber hab ich hin und wieder schon nachgedacht. Es würde uns das Leben in mancher Hinsicht erleichtern, nicht wahr? Aber ich habe keine Ahnung, wie das geht.«

»Nein, das meine ich nicht«, entgegnete ich. »Ich spreche von unserem nächsten Reiseziel.«

»Na und? Murmansk? Alaska?«
»Nein, im Ernst«, sagte ich. »Ich glaube, wir sind jetzt soweit. Nur auf der Südhalbkugel waren wir noch nie. Wir sollten nach Australien und auf dem Großen Barriere-Riff tauchen, im Korallenmeer.«
»Hol's der Teufel!« rief Trevor aus. »Das ist wirklich eine Idee. Aber ob wir uns das leisten können?«
»Ich gebe zu, finanziell wird es nicht einfach sein«, sagte ich. »Ich müßte dann das Tafelsilber verhökern oder irgendeine Hypothek aufnehmen. Aber ich bin fest dazu entschlossen, bevor ich zu alt werde. Cairns wäre doch genau das richtige? Ich habe schon oft gehört, es ist *das* Tauchparadies, du nicht?«
Nun, die Einzelheiten kann ich mir ersparen. Irgendwie kratzten wir das Geld zusammen, und im Dezember des darauffolgenden Jahres fanden wir uns in Cairns wieder, an der Küste von Queensland – Cairns, dessen gesamter Uferbezirk sich allen nur möglichen Spielarten des Tauchsports widmet, Cairns, in dessen Bars Tauchen der allgemeine Gesprächsstoff ist.
Obendrein hatten wir ganz besonderes Glück, denn wir fanden etwas heraus, das wir vorher ganz bestimmt nicht wußten, nämlich daß Bill und Monica Ferring erfahrene Taucher mit unter Wasser nahmen und daß noch ein paar Plätze frei waren. Keine Woche später ging es auf einer von zwei Barkassen Richtung Riff und Korallenmeer.
Wir fanden Bill und Monica sehr sympathisch und betrachteten sie bald als persönliche Freunde. Die beiden gehörten zu den ehrlichsten und natürlichsten Menschen, die mir je begegnet sind. Trotz weltweiter Berühmtheit zeigten sie sich ganz bescheiden und verbreiteten sich keineswegs über das, was uns alle aus erster Hand interessierte: ihre unglaubliche, atemberaubende Arbeit mit Haien. Monica hatte schon oft zwischen allen möglichen Haifischarten getaucht und sie zur Freßwut gereizt, während sie seelenruhig mittendrin schwamm und Bill sie filmte.

»Aber sind Sie denn *nie* gebissen geworden?« fragte ich. »Ein einziges Mal nur«, antwortete sie, »in den Oberschenkel.« – »Und was, um Himmels willen, haben Sie da gemacht?« – »Ich habe dem Hai auf die Schnauze gehauen, damit er losläßt, und das hat er auch getan.«

»Ich bin ja nur ein dummer Bauerntrampel«, sagte sie einmal, als Trevor zufällig etwas über Kipling als Dichter bemerkte, »aber von euch Akademikern hat doch keiner eine Ahnung von Banjo Paterson oder *dem Mann vom Verschneiten Fluß. Das* ist vielleicht ein Dichter!« Sie bot mir an, mir bei unserer Rückkehr Banjo Paterson auszuleihen.

Beim Tauchen geht es in diesen Gewässern hauptsächlich um das, was landläufig *bommie* beziehungsweise *drop-off* heißt. Hier und da findet man große Felssäulen auf dem Meeresgrund, die bis zu fünf oder zehn Meter unter den Wasserspiegel aufragen. Die Oberfläche dieser Säulen ist mehr oder weniger flach und mit lang ansässigen Pflanzen bedeckt. Bewohnt wird sie von Seeanemonen, kleinen Schaltieren, Schwärmen kleinerer Fische und dergleichen. Diese leicht zugänglichen Plateaus nennt man *bommies.* Manche davon sind relativ schmal, andere so groß wie eine Wiese oder noch größer.

Das Tauchen kann sehr viel Spaß machen, ohne daß man so einen Bommie je verläßt. Für gewöhnlich bleibt das Boot oben verankert, während die Tauchpartner den ganzen Bommie abschwimmen und sich anschauen, was er zu bieten hat. Man kann in dieser vergleichsweise geringen Tiefe mit nur einer Sauerstoffflasche gut eine Stunde oder länger auskommen und muß sich zudem keine Sorgen wegen Stickstoffgehalt des Bluts oder Tiefenrausch machen, weil man ja höchstens eine Atmosphäre (rund zehn Meter) weit unten ist.

Am Rande des Bommie geht es steil abwärts, oft über mehrere hundert Fuß, bis zum Meeresgrund. Das ist der sogenannte *drop-off,* und dort fängt der Spaß erst richtig an. Der schwerelose

Taucher ist wie eine Fliege an der Wand und kommt mühelos, wohin er nur will. So ein Steilriff bietet eine unfaßbare Pracht. *Alles* wohnt dort, von Seeanemonen, Krebsen und Muscheln bis hin zu riesigen Seeaalen (ungefährlich, solange sie nicht gereizt werden), und es wimmelt von Schwärmen kleiner Fische, die sich nie viel weiter hinauswagen. Diese verschwenderische Lebensfülle reicht nicht sehr tief, und man kann auf zehn Metern ebensoviel erleben wie auf zwanzig oder fünfundzwanzig.

Unsere Gruppe war schon rund eine Woche an allerlei Stellen draußen vor dem Barriere-Riff, von denen nur Bill und Monica wußten, da sagte Bill – es war an Heiligabend –, daß die Bedingungen für einen Tauchgang an einer besonders prachtvollen Klippenwand keine halbe Stunde von hier heute optimal seien. Als wir in unseren Booten zu der Stelle gelangten, fühlte ich mich erfüllt von weihnachtlicher Abenteuerlust. Ich hätte es mit allem aufgenommen – sogar mit ein paar Haien, solange Monica sich in der Nähe befand. Das Meer war totenstill, und während wir darauf warteten, bis alle zusammen waren, gab es nichts von dem Herumhüpfen auf den Wellen, das mir immer so mißfällt. Der Steilhang war eine Sensation, und Trevor und ich verbrachten viel Zeit damit, ihn abzutauchen, rauf und runter, wie wir gerade Lust hatten. Ich schätze, wir waren knapp über eine halbe Stunde unter Wasser, da packte mich plötzlich die unwiderstehliche Lust, einmal *richtig* tief zu tauchen. Trevor und ich waren noch nie weiter als ungefähr fünfundzwanzig Meter unten gewesen, hatten auch nie den besonderen Wunsch gehabt, doch hier, wo man die Riffwand ins scheinbar Bodenlose abstürzen sah, fand ich es aufregend und vollkommen gefahrlos, ihr zu folgen und unseren persönlichen Tiefenrekord aufzustellen. Verirren konnte man sich jedenfalls nicht, obwohl natürlich auch nicht lange dort unten bleiben – je tiefer man geht, desto mehr Luft wird verbraucht –, aber es wäre wieder einmal eine Gelegenheit, einen Ort zu besichtigen, den noch nie jemand gesehen hatte.

Ich teilte Trevor meine Idee mit, indem ich heftig abwärts deutete, er antwortete mit einem Nicken, einem Daumen-nach-oben, und runter ging's.
Ich dachte mir nichts Besonderes, beobachtete ganz einfach, wie das Leben auf der Riffwand immer spärlicher wurde, und behielt dabei meinen Tiefenmesser im Auge, der nach und nach auf zufriedenstellende zweihundert Fuß (also rund sechzig Meter) fiel, da sah ich in dem trüben Licht, daß wir am Ende unseres Tauchgangs waren. Ein Stückchen weiter unten bog der Steilhang in einem rechten Winkel zum Meeresgrund und bildete so etwas wie einen glatten, völlig nichtssagenden Unterwasserstrand, der sich, ohne merklich an Tiefe zu gewinnen, weit und breit in den Ozean hinausdehnte.
Ich tauchte die paar verbleibenden Meter. Dann stellte ich mich auf diesen Sandboden und drehte mich um, weil ich meinem Partner ein Zeichen geben wollte. Kein Mensch kann sich wohl vorstellen, wie schrecklich es für mich war, als ich sah, daß nicht Trevor sich in meiner Nähe befand, sondern jemand anderes. Und während ich durch meine Tauchermaske starrte, verfiel ich von Furcht in nacktes Entsetzen, denn dieser Jemand war kein Mensch.
Die Gestalt stand aufgerichtet da, sah mich an und war gut einsfünfzig groß. Sie trug weder Tauchermaske noch Sauerstoffflasche. Ihr Körper besaß zwei beinähnliche Extremitäten und zwei Arme, die nach mir ausgestreckt waren. Davon endete jeder nicht in einer Hand, sondern in einer Art Schwimmflosse, die anstelle von Fingern große Krallen hatte. Die Farbe dieser Gestalt bestand in einem durchgehenden Grau, und der ganze Körper war mit Schuppen bedeckt. Der Hals war sehr kurz und dick und hatte Kiemen auf jeder Seite. Die großen Augen, aus denen diese Kreatur mir ins Gesicht starrte, besaßen keine Lider. Dazwischen befand sich eine kurze, fast flache Erhebung, die keine Nasenlöcher aufwies, und unter dieser ein breites, geöffne-

tes Maul, in dem lange, spitze Eckzähne sichtbar waren – die Zähne eines Raubwesens.
Noch während ich diese Gestalt wie gebannt vor Grauen anstarrte, machte sie einen Schritt nach vorn und reckte einen ihrer klauenbewehrten Arme über den Kopf.
Ich flüchtete nach oben. Meine Höchstgeschwindigkeit war immer noch zu langsam, gemessen an meiner Panik. Hätte ich daran gedacht, dann hätte ich mich meines Bleigürtels entledigt. Ich warf kurz einen Blick nach unten und sah, daß die Kreatur mich verfolgte, aber ich war zu schnell für sie, was meine Angst und mein Entsetzen nicht im geringsten minderte. Wenn ich überhaupt etwas dachte, dann dies, daß ich nichts als aus dem Wasser wollte.
Beim Aufblicken entdeckte ich an der Riffwand über mir drei menschliche Gestalten, die sich nicht von der Stelle rührten, und schwamm mit unverminderter Geschwindigkeit auf sie zu. Sie stellten sich als Bill, Monica und Trevor heraus, der sich offenkundig zu seinem Tauchführer zurückbegeben hatte, als er den Kontakt zu mir verlor. Das war ein sehr vernünftiges Verhalten. Bill faßte mich am Arm, aber ich riß mich los und schwamm weiter nach oben zum Riffplateau und von dort zum Boot, wo ich mich keuchend, stöhnend und zitternd auf den Boden warf. Sobald alle aus dem Wasser waren, versuchte Bill, der sich unverkennbar Sorgen machte, aus mir herauszukriegen, was denn los sei. Ich konnte nur mit dem Kopf schütteln und »Später, später« sagen, während ich mich auf den Bootsrand setzte und mich an Trevors Arm festhielt. Wieder an Bord der Barkasse, bin ich wohl in meine Koje gegangen und habe geschlafen. Ich wüßte nicht, daß ich etwas zu mir genommen oder mit irgend jemandem gesprochen hätte. Bill und Monica waren schon darauf gefaßt, daß die Taucherkrankheit, ein Stickstoffüberschuß, einsetzen würde. Ich hätte es weiß Gott verdient gehabt, aber aus irgendeinem Grund erkrankte ich nicht.

Am nächsten Morgen, dem Weihnachtstag, ging es mir schon ein bißchen besser, und Monica hielt mir vor versammelter Mannschaft die Standpauke meines Lebens, weil ich so hochgekommen war, wie gerade beschrieben. Als kleinlauter, dummer Junge stand ich vor ihr, während sie mich gute zehn Minuten lang abkanzelte. »In Cairns kann ich dir eine ganze Grabreihe von Leuten zeigen, die an der Taucherkrankheit *gestorben* sind«, beendete sie ihre Vorhaltungen. »Du hättest es verdient, dort zu liegen.« Und dann fragte sie mich etwas sanfter: »Worüber bist du denn so aus dem Häuschen geraten? Hast du gedacht, dir geht die Luft aus, oder was?« Ich schüttelte nur den Kopf. »Und warum hast du deinen Kumpel im Stich gelassen?« Hier versuchte der gute Trevor sich einzuschalten und einen Teil der Schuld auf sich zu nehmen, aber das änderte wenig an Monicas Wut.
Ich tauchte weder an diesem noch am nächsten Tag. Am übernächsten fuhren wir nach Cairns zurück, und Trevor und ich reisten wieder nach Hause. Trevor machte sich große Sorgen um mich. Alles, was ich sagen konnte, war, daß ich etwas sehr, sehr Schlimmes erlebt hätte und es ihm später erzählen würde, wenn ich mich stark genug dazu fühlte. Ich habe mich nie stark genug gefühlt und bin nie wieder getaucht. Und ich werde es auch nie wieder tun.
Wahrscheinlich sagt jetzt der eine oder andere: »Weshalb das ganze Theater? Sie haben's ja nur *gesehen,* das Ding hat Ihnen ja nichts getan.« Erinnern Sie sich noch an die alte Geschichte von dem Mann, der sich bereit erklärt hatte, in einem Spukhaus zu übernachten? Am nächsten Morgen fand man ihn unversehrt, aber hoffnungslos wahnsinnig, und er konnte nicht darüber sprechen, was passiert war. Genausowenig kann ich über das sprechen, was *ich* gesehen habe. Vielleicht gibt sich das ja mit der Zeit, aber bislang verfolgt mich mein Erlebnis auf die grauenvollste Weise, und ich bleibe davon ... nun ja, besessen.
Und angenommen, ich würde tatsächlich sagen: Es gibt Anthro-

poiden – eine menschenähnliche Rasse – im Korallenmeer. Sie leben unter Wasser, und ich bin einem davon begegnet. Was wäre die Folge?
Unsere Abstammung von den Affen liegt Jahrmillionen zurück. Ist es nicht denkbar, daß sich eine amphibische Gruppe abgespalten, sich über die Jahrtausende angepaßt und letztendlich entwickelt hat zu ... zu dem, was ich sah? Dieses Wesen wäre natürlich ein Räuber, denn ein anderes kann im Meer nicht überleben.
Wir wissen bis heute fast gar nichts über das Meer und seine Bewohner. Nicht nur, daß viele von ihnen immer noch nicht wissenschaftlich erfaßt sind, man darf ruhig behaupten, daß viele bis dato auch ungesehen und unbekannt blieben.
Weiter habe ich nichts zu berichten. Eines Tages wird man mit Sicherheit mehr entdecken.

Die Fähre

Joan Aiken

Eine bislang unveröffentlichte Geschichte von einer der beliebtesten Schriftstellerinnen Großbritanniens, die in gleichem Maße für ihre Geistergeschichten, Kinderbücher, historischen Romane und Krimis bekannt ist.

Judith befestigte einen Stechpalmenzweig und sah sich dann nach der nächsten geeigneten Stelle um; sie hatte immer noch ein gewaltiges Büschel übrig. Nein, eigentlich gab es keine einzige mehr, und so nahm sie den kratzigen, raschelnden Bund, um damit vor die die Haustür zu gehen. Unter dem überdachten Eingang bildete sie eine Art beerenbehangenes Nest, das auf Besucher, so hoffte sie, anheimelnd und gastfreundlich wirken würde.

Sie trat einen Moment ins Freie, um sich an dem Gesamtanblick des Hauses zu weiden. Sie bewohnten es erst seit vierzehn Tagen, und es schien immer noch unglaublich, daß sie hier war, neben der weiten, schimmernden Wasserfläche, über der melancholisches Möwengeschrei gellte, statt zusammengepfercht in einem staubigen Vorort, wo Ken jeden Morgen den Acht-Uhr-Dreißiger erwischen mußte. Wie doch so eine kleine Erbschaft ein Leben verändern kann, ging es ihr durch den Kopf. Vor einem Monat hatte Cornwall für sie beide noch ein Ultima Thule dargestellt, einen Horizont, wo man irgendwann nach dem sechzigsten Geburtstag einmal hinwollte, und da war sie nun, sogar schon mit einem Boot und

ein paar Hühnern ausgestattet, und Ken besorgte für Weihnachten Getränke.
Das Haus war klein und weiß. Judith fand, es ähnelte ziemlich einer Muschel, die an den Strand gespült worden war, mit dem rosigen Schein des Kaminfeuers auf den Innenwänden und der geschwungenen Treppe, die nach unten zum Anlegesteg führte. Früher hatte hier der Fährmann gewohnt, und obwohl es keine Fähre mehr gab, hieß das Gebäude immer noch »Das Fährhaus«. Dahinter ging es einen steilen Berg hinauf, auf eine kahle Anhöhe. Andere Häuser gab es auf dieser Seite des Flusses nicht, außer drei kleinen Bauernhöfen, und die waren viel weiter Richtung Meer, auf der Landzunge. Die Gemeinde selbst lag gänzlich am anderen Ufer, und Judith sah die Lichter, die jetzt in den Fenstern drüben am Wasser angingen, sah den grellen, bunt blinkenden Christbaum vor der Kneipe am Anlegeplatz.
Es war kalt. Judith fing an zu zittern und beschloß wieder ins Haus zu gehen und sich schon mal für die Cocktailparty der Martins umzuziehen. Aber aus irgendeinem Grund widerstrebte es ihr, durch diese Tür zu gehen; sehr viel lieber hätte sie sich weiter auf diesem Landungssteg aufgehalten, sich noch ein bißchen hingesetzt und ihre Beine über den Rand baumeln lassen, als ob es ein Augustnachmittag wäre statt Heiligabend bei Einbruch der Dunkelheit. Ihr wurde klar, daß das Schmücken des Hauseingangs nur ein Vorwand gewesen war, um ins Freie zu gelangen.
»Aber wieso?« fragte sie trotzig diese andere Judith, die so dumm, so beharrlich drängte, auf der Anlegebrücke zu bleiben. »Du mußt dich einfach daran gewöhnen, auch mal allein zu sein, du alte Großstadtpflanze. Es wird sicher noch häufig vorkommen, daß Ken nicht da ist; dann kannst du nicht jedesmal Angst kriegen, nur weil du allein in diesem Haus bist. Es ist ein hübsches Häuschen, ein sehr hübsches, und es hat absolut keine Bewandnis damit auf sich.«

Hinter sich die breite Wasserfläche und die Lichter, stand sie da und starrte auf das schwarze Viereck der offenstehenden Tür. Es kam ihr vor wie der Eingang zu einem Rattenloch. Sie nahm all ihre Willenskraft zusammen, um hineinzugehen. Schließlich würde Ken jetzt jede Minute mit den Getränken heimkommen – sie spitzte die Ohren nach dem Tuckern des Motorboots –, und bald würden sie zur Party der Martins aufbrechen. Alles war in Ordnung, alles war prima. Warum also stand sie dann hier in der Ecke der Küche, rang die Hände und biß sich auf die Lippe? Warum also diese nervliche Qual?

Wütend schüttelte sie den Kopf und lief die Treppe hinauf. Sie holte ihr Lieblingskostüm aus dem Schrank, das tomatenrote aus Wolle, und schlüpfte hinein. Dann stand sie, die Haarbürste noch in der Hand, wieder unversehens am Fenster und starrte wie gebannt auf die Treppe zum Landungssteg. War das Ken, der dort hochkam? Nein, sie sah nur Gespenster. Als sie gerade zur Tür ging, klingelte das Telefon.

»Liebling?« Es war Kens Stimme. »Du, mir ist da was Dummes passiert. Ich wollte eben zurückfahren, da hat der Motor seinen Geist aufgegeben. Der alte Weaver meint, er könne ihn in ungefähr einer Stunde wieder hinkriegen. Dann schaff ich es allerdings nicht mehr, dich abzuholen. Könntest du nicht mit den Jones zu den Martins rüberkommen? Die gehen doch auch zu der Party?«

»Ja, aber wollten die nicht schon früher fahren, um noch Einkäufe zu machen? Ich weiß es nicht genau, ich werd mal nachsehen.«

»Falls es nicht klappt, ruf mich zurück; dann versuche ich von hier aus jemanden zu finden. Ich bin im Pub.«

»In Ordnung. Es dauert höchstens fünf Minuten.«

Mit einem Gefühl der Erleichterung und Entschlossenheit legte sie auf, um am Flußufer entlang zum Haus der Jones' zu gehen.

»Gefällt es Ihnen im Fährhaus?« fragte Mr. Hocking, der Wirt, während er für die bevorstehende Öffnung rote und grüne Papierkugeln über die Theke hängte. »Schon gut eingelebt?«

»O ja, wir sind ganz begeistert«, antwortete Ken. »Wir fühlen uns dort sehr glücklich. Gibt es vielleicht irgendwelche Geschichten zu dem Haus? Hier in der Gegend wurde doch viel geschmuggelt?«

»Über das Fährhaus kenne ich nur eine einzige Geschichte, die man sich erzählt«, sagte Mr. Hocking bedächtig, »und die hat nichts mit Schmugglern zu tun. Sie hat sich vor langer Zeit zugetragen, als man noch Hexen verbrannte; das war vor der Schmuggelei. Es gab damals eine alte Frau, Mutter Poysey genannt, die hat die Fähre betrieben, und im Dorf galt sie allgemein als waschechte Hexe. Na, niemand hat sich sehr darum geschert, leben und leben lassen, das war und ist schon immer die Devise hier in unserer Gegend. Aber dem hiesigen Landjunker kam das Gerücht zu Ohren, und *der* sagte, daß man, wenn das Weib eine Hexe sei, es ins Wasser schmeißen müsse.

Es gibt da so einen alten Brauch, das heißt, früher, als das Fährboot noch in Betrieb war, daß der Fährmann am Heiligen Abend jeden Gast gratis übersetzt. Das war zum Gedenken an irgendeinen Ortsheiligen. Natürlich machte man dann immer ein kleines Geschenk, was letztlich auf das gleiche hinauslief.

Nun, an *einem* Heiligabend kam der Landjunker mit vier, fünf Begleitern zur Fähre hinunter und bat, übergesetzt zu werden. Die Männer hatten alle getrunken und trugen Bündel unter den Armen, angeblich Geschenke für Mutter Poysey. Sie legte ab und fing an, die Gruppe hinüberzurudern. Auf halbem Wege öffneten sie ihre Bündel, zogen Stricke mit schweren Bleigewichten heraus, fesselten damit die Alte und warfen sie über Bord. Ihre Leiche blieb bis heute unentdeckt.

Seltsamerweise vermißte man am nächsten Heiligabend den Junker selbst, und *seine* Leiche wurde gefunden, und zwar auf den Weißen Felsen, wo die Wogen sie angeschwemmt hatten.

So hieß es denn bald, an Heiligabend erscheine die Fährfrau mit ihrem Kahn und biete den Leuten an, sie kostenlos überzusetzen; wer sich aber darauf einlasse, der würde nie wieder lebend gesehen. Natürlich ist das lauter Schwachsinn und dummes Zeug. Ich habe nie gehört, daß einer der Fährfrau allen Ernstes begegnet sein wollte. Allerdings ist letztes Weihnachten tatsächlich jemand ertrunken, ein junger Mann, ein Fremder, der bei den Weißen Felsen wieder an Land geschwemmt wurde. Später erzählte man sich, er habe jemanden gesucht, der ihn auf die andere Seite bringt.«

»Na, lustig«, meinte Ken.

Das Telefon läutete.

»Es ist für Sie«, sagte Mr. Hocking.

»Hallo, Liebling, bist du's?« ertönte Judiths Stimme aus dem Hörer. »Du, es hat sich da ganz glücklich was ergeben. Die Jones sind tatsächlich schon weg, aber auf dem Rückweg bin ich so einer komischen Alten begegnet, die zum Dorf rüberfährt und mich mitnimmt. Ich hab ihr ein bißchen was angeboten, als Bezahlung, meine ich, aber sie will es umsonst machen, weil heute Weihnachten ist. Also, in zehn Minuten bin ich bei dir. In Ordnung?«

»Halt, Augenblick! Judith!« rief Ken, außer sich vor Erregung, aber sie hatte schon aufgelegt. »Vermittlung, bitte geben Sie mir noch mal Polhale dreihundertzwanzig.«

»Tut mir leid, es meldet sich niemand«, antwortete das Mädchen einen Moment später.

Ken lief auf die Anlegestelle hinaus, blieb neben dem beleuchteten Christbaum stehen und starrte über das Wasser. Inzwischen war es richtig dunkel geworden. Die Flut brach herein, und auf ihrem Rücken brachte sie Nebel. Ken konnte am jenseitigen Ufer keine Lichter sehen. Dem Nebel folgte Kälte, und er zitterte. Er strengte seine Augen und Ohren an und fragte sich dabei, ob er nicht das Knarren und Platschen eines

Bootes hörte, Stimmen, die von der Flußmitte her kamen. Aber alles war still.

Nachdem Judith den Hörer aufgelegte hatte, eilte sie wieder vors Haus.

»Ich bin gleich fertig, ich muß mir nur noch die Nase pudern«, sagte sie zu der alten Frau. »Mein Gott, Sie sehen ja halb erfroren aus! Möchten Sie nicht hereinkommen und eine Tasse Tee trinken, während Sie warten? Ich habe gerade welchen gemacht.«

Die seltsame alte Frau schien am ganzen Leib zu schlottern. Judith nahm ihre Hand – du liebe Güte, war die kalt! – und zog sie ins Haus.

»Setzen Sie sich doch ans Herdfeuer, dort ist es schön warm. Gerade habe ich mir gewünscht, es wäre noch jemand da, um Tee mit mir zu trinken. Wollen Sie Zucker?«

»Danke, Ma'am.« Die alte Frau saß stocksteif da. Ihre Kleider waren von verschossenem Schwarz. »Früher wohnte ich selbst in diesem Haus.« Aber sie würdigte ihre Umgebung keines Blickes, ihre Augen blieben auf Judith geheftet.

»Ach, wirklich?« sagte Judith, während sie sich vor dem Spiegel über der Spüle die Nase puderte. »Es ist ein zauberhaftes Haus. Der Abschied muß Ihnen schwergefallen sein.«

»O ja, der Abschied war schwer.«

»Greifen Sie ruhig zu! Nehmen Sie sich eines von meinen Hackfleischpastetchen. Dieses Jahr sind sie besonders gut. Aber Sie haben ja noch gar nicht von Ihrem Tee getrunken. Nur zu, solange er heiß ist; der wird Sie aufwärmen. – Was ist das für ein sonderbarer Armschmuck?« Judith hatte die Bleiklötze bemerkt, die an den Handgelenken der Alten baumelten. »Ist das ein Amulett?« Vor lauter Erleichterung, endlich Gesellschaft zu haben, plapperte sie drauflos und holte ihren Mantel, ohne recht auf eine Antwort zu warten.

Als Ken zehn Minuten später aus dem Boot sprang, das er sich ausgeliehen hatte, sah er seine Haustür weit offenstehen, und ein helles Lichtviereck fiel auf die Treppe. Im Haus war es vollkommen still.

»Judith!« rief er.

Sein Ärmel blieb an den Stechpalmenzweigen hängen, als er durch den Eingang stürmte. Judith lag in einem der Sessel neben dem Herdfeuer. Als Ken hereinstürzte, setzte sie sich benommen auf und rieb sich die Augen.

»O Ken! Ich muß tatsächlich eingeschlafen sein! Wohin ist denn Mrs. Poysey?«

»Wer?«

»Die alte Frau, die mich rüberfahren wollte. Wahrscheinlich ist ihr die Warterei zu dumm geworden. Sie war schon ein bißchen merkwürdig, nicht mehr ganz richtig im Kopf, glaube ich. ›Sie haben ein kühnes Herz, meine Liebe. Gar wenige speisten gern mit Mutter Poysey‹, hat sie gesagt, und noch etwas von wegen, daß ihr Haus jetzt endlich in guten Händen sei. Wahrscheinlich ist sie weiter flußaufwärts, als sie hier fortzog. Was guckst du denn so, Ken?«

Er starrte auf den anderen Sessel, über den eine durchnäßte Masse von Seilen hing. Und an den Seilen hingen mehrere kleine Bleiklötze.

»Mit diesen Gewichten haben sie sie versenkt«, sagte er. »Hoffen wir, daß sie ihre Fesseln jetzt los ist.«

Sie sahen die alte Frau nie wieder.

Die Maid

Jane Beeson

Jane Beeson schrieb bereits für Funk, Fernsehen und Bühne und verfaßte außerdem drei Romane.

Im Jahre 1959 zogen wir hierher. Mit »hierher« meine ich Dartmoor – dreihundert Meter über dem Meeresspiegel und damals mit einer Tendenz zu langen, verschneiten Wintern, in denen die Temperatur manchmal volle acht Wochen unter dem Gefrierpunkt lag. Da es keinen Schneepflug zum Räumen der Fahrbahnen gab, war das Moor ein trostloses Fleckchen Erde, eine Landschaft in Weiß, Schwarz, Braun und Ocker. Auch die Schnellstraße bestand damals noch nicht, und Dartmoor war kein Naherholungsgebiet für Wochenendurlauber aus London, so wie heute. Die Bevölkerung setzte sich vorwiegend aus Einheimischen zusammen – Kleingewerblern, Handwerkern und Bauern. Auch Richard betrieb Landwirtschaft, während ich mich um unsere Kinder kümmerte und notfalls draußen mit Hand anlegte, aber das kam selten vor, denn Arbeitskräfte waren billig, und Landwirtschaftshilfen gab es in Hülle und Fülle.

Unser Knecht hieß Arch. Arch war alterslos und so bucklig wie ein Zwerg. Er trug einen Sack auf den Schultern seiner weiten, ausgebeulten Tweedjacke, seine krummen Beine waren mit Streifen von Sackleinen bandagiert, und aus seinem Mundwinkel baumelte eine Pfeife. Er sprach einen rasch aussterbenden Devonshire-Dialekt, den ich nach und nach verstehen lernte. Arch hatten wir mit dem Gehöft erworben. Er hatte schon für unsere Vorgänger gearbeitet, die selbst aus Devonshire stamm-

ten, wußte alles über die hiesige Hügelbewirtschaftung, was sich zu wissen lohnte, und verstand erstklassig mit Vieh umzugehen, obwohl er es scheinbar nicht einmal ansah. Was nämlich unter seiner Mütze an Gesicht hervorschaute, das blickte zu Boden. Es war Arch, durch den ich zum erstenmal über Jay erfuhr, und ich muß gestehen, es wirkte wie ein Schock, denn für Geister habe ich gar nichts übrig, und ich hatte mich vor unserem Umzug extra erkundigt, ob es in diesem Haus auch nicht spukte. Auf gar keinen Fall, lautete die Antwort. Die vorherigen Bewohner hätten fünfundzwanzig Jahre hier gelebt und nie ein Gespenst zu Gesicht bekommen. Warum fragte ich auch so dumm!
Arch und ich waren damals gerade auf Canna-Yard, der zum Aussondern von Vieh verwendet wird. Canna, ein früheres Nachbargehöft unseres Anwesens, stand heute leer und wurde unserem Grundbesitz einverleibt. Ein merkwürdiger Ort. Er hatte einen Hof in der Mitte, der auf der einen Seite von einem Bauernhaus mit Schuppen begrenzt wurde, auf der anderen von einer mächtigen Scheune. Rechts und links davon lagen Stallungen, und alles war aus dem ortstypischen Stein erbaut. Das Haus erkannte man eindeutig an seinem offenen Kamin, über dem sich ein gewaltiger, aus Granit gehauener Rauchfang befand. Er trug den ganzen Schornstein. Ein einziger Balken verlief immer noch von Wand zu Wand, und kleine verbarrikadierte Öffnungen in eigentümlicher Höhe ließen vermuten, daß es einmal ein Obergeschoß gegeben hatte. Nach links hin schloß sich ein Schuppen mit einem Speicherboden an. Ein Gang, der mitten darunter verlief, endete an dem, was wohl früher einmal die Haustür gewesen war (anno dazumal lebten Mensch und Tier ja unter demselben bescheidenen Dach). Auf Canna hatte bestimmt seit Menschengedenken niemand mehr gewohnt, was mich schon sehr wunderte. Der einzig erfindliche Grund, der mir dafür einfiel, war die Kälte. Kalt war es hier nämlich. Im Norden boten nur drei Bergahornbäume einen dürftigen Schutz, und die schwank-

ten selbst an den wärmsten Sommertagen in einem sehr frischen Lüftchen. Ich beschreibe das alles recht ausführlich, damit meine späteren Wege besser verständlich sind.
Arch stand wie gewohnt in seiner gekrümmten Haltung, hatte in der einen Hand seinen Haselnußstecken und verrenkte den Kopf nach oben, um zum Deckenbalken zu schauen.
»Ja, ja«, sagte er, »an dem hat sie sich damals aufgehängt, die arme Maid.« *Maid* war, wie ich noch lernen sollte, Devonshire-Dialekt für »junges Mädchen«.
»Warum denn?« fragte ich.
Arch schüttelte den Kopf. Er stopfte sich gerade die Pfeife, eine Beschäftigung, die oft wiederholt werden mußte und ihm sämtliche Konzentration abverlangte. Ich betrachtete in dem finsteren, verwaisten Bauernhaus den Balken über uns und sah zum Dachstuhl hinauf.
»Sie muß sehr klein gewesen sein«, meinte ich, »wenn es dieser Balken da war.«
»Damals ist er noch höher gewesen. Inzwischen hat sich der Mist aufgehäuft.« Arch spuckte aus und stocherte mit seinem Stecken im Boden. »Sie liegt oben am Kreuzweg begraben«, sagte er und schwenkte seinen Stock in Richtung des Hochmoors, das sich auf der anderen Seite als schwarze Silhouette unter einer dunklen Wolke abzeichnete. Ich hoffte, er würde noch mehr erzählen, doch anscheinend hatte er keine Lust.
An diesem Abend berichtete ich Richard, was ich erfahren hatte, doch der zeigte nur wenig Interesse. Für Volkssagen und Gerüchte war er nicht zu haben. Mich indessen bewog Archs Geschichte, die Kinder an einem schönen, sonnigen Nachmittag auf einen Spaziergang zum Kreuzweg mitzunehmen. Schweigend besichtigten wir den grasbewachsenen kleinen Hügel, auf dem ein hochkant gerichteter Granitblock stand, vor ihm ein Marmeladeglas voll Blumen, die ihre Köpfe hängen ließen. Der Stein war in der Mitte eines sich verbreiternden Feldwegs auf-

gestellt, welcher in die heutige Landstraße mündetet, während eine Böschung anzeigte, wo er einst weiter über das Moor gegangen war.

»Sind da auch Knochen drin?« fragte meine Älteste.

»Ja, ich glaube schon«, antwortete ich.

Daraufhin liefen sie in die Heide, und ich blieb mit dem abgeschiedenen Grab allein. Wind riß an dem dürren Dorngestrüpp auf der benachbarten Böschung, und selbst an einem so schönen Tag fand ich es seltsam, jemanden ausgerechnet hier zu beerdigen.

Danach vergaß ich »die Maid« wieder, bis Ende September der Bautrupp eintraf, drei Männer, allesamt Spitzbuben mit dunklem Haar und strahlend blauen Augen. Sie machten sich an die Arbeit.

Zwei Tage später waren sie nach ortsüblicher Sitte von Bauleuten verschwunden, ohne ihr Werk beendet zu haben, und hatten dabei allerlei Werkzeug hinterlassen. Wir vermuteten, wenn der wichtigere, lukrativere Auftrag, zu dem sie übergewechselt waren, erledigt sei, würden sie zurückkehren, unser Dach decken und die Regenrinnen erneuern. Aber nach zwei Wochen war immer noch nichts von ihnen zu sehen. Also rief ich bei der Firma an. Mrs. Elder senior, offenkundig die Säule des Geschäfts, meldete sich.

Sobald ich ihr meinen Namen und den unseres Gehöfts nannte, schien sie auf Distanz zu gehen und wurde vorsichtig. Die Männer seien außerhalb, erklärte sie. Ich fragte, wann sie zurückkommen würden, um unser Dach zu decken.

»Ich glaube nicht, daß sie das noch tun wollen, meine Liebe«, antwortete Mrs. Elder. »Soviel ich hörte, haben sie einen kleinen Schrecken gekriegt. Jack sagte, er gehe nicht für Geld und gute Worte noch mal dort raus.«

Ich schluckte diese enttäuschende Nachricht. »Ist er etwa gestürzt?« fragte ich.

»O nein, meine Liebe, das zum Glück nicht. Es war die Maid.«
»Oh!« Mein Gehirn schaltete zu dem Gespräch mit Arch zurück. »Was genau ist denn passiert?«
Mrs. Elder wurde mit ihren Informationen noch vorsichtiger. »Genaues hat er mir eigentlich nicht berichtet. Aber es hat ihm einen Schrecken eingejagt. Er spricht nun mal nicht gern drüber. Eigentlich will er die Sache vergessen.«
»Ach so«, erwiderte ich nur, als meine Neugier zugleich angestachelt und enttäuscht wurde. »Möchte er denn nicht sein Werkzeug wiederhaben?«
»Oh, das wohl schon, meine Liebe. Vielleicht beschwatzt er ja Nicky, es mitzunehmen, wenn er mal vorbeikommt.«
Damit war unser Gespräch beendet. Als ich das ganze Richard erzählte, fluchte der. Und irgendwann verschwand das Werkzeug tatsächlich; also mußte Nicky heimlich einen Besuch abgestattet haben. Wir besorgten uns ein paar andere Bauleute für den Abschluß der Arbeiten, und über die Maid fiel kein Wort mehr. Inzwischen stolperte ich über einen kurzen Abschnitt in dem, glaube ich, einzigen Reiseführer, den es damals über Dartmoor gab. Ich zitiere: »Wir folgen nun der Landstraße entlang Swine Down. Zu unserer Linken liegen die Grenzen von Hedge Barton, und hier zweigt auch ein Pfad ab, auf dem uns ein Erdhügel mit einem Denkmal ins Auge fällt, einem großen Granitstein. Es handelt sich um die letzte Ruhestätte einer Selbstmörderin, im Volksmund ›Jays Grab‹ genannt. Man erzählt sich, Jay sei eine junge unverheiratete Frau gewesen, die sich vor vielen, vielen Jahren in einem Gebäude der Canna-Farm erhängte und die nach dem barbarischen Brauch jener Tage an einer Wegkreuzung beerdigt wurde.«
Zumindest wußte ich jetzt, wie sie hieß.

Es war kurz vor Weihnachten, und ich war drüben auf Canna, um einem mutterlosen Kälbchen die Flasche zu geben. Ich hatte mich ziemlich verspätet auf den Weg gemacht, als plötzlich die Dunkelheit hereinbrach. Zwar war die Batterie meiner Taschenlampe schon schwach, aber das bereitete mir keine Sorgen, denn draußen im Freien konnte man immer noch sehen, und die breite Tür des Bauernhauses, wo das Kalb untergebracht war, ließ den letzten Rest Tageslicht herein.

Das Kalb saugte aus Leibeskräften; ich hatte meine liebe Not, die Flasche überhaupt in der Hand zu behalten. Dabei warf ich einmal doch einen Blick über meine Schulter auf die dunkleren Winkel des Hauses, die in schwarzer Tiefe lagen, aber wegen der verbarrikadierten Luken und Löcher ist es dort ja am Tage genauso finster wie in der Nacht. Das Wetter war rauh, und es verschlechterte sich noch; draußen fiel erster, dünner Schnee.

Das Kalb hatte ausgetrunken und schubste mich mit der Schnauze, weil es noch mehr wollte, doch in diesem Moment vernahm ich ein zweites Geräusch neben dem Rascheln des Kälbchens im Stroh. Im selben Moment regte sich auch die Luft im Hausinnern unter einem dieser plötzlichen Windstöße. Ich starrte in die undurchdringliche Schwärze hinter mir, aber es war nichts zu sehen. Und da war wieder dieses Geräusch auf dem Speicher links vom Rauchfang, oberhalb des Schuppens. Es hörte sich an, als würde ein Stuhl über den Boden geschleift. Daraufhin erfolgte ein dumpfer, unerwarteter Schlag, als ob etwas heruntergefallen wäre. Und gleichzeitig hörte ich ganz deutlich Babygeschrei.

Es ließ sich nicht leugnen, daß ich Angst hatte. Verschreckt streckte ich meine Hand nach dem warmen Körper des Kälbchens aus, aber das hatte sich in die Dunkelheit zurückgezogen. Die Lufttemperatur schien um etliche Grad gefallen, und es war eiskalt. Ich nahm all meinen Mut zusammen, um das Haus zu verlassen, und ging ein paar Schritte bis zu der Tür unter dem Speicher, von wo die Geräusche gekommen waren. Ich stieß diese Tür auf und lauschte. Nichts, alles still. Mit einem tiefen

Atemzug stieg ich die Holzleiter hinauf, steckte meinen Kopf durch die Bodenklappe und ließ den schwachen Strahl meiner Lampe durch die Finsternis gleiten. Wieder nichts. Totenstille. Also kletterte ich nach unten und rannte, so schnell ich konnte, über das Feld und die Straße, die Canna von unserem Gehöft trennten, nach Hause. Dort erzählte ich Richard, was mir passiert war.

Wir gingen zusammen und mit unserer Stalleuchte, die hauptsächlich benutzt wurde, wenn eine Kuh ein Kälbchen bekam, nach Canna zurück und kletterten auf den Speicher. Nichts. Dabei fiel besonders auf, daß der Boden noch von unseren Vorgängern vollkommen mit Stroh bedeckt war. Es hätte also nichts, was herunterfiel, auch nur annähernd den dumpfen Schlag auslösen, nichts, was man über den Boden schleifte, diese Geräusche machen können, die ich gehört hatte. Richard schrieb das Gepolter irgendwelchen Katzen zu und die Säuglingsschreie einem läufigen Kater. Ich wußte es besser. Und wie um Richards Partei zu ergreifen, lag das Kälbchen zufrieden auf seiner Strohschütte. Aber bevor ich an diesem Abend einschlief, sagte ich zu Richard: »Es *war* ein Baby, das da geschrien hat. Ich habe es genau gehört, und es ist unverwechselbar.«

»Ja«, antwortete er, »du hast recht, es ist schon seltsam.« Und prompt war er eingeschlafen. Ich lag noch lange wach in meinem Bett. Es war kein Hirngespinst, ich wußte haargenau, daß ich alles so gehört hatte, wie eben beschrieben. Und unwillkürlich bekam ich eine Gänsehaut, selbst mit Richard neben mir.

In den nächsten Tagen hütete ich mich, das Kälbchen erst kurz vor Dunkelheit zu füttern. Doch mit der Zeit verblaßte die Begebenheit in meinem Gedächtnis, genau wie Träume verblassen. Und das kam teilweise auch daher, daß jetzt Weihnachten vor der Tür stand. Man mußte sich um genügend Vorräte kümmern, falls wir einschneien sollten, und Weihnachtsstrümpfe füllen. Außerdem gab der Wetterbericht Anlaß zur Sorge.

Genau eine Woche vor Weihnachten ereignete sich der nächste Zwischenfall, auch dieser beunruhigend. Wieder war ich gerade dabei, das Kälbchen zu füttern, und überlegte hin und her, ob ich lieber einen frischen Truthahn auf dem Markt oder einen aus der Tiefkühltruhe kaufen sollte, da verspürte ich plötzlich diesen kalten Luftzug hinter mir, wie beim ersten Mal. Im Nu fühlte ich meine Kehle trocken werden. Ich wußte genau, dort war jemand – oder etwas –, aber ich hatte zuviel Angst, um mich sofort umzudrehen und nachzusehen. Als ich es schließlich tat, war die Düsternis im Hintergrund des Bauernhauses, die Partie neben dem Schornstein, leer. Aber die Kälte ging mir durch sämtliche Knochen, und trotz des vergleichsweise milden Abends zitterte ich. Erleichtert, daß hinter mir alles leer war, schimpfte ich mich eine alberne Gespensterseherin, sperrte das Kälbchen in seinen Stall und war schon am Gehen, da hörte ich wieder Babygeschrei, sogar noch deutlicher und unverwechselbarer als beim ersten Mal. Ich hatte keinen Zweifel, das Kind lebte und war auf der anderen Seite des Schuppens, genauer gesagt vor dem, was ich für den früheren Hauseingang hielt. Anscheinend hatte es jemand dort hingelegt. Ich durchquerte das dunkle Gebäude ganz ohne Furcht, weil ich ja so sicher war, daß das Baby lebte, und tastete mich zur Tür, entschlossen, den Säugling zu finden. So könnte ich Richard auch beweisen, daß ich nicht an Hirngespinsten litt. Als ich aber schließlich dort war, rissen die Schreie ebenso unvermittelt ab, wie sie gekommen waren. Ich zerrte die Tür auf und suchte das verwitterte Hofpflaster mit den Augen ab. Nichts. Ich lief auf das kleine Stück Land hinaus, das davorlag und mit größter Wahrscheinlichkeit einmal als Gemüsegarten gedient hatte, sah mich nach allen Seiten hin um, doch da war niemand. Und mit einem Baby im Arm konnte auch keiner so schnell verschwunden sein, dafür war nicht genügend Zeit gewesen. Außerdem wußte ich instinktiv, wenn auch völlig unbegründet, daß die Person mit dem Baby eine Frau war. Ich schaffte es nicht, noch

einmal ins Haus zu gehen. Also rannte ich außen herum und nahm den Heimweg über das Feld.
Als die Kinder im Bett und wir unter uns waren, sagte ich zu Richard: »Ich habe es wieder gehört – dieses schreiende Baby.«
»So?« erwiderte er, einigermaßen interessiert dreinschauend. Aber ich sah, daß er mir nicht glaubte und daß es seiner Meinung nach eine ganz plausible Erklärung gab.
»Ja«, antwortete ich. »Morgen gehst *du* das Kälbchen füttern. Sieh selbst, ob du irgend etwas bemerkst.«
»In Ordnung«, sagte er. »Mach ich.«

Am nächsten Tag machte ich Einkäufe, ging mit den Kindern spazieren und erledigte all die üblichen Vorweihnachtssachen. In den Geschäften gab es Weihnachtsmänner wie Sand am Meer. Sie lockten meine Kinder mit dicken Gabensäcken, und das Ganze dauerte seine Zeit. Als wir nach Hause kamen, saß Richard auf seinem Stammplatz, dem Sessel neben dem Ofen.
»Hast du an das Kälbchen gedacht?« fragte ich.
»Ja.«
Mehr sagte er nicht. Ich steckte die Kinder ins Bett und ging dann wieder zu ihm hinunter. Er hatte inzwischen Feuer gemacht und saß darüber gebeugt. Das Wetter war, wie prophezeit, noch kälter geworden. Als er aufblickte, bemerkte ich in seinem Gesichtsausdruck etwas recht Seltsames, Geistesabwesendes. So wirkte er manchmal, wenn ihn innerlich etwas beschäftigte. Ich setzte mich hin und nahm die *Radio Times* zur Hand. Als er immer noch nichts sagte, siegte meine Neugier. Ich fragte ihn, ob er irgend etwas gehört habe. Bestimmt hieß die Antwort nein.
»Ja, allerdings. Ich habe etwas gehört.«
»Was?« Ich empfand eine eigentümliche Mischung aus Triumphgefühl und Angst.
»Das, was du beschrieben hast – Babygeschrei.«

»Ich hab's dir ja gleich gesagt. Aber du wolltest mir nicht glauben.«
»Ich räume ein, es ist äußerst merkwürdig, doch es muß eine logische Erklärung geben.«
Ich ließ mir genau von ihm berichten, was geschehen war. Die ganze Zeit über saß er mit gesenktem Kopf da, ohne mich anzusehen, und ich merkte, wie schwer es ihm fiel, etwas einzugestehen, das sein nüchterner Verstand nicht fassen konnte. Das Ganze besaß den Charakter einer Beichte. Richard war spät zu dem Haus hinübergegangen, ohne eine Lampe mitzunehmen (er sieht gut im Dunkeln), hatte das Kalb gefüttert und den plötzlichen »Abwind« gespürt, wie er es nannte, die eisige Kälte. Und dann hatten die Geräusche eingesetzt – wie ein Stuhl, der über den Boden geschleift wurde, umhergehende Schritte, danach kurze Stille, daraufhin ein dumpfes Poltern, so, als ob etwas relativ Schweres heruntergefallen wäre, gefolgt von den Schreien eines Babys. Anscheinend hatte er sogar noch mehr gehört als ich.
»Befand sich das Baby draußen vor dieser Tür, von der ich annehme, daß sie der Haupteingang war?«
»Wo? Ich glaube, ich weiß nicht genau, was du meinst.«
Ich erklärte es ihm.
»Kann ich nicht sagen«, entgegnete er, da er nicht in der Lage gewesen war, die Richtung auszumachen.
Wortlos saßen wir da und beobachteten den Rauch, der sich über dem flackernden Feuer in den Kamin kräuselte. Unser Holz war nicht abgelagert und brannte schlecht. Der ganze Raum erschien feucht. Ich glaubte sogar einen leichten, süßlichen Modergeruch zu bemerken, ähnlich wie drüben auf Canna. Gott schütze das Haus vor Trockenfäule.
Zuletzt fragte ich: »Was also war es deiner Meinung nach?«
»Weiß der Himmel«, antwortete er.

Morgens hatte es geschneit, und etwas Aufregendes lag in der Luft bei dem Gedanken an weiße Weihnachten, wie aus dem Bilderbuch. Von meinem Zimmerfenster aus erspähte ich Arch, der im Hof über eine Schubkarre voll Mist gebeugt war. Ich ging nach draußen und lauerte ihm auf. Nach einem Gespräch über das Weihnachtswetter während der letzten zwanzig Jahre kam ich zum eigentlichen Punkt. »Arch«, sagte ich, »die Maid geistert noch, nicht wahr?«

»Es heißt so«, antwortete er und kratzte sich dabei im Genick.

Ich wartete.

»Man sagt, ihre Gebeine seien die Straße runter, auf der anderen Seite von Canna, begraben worden, dort, wo jetzt alles umgepflügt ist, wo sich die Straße auf dieses Stück Land öffnet, mit dem ganzen Schilf drauf.«

Ich wartete weiter.

»Man hat sie zum Kreuzweg raufgebracht und dort beigesetzt, wo die beiden Kirchsprengel aufeinandertreffen. Sie verstehn? Dann ist keiner ihr noch was schuldig. Aber ein paar Burschen aus dem Dorf, die haben vor langer Zeit das Grab aufgebrochen und die Knochen rausgeholt.«

»Findet sie aus diesem Grund keine Ruhe mehr?« fragte ich.

»Keine Ruhe mehr?« Arch lachte. Es war ein kehliges Gurgeln, das klang wie aus dem Grab. *»Ich* jedenfalls könnt danach keine Ruhe mehr finden. Nein, ich ganz bestimmt nicht.« Und immer noch gurgelnd ergriff er die Schubkarre und ging davon.

An Heiligabend versagte unser Stromgenerator. Wir hörten das Geräusch, mit dem er sich drehte und drehte, ohne auf Touren zu kommen. Uns blieb nichts anderes übrig, als daß Richard hinausging und ihn ganz abschaltete. Es sah nach einem Weihnachten bei Kerzenschein aus. Dabei wurde das Kalb bis lange nach Einbruch der Dunkelheit vergessen.

»Sollen wir beide gehen?« fragte ich.

»Und was ist mit den Kindern? Es ist nicht ganz ungefährlich, sie allein hierzulassen, mit den Kerzen.«
»Stimmt«, sagte ich, und in diesem Moment ging die Tür auf. Harry, unser Jüngster, kam tränenüberströmt herein, weil er einen bösen Traum gehabt hatte. Trost suchend setzte er sich auf meinen Schoß und klammerte sich um meinen Hals. Ich redete ihm zu, er solle mir seinen Traum erzählen, aber er wollte – oder konnte – nicht, und alles weitere Drängen schien seine Not nur zu vergrößern.
Richard nahm die Batterieleuchte. »Ich geh. Dann haben wir's hinter uns«, sagte er, zog seine Stiefel an und verließ das Haus. Die Tür fiel hinter ihm zu. Ich verspürte einen kleinen Schauer der Angst. Nachdem ich Harry wieder in sein Bett hinaufgebracht hatte, setzte ich mich noch einen Augenblick zu ihm, bis er sich wenigstens beruhigte, wenn auch nicht schlief, und ging dann zurück ins Wohnzimmer, um Feuer zu machen. Der Raum wirkte sehr hübsch bei Kerzenlicht; es schien die Dicke der Mauern, die Winkel, Ecken und Nischen zu verstärken. Aber es war weniger beruhigend als elektrisches Licht, und da wir mit Kerzen sparen mußten, wenn sie uns bis zum Öffnen der Geschäfte reichen sollten, verteilte ich sie in großen Abständen. Ich fachte gerade mit dem Blasebalg das Kaminfeuer an, als ich das Schreien hörte. Ich hielt inne und lauschte. Da, schon wieder! Rasch lief ich die Treppe hinauf, um zu sehen, ob es von den Kindern kam, aber ich wußte ganz genau, es war anders. Sie schliefen alle, sogar Harry, auf der Kommode brannten die Nachtlichter, und am Fuße der Betten lagen die Strümpfe ausgebreitet. Ich versuchte mich zu beruhigen, schlich auf Zehenspitzen nach draußen, schloß so leise wie möglich die Tür hinter mir und blieb dann stehen, ein Prickeln im Genick, während ich auf das lauschte, wovor ich am meisten Angst hatte. Nach ein paar Minuten vollkommener Stille stieg ich langsam die Treppe hinab, hielt aber auf jeder Stufe inne und horchte. So gelangte

ich nach unten und wollte schon ins helle Wohnzimmer, da hörte ich ganz deutlich ein Baby schreien, direkt vor unserer Haustür. Lautlos huschte ich in unseren Flur, wo tiefe Schatten hingen. Ich nahm die angezündete Kerze vom Tisch und schlich durch den gepflasterten Hausgang zur Vordertür. Dabei wurde mir bewußt, daß es ringsherum eiskalt geworden war, ein kalter Windzug zerrte an meinen Beinen, und ich hatte den Hausgang noch nicht halb durchschritten, da fing die Kerze zu spucken an. Automatisch langte ich nach dem Lichtschalter, tastete umher, fand ihn, knipste ihn an. Kein Licht. In meiner Panik hatte ich ganz vergessen, daß der Generator nicht ging. Das Baby schrie immer noch. Ich fühlte, wie mir der kalte Schweiß aus den Achselhöhlen die Ärmel hinunterlief. Da sah ich plötzlich die Haustür aufgehen, und im selben Moment flackerte die Kerze noch einmal, um dann ganz zu verlöschen. Es war stockfinster. In der Dunkelheit hörte ich, wie der Türflügel über den Boden scharrte, steckenblieb und dann weiter aufgestoßen wurde. Kein Wind hätte soviel Kraft gehabt, zumal bei dem schiefen Pflasterboden. Der Riegel klapperte, und ich vernahm die Geräusche von jemandem – von etwas –, das durch den Gang auf mich zukam. Genau vor mir blieb es stehen. Ich hatte zu große Angst, um mich zu rühren oder irgendeinen Laut von mir zu geben. Was immer da war, versuchte mich dazu zu bringen, etwas zu sagen, das wußte ich. Aber wenn ich das tat, dann hätte es mich. Einen schrecklichen Moment lang glaubte ich, es müsse mich berühren, doch plötzlich regte sich die Luft, und ich hörte, wie es sich durch den Gang von mir entfernte. Die schwere Tür fiel zu, und das Babygeschrei war jetzt so laut, daß ich sicher war, das Kind befand sich bei uns im Haus. Sein Geplärr gellte ringsum von den Wänden, und ich hielt mir die Ohren zu und schrie und schrie und schrie.

Richard stand neben mir. »Was machst *du* denn hier draußen?« Er richtete seine Lampe auf mich.

»Das Baby«, sagte ich. »Das Baby. Hörst du's denn nicht? Sie war hier, diese Frau, direkt neben mir ist sie gewesen. Hast du mich denn nicht schreien hören?«

»Nein«, sagte Richard. »Gar nichts hab ich gehört« Er führte mich in die Küche, wo es hell war, und gab mir ein Glas Brandy.

»Ich glaube dir nicht«, sagte ich. »Du mußt mich gehört haben.«

»Nein, hab ich nicht«, entgegnete er. »Und die Kinder ja offenbar auch nicht, sonst wären sie längst alle unten.« Er stockte. »Ich hab schlechte Nachrichten. Das Kalb ist tot.«

»Nein!« rief ich entsetzt. »Woran ist es gestorben?«

»Vermutlich Herzschlag. Als ich hinkam, lag es der Länge nach auf dem Stroh, noch ganz warm. Ich hab bis jetzt versucht, es wiederzubeleben.«

»Richard«, sagte ich, »ich glaube, ich will nicht hierbleiben, ich glaube, wir werden hier nicht glücklich.«

»Sei nicht albern. Wenn es wegen der Geräusche ist, dann mach dir keine Sorgen, die werden wir austreiben lassen.«

»Du begreifst nicht«, erwiderte ich. »Es war hier – *hier* in diesem Haus.« Und ich schilderte ihm haarklein, was ich durchgemacht hatte. »Das ist wegen der Gebeine«, sagte ich abschließend. »Weil sie sie ausgegraben und weggebracht haben, ganz bestimmt. Oder vielleicht, weil sie von denen ihres Babys getrennt sind.«

Aber in Richards Augen überstieg die Tragödie des toten Kälbchens jedes Gespenst. Ich merkte, daß er gar nicht richtig hinhörte und die beiden Vorfälle auch nicht miteinander verband, so wie ich es tat. Schaudernd fragte ich mich, ob das arme Kälbchen mein Sündenbock gewesen war.

Unser Gemeindepastor ließ sich tatsächlich zu einem Exorzismus überreden. Er kam, vollführte das Ritual, und kaum zu glauben, aber es klappte. Kein Mensch hörte noch etwas von Jay, bis – ja, bis die Blumenkinder mit ihren Liebesfeiern aufs Moor kamen. Sie müssen die ungeliebte Maid in ihrer Ruhe gestört haben, denn in derselben Nacht waren ein Bauunternehmer und seine Freundin, gefolgt von einem zweiten Wagen, auf der Heimfahrt von einer Party und näherten sich dem Grab, da sahen sie etwas, das sie zuerst für ein Moorpony hielten. Es schien, als hätte es sich vor der Hecke aufgebäumt. Bei näherem Hinfahren jedoch entdeckten sie, daß es sich um eine Gestalt in einem weiten Umhang handelte, die – ohne jedes Gesicht – über dem grasbewachsenen Torfhügel schwebte. Das klang selbst für mich weit hergeholt.

Zu dieser Zeit waren meine Kinder schon groß und ich selbst im Fachbereich Psychologie an der Universität. Ich beschloß, die vier Personen, die den Spuk gesehen hatten, selbst aufzusuchen und mich, wenn möglich, aus erster Hand zu informieren, statt aus den verzerrenden Berichten der Lokalpresse. Das Pärchen im zweiten Auto war, wie ich endlich herausfand, »Richtung Norden« gezogen, keiner wußte genau, wohin. Den Bauunternehmer und seine Freundin (inzwischen seine Ehefrau) spürte ich mit viel Mühe in Newton Abbot auf, wo sie ein Backsteinhäuschen innerhalb einer Hanganlage bewohnten. Er war gerade in seiner Garage, als ich hinten an die Gartenpforte kam, sie war im Haus. Ich fragte ihn, ob er ein paar Sekunden Zeit für mich habe, und er bejahte ohne weiteres, während er seine ölverschmierten Hände an einem Lumpen abwischte. Als ich aber den Grund meines Kommens nannte, veränderte sich sein Gesichtsausdruck. Nein, darüber wolle er nicht reden, das habe er schon vergessen. Ob dann eventuell seine Frau mit mir sprechen würde? Er schien verärgert, ging aber hinein, um sie zu fragen. Er blieb einige Zeit verschwunden, und ich dachte schon, er käme überhaupt nicht mehr zurück, da erschien er wieder. Nur wirkte er jetzt noch feindseliger. Nein, sie habe keine Lust, mit mir zu reden, habe nicht einmal Lust, mich zu sehen. Ich sagte ihm, daß ich nicht von der Presse sei, alles bleibe streng vertraulich, geschehe nur aus eigenem Interesse, das heißt aufgrund meiner persönlichen Betroffenheit. Seine Wut verstärkte sich höchstens noch. Ich bat um Verzeihung, daß ich ihn belästigt habe, und wandte mich zum Gehen. Erst, als ich fast wieder am Tor war, holte er mich ein. »Es« habe ihnen solche Angst eingejagt, daß sie fürchteten, es könne ihnen hinterherkommen, wenn sie darüber sprächen, könne sie verfolgen, sagte er. Seine Frau leide derart unter dem Schock, daß sie einige Zeit bettlägerig gewesen sei. Wenn ich ihm nicht glauben würde, solle ich die beiden im Wagen hinter ihnen fragen, die hätten »es« ganz genauso gesehen. Er war ein großer, muskulöser Kerl – ich schätzte ihn auf rund einsneunzig –, aber sein Blick wirkte verängstigt, und seine Hände zitterten, als er sich eine Zigarette ansteckte und dann auch mir eine anbot. Sie seien, sagte er, hierhergezogen, um von dem Ganzen wegzukommen. Man habe ihnen beiden nicht geglaubt, ja, sie sogar verspottet, aber seine Frau sei ein gesunder Mensch und werde nicht umsonst krank.

Ich sagte ihm, ich würde ihnen glauben. Bei meinem Abschied war ich ziemlich aufgewühlt und schloß sorgfältig die Gartentür hinter mir. Als ich die Straße hinunterging, peitschte ein eisiger Wind um meine Beine. Ich wartete, bis ich an die Ecke kam, dann rannte ich los, rannte, daß die Fußgänger mich verwundert ansahen. An der Ampel bemerkte ich, daß irgendwo ein Baby schrie. Aber ich sagte mir, mitten in einer Ortschaft sei das nicht nur möglich, sondern sogar wahrscheinlich. Kein Grund zur Beunruhigung.

»An Weihnachten ist alles vorbei«

Alan McMurray

Alan McMurray (geb. 1930) beendete 1988 eine 35jährige Laufbahn im Erziehungswesen und verbringt seine Zeit nun als Public-Relations-Berater, Schulinspektor, Schriftsteller und Fotograf, Chorsänger und Modelleisenbahner. Seine Artikel erscheinen regelmäßig in einem breiten Spektrum von Fachzeitschriften, und er hat gerade seinen ersten Roman fertiggestellt.

Mach dir keine Sorgen, Liebes«, tröstete Dad und drückte Mum ein allerletztes Mal an sich. »Sie sagen, an Weihnachten ist alles vorbei.« Arme Mum! Ihre Stimme erstickte in ihren Schluchzern.

»O Harry, ich liebe dich ja so sehr.«

»Ich dich auch, Isabella. Und ich komm schon zurück. Du wirst sehen.« Mit großem Ernst ergriff er meine Hand. Sein stolzer, gewichster Schnurrbart schien seine neue Uniform zu vervollkommnen. »Gib auf dich acht, Tommy. Und gib auch auf Mum acht. Du bist jetzt alt genug, um meinen Platz einzunehmen. Bis Weihnachten also.«

Eine Pfeife schrillte. Ein khakifarbenes Meer stürmte die Waggontüren, und Menschen verschwanden wie Geister in dem Dampf, der von unten aufstieg.

Die Regimentskapelle, die unter den flackernden Gaslaternen stand, fing zu spielen an. Ganz langsam und leise ertönten die Querpfeifen, ließen klagend die Weise »Wenn ich komm, wenn

ich komm, wenn ich wieder, wieder komm« durch die kalte Nachtluft schallen – Klänge, die einem noch lange im Kopf spukten. Frauen drückten sich Taschentücher vors Gesicht, die wenigen Männer auf dem Bahnsteig blieben stocksteif, die Kinder schienen vom Glanz des Ereignisses ebenso tief beeindruckt wie von dessen Schwermut.
Die Räder der Lokomotive drehten auf den vereisten Schienen durch, und Qualmwolken brachen im Stakkato-Rhythmus aus dem Schornstein. Einen Moment lang schienen die schmutzigen Waggons zu verharren, als wollten sie die Qualen des Abschieds noch hinausdehnen. Dann kamen sie in Fahrt und entglitten in den Tunnel von Finsternis am Ende des Bahnsteigs.

Das Zweite Bataillon des Londoner Schottenregiments hatte sich nach Frankreich in Marsch gesetzt.

Plötzlich fröstelte mich, und ich zog meinen Mantelkragen noch enger zusammen. Ich ließ meine Hand in die von Mum gleiten, um sie kurz zu drücken. Mum drehte sich um, und in ihren braunen Augen waren Tränen. Ihre Trauer besaß eine Würde, die mir wieder einmal ins Gedächtnis rief, wie sehr sich ihre Erziehung von der meines Vaters unterschied. Meine Mum legte mir ihre Hände auf die Schultern und drehte mich zu sich herum. Ich sah ihr ins Gesicht, während weinende Menschengrüppchen an uns vorbeigingen.
»Wir werden aufeinander achtgeben, Tom, nicht wahr?« sagte sie mit einem bemühten Lächeln. Ich freute mich immer, wenn sie mich Tom nannte; dann kam ich mir erwachsener vor. »Zu Weihnachten kannst du ja von der Schule abgehen. Dann bist du wirklich der Herr im Hause, stimmt's?«
Das hatte ich ganz vergessen. Im November würde ich zwölf werden, aber es war sinnvoll, das Schuljahr zu Ende zu machen. So könnte ich die Stelle in der Molkerei antreten, die Mr. James,

der Vorgesetzte meines Vaters, mir immer versprochen hatte. Es heißt ja auch: »Wie der Vater, so der Sohn«. Ich wußte zwar, bis ich hoffen durfte, meinen Dad auf seiner Tour mit dem Milchkarren zu begleiten, würde es einige Zeit dauern, aber wenigstens könnte ich viel von ihm lernen. Ich brannte schon darauf, anzufangen.

Wir liefen über den gepflasterten Bahnhofsplatz in die Waterloo Road.

»Gehen wir noch über die Brücke«, sagte Mum. »Am Strand nehmen wir dann einen Bus. Die frische Luft wird uns helfen, auf andere Gedanken zu kommen.«

Arm in Arm gingen wir los, auf die andere Seite der Waterloo Bridge. Sogar zu dieser späten Stunde herrschte lebhafter Verkehr. Die Straße wimmelte von Menschen, Droschken und Omnibussen, und dann und wann hupte ein Fahrer, daß die Leute kopfüber auf den Gehsteig flüchteten. Alles schien so normal. Was machte es eigentlich aus, daß Krieg war? Wie viele von diesen herumhastenden Menschen hatten Ehemänner, Väter und Söhne in Frankreich? Angeblich waren es über den Ärmelkanal ja nur zweiundzwanzig Meilen bis dort. Aber es hätte genausogut auf einem anderen Stern liegen können.

Dieses Normalitätsgefühl schwand allmählich, als der Oktober in den November überging. Wir lasen vom Rückzug des Britischen Expeditionskorps über Belgien und von den schrecklichen Verlusten an einem Ort namens Wipers. Man benötigte dringend Nachschub für die Streitkräfte, und die East India Dock Road schien mit Plakaten vollgepflastert, von denen sich stets und ständig ein Finger auf einen reckte: Aufforderungen, sich einschreiben zu lassen.

Jeden Abend beteten Mum und ich auf Knien um die gesunde Rückkehr meines Vaters. Mum verheimlichte ihre Tränen sehr gut vor mir, aber ich bemerkte jeden Morgen die tiefen Ringe unter ihren Augen. Keiner, der meine Eltern zusammen sah, hätte ihre gegenseitige Liebe je bezweifeln können. Und es war wirklich eine Liebesheirat gewesen – sie die jüngste Tochter eines Landedelmannes aus Sussex, er der Stallmeister auf dem Gut, wo sie damals lebte. Mum hatte vom ersten Moment an, als sie ihre Heiratspläne öffentlich machte, gewußt, daß ihre Familie nun nichts mehr mit ihr zu tun haben wollte. Und so war sie ganz und gar von den beiden Männern in ihrem Leben abhängig geworden – von meinem Dad und mir. Wir waren eine Familie, die sehr eng zusammenhielt.

Alle Hoffnung, meinen Dad an Weihnachten wiederzusehen, wurde ständig zweifelhafter, obwohl Mum und ich jeden Dienstag schon voll Ungeduld auf seinen wöchentlichen Brief warteten, der so regelmäßig kam wie ein Uhrwerk. Man konnte schwer sagen, wie es ihm ging, denn so viel von dem, was er geschrieben hatte, war ja von seinem Kommandanten mit Blaustift durchgestrichen worden. Also vervollständigten wir das, was er schrieb, mit den Berichten im *Daily Sketch,* der ein niederschmetterndes Bild von dem Leben im Schlamm Flanderns zeichnete.

Diese Briefe waren ein lebendiger und ein lebenswichtiger Verbindungsdraht.

Das erstemal wurde ich an einem schneidend kalten Morgen Anfang Dezember durch Hufgeklapper geweckt. Es kam von den Pflastersteinen unten auf der Straße. Draußen war es noch dunkel, wahrscheinlich gegen halb sechs. Ich vermutete diese Zeit nur, aber da hatte mein Vater mich so oft geweckt, wenn er vor dem Haus haltmachte, um die Milchkanne aufzufüllen, die in unserer Türecke stand. Häufig, besonders im Sommer, wenn es hinter den Kranen, die über die Häuser auf der anderen Seite ragten, bereits tagte, war ich ans Fenster gestürmt, um ihm zu winken, und auch heute früh machte ich es so, aus Gewohnheit nicht weniger als aus Neugier. Aber selbst in der herrschenden Dunkelheit erkannte ich eindeutig, daß die Straße dort unten völlig menschenleer war. Also kehrte ich in der Annahme, es sei nur ein Traum gewesen, in mein Bett zurück und kuschelte mich wieder unter die Decke.

Eine Woche später geschah dasselbe. Noch im Halbschlaf ging ich ans Fenster und hob die Ecke des Vorhangs an. Wieder war die Straße menschenleer und verlassen.

Als es zum drittenmal passierte, etwa zehn Tage vor Weihnachten, hörte es sich an, als würden die Hufe ungeduldig auf dem Boden stampfen und scharren, genau wie Jenny, die Stute, die den Milchwagen meines Dads gezogen hatte, es immer tat, und noch bevor ich zum Fenster kam, wußte ich, daß sie dasein, daß ich sehen würde, wie der Atem aus ihren Nüstern in der kalten Morgenluft zwei Dampfwolken bildete.

Und sie *war* auch da. Ohne jeden Zweifel. Ja, mehr noch – wie um zu bestätigen, daß ich mich nicht getäuscht hatte, rief eine Stimme plötzlich: »Hüh!«, und schon war das Pferd verschwunden, die Straße hinunter und um die Ecke. Von einem Kutscher aber fehlte jede Spur.

Ich wandte mich ab und machte die Kerze neben meinem Bett an. Sie war weit heruntergebrannt, und das blasse Flämmchen zuckte geisterhaft in der Dunkelheit. Dann krabbelte ich wieder ins Bett.

Obwohl mir beim besten Willen kein Grund für das einfiel, was ich – davon war ich fest überzeugt – wirklich gesehen hatte, war ich doch frei von Angst. Ich versuchte mir jede Einzelheit dieser kurzen Augen-Blicke noch einmal ins Gedächtnis zu rufen, wälzte sie in meinem Kopf hin und her und ließ sie haarklein Revue passieren. Eines wußte ich mit Sicherheit: Das Ganze war kein Traum.

Zu guter Letzt fiel ich in einen Halbschlaf. Das nächste, was ich hörte, war die Stimme meiner Mutter.

»Tom! Tom!« Sie rüttelte mich an der Schulter, energisch, aber nicht grob. »Es ist schon zehn nach acht. Wenn du dich nicht beeilst, kommst du zu spät zur Schule. Was ist denn nur los mit dir? Hast du schlecht geschlafen? Warum bist du nicht zu mir gekommen und hast es mir gesagt?«

»Nein, Mum«, antwortete ich, während ich mich auf dem Ellbogen nach oben kämpfte. »Ich hab gesehen, wie ...« Etwas in mir ließ mich abrupt verstummen.

»Gesehen? Was hast du gesehen?«

»Ach nichts, Mum. Es muß ein Traum gewesen sein.«

Sie schaute mich an, offenkundig in der Erwartung, daß ich meinen Traum erzählen würde. Aber ich konnte eine unbestimmte Angst in ihren Augen erkennen, und da ging mir ein Licht auf. Sie hatte die Hufe ebenfalls gehört, hatte den Milchwagen ebenfalls gesehen. Anscheinend wollte sie etwas sagen, winkte dann aber ab, wie um ihre Gedanken vom Tisch zu wischen. »Also beeil dich«, wiederholte sie und ging fort, die Treppe hinunter.

Die folgenden Nächte verliefen ohne Zwischenfall. Aber ich war sicher, der Milchwagen würde wiederkommen.

Und das tat er auch. Zwei Nächte vor Weihnachten. Ich wurde wie zuvor geweckt. Ich sprang aus dem Bett, riß die Schlafzimmertür auf und lief ins Zimmer meiner Mutter, die am Fenster war und auf die Straße hinunterspähte. Der Mond hing tief am Himmel, war aber groß und hell genug, um scharfe Schatten zu werfen, die alle Konturen stark hervortreten ließen. Wieder stand der Milchwagen auf der Straße, und das davor gespannte Pferd trat unruhig auf den Pflastersteinen. Aber hinten, auf dem Bock des Wagens und die Zügel abfahrbereit in seiner Hand, saß mein Vater.

Ich sage »mein Vater«, weil ich mir absolut sicher bin, daß *er* es war. Diese typische leicht eingezogene Haltung – die Folge des jahrelangen Balancierens auf seinem Wagen –, die gestreifte Schürze unter der dicken Jacke, ja, sogar der Schnurrbart waren im Mondschein deutlich erkennbar.

Mein Vater blickte auf und winkte. Fast unwillkürlich winkte meine Mutter zurück. Wir drehten uns um und sahen einander an. Hufe klapperten auf den Pflastersteinen, und als wir wieder auf die Straße schauten, war sie verlassen wie zuvor.

Keiner von uns sagte ein Wort. Langsam ging ich in mein Zimmer zurück, aber meine Gedanken rasten. War das wirklich Dad gewesen? Warum war er dann nicht ins Haus gekommen? Wie lang war er schon wieder in England? Warum hatte er nicht geschrieben, daß er heimkam? Und warum um alles in der Welt fuhr er seinen Milchwagen, wenn er doch noch in der Armee war?

Beim Frühstück schwieg meine Mutter, obwohl mir schien, daß ihre Augen einen noch traurigeren Ausdruck angenommen hatten.

An Heiligabend gingen wir nachmittags durch die Straße, um noch ein paar Leckereien für Weihnachten zu kaufen. Das Sortiment der Geschäfte wirkte genauso üppig wie letzte Weihnachten, als Leute vom Schlage meiner Mum, meines Dads und mir nicht einmal im Traum an Krieg oder Abschied gedacht hatten. Die Metzgerläden schienen von oben bis unten mit gewaltigen Schinken, fettem Geflügel (Truthähnen und Hühnern), mächtigen Rinderkeulen sowie nicht enden wollenden Wurstketten gefüllt, und am Bordstein reihten sich Karren mit Obst und Nüssen, deren Farben durch die hellen Petroleumleuchten, die auf den Karrengriffen steckten, noch frischer und bunter wirkten.

Meine Mutter kaufte eifrig ein, beinah, als hätte sie (wie viele Leute) den Verdacht, nächstes Weihnachten könne es ganz anders aussehen. Ich ahnte instinktiv, daß dies erst einmal die

letzte Gelegenheit für uns war, das Weihnachtsfest auf die Art und Weise zu feiern, wie wir es getan hatten, soweit ich in meinem kurzen Leben nur zurückdenken konnte.
Während ich mit zwei bis oben gefüllten Taschen in jeder Hand neben Mum nach Haus stapfte, meinte ich: »Das ist aber ganz schön viel, Mum, wie?«
»Nein«, antwortete sie mit ihrem sanften Lächeln. »Du weißt doch, daß dein Vater gesagt hat, er sei Weihnachten zurück.«
An diesem Abend half ich ihr in der Küche nach besten Kräften, indem ich die Stiele auszupfte, Korinthen wusch und andere kleine Arbeiten verrichtete. Daß Vater heimkommen würde, ging mir nicht aus dem Kopf.
»Wann, glaubst du denn, daß er da ist, Mum?« fragte ich mit kindlicher Ungeduld.
»Er wird dasein, sobald er kann, Tom. Du weißt doch, was er gesagt hat. Und in all den Jahren, seit ich ihn kenne, hat Harry MacDonald stets sein Wort gehalten.«
Aber es wurde Schlafenszeit, und er war immer noch nicht da.
»Ab ins Bett, Tom!« sagte meine Mutter. »Er wird schon noch kommen.«
Daß ich mich in den Läden und in der Küche ringsum so verausgabt hatte, half mir, beizeiten einzuschlafen. Aber diesmal wurde ich nicht durch Hufgeklapper geweckt. Es war das Geräusch der Klinke an meiner Zimmertür.
Ich schnellte kerzengerade im Bett hoch und fühlte, wie mein Herz hämmerte. Langsam ging die Tür auf und quietschte dabei in den Angeln. Das tat sie immer. Auf dem Treppenabsatz sah ich eine brennende Kerze, und die leicht gebeugte Gestalt meines Vaters zeichnete sich im Türrahmen ab. Er trug seine Soldatenuniform.
»Dad!« rief ich. »Dad! Da bist du ja! Du bist wieder da!«
»Ja, Tommy«, sagte er mit unnatürlich heiser klingender Stimme. »Ich hab doch versprochen, daß ich Weihnachten zurück-

komme.« Ich flog an ihm vorbei zur Tür meiner Mutter. Mum saß schluchzend auf der Bettkante.
»Mum! Mum! Es ist Dad! Er ist nach Hause gekommen!« rief ich.
Sie sah mich an und lächelte. Tränen liefen ihr über die Wangen. »Ich weiß, Tom«, flüsterte sie. »Das hat er ja auch gesagt.«
Ich stürmte wieder raus zum Treppenabsatz, doch der war leer. Und auf dem Boden vor meinem Zimmer, wo noch vor ein paar Sekunden mein Vater gestanden hatte, befand sich ein kleiner roter Fleck.

Das Telegramm kam am Weihnachtsvormittag um elf. Meine Mutter nahm den hellbraunen Briefumschlag entgegen und steckte ihn hinter die Kaminuhr in der Küche.
Er mußte gar nicht erst geöffnet werden.

Copyright-Hinweise

Der Herausgeber hat alles in seiner Macht Stehende unternommen, um mit den Rechtsinhabern in Kontakt zu treten, möchte sich aber bei denen entschuldigen, die er dennoch nicht ermitteln konnte. Besonderen Dank für die Abdruckgenehmigung von: